T0246474

UN ASEDIO DE
CIELOS ROJOS

UN ASEDIO DE CIELOS ROJOS

ALEX LONDON

Traducción de Julieta Gorlero

Argentina – Chile – Colombia – España
Estados Unidos – México – Perú – Uruguay

Título original: *Red Skies Falling*
Editor original: Farrar, Straus and Giroux for Young Readers
Traducción: Julieta Gorlero

1.ª edición: junio 2022

Todos los nombres, personajes, lugares y acontecimientos de esta novela son producto de la imaginación de la autora o son empleados como entes de ficción. Cualquier semejanza con personas vivas o fallecidas es mera coincidencia.

Plaza de los Reyes Magos, 8, piso 1.º C y D – 28007 Madrid
www.mundopuck.com

ISBN: 978-84-92918-96-6
E-ISBN: 978-84-17981-35-8
Depósito legal: B-7.459-2022

Fotocomposición: Ediciones Urano, S.A.U.
Impreso por: Rodesa, S. A. – Polígono Industrial San Miguel
Parcelas E7-E8 – 31132 Villatuerta (Navarra)

Impreso en España – *Printed in Spain*

Este es para Maddie, aunque creo que no dejaré que lo lea hasta dentro de una década o dos.

—A. L.

LA SICARIA

Hay más diferencias entre un sicario y un asesino que formas de nubes, aunque para las víctimas eso no supone ninguna diferencia.

Yirol podía perdonar que aquellos a los que estaba a punto de matar no hicieran la distinción, pero esa falta le resultaba profundamente insultante en aquellos a quienes servía, aunque jamás lo diría. Ascender al puesto que ahora ostentaba —nombrada y confirmada como la principal sicaria del Concilio de los Cuarenta— había requerido tanta astucia política como crueldad mental. No era una asesina común y jamás dejaría que sus pasiones o deseos dictaran sus actos. Hacía su trabajo y lo hacía de la forma más efectiva según las particularidades de cada caso. No le gustaban los venenos, pero los utilizaba si la situación lo requería. Realmente disfrutaba de jugar con cuchillos, pero jamás los emplearía en un trabajo que debía parecer un accidente de caza. Como sicaria, ella misma era la hoja, sin importar qué herramientas esgrimiera. Sin embargo, los kyrgios del Concilio de los Cuarenta la definían por los cadáveres de los que daba cuenta y no por la eficiencia con que lo hacía.

Y ahora el hombre joven que estaba arrodillado frente a ella no dejaba de llamarla asesina, algo que encontraba irritante.

—Por favor —rogaba—, no tienes que hacerlo. No tienes que ser una asesina.

Yirol negó con la cabeza y se acuclilló de modo que sus ojos quedaron a la altura de los de su objetivo.

—Un asesino mata por razones del corazón, por odio, necesidad o lujuria, o un poco de cada cosa —explicó Yirol—. Yo no quiero nada de ti y tampoco siento odio. En cuanto a la lujuria… —Puso un dedo debajo del mentón del joven. Tenía ojos bondadosos y un rostro infantil pese a su incipiente barba. Piel de un marrón claro que brillaba como cristal desértico; su juventud, un sol que irradiaba desde su interior. ¿Cuántas temporadas de viento gélido había vivido? ¿Veinte? No muchas más, sin dudas. Sus labios carnosos tenían aún que conocer todos los besos para los que habían sido hechos y ahora, gracias a Yirol, jamás los conocerían.

Se inclinó hacia delante y dejó que sus propios labios tocaran la mejilla del muchacho. Escuchó que su respiración se entrecortaba cuando le susurró al oído:

—*Esa* sería una razón para dejarte vivir. —Se inclinó hacia atrás y él la miró con esperanza. Siempre la miraban de esa forma, imaginando que su bondad quizás fuera a salvarlos.

No lo haría.

El filo experto apareció en su otra mano, después de girar silenciosamente desde la vaina en su muñeca, e hizo un tajo limpio a través de la palpitante arteria en el cuello del muchacho. Sus ojos, conmocionados, se abrieron de par en par y sus manos sujetaron las muñecas de Yirol y tiraron de ellas, mientras su vida se iba apagando. Ella lo sostuvo con firmeza, lo miró desde arriba con la misma expresión de la estatua del cetrero ancestral que observaba el patio desde su elevado pedestal. El artista había tallado a Valyry el Singuante para que tuviera tanta emoción como el halcón de piedra que se posaba en su puño, y Yirol valoraba el talento estoico del escultor. No le gustaban las esculturas más recientes, llenas de emociones realistas, como si los grandes héroes del pasado de Uztar debieran su grandeza a su humanidad y no a su triunfo sobre esta. La grandeza, como Yirol sabía, solo llegaba a aquellos que podían resistir de pie contra los vientos turbulentos que soplaban a través de todo corazón vivo.

Los grandes y los muertos comparten un rasgo, pensó. *La impasibilidad.*

Esperó a que el joven se derrumbara y se uniera a la insensibilidad de los muertos, luego le dio la vuelta con un pie para que sus ojos sin vida pudieran mirar hacia las estrellas. Alguien querría brindarle un funeral celeste. Habría llantos y lamentos, como siempre los había por sus objetivos más jóvenes, pero la vida de la ciudad continuaría, como debía ser, y ella había ayudado a que así fuera. Los kyrgios del Consejo de los Cuarenta habían decidido que aquel joven miembro de la nobleza era un peligro para Uztar, pero ahora ese peligro había sido eliminado.

Yirol no se preguntó qué peligro podía representar aquel hombre joven. Ese no era su ámbito. Lo había seguido durante días a través de las calles serpenteantes de la ciudad. Él solo había abandonado sus murallas para cazar en las cercanías con su colección de halcones, siempre en compañía de diferentes hombres y mujeres jóvenes de la nobleza uztari y un equipo de asistentes encargados de satisfacer sus deseos y necesidades. Y luego, por las tardes, o bien ofrecía grandes cenas y opulentos bailes, o bien asistía a ellos. En su juventud, Yirol también había asistido a tales eventos, antes de encontrar su verdadera vocación en el gremio de los sicarios.

Mientras observaba al muchacho agonizante, se preguntó a cuántos jóvenes como aquel había matado en su vida, ya fuera por deudas o por malas jugadas políticas. Prefería las muertes que salían como aquella, rápida, fácil, en paz. Los desenlaces violentos eran los que atormentaban. Sugerían falta de disciplina o de planeamiento por su parte y odiaba pensar que el final de alguien podría haber sido más tranquilo si ella tan solo se hubiese esforzado más. Por más atractivo que fuera el joven, lo más seguro era que ella olvidara su muerte antes de que se alzara la siguiente luna.

Aunque... qué extraño. La piel del muchacho había adquirido una textura que no tenía antes. Sus ojos parecían deformes. ¿Un truco de la luz?

Yirol se arrodilló y limpió la sangre de su cuchillo con la camisa del muchacho. El material le pareció extraño, como pelaje. Y la camisa, ¿había sido de ese color antes, del mismo marrón claro de su piel? Observar el cadáver era, ahora, como mirar el reflejo en un lago de montaña. Veía al mismo hombre joven, pero a través de él, ondulante, vio algo más, una visión doble de unos cuernos que surgían de su cabeza, un rostro alargado y las pezuñas de una bestia. Si bien nada se movía, todo cambiaba. La cabeza de Yirol daba vueltas.

Dio un salto, se alejó y se puso en posición de pelea, pero no estaba claro contra qué pensaba luchar. Ahora estaba de pie sobre el cadáver de un alce de montaña donde el cuerpo del joven había estado.

Es imposible planearlo todo, se dijo a sí misma. *Se te ha escapado algo fundamental y ahora pagarás caro tu fracaso.*

—Deberías ver la mirada que tienes —dijo un hombre joven detrás de ella. Yirol giró con rapidez y lanzó su cuchillo, pero él lo esquivó. El filo lanzó una chispa al chocar contra la piedra y se alejó repiqueteando. El joven era la viva imagen del noble que acababa de matar... o que creía haber matado. Iba vestido de forma elegante con una túnica negra y pantalones del mismo color. Sus brazos desnudos estaban pincelados con el ligero polvo dorado que algunos cazadores usan para enmascarar su olor ante las presas. En las últimas temporadas, su uso práctico en los matorrales había dado paso a su uso cosmético en los salones de la élite, donde se había puesto de moda. Y aquel joven, sin duda alguna, pertenecía a la élite. Si sobrevivía a aquella noche, sería nombrado kyrgio, uno del Concilio de los Cuarenta, y el Concilio quería evitarlo.

Yirol jamás había fallado en un encargo. Sacó otra cuchilla de la funda en su brazo y, al mismo tiempo, asestó una ligera patada al alce en el suelo para asegurarse de que seguía muerto y donde lo había dejado. Había memorizado el plano del patio y estaba planeando su siguiente movimiento.

Eres una fracasada, pensó. *Acaba ahora con tu vida antes de que el Concilio lo haga por ti.*

—¿Qué es este truco? —Exigió una explicación, sabiendo que aquellos pensamientos no eran suyos—. ¿Cómo lo haces?

—No estoy haciendo nada —respondió el joven noble, que entonces miró hacia arriba—. Es ella. —Una sombra de grandes alas volaba en espiral sobre el cuadrado de cielo enmarcado por el patio. Con cada giro, bajaba, visible solo por aquello que tapaba. Era el ave rapaz más grande que Yirol había visto jamás, pero era más que su tamaño lo que anclaba sus pies a las piedras. Esa ave era la mismísima oscuridad, el olvido en vuelo. Sabía su nombre o, al menos, cómo la llamaban: el águila fantasma.

La sicaria dio un paso atrás sobre el cuerpo del alce mientras buscaba un camino para salir del patio. Había sido sicaria el tiempo suficiente para saber cuándo estaba en desventaja, cuándo la retirada no era cobardía sino prudencia. Jamás entraba en un lugar sin tener al menos dos rutas de escape; sin embargo, ahora su cabeza estaba nublada, sus pensamientos, dispersos. Lo único que veía eran las altas paredes de piedra. ¿A dónde habían ido todas las puertas?

—*RIIIII* —chilló la terrible ave, mientras hacía un giro aleteando bien alto en el cielo, en preparación para bajar en picado.

Eres descuidada. Has olvidado las salidas, pensó Yirol.

—No es cierto —respondió en voz alta, discutiendo consigo misma e intentando aclarar su cabeza mientras buscaba la ruta de escape que había memorizado. Se decía que el chillido del águila fantasma desataba horrores en la mente, pero esas cosas eran mentira. Tan solo se trataba de un pájaro.

—Ha sido extraño verte rebanar el pescuezo de un alce que creías que era yo —dijo el joven—. Pero dicen que el águila fantasma puede atormentar tus pensamientos antes de destrozarte. Los filósofos sostienen que el mundo no es otra cosa que aquello que percibimos. Nuestras mentes pueden transformar un alce en un hombre, una puerta en una pared, un sueño en una pesadilla. Si el mundo solo es aire y pensamiento, entonces aquello que domina al pensamiento lo domina todo.

Yirol giraba y buscaba. Estaba en su cabeza, el hombre o el águila. Estiró la mano y se aseguró de que la pared de piedra fuese real, sólida. De algún modo, la habían hecho percibir cosas que no estaban ahí. Había susurrado al oído de un alce y había escuchado sus quejumbrosos berridos y luego había respondido con palabras. Lo recordaba con claridad ahora, como realmente había ocurrido, no como lo había alucinado. Y ahora, cuando caía en la cuenta de ello, escuchó al joven riéndose de ella.

—Lo sé… son terribles los trucos de esta águila. Es difícil saber qué es real, ¿cierto? —Él soltó una risita—. Algunos creen que el ave es mágica. En lo personal, creo que tiene una mente diferente a la nuestra, su conciencia no está atada a las mismas reglas que la nuestra. Puede alterar la conciencia, la propia o la de otros, para satisfacer sus necesidades. Obviamente, esto no es algo que de verdad te importe en este momento, ¿no?

—*RIIIII* —el águila chilló, y el joven onduló en su vista. Se vio a sí misma de pie donde había estado él, miró sus propias manos y vio el polvo suave que él usaba. Se concentró en su respiración, se tranquilizó. Sus manos eran sus manos, las del él eran de él, y él estaba de pie frente a ella. El alce muerto seguía muerto, seguía siendo solo un alce. Observó el cielo en busca del águila. ¿Cómo podías luchar contra algo que podía empantanar por completo tus pensamientos?

Si no recuperaba el control de su imaginación, ese alce sería su último muerto. Tenía que concentrarse. Tenía que domar su percepción. Miró la estatua de Valyry el Singuante. Una subida al pedestal, un salto desde la cabeza del halcón de piedra y estaría en el tejado.

Pero correr hacia el cielo no la salvaría. El cielo le pertenecía al águila fantasma y a los muertos.

No podía ver ninguna otra forma de escapar del patio hacia la calle, pero había un desagüe para el deshielo, un desagüe que llevaba hacia abajo, a las profundidades de la ciudad construida sobre la ladera. Incluso ahora, aguas de deshielo claras como el cristal fluían a lo largo de sus canales, indicándole un camino en la oscuridad. Como un conejo perseguido, ¡huiría por el suelo!

Como un conejo asustado, pensó.

No, como un conejo que sobrevive.

Lanzó su cuchilla hacia arriba, directa hacia la forma negra alada en la noche, con la esperanza de causar una distracción, más que frenar el ataque.

—*Iryeem-na* —profirió el joven noble, y Yirol no tuvo tiempo de preguntar qué significaba aquello, porque estaba corriendo hacia el desagüe mientras el águila fantasma bajaba en picado, como una guadaña desde las estrellas. Antes de alcanzar siquiera la mitad del camino hacia la abertura de la alcantarilla, el águila se abalanzó sobre ella. Sus enormes garras arrancaron la cabeza del cuerpo de Yirol, que corrió tres pasos más antes de caer. El águila se alejó hacia el cielo con su lúgubre trofeo en las garras, pintando los techos con la sangre de la sicaria como una abeja esparce el polen.

El águila chilló y todos aquellos que la escucharon se refugiaron en el fondo de sus botellas o bajo las pieles de sus camas. Y luego, el águila y el joven noble por igual desparecieron entre diferentes sombras.

Lo que quedó de Yirol, la sicaria del Concilio, no sería hallado hasta la mañana, tras lo cual se nombraría a un nuevo kyrgio y haría falta designar un nuevo sicario.

KYLEE:

COMPAÑERAS

1

—¿Quieres morir así? —gritó Üku.

La Madre Búho de cabello blanco tenía la parte trasera de la túnica de Kylee estrujada en la mano mientras la empujaba a ella hacia adelante, y la tela apiñada entre sus omóplatos en ese puño arrugado era lo único que sostenía a Kylee sobre el abismo tras los muros del Castillo del Cielo. Debajo, las nubes rodaban y rompían contra peñascos escarpados.

—Podría soltarte y ahorrarnos todo el tiempo que desperdicias arrastrándote a tu muerte. Si planeas morir tan joven, ¿por qué no saltas de cabeza ahora mismo?

Kylee quería decirle a Üku que no quería morir así, que no tenía intención de morir joven y que más le valía a la vieja con cerebro de plumas volver a subirla. Pero no podía encontrar su voz en ese momento, así que tragó y pensó en la fuerza del brazo de Üku, en cuánto tiempo había estado sosteniéndola y cuánto más podría seguir haciéndolo. Finalmente, Kylee logró largar un ronco «no» desde la arenilla en su garganta.

—Entonces, demuéstrame por qué estás aquí —ladró Üku—. ¡Muéstrame cómo planeas sobrevivir! Envía al águila a cazar. Conoces la palabra. ¡Dila!

Kylee se aclaró la garganta, se concentró para alejar su mente de la caída vertical y centrarse en la enorme rapaz que acechaba en algún lugar de aquel cielo oscuro.

Buscó alguna señal de las alas negras del águila fantasma en las nubes bajas. Observó al alce que se abría paso tranquilamente por el risco debajo de los muros del Castillo del Cielo; estaba tan cómodo sobre la pendiente abrupta y con un punto de apoyo no más grande que el cráneo de un bebé como lo estaba el águila sobre una brisa. Masticaba hierba de las nubes sin problema o preocupación alguna. Ninguno de los halcones locales era lo suficientemente grande para llevarse a un alce, y ninguno de los nobles se arriesgaría a lesionar a sus mejores águilas de caza solo para atrapar su tipo de carne.

Pero el águila fantasma era diez veces más grande que la rapaz que le seguía en tamaño y no había presa en el mundo que no pudiera cazar, que no *cazaría* si Kylee lograba dominar la lengua hueca, que había estado estudiando, y le daba la *orden*.

—*Raakrah* —dijo.

El alce permaneció en calma. ¿Cómo podía saber que un águila fantasma acechaba las nubes debajo de él? ¿Cuándo había atormentado ese terror el aire del Castillo del Cielo y por qué un ave de la noche lo perseguiría tanto tiempo antes del atardecer? Hasta ese momento, no había habido pistas en su vida que le advirtieran de la situación en la que estaba ahora.

Igual que me ocurrió a mí, pensó Kylee.

El viento le levantó la capa. Su cabello negro trenzado se agitó. Y sintió que el brazo de Üku temblaba. ¿Cuánto tiempo más podría sostener a Kylee ahí, inclinada sobre el borde del muro?

Quizás el alce estuviera en lo cierto al no temerle.

La lengua hueca era el lenguaje perdido de las aves, conocido ahora solo en fragmentos, y Kylee no la dominaba, ni siquiera después de pasar dos giros de la luna estudiándola. Cuando hablabas la lengua hueca, tenías que creer en lo que decías, profunda y verdaderamente, o tus palabras valían lo mismo que las mentiras. Ningún ave rapaz escuchaba jamás una mentira. No había ninguna palabra en la lengua hueca para mentir. Pero había infinitas formas de decir «matar».

—*Raakrah* —repitió.

Nada ocurrió.

Los nobles, los kyrgios y sus asistentes, quienes se habían reunido cerca de los muros externos para observarla, cuchicheaban con nerviosismo en grupos amontonados. Si bien había otros con habilidades para la lengua hueca, Kylee era la única en el castillo que llamaba la atención del águila fantasma y, por eso, llamaba la atención de todos los demás, pero aún no había logrado comandar con éxito a la aterradora ave.

—¡Piensa! —reprendió Üku—. ¿Qué has aprendido?

Antes, esa misma tarde, cuando el aire comenzaba a enfriarse hacia la noche, Kylee y Grazim, la única otra estudiante de Üku, habían estado aprendiendo a comandar coloridos halcones tulipanes para que volaran del puño de una al de la otra, intercambiando lugares.

El hecho de que ella y Grazim se odiaran hacía que el ejercicio fuera más interesante, y algunos kyrgios y sus asistentes se habían puesto a observar.

—*Toktott* —había ladrado Üku justo cuando las aves se cruzaban en el aire y, de repente, los halcones tulipanes ajustaron sus trayectorias de vuelo, chocaron uno contra otro y luego rebotaron hacia atrás.

Tras uno o dos intentos más, se rindieron y regresaron a sus respectivos puños.

—*Toktott* significa bloquear o detener —explicó Üku—. Si pretendéis superar la orden que doy, tendréis que creer en vuestra propia orden con más fuerza de voluntad de la que yo pongo en la mía. La lengua hueca exige un matrimonio perfecto entre palabra, verdad e intención. Para usarla, debéis *querer* verdaderamente que el ave haga lo que deseáis. Encontrad *vuestra* verdad y decidla.

—¿Cómo podemos decir nuestra verdad para conseguir el propósito de otro? —preguntó Kylee.

—*Esa* —respondió Üku— es la cuestión fundamental de vuestros estudios. La lengua hueca exige vuestro ser completo: vuestra historia, vuestras creencias, vuestros conocimientos, vuestros sentimientos y vuestros deseos. O controláis esas cosas o ellas os controlan.

—Esas son todas las cosas que hacen que tú seas tú —observó Kylee.

—Exacto —coincidió Üku—. Nadie jamás ha logrado dominar a un ave rapaz sin antes tener dominio sobre sí mismo. Domaos a vosotras mismas y podréis domar al mundo. Así que… ¿qué palabras podrías usar aquí para amansar a este halcón tulipán y hacerlo cumplir el objetivo? ¿Cómo podrías hacer que lo que debéis realizar coincida con lo que *queréis* hacer?

—*Sif-sif* —sugirió Kylee, era la palabra para intercambio o trueque que ya habían estado usando.

—Y, sin embargo, no tiene la fuerza suficiente. —Üku descartó su respuesta—. ¿Qué quiere decir *Khostoon*?

—Compañero —respondió Grazim, henchida de orgullo por su amplio vocabulario.

Üku asintió con la cabeza hacia la otra muchacha, incluso le sonrió.

—Muy bien. Vuestras aves ya conocen vuestra relación con ellas, pero no la que hay entre vosotras. Debéis *contársela*. Un compañero o un aliado es algo poderoso, pero ambas debéis *creer* que sois compañeras para superar a aquellos que se interponen en vuestro camino.

Kylee sopló un mechón de pelo suelto que le caía sobre los ojos. No había forma de que realmente pudiera ver a Grazim como su compañera. Kylee había nacido en Seis Aldeas, un pueblo uztari cuyas creencias y riquezas estaban atadas a la cetrería; mientras que

Grazim había nacido de sacerdotes altaris que vagaban exiliados por las praderas, maldiciendo la cetrería y a todos aquellos que la practicaran. Grazim había escapado y recurrido a las Madres Búho en busca de refugio, estudio y propósito. Kylee había ido a regañadientes, obligada a estudiar para proteger a su hermano, que se había quedado en casa. A Grazim le molestaba la conexión de Kylee con el águila fantasma y a Kylee le molestaba el entusiasmo de Grazim por servir al Castillo del Cielo. Ningún intercambio de aves cambiaría su resentimiento mutuo. Besar la lengua de un buitre sería más fácil que creer que alguna vez podría ser *compañera* de Grazim.

—*Khostoon* —dijeron las dos sin convicción, y el ave en el puño de Kylee, frustrada, no respondió en absoluto.

—Chicas, chicas, chicas —cacareó Üku—. Si sucumbís a vuestras peleas adolescentes, jamás podréis dominar el poder que tenéis. Hasta el águila más poderosa puede ser superada por una bandada unida. ¡Intentadlo otra vez!

Grazim frunció el ceño. Kylee le devolvió el gesto.

—*Khostoon* —gruñeron al unísono, lo que resultó nuevamente inútil.

Üku se miró sus propios pies.

—Ya no sé cómo hacéroslo entender. ¿Sois tan débiles de mente que no podéis encontrar *nada* que compartir la una con la otra? Tenéis más cosas en común de las que creéis.

Kylee miró a la otra muchacha de arriba abajo. Grazim se había cortado el pelo bien corto para entrenar y su piel estaba bronceada por el sol, casi del color de la de Kylee, pero tenía el presentimiento de que ese tipo de superficialidad no era a lo que se refería Üku. ¿Qué podía tener en común Kylee con esa muchacha de las llanuras complaciente, ambiciosa y sobre todo despiadada, que sin dudar hubiese acuchillado a Kylee el día que se conocieron?

Cuando el águila fantasma apareció en un parapeto sobre ellas, interrumpiendo el entrenamiento, fue un alivio para ambas. Todos los que estaban mirando sus dificultades con los halcones tulipanes se dispersaron en busca de refugio, todos excepto Üku, Kylee y Grazim.

—Tu *amiga* ha vuelto —comentó Grazim, con tanta mordacidad en la voz como le fue posible, aunque las palabras se tropezaron en su lengua y salieron de su boca trastabillando. Era imposible mirar directamente al águila fantasma y no sentir una punzada de miedo ancestral. Se decía que algunas personas alucinaban en su presencia; otras confesaban los secretos más oscuros, propios o ajenos. Sola entre aves, el águila fantasma podía destruir la mente de su presa antes de que sus garras destrozaran el cuerpo.

Kylee tragó. No expondría su propio miedo frente a esa gente, aunque la piel de sus brazos hormigueara bajo la mirada negra de la grandiosa ave.

El águila estaba de pie, tan alta como los camellos desérticos, y abrió sus alas, que superaban a estos en extensión. El águila fantasma era la única ave que podía llevarse volando a un caballo o a hombre adulto. Podía debilitar la determinación de la mujer más dura y provocar que más de un niño pequeño se lo hiciera encima. Era la muerte y el miedo encarnados y había elegido a Kylee como objeto de su atención. Los kyrgios que gobernaban Uztar se habían enterado.

Fue cuando el águila fantasma chilló sobre el patio y salió volando que Üku tomó a Kylee, la arrastró por las escaleras hasta la parte superior del muro y la empujó por encima de la cornisa, donde ahora se encontraba.

—Quizás esto hará que lo entiendas —gruñó Üku—. ¡Mira allí! En la distancia, junto al río. Ese es tu hogar. Incluso ahora, Seis Aldeas está construyendo barricadas, preparándose para la guerra contra nuestros enemigos. Tus amigos están allí. Tu madre está allí. Tu hermano.

Si no dominas tu poder, *todos* serán asesinados por las hordas de invasores kartamis. *Esta* es tu oportunidad. ¡Encuentra las palabras! ¡Ordénale al águila fantasma que cace para ti! ¡Muéstrame por qué estás aquí! Te lo preguntaré de nuevo: ¿quieres morir así?

—¡No! —gritó la segunda vez. Después, Kylee cerró los ojos, pensó en sangre, muerte y hambre y buscó una palabra como si su vida dependiera de ello... porque así era.

2

—*Raakrah.* —Lo intentó Kylee una tercera vez y, por tercera vez, nada sucedió. El alce siguió masticando la hierba de las nubes, correteando de lado por el risco con tanta tranquilidad como una libre come tréboles.

Üku tiró de Kylee para alejarla del precipicio frente al muro y dejó que se pusiera derecha por su propia cuenta, haciendo equilibrio solo a un pelo de distancia del águila. No había tenido ninguna intención de dejar caer a Kylee desde el muro y ahora Kylee lo sabía. Sin embargo, eso no la hacía querer perdonar a la anciana por la amenaza.

Üku se giró hacia Grazim, quien las había seguido por las escaleras y ahora estaba con los brazos cruzados en una representación exagerada de impaciencia.

—¿Por qué no funciona la palabra de Kylee?

—*Raakrah* es la palabra que usarías para pedirle a una rapaz que cace para ti —respondió Grazim, de brazos cruzados, al lado de la Madre Búho—. También puede significar recolectar o encontrar.

El águila fantasma jamás había mostrado interés alguno en Grazim, la única otra estudiante de la lengua hueca que el Castillo del Cielo había encontrado, pero la habilidad de la muchacha altari le daba una impresionante influencia sobre halcones y gavilanes, e incluso otras águilas menores. Adoraba vanagloriarse de la superioridad de su conocimiento y ahora miraba a Kylee con una sonrisa petulante.

—¿Es eso lo que quieres, Kylee? —preguntó Üku—. ¿Que el águila cace para ti? ¿Tienes hambre de alce salvaje? Si es así, debes sentirlo al decirlo. Habla como lo harías al insultar o confesar o cantar una canción de amor.

Grazim soltó una risita. Kylee no era de las que cantaban canciones de amor. Por el rabillo del ojo, vio a la multitud de kyrgios y sus séquitos apiñada al resguardo del portal de la torre del otro lado. Solo había una persona apoyada sobre el muro al aire libre, expuesta al cielo: un joven noble, vestido con elegancia y con un guante de cetrero bordado puesto, aunque no llevaba ningún ave a la vista. Su túnica tenía un sello en la solapa, de modo que era un kyrgio, uno de los Cuarenta. Sus ojos oscuros estaban posados en ella, no en las nubes de debajo, y la línea de sus labios se curvaba hacia un costado para mostrar una sonrisa de superioridad ladeada y con forma de cuchilla. Kylee lo había visto observando sus entrenamientos antes, pero hasta ahora, jamás había sobresalido de la multitud de mirones.

Yval Birgund, el consejero superior de defensa y uno de los kyrgios más poderosos en el Castillo del Cielo, apareció al lado del joven noble y le susurró algo al oído. El joven asintió y siguió observando, su sonrisa se asentó en una línea recta como una aguja.

El fuerte viento aulló alrededor de ellos. A sus espaldas se alzaba la enorme ciudad del Castillo del Cielo, tallada en las rocas rosas, grises y negras de las montañas. Sus vecindarios circundados por muros se apilaban dentro de las pendientes, donde tejados y patios chocaban con rampas y escaleras de ángulos vertiginosos. Kylee giró de nuevo hacia la reconfortante vista abierta frente a ella, el cielo rojo cereza del atardecer caía sobre las planicies uztaris. A su izquierda, las escabrosas montañas indómitas se encadenaban alrededor de la meseta más allá de lo que el ojo podía ver. A su izquierda, lo mismo, pero el Collar corría junto a la base de la cordillera y resplandecía con los últimos rayos del día, mientras alimentaba los prados y las estribaciones. Y en algún lugar más allá de las nubes bajas en esas estribaciones, Seis Aldeas se preparaba para la guerra.

Su hermano estaba allí y su vida estaba en manos de Kylee o, para ser precisos, de su voz. La vida de su hermano —la vida de todos los seisaldeanos— dependía de que su voz hablara con la verdad. Por un instante, sintió que podía verlo, no como en un recuerdo, sino como si lo estuviera mirando a través de una ventana acristalada, lo veía rastreando un halcón a través de las laderas, con su melena de cabello gris despeinada por la brisa que soplaba desde las montañas donde ella estaba de pie ahora. Eso sí, él miraba hacia la dirección equivocada. Detrás de él, acechaba el peligro. Algo se acercaba, algo terrible, y ella quería gritarle que se diera la vuelta, que se defendiera o, mejor aún, ¡que huyera!

Estuvo a punto de gritar «¡Huye!», pero se detuvo al recordar dónde estaba, lo lejos de casa que estaba. No podía ver a su hermano. Eso era obra del águila fantasma, que jugaba con ella, algo que seguiría haciendo hasta que pudiera comandarla.

Intentó ver el arco mortal que la espantosa ave trazaba en el cielo, intentó ver su propio interior a través de las nubes carmesíes, ver qué era lo que más quería, lo que podía pedirle a la monstruosa águila que esta pudiera creer como una verdad.

—*¡RIIIII!* —chilló, y los pensamientos de Kylee se torcieron con el filo de su grito.

Mátalos a todos, pensó. *Te han traído aquí; están usándote. Olvida el alce. Encuentra las palabras para convertirlos en presas. Vuelve a tu hogar, a tu hermano. A la vida que quieres. Se interponen en tu camino. Mátalos a todos.*

Sintió un escalofrío; saber que los pensamientos no eran suyos no los hacía menos verdaderos. Quería ir a casa, por eso el águila le había mostrado su hogar, pero si Uztar no podía ganar la guerra contra los kartamis, entonces no habría hogar al que regresar. Aquella gente no tenía que gustarle para compartir con ellos el mismo objetivo. No tenía que querer al reino para servirle.

Pensó en sus lecciones, listas de palabras con definiciones tan solo parciales. La mayor parte de la lengua hueca era un misterio incluso para las Madres Búho, quienes la habían preservado durante generaciones. Tenían algunas pocas palabras que transmitían a otros y pequeños fragmentos de texto que habían logrado hacer corresponder con las palabras que conocían. El lenguaje escrito estaba aún más perdido que el hablado. Los viajeros y los transportistas de larga distancia hablaban de santuarios en ruinas en el Desierto de Parsh que aún contenían oraciones enteras en la lengua hueca, pero nadie estaba seguro de *quién* las había escrito. Desde luego, no habían sido las propias aves.

Kylee conocía las palabras para *banquete, caza, misericordia, intercambio, halcón, búho* y, ahora, *bloquear*. Había aprendido otras palabras, tres o cuatro decenas, pero no podía recordarlas en aquel momento y se maldijo a sí misma por no estudiar con más esmero.

Nada de lo que podía recordar era útil allí. Y ¿de qué serviría una palabra si no sabías qué pedir? ¿De qué servirían todas las palabras en cualquier idioma si te encontrabas con que no tenías nada que decir? ¿Qué era lo que Kylee *en verdad* quería?

Miró por encima de su hombro, a la cara avinagrada de Grazim, a Üku, quien la odiaba pero había prometido a los kyrgios entrenarla. Al consejero de defensa, quien la había alejado de su casa para que pudiera servir al reino y protegerlo de los kartamis, y al extraño joven noble que estaba junto a él, esperando, observando.

Se proyectaron imágenes en su mente; recuerdos esta vez, reales y no alucinaciones: ella, su hermano y su amigo Nyall derribando al águila fantasma y atándola; su hermano y su adorada azor, Shara, ganando una riña en las arenas; ella riendo con su amiga Vyvian mientras una bandada de chicos riñeros intentaban coquetear con ella; ella y Brysen aprendiendo a escalar juntos, ayudándose mutuamente a subir, fijando las sogas de cada uno, llegando juntos a alturas que jamás hubiesen alcanzado solos.

Supo qué decir.

—*Khostoon* —afirmó y, de repente, un rayo negro salió disparado de entre las nubes como una lanza en vuelo, trazó una línea recta hacia arriba por el risco y rozó el muro del castillo, haciendo que todos se agacharan, incluso los que estaban bajo el refugio del parapeto de piedra. Üku tiró de Kylee para que volviera a estar apoyada sobre sus propios pies y la soltó. La enorme ave circunvoló una vez, plegó sus demoledoras garras y cerró sus poderosas alas y cayó como la sombra de un relámpago sobre el desprevenido alce.

Este rebuznó y gruñó cuando el águila fantasma se estrelló contra su lomo, y desapareció bajo las alas extendidas de la gigantesca ave. Juntos, el águila y el alce, cayeron del risco. Parecía que el peso era demasiada carga para el ave. Rodaron dentro de las nubes y se esfumaron. Kylee sintió que su respiración caía con ellos, había exhalado la esperanza y no regresaba. La cetrería era un arte de pérdidas y hasta las aves más amansadas podían abandonarte, incluso las rapaces más despiadadas podían fallar.

Estúpida, se maldijo a sí misma, y luego maldijo a todo Uztar por poner todas las esperanzas de ganar la guerra en una sola ave, sin importar lo poderosa que fuera, y en una muchacha, sin importar lo decidida que estuviera a salvar a su familia. *Qué estupidez, qué estupidez, qué estupidez*, pensó y luego, sin saber por qué, sintió que una sonrisa brotaba en ella y una risa repentina escapó de sus labios.

Aleteando con tanta fuerza que las nubes se disolvieron alrededor de sus alas, se elevó el águila fantasma. Irrumpió en el cielo debajo del muro, con su enorme presa agarrada por la carne del lomo. El alce se agitó y pateó, luego quedó colgado inerte, mientras el águila lo llevaba más y más arriba.

La risa en la mente de Kylee no era suya. La caída del águila fantasma había sido… ¿una broma? ¿El águila fantasma había *jugado* con ella?

Genial, pensó y supo que el pensamiento era suyo. *Mi destino depende de una enorme ave asesina con sentido del humor.*

Todos los ojos siguieron el vuelo sinuoso del águila hacia lo alto del cielo enrojecido, luego observaron cómo se precipitaba y soltaba a la enorme bestia. El alce lanzó un chillido agudo mientras caía, después se estrelló contra la parte superior del muro con un desagradable ruido sordo, frente a los nobles acobardados.

Su cuerpo se partió con el impacto como una sandía, y sus vísceras salpicaron las elegantes vestimentas. Hasta el consejero de defensa, Birgund, se quedó sin aliento. Solo el joven noble de la sonrisa de cuchilla se quedó de pie con firmeza; sus pómulos dorados y sus labios ligeramente fruncidos ahora estaban manchados con sangre del alce.

—¡*RIIII!* —chilló el águila fantasma, que bajó planeando y desapareció. Abandonó los restos de su presa, lo que demostraba que no había tenido interés alguno en la caza, tampoco en la presa. Solo en los deseos de Kylee.

«Khostoon» significa compañera, pensó ella y supo que el pensamiento era una promesa.

—Parece que he encontrado una *compañera* después de todo —le comentó a Üku, mientras le lanzaba una mirada de advertencia para que nunca más volviera a amenazarla. Estiró los dedos y enganchó sus pulgares contra su pecho para ofrecerle el saludo alado uztari de respeto a la Madre Búho con una sonrisa mordaz en el rostro—. Gracias por enseñarme la palabra que necesitaba, señora Üku. —Miró a Grazim, luego apartó la mirada deliberadamente—. Quiero decir… que necesitábamos.

Al bajar marchando los escalones de vuelta al patio, puso las manos detrás de la espalda. Esperó que eso diera la impresión de que tenía una confianza desafiante.

En realidad, tenía que frenar el temblor de sus manos.

Compañera compañera compañera, repetía como un eco en su cabeza una voz que no era la suya.

3

Kylee estaba de pie temblando en la pequeña habitación contigua al patio de entrenamiento. Apenas pudo quitarse el guante de cetrera y colgarlo en uno de los ganchos de la pared. Simplemente dejó caer su morral de caza y su cinturón al suelo y apoyó la cara contra las manos. Quería gritar. Quería volver a casa. Quería estar en cualquier lugar salvo allí, donde estaba obligada a satisfacer las expectativas que todos tenían puestas en ella.

Acababa de hacer algo que ningún cetrero en muchas generaciones había hecho y en vez de sentirse liberada por su éxito, se sintió más atrapada que nunca. En cuanto mostrara dominio sobre el águila fantasma, la enviarían a la guerra y todos esperarían que ella los salvara. Se preguntó qué esperaría su nueva «compañera».

Pensó en su hermano mellizo, Brysen. Había tenido un azor hembra llamada Shara, a la que había rescatado de la ira de su padre por perder en las arenas de riña, y había querido a esa ave y se había ocupado de todas sus necesidades, y ella había cazado y peleado por él. Pero aun así la rapaz lo había dejado y le había roto el corazón. ¿Habían sido compañeros *ellos*? ¿Le rompería el corazón el águila fantasma cuando se fuera o solo su mente? Jamás podría querer al águila fantasma, pero de todos modos estaba ligada a ella.

Los cetreros tradicionales adiestraban a sus aves durante varias temporadas con comida, señuelos, caperuzas y correas, enseñándoles a reconocer a su adiestrador a la vista, a regresar a su puño y a comer de sus manos. Los cetreros les ponían nombre a las rapaces siguiendo la necesidad humana de domar lo salvaje con palabras, como si al nombrar un río se pudiera controlar su corriente o al nombrar un halcón se pudieran regular sus apetitos. Los hablantes de la lengua hueca no daban nombre a sus aves rapaces. Sabían que ningún nombre que dieran a las aves sería verdadero, y la lengua hueca requería la verdad. Kylee, de todos modos, no podía imaginarse llamando al águila fantasma de ninguna forma, tampoco se imaginaba acariciando las plumas de su cola ni dándole de comer pequeños cortes de carne de su mano mientras le susurraba secretos, como Brysen hacía con Shara. Pese a eso, necesitaba que el águila fantasma le sirviera. Tenía que mantenerla interesada en su relación, sin importar cuánto la aterrorizaran el brillo de sus ojos negros y los ecos que oía en su cabeza.

No tenía duda alguna de que lo que Üku decía era verdad: si ella no lograba comandar al águila fantasma, su hermano moriría, o bien a manos de un kartami o de un sicario del Concilio. Para protegerlo, tenía que evitar que el águila fantasma se alejara de ella como el halcón de Brysen había hecho.

Una sombra llenó la habitación y Kylee giró con rapidez al mismo tiempo que buscaba el cuchillo atado a su antebrazo.

—¡Epa! —Nyall levantó las manos y se quedó donde estaba, a la luz de la arcada, bloqueando el sol—. He oído que has dado todo un espectáculo a los kyrgios. El rumor ya vuela por el vecindario.

Kylee se relajó y se dejó caer contra la pared, contenta de que fuese él quien había ido. La silueta alta y de espaldas anchas de Nyall llenaba el espacio como una puerta; algo que había tomado como parte de su trabajo: tanto proteger la privacidad de Kylee cuando ella lo necesitaba como hacerle compañía cuando ella quisiera. Era la única persona que había ido con ella al abandonar Seis Aldeas, la única persona en el Castillo del Cielo que realmente la conocía.

—He hecho lo que querían —comentó Kylee.

—Por la expresión que tenía Üku cuando he pasado a su lado bajo la arcada, creo que has hecho más de lo que querían —respondió él, entrando en la sala para hacer su trabajo de asistente propiamente dicho, que consistía en revisar y mantener en buen estado su equipamiento.

Era extraño tener a un amigo de asistente. No quería darle órdenes y no le gustaba que la atendieran. Incluso en el entrenamiento militar que ambos hacían, a él le asignaban tareas como su segundo y lo instruían para que siguiera sus órdenes, aunque él tenía mucha más experiencia luchando que ella. Nyall había sido un chico riñero allí en Aldeas y conocía las heridas que una garra o un filo podían infligir. Las había recibido y provocado unas cuantas veces.

Aunque a Kylee le resultaba incómodo tener un asistente, él no parecía tener problemas con la situación. Le entusiasmaba verla con tanta frecuencia como podía y decidir quién tenía acceso a ella y quién no. Debido a su don para la lengua hueca, Kylee recibía muchas visitas en el castillo. Estas hacían todo lo posible por ganarse el favor de Nyall para poder llegar a ella. Él también disfrutaba de esa parte de su trabajo: aceptaba sus regalos y repartía pequeñas esperanzas de que Kylee tal vez iría a comer a sus hogares o asistiría a sus fiestas.

El largo abrigo verde que Nyall llevaba puesto ahora se lo había regalado una noble que quería que Kylee comandara un halcón cazador de zorro extremadamente caro para que cazara en vez de que se quedara posado, sometido al puño, batiendo sus alas pero sin remontar vuelo jamás al ver una presa. ¿De qué servía tener un halcón impresionante si este no cazaba?

La kyrgia era consejera subalterna para el mantenimiento del alcantarillado y la iluminación regional, lo que era un rol poco glamuroso pero muy lucrativo, y el abrigo que le había dado a Nyall estaba hecho de una elegante seda verde, forrado con piel de zorro y tachonado con botones de cristal de una gran variedad de colores. Las costuras alrededor de todos los bolsillos, el cuello y los puños eran de hilo de oro. El esposo de la kyrgia le había dado a Nyall las esmeraldas que llevaba ahora en las orejas, y a Kylee le preocupaba tener que visitar a la pareja como compensación por el atuendo de Nyall.

Había atado sus largos bucles como un nido en su coronilla y la piel oscura de su largo cuello, observó Kylee, estaba espolvoreada con elegante polvo dorado de caza. Hasta había sumado un pequeño tatuaje a su cuello: seis plumas negras para representar a Seis Aldeas, un recordatorio de su hogar o, más probablemente, una forma de mostrar que estaba orgulloso del lugar del que provenía, aunque ahora se moviera en los círculos más altos del poder.

Kylee le sonrió mientras él frotaba aceite en el cuero de su guante para mantenerlo flexible y él le devolvió una sonrisa brillante. El tatuaje en su cuello era el tipo de broma provocadora que Brysen disfrutaría.

—¿Alguna novedad? —preguntó ella. Cuando no estaba trabajando, Nyall pasaba mucho tiempo en los bares que los otros asistentes frecuentaban y, a menudo, se enteraba de los últimos cotilleos. Escucharlo contárselos le recordaba a casa. Casi podía imaginar que ella, Brysen y su amiga Vyvian estaban sentados en Pihuela Rota escuchando las novedades de la caza y venta de aves, de los polluelos que aprendían a volar y las peleas de los chicos riñeros.

Nyall sonrió y sus ojos musgosos brillaron. Sus hoyuelos abollaron sus mejillas como piedras arrojadas a un profundo lago de montaña y Kylee entendió por qué todo aquel que tuviera sangre romántica en las venas estaría más que feliz de hacerle regalos, incluso aunque eso no los acercara a tener un encuentro con ella. Tenía el aspecto de un héroe clásico, uno de los grandes cetreros sobre los que cantaban en las historias: tenía espaldas anchas, piel oscura y era más alto que ella y su hermano por dos cabezas. Tenía el tipo de brazos con los que la gente soñaba que la abrazaran, el tipo de hombros sobre los que el cielo mismo querría llorar. Nadie entendía por qué Kylee rechazaba sus avances y ella jamás le preguntaba si había otros favores que él diera a cambio de los regalos que recibía. Esa era la clase de cosas sobre las que Brysen disfrutaba hablar, no ella.

Nyall sacó una carta de su chaqueta y se la dio. Ella la desenrolló con rapidez, entusiasmada por la letra irregular con la que estaba escrita. La de Brysen. La paloma que había llevado la carta había atravesado una niebla espesa, lo que había humedecido la tinta y había hecho que las letras se corrieran. Tuvo que adivinar algunas palabras, pero su hermano escribía como hablaba y casi pudo escuchar su voz a través de su ortografía creativa.

Ola, Ky, espero que ande todo bien ay con los poderosos kyrgios del Castiyo del Cielo. Ya estás acargo de todo? Si todavía no lo as echo, entonces calculo que vas a remplazar a la kyrgia Bardu como procuradora antes de la siguiente luna y les dirás a todos qué hacer. Me llego tu carta. Suena asombroso. Agua caliente por tuberías desde las termas? apuesto que allí uelen mejor que aquí. Pero no te preocupes. Me estoy cuidando, asta lavo las sabanas aveces. Lamento habertelo dejado a ti todas estas temporadas. No es muy divertido.

Ma y yo nos estamos llebando bastante bien. Sigue resando casi todo el tiempo y le da demasiado bronce a los Sacerdotes Rastreros, pero cada ves hay mas refugiados altaris que vienen desde las praderas todos los días y a empesado a lavarles la ropa gratis. Intenté poner la mía entre la de ellos el otro día y me bufó, dice que no piensa limpiar mierda impura de pájaro de mis camisas. Le pregunté si esistía la mierda pura y si la limpiaría. Así fue como termené haciendo mi propia colada.

Jowyn sigue aquí. Ha ocupado tu cuarto. No te preocupes! No estoy haciendo nada que no aprovarías. Al menos no con él. ES UNA BROMA! No hay tiempo para eso. Ayudamos con las barricadas a lo largo del río en los días de lluvia y cuando hace buen tiempo, Jo viene a atrapar halcones con migo. Estamos atrapando más que nunca, los vendemos más rápido tambien, pero aunasi... ninguna noticia de Shara, aunque creo que la vi hase un par de días. Está cerca, lo presiento.

Brysen había comenzado una línea nueva dos veces más, algo sobre su azor, pero las había tachado. Kylee logró descifrar la frase «darme por vencido», pero no estaba segura de las palabras que la acompañaban. Brysen no solía rendirse.

Bueno, no te preocupes por nosotros aquí. Mantente asalvo y muéstrales lo que puede hacer un seisaldiano. Cuando salves a todo Uztar, quiero ver a ese kyrgio Bergund de rodillas a tus pies, comiendo de tu mano como un cernícalo amansado.

El guapo de tu hermano, recuerdas?

Brysen

Kylee se rio, contenta de leer que su madre y él no habían estado peleándose y más feliz todavía de que él no se hubiera enamorado de ese extraño chico búho que había ido a vivir con ellos. Jowyn los había seguido a casa desde el bosque de abedules de sangre, desterrado del territorio de las Madres Búho por la propia Üku. Brysen tenía un corazón que latía tan rápido como el de un gorrión y caía en manos de depredadores con igual frecuencia. Esperaba que estuviera siendo cuidadoso con él. No era solo el corazón de su hermano lo que le preocupaba. Esperaba que estuviera siendo cuidadoso con todas las partes de sí mismo que lo llevaban por caminos peligrosos. Sin ella cerca, podía meterse en todo tipo de problemas.

Pensar en Brysen pavoneándose por Seis Aldeas la hizo sonreír, pero Nyall tenía otras noticias para darle, y la carta de Brysen tenía pistas sobre ellas.

Los refugiados altaris que estaban llegando a Seis Aldeas.

Las barricadas a lo largo del río.

Que las aves se estuvieran vendiendo más rápido que nunca y por precios más altos.

—Los kartamis se mueven rápido —dijo Nyall—. Delante de ellos, van enormes bandadas de pájaros que huyen hacia las montañas, muchos más de los que nadie podría atrapar. La gente teme cada vez más a la escasez a medida que los guerreros-cometa se acercan, porque los kartamis están matando a todas las aves rapaces que encuentran, y también a todo cetrero. A cualquiera que comercie con los cetreros. Eliminaron dos caravanas de larga distancia más, llenas de granos provenientes de Zilynstar. Después, arrasaron Zilynstar. Masacraron a todos los uztaris y a todas las aves y dejaron que unos pocos cientos de altaris huyeran directos a Seis Aldeas.

—Brysen no menciona nada de eso. —Sostuvo en alto la carta.

—No quiere que te preocupes por él. Te diría que un relámpago es un arcoíris con tal de evitar que te preocupes.

—¿Crees que irá a luchar?

Nyall se rio con ganas, lo que también hizo reír a Kylee. Era obvio que Brysen iba a luchar. Brysen jamás dejaría que algo como el entrenamiento, las habilidades o la práctica se interpusieran en el camino de un gran gesto heroico. Si los guerreros-cometa kartamis sitiaban Seis Aldeas, él estaría en las barricadas antes de que volaran las primeras plumas.

—Tengo que detener a los guerreros-cometa antes de que eso suceda —sostuvo Kylee, cuya risa se había apagado por completo.

—No eres la única que luchará contra ellos, ¿sabes?

Nyall levantó una ceja al mirarla. No había nadie como él para recordarle que la salvación de todo lo que había bajo el cielo no era responsabilidad solo de ella. Deseaba creerle.

—Soy la única a la que el águila fantasma escucha —respondió.

—¿Crees estar lista?

—De ninguna manera. —Se mordió el labio—. Por mucho que odie reconocerlo, creo que tengo que esmerarme más en los entrenamientos con Üku y Grazim.

—No confío en ninguna de ellas.

—Yo tampoco —aclaró Kylee—. Pero si tengo que mantener al águila fantasma cerca y lograr que haga lo que necesito, entonces voy a tener que saber qué le estoy diciendo más de lo que lo sé ahora. Tengo miedo de que si digo algo equivocado, mate a la mismísima gente que estoy tratando de proteger.

—No matar a los que intentas proteger es muy considerado por tu parte —coincidió Nyall—. Espero ser uno de ellos.

—¿Qué puedo decir? —Le sonrió a su amigo—. No matar a mis amigos es lo mínimo que puedo hacer. Si no soy considerada, entonces no soy nada.

—Jamás podrías ser nada para mí. Ya sabes, creo que lo eres tod…

—Perdón por la intrusión —interrumpió la voz de un hombre. Ambos se sobresaltaron y giraron hacia la entrada abovedada. Nyall ya empuñaba su cuchillo, pero la figura en la puerta puso las manos en alto para mostrar que estaban vacías, igual que Nyall había hecho cuando Kylee le había apuntado con su hoja. Todos los habitantes del Castillo del Cielo estaban nerviosos desde la aparición del cuerpo decapitado de Yirol, la sicaria—. Debo decir que he quedado muy impresionado con tu actuación de hoy —añadió el hombre—. Los mejores intelectos de la ciudad cantan sobre tus gestas por todos lados y adornan más la canción con cada canto. Para el atardecer, los rumores te tendrán montando el águila fantasma por encima de los tejados de la ciudad mientras entonas la Épica de las cuarenta aves en su idioma original.

Kylee miró al hombre de arriba abajo. Era el joven kyrgio con la sonrisa de cuchilla.

—Ryven —se presentó.

—*Kyrgio* Ryven —añadió Nyall con énfasis. Tenía la reconfortante costumbre de asegurarse de que Kylee siempre supiera con quién estaba hablando, de modo que no tuviera que molestarse en recordar los nombres de todos. Sin su ayuda, hubiese estado perdida en los círculos sociales de la ciudad. En Seis Aldeas, conocía a todos desde siempre.

—Culpable de ejercer la política —confesó el kyrgio Ryven. Se frotó de forma deliberada la incipiente barba de sus mejillas mientras ella volvía a mirarlo. Parecía muy consciente de la impresión que causaba: encantador, desenfadado y un poco peligroso. Tenía los dientes ligeramente torcidos, lo que significaba que no había nacido en la riqueza, pero eran de un blanco brillante, lo que quería decir que era rico ahora.

Entró en la habitación mientras Nyall envainaba su cuchilla.

—He visto hablantes de la lengua hueca comandar a un peregrino para que les lleve una liebre después de la matanza, pero ¿ver al águila fantasma soltar un alce adulto a los pies del cazador? Maravilloso.

—¿No ha sentido miedo? —le preguntó Kylee.

—Me he sentido seguro en tu presencia. —Ryven le ofreció otra vez su sonrisa.

No quiso decirle que desperdiciaba sus encantos en ella. Él era más bien del tipo de Brysen. La falta de interés de Kylee en una sonrisa atractiva no había sido algo de lo que preocuparse o que valorar allí en Seis Aldeas, pero aquí, en el centro del poder y la riqueza uztari, todo podía ser un arma, y el kyrgio no necesitaba saber que ella era inmune a sus seducciones y a las de los demás.

Lo dejaré intentarlo, pensó. *Al hacerlo, revelará más de sí mismo que yo de mí.*

Nyall dio un paso adelante e hizo el saludo alado, con sus palmas presionadas contra su corazón, los pulgares enganchados y los dedos extendidos como alas a cada lado.

—¿A qué le debemos el honor de esta visita?

—Daré una fiesta esta noche —respondió Ryven—. Y quería invitar a Kylee.

—Entrena con la infantería temprano por las mañanas —contestó Nyall por ella, una verdad que no era razón suficiente para no ir a una fiesta.

—El entrenamiento de mañana se aplazará hasta que el sol alcance el mediodía —respondió Ryven, sin mirar a Nyall—. Ya me he encargado de eso. Simplemente me rompería el corazón que no vinieras. A menos, obviamente, que no *quieras* ir.

Ella negó con la cabeza, sabiendo bien que era mejor no ofender a un kyrgio que podía susurrar al oído del consejero de defensa o incluso de la propia procuradora.

—Te veré allí, entonces. —El kyrgio Ryven saludó, luego los dejó boquiabiertos y sin posibilidad alguna de poder negarse.

—¿Ha hecho posponer el entrenamiento de un batallón completo para que puedas ir a su fiesta? —se preguntó Nyall.

Kylee asintió.

—Cuidado, Ky. Tener la atención de un kyrgio como ese es como escalar durante una tormenta eléctrica.

—¿Emocionante? —sugirió ella, que echaba de menos la libertad de sus escaladas matutinas.

—Es tentar al cielo —respondió Nyall.

—Nos encontraremos después de la fiesta —le dijo Kylee—. Quizás mientras estoy allí, puedas ir por un trago o dos a uno de esos bares. Averigua algo más sobre este kyrgio. Pon a trabajar esos hoyuelos tuyos.

—¡Ey! —protestó Nyall—. Soy más que una cara bonita.

Kylee se rio. Si hubiese sabido que sería la última vez que vería su cara sonriente, hubiese dicho algo más que:

—Pero no bebas demasiado vino de espino desértico. No quiero despertarme contigo cantando.

4

Kylee dejó el ala militar del castillo y subió la escalera de caracol que llevaba a la austera habitación que ella y Grazim compartían. Necesitaba decidir cómo vestirse para la elegante fiesta del joven kyrgio. En sus diecisiete temporadas de deshielo, Kylee había escalado peñascos traicioneros, había luchado contra asesinos y bandidos y hasta había doblegado a la mismísima muerte a su voluntad; pero elegir un atuendo era lo que la ponía nerviosa.

No quería tener un aspecto inapropiado o demasiado elegante o como el de una muchacha tonta de las Aldeas que se esforzaba demasiado. En Seis Aldeas nadie iba de gala a una fiesta. Se vestían bien durante los días de mercado o para el Banquete del Cruce Alto, pero ni siquiera los Tamir, la familia más poderosa del pueblo, se ponían atuendos elegantes para una fiesta. Las fiestas involucraban demasiada sangre y excremento de ave.

Apoyó una serie de ropas finas sobre la cama. Había un traje de cuero de color crema que le había enviado un kyrgio que controlaba varias curtidurías; había una falda bordada con interpretaciones modernas de antiguos estampados uztari que le había regalado una encantadora diseñadora textil y su esposo; y había más chalecos entallados y túnicas y collares de los que podía contar, con infinita cantidad de estampados, telas y estilos. En el Castillo del Cielo todos disfrutaban de la moda excepto ella.

Se sintió tentada de llamar a Nyall para que la ayudara a vestirse, pero nunca lo había invitado a su habitación privada, y no quería confundirlo. Sabía lo que él sentía por ella y él sabía que ese sentimiento no era algo recíproco. Ese equilibrio siempre había funcionado bien entre ellos, pero Kylee había visto que la gente hacía tonterías cuando un viento salvaje soplaba en sus corazones, y no quería provocar ninguna brisa que Nyall pudiera querer remontar. Ser responsable no solo con sus propios sentimientos sino también con los de él era agotador.

El cielo hizo el viento pero también las alas, pensó. Hacía lo que podía por la gente que quería, y si no herir los frágiles sentimientos de Nyall o el corazón imprudente de su hermano estaba dentro de sus posibilidades, entonces eso era lo que haría. Eso era lo que *siempre* había hecho.

—¿Así que crees que el águila fantasma es tu compañera? —dijo Grazim con desdén desde la entrada de la habitación. Aunque no hubiesen compartido la habitación, Kylee no podría haberla dejado fuera. No había puerta, solo una arcada abierta, como en la habitación de equipamiento, y le habían dicho que se considerara afortunada por eso. Los reclutas militares normalmente dormían en barracones, sobre catres colocados uno al lado del otro como las perchas de los halcones en las jaulas. Kylee y Grazim vivían tan bien como los oficiales del doble de su edad. Hasta tenían su propio retrete, aunque allí tampoco había puerta.

—¿Estás molesta porque he usado una palabra nueva antes de que tú lo hicieras o porque el águila fantasma no te presta ninguna atención?

Grazim se rio por la nariz. La cultura de la que procedía prohibía la cetrería, por eso su habilidad para hablar la lengua hueca era algo intrigante para Kylee. Los altaris veían el adiestramiento y el uso de las aves rapaces como la peor de las blasfemias, algo que la madre de Kylee siempre le había recordado. Ella también era altari y, como Grazim, sus ancestros habían sido desterrados de las montañas por los primeros uztaris, los que construyeron el Castillo del Cielo y se asentaron en las laderas. Algunos altaris tenían un lugar en la sociedad como vendedores ambulantes o pastores, granjeros o sirvientes, pero sus movimientos y sus oficios estaban restringidos y se los miraba con escepticismo y sospecha, como simpatizantes de los fanáticos kartamis. La propia madre de Kylee no había podido trabajar en Seis Aldeas y si bien simplemente podría haber criticado su cultura, su fervor era demasiado fuerte para ceder.

Esa elección siempre había enfurecido a Kylee. Si su madre tan solo hubiese sido menos fanática, podría haber trabajado, y si hubiera trabajado, podría haber dejado a su padre, y si hubiera dejado a su padre, Brysen podría haber evitado la peor parte de su maltrato. En vez de eso, Brysen había sufrido incontables temporadas de humillación y palizas y una horrible quemadura que le había dejado la mitad del cuerpo con cicatrices y el pelo gris. En unas pocas temporadas más, su padre podría haberlo matado. Solo su muerte los había liberado.

Kylee tenía que agradecérselo al águila fantasma. Quizás habían sido compañeras desde mucho tiempo antes de que ella dijese esa palabra horas antes.

—No debes *abusar* de la lengua hueca —la regañó Grazim.

—¿De qué manera he abusado? —Kylee descruzó los brazos y miró con fijeza a su compañera de habitación.

La otra muchacha se desató el cabello, lo agitó y se sentó en el borde de su cama.

—Tomas atajos y desprecias las lecciones que la señora Üku se esfuerza en enseñarnos. Tienes talento, pero te falta habilidad.

—No veo la diferencia —dijo Kylee, pero sí la veía. El talento venía de forma natural; la habilidad era algo que se ganaba. Juntos, el talento y la habilidad eran una fuerza imparable. Lo primero era lo que la había llevado allí, lo segundo era lo que debía aprender. Sin habilidad, se arriesgaba a ser controlada por el águila fantasma y no al revés.

—Tu talento es un insulto a la destreza por la que he trabajado toda mi vida —respondió Grazim, luego añadió—: *Shyehnaah-tar.*

La rapaz favorita de Grazim, un busardo ratonero con plumas moteadas pardas y negras en el pecho, entró aleteando a la habitación y aterrizó en su puño. Grazim suspiró y negó con la cabeza, mirando deliberadamente hacia el lado contrario de donde estaba Kylee, aunque el busardo tenía sus brillantes ojos color naranja fijos en ella.

—Si hubiera nacido en un ambiente cetrero como tú, imagina lo que podría haber hecho.

—Sí, es una lástima que yo haya nacido con tanta *suerte*, ¿no? —Kylee le lanzó una sonrisa sarcástica. Estaba lejos, muy lejos de casa, compartiendo una habitación con alguien que la odiaba, observada por toda una ciudad y rehén de una amenaza contra la vida de su hermano hecha por los kyrgios más poderosos de Uztar. De haber podido, habría intercambiado toda su «suerte» por la pluma de una paloma.

—*Seré* la primera hija de altaris en comandar soldados para el Castillo del Cielo —afirmó Grazim—, y lo haré con un dominio de la lengua hueca que me he ganado. Les mostraré a cada uno de estos gallitos uztaris que mis pulmones altaris exhalan más excelencia que la que jamás conocerán en toda su vida y, a medida que avance y ascienda, también lo harán todos los altaris. Si crees que no me desharé de una chiquilla uztari de Seis Aldeas que se ha entrometido en mi camino, entonces no sabes lo que te espera.

—¿Crees que una altari habilidosa hará que alguno de estos kyrgios cambie de opinión sobre tu pueblo o les ceda un ápice de poder? Te usarán, pero jamás te respetarán.

—El respeto se toma —rebatió Grazim—, no se da.

—Bueno, no puedes tomar de ellos lo que no tienen para ti.

—Habla por ti —gruñó, para añadir luego con un tono burlón—: Ah, cierto, hablar por ti misma es lo que te está costando tanto, ¿no?

—Me pregunto por qué esos halcones no se han creído que queríamos ser compañeras —comentó Kylee irónicamente. Quería erguirse amenazante sobre Grazim, pero la rapaz en el puño de la muchacha mantenía sus ávidos ojos clavados en ella. Un movimiento en falso y el ave se lanzaría de su puño, y Kylee no creía tener la habilidad para detenerla.

Se quedaron mirándose la una a la otra, cada una obstinada en su antipatía, resintiendo el talento de la otra y desconfiando de sus motivaciones. Kylee sabía que sería mejor tener a Grazim de aliada que de enemiga, pero no podía pensar en cómo hacer las paces con la chica. Ella jamás había tenido la ambición de Grazim y no entendía ese impulso. Había trabajado duro para cuidar de su melancólica madre y su maltratado hermano, pero jamás había tenido para sí metas más grandes que apañárselas. Su pequeño mundo de amigos y familia siempre había sido suficiente para ella y nunca había pedido cargar con la atención del águila fantasma. Odiaba que la detestaran por algo que nunca había querido.

—¿Qué es lo que quieres ahora mismo, Grazim? —preguntó—. ¿Has venido solo para insultarme?

Grazim resopló y alzó la mirada al techo.

—He venido a decirte que la señora Üku quiere cenar contigo a solas esta noche.

—Bueno, tengo la fiesta de un kyrgio, así que, por favor, dile a nuestra ilustre Madre Búho que hablaré con ella por la mañana.

—*No* soy tu mensajera —gruñó Grazim.

—Y, sin embargo, estás aquí con un mensaje para mí.

—Si quieres ir de fiesta con ese kyrgio espolvoreado, díselo tú misma a la señora Üku.

—Estoy segura de que ya lo sabe —dijo Kylee—. No se le escapan demasiadas cosas.

—¿Vas a ignorar su invitación sin más?

—No la estoy ignorando —respondió Kylee—. Es solo que tengo planes.

—¿Sabes? No todos te idolatran porque el águila fantasma *a veces* te escucha —advirtió Grazim—. Deberías tener más cuidado.

—¿Es una amenaza?

—No por mi parte. —Grazim miró el busardo en su puño—. Nuestros dones nos hacen diferentes y hay gente que le teme a esa diferencia. Gente que nos desea el mal.

—Puedo cuidar de mí misma —sostuvo Kylee—. Pero agradezco tu *sincera* preocupación.

—Si tuviera la mitad de tu talento natural para la lengua hueca, yo…

—Harías que el águila fantasma me despellejara viva. —Terminó Kylee la oración—. Realmente me alegra que no lo tengas.

Las fosas nasales de Grazim se ensancharon y las pecas en su pálido rostro se oscurecieron. Parecía a punto de decir algo más, pero en lugar de eso, cerró la boca de golpe. Se puso de pie con el busardo sin caperuza en su puño desnudo y se fue pisando con fuerza por el arco bajo el cielo rojizo del atardecer.

—Disfruta de tu fiesta —gritó por encima de su hombro. Y si Kylee no la hubiera conocido, habría pensado que acababa de herir sus sentimientos.

Pero Grazim no tenía sentimientos.

Kylee estaba sola otra vez. Su corazón latía a toda velocidad y sus opciones de atuendos aún estaban desparramadas en la cama. Sin importar cuál eligiera, usaría su daga como accesorio. Una fiesta con los poderosos era como una expedición de caza, solo que todos eran depredadores y todos eran presas.

EL CIELO VACÍO

Enormes bandadas cubrían el cielo sobre su ejército, en una red ondulante que se extendía de un lado al otro del horizonte, desplegándose en una cacofonía de gañidos, graznidos y chillidos de pánico. Detrás de su ejército, los cielos estaban vacíos y silenciosos, salvo por los buitres, que no se quedaban en el aire demasiado tiempo. Se agitaban al caer sobre los cadáveres que el ejército dejaba a su paso.

Los cuervos descendían, se alimentaban y, cuando los huesos quedaban limpios, los guerreros aprendices de Anon mataban a los devoradores de carroña. No había funeral celeste para aquellos a quienes los kartamis derrotaban. Los guerreros quemaban los cuerpos de los buitres y los huesos en piras enormes. Largas columnas de humo gris se alzaban detrás del ejército, detrás de las bandadas que huían de ellos, y se podían ver de un extremo a otro de la meseta. Pilares de humo que sostenían un cielo vacío. Esos eran los únicos monumentos que Anon construía en sus conquistas. Y todos aquellos que veían cómo las columnas se iban acercando, temblaban.

Lo que, obviamente, era el objetivo.

Anon no era un juglar, como los muchos malabaristas de palomas viajeros y bailarines con aves cantoras nómadas que había capturado, pero entendía la naturaleza de un espectáculo. A los artistas que se habían arrepentido de su comunión con las rapaces, les permitía servir en sus filas de retaguardia, montando y desmontando el campamento, apilando cuerpos y componiendo canciones sobre las hazañas de su ejército. A unos pocos suertudos los enviaba como refugiados para que difundieran estas canciones y, con ellas, el terror.

Un canto fúnebre para los asentamientos de Vala Dur; un lamento por la matanza de las grandes caravanas del Bajo Parsh; una oda a un par de guerreros-cometa caídos que habían muerto abrazados durante la batalla por Vykiria Oasis, pero habían matado a más de cien halconeros uztaris antes de remontar esa última brisa. Cada canción agrandaba el mito, mientras las columnas de humo mostraban el avance del ejército hacia Seis Aldeas, hacia el día en que aquellos que habían escuchado las canciones podrían, o bien rendirse, o bien convertirse en otro verso.

Anon sabía que superaban sus fuerzas en número. Aterradores como eran y, hasta ahora, invictos, los kartamis no tenían un ejército lo suficientemente grande como para apoderarse del Castillo del Cielo, ni siquiera para resistir en Seis Aldeas si llegaba a tomarlas. Pero sus fuerzas podían conquistar las mentes de sus enemigos antes de que la primera cometa remontara el vuelo o la primera flecha fuera lanzada.

Sus primeros avances habían sido feroces. Había pedido a cada pareja de guerreros-cometa que no dejaran a nadie vivo. El guerrero que iba en la cometa debía arponear a cada persona y a cada pájaro; el guerrero que iba abajo, en el carretón, debía decapitarlos y aplastarlos bajo sus ruedas.

«Podemos ser misericordiosos más adelante», había explicado Anon a sus comandantes. «La gente recuerda *poco* lo que haces, pero de cómo la haces sentir, lo recuerda *todo*. Si al principio los aterrorizamos, siempre pensarán en nosotros con terror. Hay héroes cuya vida se estropeó para siempre por un momento de debilidad, y hay cobardes que fueron valientes una vez, en su juventud, y gozaron de esa reputación para siempre, sin importar lo inútiles y tontos que resultaran ser después. Comenzaremos soplando un viento tan sangriento sobre esta meseta que hasta nuestra brisa más suave hará que sus guerreros más feroces lloren».

Así habían empezado, pero ahora, después de conquistar tanto, él había empezado a mostrar misericordia, a administrar los territorios, a controlar el comercio, la ley y la cultura, que eran todas plumas de la misma ave enorme: el imperio.

No tenía ningún interés en un imperio. Estaba destinado a conquistar, no a gobernar. Dejaría que quienes vinieran después de él dirigieran el nuevo mundo que él haría. Ese no era su destino.

En su juventud, de pie frente a un santuario en ruinas de los primeros cetreros, cuyo propósito y sentido habían sido olvidados largo tiempo atrás, Anon había tenido una visión. Había visto su destino: liberar a la humanidad de su sumisión al culto de las aves y derribar el cielo que la acechaba. Todo lo que había hecho desde entonces había sido con la intención de cumplir ese gran propósito. Incluso ahora, tenía un plan y tenía poco que ver con arrebatar insignificantes áreas de lodo a los kyrgios uztaris que creían que las gobernaban.

Conocía su gran propósito como un río conoce el curso de su corriente y el viento conoce la temporada para helar y para arder. Anon era el río, era el viento, era el hielo y la llama del mundo.

En la distancia, acercándose a toda velocidad a él, en dirección opuesta a una bandada de gaviotas de arena, estorninos y gorriones que huían a toda velocidad, había un planeador solo, volando bajo con sedas raídas.

Con un brazo, Anon aflojó la línea guía de la cometa que dirigía su carretón, que fue desacelerando hasta detenerse mientras caía la cometa. A su señal, los carretones que iban detrás de él también aflojaron sus líneas. Casi instantáneamente, su formación de filas y columnas, más de dos mil pares de guerreros, rodó hasta detenerse, levantando una polvareda en las planicies. El planeador bajó en picado y la piloto aterrizó corriendo, sus alas se plegaron detrás. Se escurrió fuera de su arnés y ella salió disparada hacia Anon. Se arrodilló a sus pies.

Él le dio un odre de cerveza de leche para que se aclarara la garganta y fortaleciera su voz antes de presentar su informe.

Mientras esperaba, pasó sus manos por el borde liso de su carretón de guerra, tamborileó con los dedos la riostra de madera que lo rodeaba. Habían construido sus primeros carros con madera y metal usados, recolectados a lo largo de innumerables temporadas de ataques, pero ahora construían los nuevos en los asentamientos conquistados, donde los tallaban y forjaban para asegurar su solidez y su velocidad. Había sumado ingenieros a sus filas y estos habían mejorado el sistema de cuerdas y poleas que permitía que el conductor lanzara una cometa desde la parte trasera del carretón, aprovechando el viento como las mismísimas aves que pretendían destruir.

Después, un guerrero podía trepar por la cuerda, atarse a la cometa y hacer que la muerte lloviera sobre todos los que se alzaban contra ellos. Las parejas de guerreros en carros gobernaban toda área de tierra que cruzaban y toda la extensión del cielo sobre ellos.

Pero pronto se enfrentarían a la verdadera potencia de Uztar, sus soldados profesionales, sus poderosas armas y sus habilidosos cetreros. Sumado a eso, los hablantes de la lengua hueca que los uztaris habían reclutado. Y las esquirlas de los fieles de Anon serían molidas hasta ser vidrio. Si no encontraba la forma de frenar a los uztaris hasta conseguir su verdadero propósito, entonces todo su sacrificio, toda la sangre que había derramado, habría sido en vano. Para resistir frente a Uztar, necesitaba una ventaja que los kyrgios no habían considerado.

—Han construido barricadas a lo largo del río —informó la piloto del planeador—. Pero como sospechaba, han dejado las montañas sobre las Aldeas prácticamente desprotegidas. Unos pocos cetreros y grupos de caza vigilan los pasos elevados, eso es todo.

—Saben que nuestros carros de guerra no pueden moverse allí —repuso Anon—, y confían en que sus halcones los protegerán de los planeadores que enviemos por el aire. Quizás hasta intenten retirarse una vez que comience el asedio.

—Toda retirada que intenten los enviará a través del bosque de abedules de sangre —apuntó la exploradora—. Las Madres Búho jamás dejarán que pasen por su territorio.

—Las Madres Búho han formado una alianza con Uztar —dijo Anon—. No podemos estar seguros de lo que harán. Sin embargo, sí podemos estar seguros de lo que haremos *nosotros*. Nosotros marcamos el ritmo de esta guerra, no los paganos uztaris ni sus colaboradores altaris. Nosotros.

—Sí, Anon. —La guerrera inclinó la cabeza.

—¿Y bien? —Anon la miró con fijeza, esperando la información que quería.

—Como nos dijeron, el chico sube todos los días a los peñascos y riscos que se elevan sobre Seis Aldeas en busca de un halcón.

—Es un vendedor de halcones —explicó Anon—. Seguirá yendo a las montañas en busca de halcones. Así es cómo todos estos sucios cetreros se ganan el bronce.

—Lo siento, no he sido clara. —Mantuvo los ojos apuntados a la tierra frente a sus pies—. El chico está buscando un halcón en particular: el halcón de su infancia. Nuestros espías señalan que quiere a esa ave más que a todas las otras. La perdió mientras capturaba al águila fantasma y cree que regresará a él. Recorre las estribaciones en su búsqueda todos los días.

Anon se rio por la nariz. Era de esperar que el muchacho quisiera a un pájaro. El amor era, para empezar, lo que lo había llevado a las montañas a capturar al águila fantasma —y lo que casi la había puesto directamente bajo el control de Anon—, pero el amor de su hermana por él había frustrado esos planes. Y por más que le hubiera gustado matar a la chica, no tenía partidarios en el Castillo del

Cielo, ni sicarios que enviar o espías que informaran de sus movimientos. Por ahora, la muchacha y su águila estaban fuera de su alcance.

Pero el chico. El chico estaba mucho más cerca de su mano. Él había mirado al águila fantasma a los ojos, así que era poco probable que lo afectara el miedo a la brutalidad de Anon, pero había una fuerza más poderosa que el miedo, y ese chico aún estaba a merced de esta.

El amor.

Anon lo había visto más de mil veces durante las batallas. Amantes, hermanos, padres e hijos luchaban con más ferocidad unos por otros que cualquier conjunto de extraños reunidos en cuarteles de entrenamiento. Era por eso que los guerreros-cometa luchaban en parejas de amor —familiar o romántico— y hasta ahora ninguna pareja había retrocedido jamás. Ni siquiera en la muerte eran derrotadas. Los temerosos huyen, pero quienes se quieren conquistan.

Si el Castillo del Cielo no veía la utilidad de ese muchacho, Anon sí que lo hacía. Era su capacidad de amar lo que haría del chico un arma tan poderosa como su hermana, incluso aunque él aún no lo supiera. Se podía utilizar un corazón ambicioso.

—¿Has puesto en marcha los planes?

La piloto del planeador asintió.

—Hay uztaris que por unos pocos bronces traicionarían a cualquiera, incluso a los jóvenes polluelos.

Anon frunció el ceño. Dejar una misión tan delicada a traidores uztaris a sueldo no le gustaba nada.

—Recuérdame quién es tu compañero —le pidió a la piloto.

—Mi madre —respondió la exploradora—. Está demasiado enferma para luchar, así que usted me bendijo con esta tarea mientras ella se recupera.

—Visítala —ordenó Anon—. Y luego selecciona a tres escuadrones de planeadores para que vuelvan contigo. La fuerza principal continuará con nuestro avance hacia Seis Aldeas, pero tu asalto aéreo irá primero, para evaluar sus defensas y estar en posición de atrapar al chico si tus mercenarios fallan.

—Sí, Anon. —Se inclinó otra vez hacia la tierra, el polvo del que venían y al que regresarían. Se alegró de ver su devoción. No había adoradores del cielo en su ejército.

—Gracias —dijo, y la piloto se fue corriendo a visitar a su madre mientras su ejército se preparaba para un descanso vespertino.

Para mantenerlos afilados mientras le daban tiempo a su plan para que se desarrollara, los haría atacar un pueblo o dos de las planicies de camino a Seis Aldeas. Antes de que comenzara el verdadero asedio al nido uztari, lanzaría algunas columnas de humo más al cielo.

Todo Uztar se estremecerá al ver las enormes bandadas que huyen de nosotros.

El pensamiento alegró a Anon. El chico las observaría con añoranza por su hermana. La chica las vería desde más lejos y se llenaría de angustia por su hermano.

Y en algún lugar, como Anon sabía, el águila fantasma también vería sus piras ardientes. Rogó que el cielo mismo temblara.

BRYSEN:

LOS PERSEGUIDOS

5

Brysen siguió los indicios bajo la luz del día que se iba apagando. Un plumón enganchado en un espino blanco, una mancha de sangre salpicada en la lutita irregular de la pared del acantilado, los graznidos de los cuervos desplazados de un bosquecillo de pinos de agujas largas.

Había un halcón cerca.

Brysen observaba desde una pendiente rocosa donde se había agazapado y vio una bandada de estorninos arremolinándose contra el cielo rosado. El sol que caía detrás de la lejana cordillera montañosa cubría de rojo sus cimas, que parecían dientes que roían el horizonte hasta hacerlo sangrar. La nube negra de aves avanzó de lado, luego giró hacia arriba, una única mente en mil cuerpos emplumados. Se alzaron en remolino, se separaron como en un estallido, luego se fundieron en una sola masa otra vez, que onduló más y más arriba, inventando nuevas formas al volar. Los augures leían el futuro en esas formas, veían el curso de los destinos, pero Brysen nunca había tenido interés en los augurios, e intentaba no pensar demasiado en el destino. El suyo jamás había sido prometedor.

Sabía que un depredador solitario como un halcón no se arriesgaría a zambullirse en medio de una gran bandada de estorninos, pero cualquiera de ellos que se alejara demasiado del centro del grupo podía convertirse en una presa. Seguramente la rapaz que él perseguía observaba este despliegue aéreo desde alguna grieta oculta, esperando la oportunidad para atacar. Si hubiera podido pensar como un cazador con alas, habría podido encontrar el lugar donde se escondía su presa.

Barrió las rocas con la mirada, buscando la forma de un ave rapaz, una que se parecía a cualquier otra, pero que él distinguiría de entre todas.

Shara.

Su azor.

Los cetreros perdían a sus aves todo el tiempo. Las rapaces no eran como las mascotas, que estaban ligadas por afecto a sus amos; sus corazones hambrientos no amaban de la forma en que lo hacía una persona. Se mantenían cerca cuando les convenía, volaban al puño por sus propias razones y podían irse hasta por el más leve de los desaires: una voz levantada, una comida insignificante, un gesto de enfado o un sobresalto.

Shara había echado a volar para huir del águila fantasma; él la había *enviado* a volar. Había sido la única forma de salvarla, pero el viento y el cielo no tenían en cuenta las intenciones y, sin importar la razón, Shara se había ido. Cualquier otro cetrero digno la hubiese dado por perdida, hubiese seguido adelante y atrapado y entrenado a una nueva rapaz. Brysen, sin embargo, no era un cetrero digno. Era un soñador; dejaba que sus sueños lo llevaran adonde sus experiencias pasadas y todas las opiniones expertas rechazaban ir.

Shara conocía el camino a casa. La mayoría de los halcones eran, de algún modo, territoriales y preferían cazar en lugares familiares. Brysen sabía que Shara regresaría, de la misma forma en que un laurel de montaña sabe florecer cuando el viento comienza a templarse. Lo sabía porque simplemente tenía que ocurrir. Él no existía sin ella.

También sabía que eso era una estupidez digna de un cabeza de chorlito, pero los anhelos no se guiaban por la lógica y, en la intimidad de su mente, él se permitía creer en cosas aun cuando sabía que eran mentira. Sin esas mentiras silenciosas, ¿cómo podría uno soñar?

Casi todos los días desde que había perdido a su halcón, a su novio, a su mejor amigo y a su hermana, había escalado las montañas en busca de Shara, lo único que realmente podía recuperar.

¡Allí! Encorvado sobre unos peñascos —con el aspecto de una roca más—, un azor gris moteado del color y tamaño de Shara.

Lanzó un silbido a su compañero de caza, Jowyn, quien estaba agazapado detrás de él bajo una manta de césped tejido. Brysen solo podía ver la cara del chico, embadurnada de lodo para oscurecer su pronunciada palidez, un blanco antinatural, consecuencia de años de beber savia del bosque de abedules de sangre. En la nieve de las altas montañas, le permitía camuflarse a la perfección, pero durante la temporada de viento de deshielo, sobresalía con intensidad en las laderas pardas y grises.

Jowyn se preparó para avanzar, pero antes de que Brysen pudiera hacerle señas o dar el primer paso silencioso hacia el halcón que estaba en el peñasco, la enorme bandada de estorninos dio un giro y se precipitó directa hacia la montaña, lanzando chillidos estremecedores.

Brysen tuvo que agacharse cuando un raudal de mil aves remontó la pendiente y voló por encima de la cresta que se alzaba justo sobre él, para avanzar hacia los picos lejanos y el vacío helado más allá de estos. En esa época del año, no era esa la dirección en la que una bandada debería volar, pero hacía semanas que las aves se dirigían hacia allí. Todos los días, enormes bandadas de todas las especies imaginables cruzaban a toda velocidad las planicies humeantes y se elevaban sobre las montañas para seguir el viaje. Los cielos estaban atestados de pinzones y carboneros, urracas y azulones, cuervos y grajos, gansos, palomas y estorninos.

Las aves rapaces cazaban a todos.

«Las bandadas son una mala señal», decía la gente en Seis Aldeas.

«Nada va en esa dirección por encima de las montañas», insistían. «Jamás en la vida había ocurrido. Ni ahora ni en tiempos remotos».

«Es culpa de ese polluelo de plumaje gris», acusaban, refiriéndose a Brysen. «No tendría que haber ido tras el águila fantasma».

No les importaba que fuese su hermana quien había llamado la atención del águila fantasma, que fuese ella quien le había hablado, quien la había llevado al Castillo del Cielo. Lo único que Brysen había hecho era ser traicionado por el muchacho que había creído querer y ser abandonado por el ave que, según su creencia, jamás lo abandonaría.

Pero esos hechos no importaban. La gente tenía miedo y buscaba a alguien a quien culpar, y Brysen, un huérfano medio altari de ojos azul cielo, pelo prematuramente gris y una reputación no demasiado buena, era un blanco idóneo para eso.

«Las bandadas huyen de los kartamis», intentaban argumentar sus amigos para defenderlo, y probablemente esa fuera la verdad.

Los guerreros en los carros impulsados por cometas se acercaban cada vez más todos los días. Las bandadas huían de ellos y, por eso, había abundantes halcones y gavilanes en los riscos y las grietas de las montañas sobre Seis Aldeas. Había atrapado algunos en esas semanas de buscar a Shara y los había vendido rápido. En las jaulas de su casa, tenía algunos otros listos para vender ahora mismo y lo haría en cuanto tuviera tiempo de llevarlos al pueblo. Pero primero quería intentar encontrar a la única rapaz que realmente quería atrapar, la única que no tenía intenciones de vender.

Cuando volvió a mirar hacia el peñasco, vio que se había ido de allí, sobresaltada por la enorme bandada de estorninos, y se abría camino aleteando hacia un pequeño cañón. ¡*Era* ella! Brysen reconocería su forma de volar con el ala torcida en cualquier lado.

Corrió hacia Shara, completamente expuesto, con la esperanza de que sus ojos agudos lo vieran y ella regresara. Bajó deslizándose hasta un arroyo de agua de deshielo, se sumergió hasta la mitad de las pantorrillas, empapándose las botas y los pantalones, luego comenzó a trepar a cuatro patas hasta el árbol retorcido en el que se había posado Shara, con los ojos fijos en el ave, más que en dónde se apoyaba.

Una roca suelta cedió bajo su peso y él resbaló, se raspó la cara y patinó sobre su estómago de vuelta al agua de deshielo. El ruido asustó al azor, que se marchó de la rama. Sus alas se abrieron en un poderoso estallido y sus patas quedaron proyectadas tras el impulso, pero las plegó debajo de sí mientras aleteaba con fuerza y giraba para desaparecer por encima de la cresta, en la misma dirección hacia la que habían volado los estorninos.

—No —gimoteó Brysen al verla huir, en un tono que lo hizo avergonzarse. Aunque le ardía la cara, perderla cuando había estado tan cerca le dolía más. Sabía que, en realidad, debía darse por vencido. Debía volver a casa y vender las aves que ya había atrapado, pero tenía suficiente bronce esos días, gracias a los altos precios de las rapaces, que habían subido por el miedo a que pronto no quedara ninguna para atrapar. Por primera vez en su vida, su negocio estaba en auge, y a él no podía importarle menos. Lo único que quería era que volviera su viejo halcón.

> El bronce puede comprar las mejores aves y exquisitos manjares,
> casas bien provistas en cualquiera de estos lugares.
> Pero no puede conseguir aquello que necesito,
> el sosiego de mi corazón roto, el regreso de mi amorcito.

Brysen se quedó donde había caído y sintió pena por sí mismo, mientras recordaba una poesía mala que le había escuchado canturrear a Jowyn. Había estado *tan cerca* y, aun así, había fallado. Otro casi, otro no del todo. Otro fracaso en la —*ay*— tan larga lista de fracasos.

Incluso al capturar al águila fantasma, había sido su hermana, Kylee, quien había triunfado; Kylee había llamado la atención de la grandiosa ave y se había ido al Castillo del Cielo a dominarla. Quizás se convertiría en la salvadora de la civilización uztari, mientras Brysen, que no tenía ni el más mínimo talento para la lengua hueca, aún era tan solo un muchacho de Seis Aldeas que pasaba sus días atrapando rapaces e intentando subsistir con el bronce que conseguía vendiéndolas, igual que había hecho la basura de su difunto padre antes que él.

Dejó escapar un quejido, rodó para quedar bocarriba y miró el implacable cielo semiazulado que lo observaba, el cielo que veía todos sus defectos y todo su dolor y jamás intervenía.

—Vaya, tú sí que eres de gran ayuda —protestó al aire.

Hasta donde él sabía, Shara podía volar a través de la meseta, coronar la cumbre en las grandes montañas que rodeaban Uztar y desaparecer en las estepas heladas que había más allá de la cordillera. Quizás esa fuese la última mirada que podría echarle, el último vistazo a las plumas de su cola mientras se alejaba volando. Era una imagen que tarde o temprano obtenía de todos los que había querido. Los había visto partir a todos.

—La historia de mi vida —le dijo al cielo vacío.

—Ey, ¿estás bien? —Jowyn se acuclilló a su lado y examinó su rostro y sus nudillos ensangrentados y raspados. Brysen se incorporó lentamente, agradecido de tener sangre y gravilla en el rostro, porque quizás escondieran el rubor que se apoderaba de él. Mientras masculaba hacia el cielo, había olvidado que Jowyn estaba allí—. La mayoría de la gente baja de una cuesta con los pies, no con la cara. —Jowyn le sonrió. No había ningún estado de ánimo apesadumbrado que el muchacho pálido no intentara aligerar con un chiste. Le ofreció a Brysen su pañuelo para que se limpiase la sangre del rostro.

El exilio de Jowyn de las Madres Búho estaba cambiando su apariencia, por no decir su personalidad. Aún era blanco como un búho nival, pero le había vuelto a crecer el pelo, igual de blanco. Beber la savia del bosque de abedules de sangre en las montañas no solo había aclarado su piel más allá de cualquier tono humano, sino que también la había vuelto casi inmune a los elementos y se curaba con gran velocidad. Cuanto más tiempo pasara sin beber savia, más se desvanecerían esas propiedades. Tan solo habían pasado dos lunas llenas desde su exilio y comenzaba a mostrar los primeros signos de que era tan humano como cualquiera. Justo el día anterior, Jowyn había lamentado la picadura de un insecto y Brysen le había explicado que, en realidad, era un grano. Esto amargó a Jowyn aún más.

Los tatuajes que subían por su costado izquierdo desde los dedos de su pie hasta su cuello se habían oscurecido, mostrando una caligrafía blanca y ocre con increíbles detalles que sobrepasaban la habilidad de cualquier artista de Seis Aldeas. Para evitar que le preguntaran acerca de ellos en el pueblo, había comenzado a usar túnicas de mangas largas y cuello alto, así como botas altas, con las que tuvo que aprender a caminar. Durante el tiempo que había estado en la nidada de las Madres Búho, siempre había ido descalzo. Únicamente en la montaña, a solas con Brysen, se quitaba la camisa y los zapatos, aunque le había empezado a dar frío, incluso pese al aire templado de la temporada de deshielo. Sus brazos y su pecho tenían la carne de gallina. Temblaba, pero jamás había reconocido tener frío. Nunca daba señal alguna de echar de menos a las Madres Búho, ni la fuerza que le daba la savia de los abedules de sangre o el bosque al que jamás podría regresar bajo pena de muerte.

Ahora, sus ojos solo mostraban una tierna preocupación por Brysen, que apartó la mirada.

—Estoy bien. —Brysen suspiró y dejó que Jowyn lo ayudara a ponerse de pie—. Shara estaba aquí. Volverá. Y yo volveré hasta que la atrape.

—Bueno, quizás ella vuele todo el camino de vuelta hasta… —Antes de que Jowyn pudiera terminar la frase, un grito hizo eco alrededor de ellos, seguido de una risa. El grito fue humano; la risa, más como una cuchilla arrastrada sobre una lengua. Los dos chicos levantaron la vista hacia los sonidos. Venían del otro lado de la cresta desde la cual Brysen había patinado.

—¡Vamos! —gritó una voz llena de malicia—. ¡Si actuáis como gusanos, os comerán como a los gusanos!

Los chicos se miraron, hicieron un gesto con la cabeza y, sin decir una palabra, treparon hasta el borde de la cresta; Brysen, con más cuidado esta vez. Se asomaron al barranco que había debajo y vieron la escena que había producido el grito.

Había una manta gruesa desplegada en el suelo. Los contenidos de una mochila de viajero habían sido desparramadas sobre esta: odres de agua y leche fermentada, carnes secas y panes planos, pero nada abundante. A Brysen le costó un momento ver a la gente, porque todos habían retrocedido hasta la sombra lejana de la montaña, donde no tenían escapatoria.

Eran dos ancianas y un anciano con un bebé en brazos. Los tres adultos claramente habían visto tiempos mejores. El bebé lloraba mientras el hombre intentaba calmarlo y una de las ancianas estaba de pie frente a él, interponiendo su cuerpo entre el hombre y el enorme buitre leonado, que tenía sus pequeños ojos brillantes fijos en ella.

El buitre estaba atado con una correa áspera y el hombre que sujetaba el otro extremo de la cuerda tenía la parte superior de la cabeza rasurada al máximo, en una retorcida copia de la coronilla del buitre. Cuando sacudió la correa, la rapaz dio un picotazo al aire y el sujeto se rio con esa risa acuchillada.

Tenía tres compañeros, que también tenían la cabeza rasurada y se rieron con él ante el terror que infundía el enorme pájaro carroñero. Aunque todos se movían como buitres, los otros tres tenían halcones en sus puños y cuchillas curvas con empuñaduras de hueso en sus manos libres. Brysen notó un anillo de cobre en el tarso de uno de los halcones y, pese a la distancia, logró distinguir que era de su tienda, Cetrería Domador del Cielo. Lo había colocado con sus propias manos, pero no había vendido ningún ave a esos bandidos. Esa rapaz era robada, y eso ponía la ley del lado de Brysen sin importar qué decidiera hacer él a continuación.

—¡Eh! ¡Eh! —Se burlaba el que tenía el halcón robado, lanzando su puño hacia adelante, hacia el grupo cautivo, mientras giraba la mano para hacer que el ave se excitara. Esta estaba erguida y con las alas abiertas. Tenía que ponerse en esa posición para mantener el equilibrio, pero parecía aterradora para quienes no sabían cómo se comportaba un ave en el puño.

El trío se encogió de miedo, incluida la mujer que estaba delante, que intentó no demostrarlo. Eran altaris; tenían que serlo. Solo los altaris experimentarían semejante terror ante un ave entrenada, atemorizados tanto por la violencia contra sus cuerpos como por la amenaza de violencia contra sus almas. Los altaris creían que las aves rapaces eran sagradas y que herir a una de ellas era un pecado tan grande como adiestrarlas para que hicieran daño. No se defenderían contra esos atacantes aunque pudiesen, y los bandidos lo sabían. Esas escorias eran de la clase que se aprovechaba de los altaris que, temiendo por sus vidas, cruzaban tierras desconocidas para salvarse.

Alguien debía darles una lección.

—No os gustan las aves, ¿verdad, moledores de cristal? —dijo con desprecio el bandido—. Entonces, no deberíais estar en estas montañas, ¿no? Esta es nuestra tierra, no vuestra. —Volvió a provocar al halcón. El hombre con el buitre empujó al carroñero hacia delante para que este cargara contra su correa, un pájaro enorme retenido solo por una pequeña tira de cuero.

El bebé estalló en llanto y los bandidos se rieron.

—¿De qué tenéis miedo? —graznó el buitrero—. ¡Solo come bebés *después* de que estos estén muertos! ¿Acaso los altaris no quieren también funerales celestes? —Escupió una bola espesa y verde de hoja de cazador al suelo, a los pies de los cautivos. Los bandidos estaban bajo la influencia de la hoja, y probablemente ginebra del monte, lo que le daba a Brysen una ventaja si decidía enfrentarse a ellos. Pero también podía hacerlos más peligrosos. Ese era el problema de pelear contra los borrachos. A veces, con solo un paso astuto hacías que su bravata se desplomara y te salías con la tuya. Otras, cualquier resistencia que opusieras a sus caprichos incitaba más su violencia. Las cicatrices por toda la espalda y los costados de Brysen eran como un catálogo de las furias de un borracho.

—Lodo abajo —murmuró, pensando en el mierda de su padre. Se concentró otra vez en los borrachos.

¿Cómo podía vencerlos? No contaba con ninguna ave. ¿Podía enfrentarse a cuatro hombres con halcones hambrientos y un enorme buitre leonado?

Percibiendo sus intenciones, Jowyn le puso una mano en el hombro y negó con la cabeza. Brysen asintió en respuesta. El muchacho pálido odiaba la violencia. Antes de refugiarse con las Madres Búho, había sido el hijo menor de la familia más cruel de Seis Aldeas y había decidido no ceder nunca a esa parte suya. Era un alma apacible en un mundo despiadado. Jowyn siempre lograba hacer reír a Brysen, pero en ese momento, habría sido bueno tener a su lado a un amigo que fuera bueno luchando, alguien como Nyall. Aunque, por otro lado, Brysen no sentía ninguna necesidad de proteger a Nyall, mientras que el solo pensar en mantener a Jowyn a salvo lo ponía contento. Le gustaba tener cerca a alguien a quien cuidar. Nyall no lo necesitaba, pero a Brysen le gustaba pensar que Jowyn, sí. Un chico que no podía pelear necesitaba tener cerca a alguien que lo hiciera. Así era el mundo. Depredadores y presas.

Brysen sabía cuál de los dos quería ser.

—Quédate aquí —le indicó a su amigo—. Me encargaré de esto. —Sacó su cuchilla de garra negra (lo único que había heredado de su padre, además de sus ojos azul cielo) y se apartó de Jowyn.

—Bry, no —susurró el chico pálido.

—Solo cúbreme la espalda —respondió Brysen, mientras se deslizaba silenciosamente sobre el borde de la cresta y planeaba sobre cuál de los ladrones con cara de buitre caería primero para rebanar su garganta.

Para cuando sus pies aterrizaron en el suelo, había decidido dejar que su cuchilla curva eligiera.

6

El buitre fue el primero en ver a Brysen. Su cabeza giró de golpe y lo observó con grandes pupilas negras rodeadas de rojo, como dos eclipses de sol, y en ese instante, bajo su mirada, Brysen sintió un escalofrío, como si un cadáver lo estuviera mirando.

Y entonces los halcones chillaron, los bandidos dieron media vuelta y un fervor le devolvió el calor, esa excitación que solo viene cuando sabes que está a punto de desatarse un infierno.

—Ah, aquí hay una presa de verdad. —El bandido con el buitre dio un paso hacia Brysen, tirando del gran pájaro con la correa. Brysen sintió el vacío en su puño donde debería haber estado su rapaz. Ni siquiera llevaba puesto su guante cetrero, solo pantalones del color del lodo seco desgastados por el uso y una túnica del mismo tono. Su piel era apenas un tono más claro que la ropa, así que se camuflaba bien en esa montaña durante la temporada de deshielo, lo que era útil para atrapar animales que dependían de su vista para sobrevivir.

—Vaya, aquí tenemos al famoso chico de Seis Aldeas —dijo uno de los bandidos, sonriendo—. ¿Qué opinas, Corrnyn? ¿Crees que se desangrará rápido o lento cuando lo apuñale?

Corrnyn, el del buitre, se encogió de hombros.

—No importa. Tenemos un trabajo que hacer. Nada de puñaladas. Al menos, ninguna que sea fatal.

El bandido soltó su halcón hacia Brysen con un grito:

—¡Uch!

El halcón salió volando de su puño, con su pico gris apuntado hacia Brysen como la punta de una flecha y sus garras estiradas. Habían entrenado a esa ave para atacar. No sabían que la banda de cobre en su tarso significaba que *Brysen* había entrenado a ese mismo halcón antes, que lo había seguido por las laderas de las estribaciones bajas dos temporadas de alzamiento del viento atrás, lo había atrapado y llevado a casa, lo había alimentado en el guante, lo había amansado en su puño, le había puesto pihuelas y lo había cebado y le había enseñado a regresar a él ante su llamada. Él y su mentor, Dymian, habían entrenado a esa ave juntos. El recuerdo de Dymian le dolió, pero no tanto como dolería una garra clavada en la cara.

Lanzó tres silbidos cortos y sostuvo su puño en alto.

Las aves tienen memoria, especialmente cuando se trata de comida, y había pasado bastante tiempo desde que esta había comido en el guante de Brysen. Thrasher, el debatidor, le habían puesto de nombre, porque la primera noche se había debatido contra su amarra con tanta fuerza que se habían preguntado si lograrían amansarlo alguna vez. Pero lo habían hecho, y ahora volvía a Brysen. El corazón de un halcón era voluble, pero su apetito perduraba.

Las alas de Thrasher se abrieron y el ave aterrizó en su puño desnudo, ahuecó sus plumas y lo miró, esperando la comida que había aprendido a recibir. Brysen buscó un pequeño trozo de conejo de su morral de caza y el halcón desgarró el delicioso premio con el pico y lo devoró. Las garras de Thrasher se clavaban en la mano de Brysen con tanta fuerza que él tuvo que plegar los dedos de sus pies hacia atrás para reprimir un grito, pero no dejó que se notara el dolor. Tenía que permanecer tranquilo para mantener al ave tranquila. Corrnyn lo miró boquiabierto.

—Buen intento —escupió Brysen—. Pero un cazador reconoce a otro cazador. Y vosotros tenéis el aspecto de carroñeros chupadores de huesos.

—Atrapadlo —urgió Corrnyn, pero el hombre que había lanzado el halcón a Brysen ahora vaciló—. Ay, llena tu saco con piedras —gruñó Corrnyn—. Es la hermana del chico la que habla la lengua hueca, y no está aquí. Este tiene menos de asesino que un canario. —Entregó la correa del buitre a uno de sus compañeros y arremetió contra Brysen. El movimiento fue descuidado y el hombre no tenía los pies firmes. Brysen lo esquivó hacia la izquierda, bloqueándolo con la cuchilla que tenía en su mano derecha. Al mismo tiempo, lanzó el halcón que tenía en su puño hacia el cielo y exclamó:

—¡Uch!

El halcón voló alto, sobre el borde del cañón y circunvoló, esperando, como Brysen le había enseñado a hacer. Eso había sido durante el tiempo en que Brysen había creído saber con exactitud qué rumbo migratorio tomaría su vida. Pero un viento salvaje lo había llevado por un nuevo curso: Dymian estaba muerto, su hermana se había ido y nada parecía familiar, excepto por la sensación de lanzar a volar a un ave desde el puño.

No era como su hermana; no podía hablarle a una rapaz en la lengua hueca. Era un don, y Brysen jamás había recibido regalos, todavía menos un regalo divino. Sin embargo, había practicado y entrenado y anhelado y luchado. Silbó para que Thrasher bajara a pelear por él en aquel momento.

—¡Uch! —gritó otro bandido, lanzando su rapaz hacia Thrasher. Los dos halcones se encontraron en el aire, en un enredo de garras y plumas; mientras tanto, el halcón del tercer vándalo voló por encima de Brysen y lo atacó desde atrás. Lo hostilizó hasta llevarlo más hacia el interior del cañón, donde los lados eran demasiado empinados para escapar. Los bandidos lo tenían atrapado. El buitrero hacía que su rapaz picoteara el aire y se agitara hacia los altaris, manteniéndolos contra la pared de piedra. El hombre altari tenía un ataque de tos y la mujer intentó darle unas palmadas en la espalda mientras seguía interponiéndose entre él y el ave. Ninguno de los altaris sería de ayuda. Brysen levantó la mirada buscando a Jowyn, pensando que la ayuda de alguien sin habilidades para pelear era mejor que nada, pero no vio a su amigo en la cima.

Brysen deseó de verdad haber hecho algún tipo de plan antes de saltar allí. Las intenciones heroicas no servían de mucho contra picos entrenados y cuchillas, y si era sincero consigo mismo, para empezar, jamás había sido un gran luchador. Si esos vándalos no hubieran estado borrachos, él ya habría estado muerto.

Bloqueó el ataque del primer bandido a tiempo para agacharse y esquivar un puñetazo del segundo y luego barrer las piernas del que se llamaba Corrnyn. Convirtió el movimiento de barrido de su pierna en un impulso para lanzar un gancho con su cuchillo, erró por poco a la entrepierna del vándalo, que retrocedió lo bastante para darle espacio a Brysen para ponerse de pie.

Estaba preparándose para atacar otra vez cuando sintió la punzada aguda de unas garras en su espalda, el agarre demoledor de un halcón en su omóplato. El dolor lo hizo tambalearse. Intentó quitarse al ave de encima, pero las alas de esta se batieron contra los costados de su cabeza, abofeteando sus mejillas, sus oídos y sus ojos, cegándolo. Consiguió sujetar al halcón, tirar de su cuerpo liviano y arrojarlo con fuerza hacia las rocas. Tras golpear y caer sobre sus garras, este lo miró conmocionado y asustado, jadeante. Luego ahuecó sus plumas y salió volando, lejos del cañón, incluso pese a que su adiestrador le silbó para que regresara.

Una lección que todo cetrero aprende tarde o temprano: un halcón maltratado siempre se va.

Arriba, en el aire, el otro halcón había logrado colocarse detrás de Thrasher y lo tenía agarrado del cuello. Thrasher, haciendo honor a su nombre, se debatía salvajemente, pero cuanto más luchaba, más fuerte se volvía la presión de las garras del otro. Este voló cada vez más alto mientras estrujaba a Thrasher hasta dejarlo sin vida. El cuerpo del halcón cayó, muerto, a menos de un brazo de distancia de Brysen, y aunque él había visto aves muertas antes, esta dolió. Era su culpa.

El halcón victorioso se precipitó hacia él. Brysen se preparó para recibir el golpe, pero nunca llegó.

Un rayo gris hendió el cielo y derribó al halcón que lo atacaba. Las dos aves dieron una voltereta juntas en el suelo y rodaron por la tierra hasta que una se paró sobre la otra y la estrujó hasta dejar al otro halcón sin vida, tal como este había hecho con Thrasher.

Shara.

Alabado sea el cielo. Brysen sonrió aunque su boca sangraba y luego un puño borró la sonrisa de su cara. Una bota le dio una patada a Shara con la fuerza suficiente como para que Brysen lo sintiera en sus propias costillas, y los tres ancianos altaris lanzaron un grito sordo. Luego Corrnyn lo golpeó para dejarlo de rodillas, mientras los altaris apartaban la mirada.

Aquella era la razón, pensó Brysen, por la que era fácil dominarlos. La cetrería era la columna vertebral del reino —la fuente de riquezas y poder— y ellos no eran parte de ella. Aquellos que estaban dispuestos a usar aves rapaces siempre dominarían a los que no. Ahora, Corrnyn se cernió sobre Brysen y tiró de su pelo para que se pusiera de pie.

En el suelo, Shara aleteaba, pero no podía volar. La patada le había herido un ala, y había roto algunas plumas. Brysen quería correr hacia ella, ayudarla, pero estaba incapacitado en manos de Corrnyn.

—Que caiga la maldición del cielo sobre vosotros —murmuró una de las ancianas—. ¡Sobre todos vosotros!

—Tenemos lo que habíamos venido a buscar —dijo Corrnyn a los otros, mientras hacía girar a Brysen para atar sus muñecas contra su espalda—. Matad a los moledores de cristal. Han sido unos grandes señuelos para un alma sentimental. —Se inclinó hacia abajo para susurrar—: ¿No es cierto, Brysen?

—Yo… —Brysen estaba desconcertado. No le habían estado robando a aquella gente; habían estado tendiéndole una trampa para *secuestrarlo*.

En el preciso instante en que el primer bandido se movió para apuñalar al anciano, un cernícalo arcoíris pintó una raya hacia abajo en un lateral del cañón y atacó la cara de Corrnyn, le rompió la nariz y lo asustó lo suficiente para que dejara caer su cuchillo. Brysen se lanzó a por el filo al mismo tiempo que el cernícalo volvía a elevarse con un chillido orgulloso.

—¿Qué rayos…? —Corrnyn se tambaleó, se había llevado una mano a la cara y la sangre chorreaba a borbotones entre sus dedos.

Sobre la cresta estaba parado Jowyn, pero él no había lanzado al pequeño y colorido halcón. Otra figura caminó hasta quedar a su lado y alzó un puño, sobre el que el cernícalo arcoíris se posó para luego acicalarse. A su lado, otra figura sostenía un segundo halcón en el puño y luego otro se adelantó con un busardo del pastor y después otro y otro. Brysen sonrió al reconocer a los seis amigos que Jowyn había traído: los chicos riñeros.

7

El cernícalo arcoíris despedazó el trozo de carne cruda que aferraba en su colorido guante el más menudo de los chicos riñeros. Nyck.

El menor de una familia de dedicados soldados uztaris y nacido después de cinco hermanas, Nyck había abandonado la tradición castrense de su familia, el hogar donde se había criado y el nombre que le habían impuesto al nacer, para comenzar a trabajar para la familia Tamir. Se había levantado de las arenas de riña de Pihuela Rota para transformase en el líder de su propia bandada variopinta: los célebres chicos riñeros, la más leal, feroz y pendenciera pandilla de rufianes que Brysen tenía el honor de llamar sus amigos. Estaban medio drogados con hoja de cazador y borrachos de cerveza, vestidos con colores vivos como los papagayos y ansiosos por pelear.

—¡Ey! —llamó Nyck a Brysen, mientras el cernícalo comía de su guante—. Creo que estos carroñeros te deben una disculpa.

—¡No deberíais estar aquí arriba! —gritó Corrnyn a los chicos—. Vosotros os quedáis en las Aldeas y nosotros en las colinas. Ese es el trato. Si comenzamos a robar del nido del otro, esto no acabará nunca.

Brysen no podía creer lo *ofendido* que sonaba el bandido. Como si los chicos riñeros estuvieran rompiendo alguna regla sobre robar y secuestrar a gente inocente.

—No le robamos nada a nadie —respondió Nyck—. Protegemos a los nuestros y si alguien quiere pagarnos por nuestros servicios, ¿quiénes somos nosotros para negarnos?

—No quieres hacer enfadar a nuestro patrón —advirtió Corrnyn—. Hace que Mamá Tamir parezca un canario comedor de...

Nyck lo interrumpió.

—Escucha, pajarito, me importa muy poco quién comanda tu bandada, pero Brysen ha sido mi amigo desde que éramos niños y le has puesto un cuchillo en el cuello. Lamento decir que ahí se termina el tema. Echad a correr ahora. Cualquier otra cosa que hagáis terminará con vuestras entrañas dorándose al sol.

Los bandidos intercambiaron miradas, luego volvieron a mirar a los chicos riñeros. Los superaban en número y estaban en terreno bajo. Jamás saldrían del cañón con vida si decidían luchar, y lo sabían.

—¡Que el lodo te lleve! —Corrnyn escupió a los pies de Brysen—. Cuando vengan los kartamis, veremos quién dorará sus entrañas al sol.

—No puedo esperar —respondió Nyck, riendo—. Pero *ahora* se ha acabado la charla. —Movió el puño de modo que su ave tuviera que extender las alas para mantener el equilibrio, mostrando así su envergadura contra el sol y arrojando una enorme sombra hacia abajo. Los bandidos salieron corriendo y Jowyn comenzó a descender al cañón, seguido por Nyck y el resto.

Brysen se acercó a Shara a toda velocidad. La rapaz estaba jadeando y se había colocado bajo la sombra de un peñasco. La levantó con mucho cuidado, con el rostro lleno de lágrimas que se perseguían entre sí. No había querido que su reunión saliera de esa manera. Jamás había querido que ella regresara a él y volviera a salir herida en una estúpida pelea con cuchillos.

No, pensó él. *Quería que volviera de cualquier manera.*

La sostuvo en sus brazos de forma que no pudiera aletear y hacerse más daño. Era más pequeña de lo que él recordaba, liviana como un rayo de sol al posarse sobre un charco e igual de delicada, como si el más leve de los temblores pudiera sacudirla hasta el olvido. Brysen podía sentir los latidos rápidos de su corazón acelerado en su pecho mullido, y en sus ojos vio que estaba completamente aterrada.

—Soy yo —susurró—, Bry. —Como si esa sola palabra pudiera calmarla—. No te preocupes —prometió—. Haré que te sientas mejor. Te curaré.

Era su culpa que tuviera las plumas rotas y un tarso torcido. Brysen no era demasiado creyente, pero sí creía que un hombre era responsable de las heridas que causaba (o al menos, esa era la clase de hombre que quería ser). No habían sido pocas las heridas que había causado en sus dieciséis temporadas de viento gélido en el mundo. Pero, al menos, sabía cómo curar las heridas de un ave. Podía atender a un halcón herido.

Recogió la manta gruesa de los altaris de donde estaba caída y envolvió a Shara para mantenerla calentita y quieta, luego hurgó en su morral de caza en busca de engrudo de miel, bálsamo de salvia y unas pocas plumas sueltas que se parecían lo suficiente a las de ella. Guardaba una colección de estas en su bolso solo por si acaso. Un halcón podía lesionarse durante una persecución o una caza, así que él siempre tenía las herramientas básicas a mano. Mientras esperaba a que Jowyn y los chicos riñeros bajaran al cañón, sostuvo cada pluma a contraluz para examinar el color y luego las alisó y acomodó en el suelo. La cetrería no era solo garras, ataques y presas ensangrentadas.

—¿Qué estás haciendo? —preguntó Jowyn, asomándose por encima de su hombro, mientras los chicos riñeros se acercaban a hablar con los ancianos altaris para preguntarles quiénes eran y qué los había traído hasta allí arriba desde las planicies.

—Tendré que implantarle nuevas plumas de vuelo —explicó Brysen—. No podrá volar con las plumas que tiene rotas, y si las dejo, podrían infectarse; pero puedo limpiar los cálamos, luego deslizar plumas nuevas en su lugar e injertarlas con bálsamo. Se comportarán igual que sus propias plumas, hasta que muden y crezcan otras naturales.

—Tienes el ojo de un artista —comentó Jowyn, que apoyó una mano en su espalda. Brysen se puso tenso y lo miró por encima de su hombro. El chico pálido tenía una media sonrisa en los labios, que eran más carnosos de lo que ningún muchacho debería tenerlos, y las pequeñas motas doradas en los ojos grises de Jowyn brillaron con la luz del atardecer.

—Los halcones heridos no pueden cazar. —Se encogió de hombros para quitar la mano del chico y examinó a su ave herida. Mirar demasiado tiempo a Jowyn era como mirar demasiado tiempo el fuego, perdías de vista todo lo que no se estaba quemando, y Brysen se había quemado antes.

Iba a ser cuidadoso con su corazón esta vez. Jowyn era su amigo, nada más. Cualquier otra cosa sería como llamar al desamor con un silbido al cielo.

—Ayúdame a mantenerla quieta —pidió, y Jowyn lo rodeó para quedar frente a la manta, se puso en cuclillas y apoyó una mano sobre el suave lomo gris de Shara, mientras Brysen la desenvolvía. Sus dedos se rozaron y Brysen se atrevió a levantar la mirada otra vez.

Jowyn estaba observando a la rapaz, con los ojos bien abiertos. En las montañas, en la nidada de chicos que las Madres Búho mantenían, no había necesidad de saber nada sobre el arte de la sanación. Aquí, los cuerpos se rompían, los cuerpos necesitaban sanarse.

Brysen deseó poder dejar de pensar en cuerpos. Esos pensamientos siempre lo llevaban hacia el suyo: a las cicatrices de quemadura que lo cubrían de la cintura al cuello y a cuánto quería deshacerse de ellas, de esa piel brillante que le recordaba lo indefenso y patético que había sido, cómo había merecido las burlas. Al menos sabía cómo curar las heridas de Shara.

Los chicos riñeros y los altaris se reunieron alrededor de ellos para observar y le bloquearon la luz. Hizo gestos con la mano para que se alejaran y levantó la cuchilla negra y curva. Le habría gustado calentarla sobre una llama, pero no había ninguna allí en el cañón, así que simplemente se puso a trabajar en las plumas de Shara, de una en una. Cortó la primera que estaba rota, untó con el bálsamo de salvia la herida y con resina de miel la pluma de reemplazo, que luego deslizó con delicadeza para colocarla en su lugar.

—Se agitará —le avisó a Jowyn—. Sujétala con firmeza.

Jowyn obedeció y Brysen sostuvo la pluma inmóvil en su lugar. Con la otra mano, acarició a Shara, mientras entonaba una plegaria apropiada:

«Con cuidado sanaré la herida de otro,
el dolor ajeno compartiré como propio

y llevaré al cielo el ala de otro».

Se sintió tonto cantando frente a todos, especialmente porque su voz se quebró, pero tenía que cantar la canción para que el bálsamo funcionara.

Jowyn sonrió y las mejillas de Brysen se ruborizaron. Quería explicarle que no era superstición lo que hacía que cantara la plegaria, sino que el bálsamo tardaba exactamente la misma cantidad de tiempo en pegar la pluma que él en entonar la canción. Pero la sonrisa brillante de Jowyn hizo que Brysen quisiera dejar que el chico pálido pensara que él era la clase de persona que le cantaba a un ave herida solo para hacerla sentir mejor. Jowyn lo hacía querer *ser* esa clase de persona.

Para cuando terminó de implantar todas las plumas y Shara estuvo de nuevo envuelta en la manta, el sol ya había caído por debajo del horizonte y las montañas que estaban frente a este se habían fundido con el cielo púrpura. Brysen miró a sus amigos, luego al caos de pisadas y sangre en la tierra bajo sus pies.

—¿Cómo es que Jowyn os ha encontrado tan convenientemente? —preguntó—. ¿Estabais todos siguiéndome?

Nyck se rio.

—No seas engreído. Ya estábamos buscando a estos. —Señaló a los tres ancianos altaris—. Vimos su hoguera anoche y nos dan un entero de bronce por día para que patrullemos este paso en busca de moledores de cristal… quiero decir, altaris.

—Y *cada uno* de nosotros obtiene un bronce por encontrar alguno —agregó Glynnick. Era el más joven, solo había vivido tantas temporadas de viento gélido como pelos tenía sobre su labio superior. Pero hasta los polluelos pueden morder, y Brysen había visto cómo algunos pobres tontos habían pagado el precio de subestimar a Glynnick en una pelea.

—¿Cómo es que no sabía nada sobre este acuerdo? —Brysen solía estar al tanto de todos los planes que estuvieran tramando los chicos riñeros.

—No has venido demasiado a Pihuela Rota últimamente —respondió Nyck.

—He estado ocupado —explicó Brysen. No les contó que había perdido el interés por las apuestas y las riñas de halcones después de perder a Shara, que ahora le había tomado cierto gusto a pasar tiempo en las montañas solo con Jowyn y que estaba bastante seguro de que Jowyn no se sentía cómodo en Pihuela Rota. Con algunos amigos compartías tus sentimientos, y con otros, no. Los chicos riñeros eran rudos y leales y era divertido emborracharse con ellos, pero no eran el tipo de amigos con los que hablas sobre tus *sentimientos*.

—¿Qué se supone que debéis hacer cuando encontráis altaris? —se preguntó—. ¿Los protegéis de los bandidos? ¿Ahora sois la guardia del pueblo?

Los chicos riñeros dejaron escapar algunas risitas, pero Nyck los calló con un gesto.

—Algo así, pero... bueno... en realidad no los *protegemos*... Como sabes, Seis Aldeas ya está llena de gente tal como está. Y la gente ya está alterada por todo el tema de las extrañas migraciones de las aves y los kartamis, que empujan a todas estas personas a abandonar las planicies... Se está generando mucha tensión. Así que, para mantener la paz, nosotros tenemos que evitar que más personas entren al pueblo.

—Veo gente nueva todo el tiempo.

—*Altaris* nuevos —aclaró Nyck—. Podrían ser espías kartamis.

Brysen echó una mirada a los ancianos.

—¿Creéis que estas personas están con los kartamis? ¡Están *huyendo* de ellos!

Fentyr, el más corpulento de los chicos riñeros, interrumpió:

—¿Cómo se supone que alimentaremos a todos los que vienen por aquí? Los están persiguiendo desde el desierto y los envían directos hacia nosotros. ¿Crees que eso es casualidad? Los kartamis quieren que tengamos que alimentar a todos sus refugiados para que pasemos hambre.

—Estás describiendo una plaga de langostas —replicó Brysen—. Estos son tres ancianos consumidos y un bebé. Gente que necesita ayuda. Los podemos llevar a Seis Aldeas.

Fentyr se rio por la nariz.

—¿Desde cuándo eres miembro de la Santa Orden de los Recolectores de Plumas, eh? ¿Ahora acoges a todos los descarriados?

Fentyr no se refería solo a los refugiados altaris. Miraba de reojo a Jowyn. Desconfiaba de ese extraño muchacho, quien había huido y había regresado, pero no quería siquiera hablar con su antigua familia. Eso ponía a la gente nerviosa, especialmente a los chicos riñeros, que trabajaban para la familia de Jowyn.

Los miembros de la familia Tamir eran depredadores, y Mamá Tamir —la madre de Jowyn— era la depredadora alfa. Hacer el trabajo que ellos ordenaban podía terminar tanto en la muerte como en un pago.

—No quiero acogerlos a todos —espetó Brysen—, pero al menos podemos poner a estos cuatro a salvo.

—Los moledores de cristal obtienen la misericordia de la tierra, no del cielo. Siempre ha sido así —repuso Fentyr. Brysen lo miró con desdén por el insulto. Habían llamado «moledora de cristal» a su madre incontables veces, con frecuencia su propio padre, pero se negaba a dejar que sus amigos usaran el agravio sin problemas. Estaba basado en una vieja mentira que sostenía que los altaris se arrastraban tanto por el desierto que molían la arena hasta convertirla en vidrio. La frase era la forma en que los uztaris los oprimían, los hacían arrastrarse.

Fentyr masculló una disculpa. Siempre podías darte cuenta de que una persona tenía la capacidad de ser mejor de lo que era si podía sentirse avergonzada. Solo los carentes de vergüenza eran verdaderamente irredimibles.

—Siempre hemos tenido altaris en las Aldeas —argumentó Brysen, con la esperanza de que la gente que estaba detrás de él no se ofendiera por las palabras de Fentyr.

—Solo unos pocos, como tu madre —repuso Nyck—. Jamás una multitud como la que ha estado viniendo.

—Vamos —suplicó Brysen—. Son solo tres y un bebé. Pueden quedarse en mi casa.

Nyck se mordió el labio inferior mientras negaba con la cabeza mirando a Brysen, luego asintió y al mismo tiempo lanzó la mirada al cielo.

—¿Por qué nunca puedo decirte que no?

—¿Por mi belleza rústica? —sugirió Brysen.

—Por tu completa ineptitud —respondió Nyck—. Eres tan vulnerable como un polluelo recién nacido y supongo que me invade un instinto maternal. Y tú. —Apuntó a Jowyn con su mentón—. No has sido de gran ayuda.

—Os he encontrado, ¿no? —respondió Jowyn, cruzando sus brazos.

—¿Y si no lo hubieras hecho? —Nyck se acercó para quedar cara a cara con él—. Iban a *llevarse* a Brysen y tú ibas a dejar que lo hicieran.

—¡Ey! ¡Eran más que nosotros! —Brysen se interpuso entre los dos chicos, sintiendo la necesidad de justificar las acciones de su amigo más reciente frente a los antiguos—. También se habrían llevado a Jowyn.

—¿*Qué* hubiéramos hecho sin él? —se burló Nyck.

—Pero ¿quiénes eran? ¿Por qué te buscaban? —preguntó Fentyr.

—No lo sé —respondió Brysen, que deseó haber interrogado a los bandidos en vez de dejarlos escapar—. Pero hay alguien en Seis Aldeas que podría tener una idea. Sabe qué traman todos los maleantes que andan bajo el vuelo de una golondrina.

—Pero te odia, Bry —señaló Nyck—. Ella te odia a *muerte*.

—Ay, mierda —maldijo Jowyn. Había descifrado a quién se refería Brysen y no estaba nada contento.

—Lo sé —respondió, mirando a Jowyn a los ojos—. Pero mañana a primera hora tenemos que ir a ver a tu madre y necesito que vengas conmigo por si se siente tentada de matarme en vez de responder a mis preguntas.

—¿Qué te hace pensar que yo puedo evitar que ella te mate? —preguntó.

—Eres el hijo que huyó del gallinero —contestó Brysen—. Así que estará tan contenta con tu regreso que no pensará en matar a quien te ha llevado hasta allí.

—Mi madre mata mucho más cuando está contenta que cuando está triste —argumentó Jowyn—. Después de sus fiestas de cumpleaños siempre había semanas de funerales.

—Lo sé —le dijo Brysen—, pero necesito saber quién quiere atraparme y por qué, y ella quizás pueda decírmelo.

—Estás poniendo muchas esperanzas en la palabra «quizás» —señaló Jowyn.

—No —repuso Brysen—. Estoy poniendo muchas esperanzas en *ti*.

PACIENCIA Y HAMBRE

Kyrgia Bardu, como procuradora del Consejo de los Cuarenta, era la persona más poderosa de todo Uztar y simplemente odiaba esperar. Estaba de pie en su palomar, en el centro de una torre redonda llena de hornacinas para sus preciadas palomas, adonde iba a escucharlas arrullar. Estaba intentando calmarse, dejar que la noche se desarrollara como quisiera. No le gustaba lo que había pasado con la muchacha y el águila fantasma hoy. No le gustaba nada de lo que había pasado con el águila fantasma ningún día, pero pronto estaría en posición de hacer algo al respecto.

Solía ser una persona paciente, pensó. La habían nombrado para el Concilio, no había heredado su lugar, como algunos, y había ido trabajando en silencio para ascender hasta la Procuraduría del Concilio, un cuidadoso paso cada vez. La política era un juego de paciencia y hambre, como el entrenamiento de un halcón, y ella lo jugaba bien.

Sin embargo, ahora, frente a la invasión y la guerra, la política la cansaba. Los kyrgios del Consejo no paraban de discutir por todo; cuarenta egos y cuarenta conjuntos de intereses en conflicto y cuarenta esperanzas y cuarenta miedos y cuarenta personas que pensaban que, como parte de su trabajo, a ella debía importarle lo que querían.

Algunos querían enviar emisarios a negociar la paz con los kartamis para que se pudieran reanudar las rutas de comercio; otros querían una guerra total y el reclutamiento obligatorio de todos los jóvenes en condiciones de luchar, aunque solo tuvieran pelusa en las axilas. Había un kyrgio que creía que su preciado halcón era rehén de los kartamis y que el Concilio debía ofrecer una gran cantidad de bronce por él. Aunque los kartamis mataban a toda rapaz entrenada que capturaban, no había forma de hacer entrar en razón al desconsolado cetrero. Había pagado una fortuna por ese peregrino y pagaría con gusto otra con tal de que regresara.

Y después estaba el tema de kyrgio Ryven, el acontecimiento más perturbador. Su ascenso al Concilio le había costado a Bardu su mejor sicaria. Aún no sabía cómo se las había ingeniado para sobrevivir, pero lo había hecho y había sido nombrado y confirmado por ley para el Concilio y ahora era uno de los cuarenta por los que estaba obligada a preocuparse.

Excepto que él *no tenía* preocupaciones.

No le traía problemas ni quejas, ni peticiones, ni tenía pretensiones. Jamás le ofrecía secretos ni cotilleos y no la invitaba a sus interminables fiestas. Al parecer, no quería nada de ella, y aquello preocupaba a Bardu más que nada.

Un político que no jugaba a la política era un depredador verdaderamente peligroso.

Así que había enviado a una espía, algo que no le saldría nada barato, con la esperanza de que esa noche le brindara algunas respuestas sobre el joven kyrgio *y* la joven cetrera sobre la que Uztar tenía puestas todas sus expectativas. Lo que Bardu necesitaba era controlar a los dos, y en este momento tenía muy poca información sobre *ambos*. Si Ryven estaba cortejando a la chica, solo podía ser por la relación que ella tenía con el águila fantasma. El poder se posaba sobre la rama más fuerte y quien controlara a esa ave ciertamente era la persona más fuerte.

—¡Lywen! —Llamó a su maestro cetrero, que también era su sobrino, lo que le daba ciertos privilegios de los que otros maestros cetreros no gozaban. Por ejemplo, tener permitido estar cerca de sus palomas, aves que ella prefería por encima de halcones y águilas.

Si bien era escandaloso que una procuradora uztari no sintiera afecto alguno por las aves rapaces, esa característica también podía ser de utilidad. No competía con los otros kyrgios respecto a quién tenía la mejor variedad en sus jaulas o el mejor cazador o la mejor rapaz de riña. No había necesidad de que sintieran celos de ella y ella no tenía la necesidad de quedarse con las mejores aves que consiguiera, así que las podía ofrecer como regalos. Después de todo, no siempre era necesario obtener el poder por la fuerza. Un regalo podía ser más fuerte que una amenaza, y Bardu había hecho muchos regalos en su vida.

A las Madres Búho les había dado autonomía sobre los territorios de su montaña y un suministro continuo de chicos huérfanos para su nidada. A kyrgio Birgund le había dado rango y honor y la gloria de comandar las fuerzas uztaris. A la chica altari, Grazim, le había otorgado un estatus más alto del que ningún altari había tenido antes. Era más fácil dominar a los ambiciosos que a un halcón hambriento. Llamarlos al puño solo requería un poco de carne.

Se preguntó qué regalo le permitiría dominar a Kylee. ¿Qué era lo que la chica seisaldeana quería más que nada?

Ryven probablemente apostaba por un romance, pero Bardu sabía, gracias a sus espías, que era muy probable que eso no le interesara en absoluto a la joven. Su hermano era una llamarada ardiente de deseo, pero el fuego de Kylee se encendía con un combustible distinto.

La muchacha había asegurado que era que su hermano estuviera a salvo, pero lo había dejado atrás sin oponer demasiada resistencia, lo que hacía pensar a Bardu que no era eso lo que verdaderamente quería, aunque Kylee aún creyera que sí. ¿Qué otra cosa querría una chica como ella, una chica que había pasado toda su vida cuidando a los demás, estando pendiente de ellos y arreglando sus errores?

Tenía que descifrarlo antes que Ryven. Él daba otra fiesta y, aunque el águila fantasma estuviera revoloteando en el cielo y la guerra asolara las planicies, la gente de esa ciudad sobre las nubes adoraba las fiestas. Bardu no podía darse ese lujo. Mientras ellos disfrutaban, ella debía proteger Uztar y proteger su poder para gobernar la nación.

—Sí, señora. —Lywen finalmente llegó y le ofreció el saludo alado contra el pecho. Olía a hoja de cazador y sus dientes teñidos de verde sugerían que había estado mascando y apostando con los aprendices en las arenas de riña otra vez. Bardu se mordió la lengua. Si le quitaba los privilegios al muchacho, tal vez debilitaría su lealtad, lo que sería una pena. No podría quitarse de encima a sus propios hermanos si mandaba a asesinar a su sobrino.

Así que fingió que no lo olía.

—¿Ha llegado nuestra agente? ¿Está lista?

—Sí, señora —confirmó Lywen, lamiéndose los labios y jugueteando con la borla de una caperuza para halcones que por alguna razón estaba sosteniendo. No traía a su gavilán consigo. Quizás las cosas no habían salido bien en las arenas—. La familia de la chica se sentía muy honrada de enviarla a esta misión.

—La bolsa llena de bronce ciertamente debe de haber ayudado —se mofó Bardu. Seis Aldeas era casi tan famosa por sus familias de espías como por sus cetreros, y no había mayor honor para un espía que recibir una buena paga. Bardu se preguntó si la joven que habían enviado vería ni que fuera un redondo de todo el bronce que había pagado por sus servicios. Era muy probable que su familia se lo quedara. También se preguntó si podía confiar en su sinceridad. Conocía a Kylee desde hacía mucho tiempo y la gente joven solía valorar más la amistad que el bronce—. No me gusta esperar —le dijo Bardu a su sobrino—. Creo que me gustaría tener algún que otro seguro.

—¿Seguro? —Era un concepto que su sobrino no comprendía.

—En caso de que nuestra espía no resulte tan útil como su familia asegura que será.

—¿Qué tiene en mente?

Levantó la vista y miró sus palomas, los últimos rayos del sol que se enredaban con el lío de plumas azuladas que bajaban flotando de sus hornacinas. Las paredes estaban llenas de manchas blancas de excremento seco, que Bardu jamás había limpiado. Le gustaba recordar que hasta las aves más dóciles producían una impresionante cantidad de mierda. Era una metáfora apropiada para Uztar.

—¿Quién ha reemplazado a Yirol después de su inoportuna muerte?

—¿A la sicaria? —Lywen se rascó el mentón, como si tuviera algo de barba incipiente allí—. Creo que una de tus ayudas de cámara. Chitiycalania.

—Ah. —Bardu sonrió—. Chit. Muy bien. Por favor, envíale un mensaje de mi parte: tengo un trabajo. Algo que nos mantendrá ocupados hasta que termine la fiesta de kyrgio Ryven.

Se sentía mejor ahora que se había puesto en acción. Las fiestas de kyrgio Ryven no comenzaban hasta bien entrada la noche y no terminaban hasta el amanecer, y ella no quería esperar tanto tiempo para ejercer algo de poder sobre la joven que creía que podía comandar el cielo. Había que amansarla a ella primero, y kyrgia Bardu sabía exactamente cómo.

La única diferencia entre la política y la cetrería era esta: no podías amansar a un halcón a través del miedo. Con los humanos, era una historia diferente.

KYLEE:

LO QUE ANHELAN LAS ALAS

8

El Castillo del Cielo había comenzado siendo un fuerte, construido por los primeros uztaris en cruzar las montañas desde las estepas heladas que había al otro lado. Después de vencer a los altaris, erigieron una fortaleza en tierras altas para vigilar la meseta y mantener el control sobre el cielo que la cubría. Kylee pasó los dedos por las piedras más antiguas. El tiempo había alisado las astillas y rajas hechas por la guerra. El castillo había brotado de la fortaleza central, los muros de defensa se habían transformado en patios internos. Las salas que alguna vez habían oído los gritos de los guerreros heridos ahora eran corrales para el ganado o jaulas para las rapaces. Desde ese castillo elevado, había crecido el poder uztari y se habían propagado los asentamientos.

A lo largo del tiempo y las generaciones, el castillo se había expandido desde el anillo central para albergar cada vez más y más gente. Nuevos muros circulares trazaban los contornos de la montaña, hacia arriba y hacia abajo y de costado. Cualquier plan que hubiesen ideado los fundadores de la primera ciudadela había sido abandonado debido al crecimiento de la ciudad, cuyo trazado ahora era como la forma de las nubes en movimiento.

Las altas torres en las puertas principales del nivel más bajo, del más alto y en los laterales tenían una vista casi infinita de toda la meseta y hacia el interior del castillo, que era una serie de estructuras construidas alrededor de corrales, jaulas y patios. Las partes más antiguas del castillo estaban más organizadas que las más nuevas, pero todas estaban en constante reparación. Un ejército de artesanos y albañiles trabajaba incansablemente para evitar que el castillo se derrumbara por la montaña. El hecho de que aún estuviera en pie era un triunfo de la terquedad y la riqueza por encima del viento, la lluvia y la guerra.

Los martillazos y los repiqueteos eran la melodía constante de la ciudad, y los chillidos y graznidos de las aves realzaban las creativas maldiciones que lanzaban los artesanos. La cacofonía puso tensa a Kylee mientras caminaba por las calles iluminadas por los faroles. Había creído que Seis Aldeas era estrepitosa durante el Mercado de Cetreros, pero el ruido de la gran ciudad sobre las nubes hacía que el festival más estridente que había conocido de niña pareciera tan suave como el piar de un polluelo.

Ladrillos comprimidos de hierba de montaña y excremento de alce ardían dentro de los faroles que iluminaban la calle, y el combustible hacía que todos los caminos y pasajes tuvieran un aroma silvestre, algo salvaje y de cacería. En las casas más refinadas, el combustible estaba perfumado, pero el coste era demasiado elevado para los faroles públicos, así que la dirección del viento de las montañas definía el olor de la ciudad. La gente rica solía tener varias casas a una distancia entre sí que se podía hacer caminando para poder huir hacia olores más dulces según en qué dirección soplaran las brisas nocturnas.

Un cálido viento de deshielo se había levantado con firmeza y se había llevado del aire el miasma de los excrementos. El camino desde el cuartel hasta la residencia de kyrgio Ryven recorría casi toda la extensión de la ciudad, pero era una noche agradable para caminar. Uztaris envueltos en capas y con halcones en sus puños circulaban sin rumbo fijo por las callejuelas curvas. Sus conversaciones iban en direcciones incluso más azarosas; era necesario hablar para poder soportar las largas horas de vigilia que llevaba acostumbrar a una rapaz nueva al puño. Las personas más ricas hacían que sus criados realizaran esa tarea, que requería días sin dormir hasta que el halcón se acostumbrara por completo a que lo llevaran y dependiera totalmente de quien lo hacía para alimentarse, descansar y encontrar compañía.

Todo el proceso le hacía pensar a Kylee en los métodos para destrozar a un prisionero. Detrás de la amabilidad de un cetrero en el cuidado de sus aves, había una especie de brutalidad. Dominio a través de la dependencia. La bondad de un cetrero con un ave era la bondad de una carnada en un anzuelo. Era poder disfrazado de bondad.

Se preguntó si la invitación a la fiesta de kyrgio Ryven era la misma clase de bondad.

Todos los kyrgios que conformaban el Concilio de los Cuarenta tenían residencias cerca de la ciudadela central, donde tenían lugar los asuntos de gobierno de Uztar, pero salvo por kyrgia Bardu, pocos vivían allí en realidad. Los edificios antiguos eran fríos, estaban llenos de corrientes de aire y carecían de todas las comodidades modernas, como agua termal y escaleras amplias. Todos los kyrgios tenían al menos una segunda residencia en los vecindarios más nuevos al este o al oeste de la ciudadela. Kyrgio Ryven tenía su mansión palaciega en el distrito sudoeste de la ciudad, alta sobre el barrio que los locales llamaban el Pavo Real, por las coloridas flores silvestres que crecían en las macetas de las ventanas. Gracias a la abundancia de plantas, habían brotado perfumerías y herbolarios y también prosperaba allí el mercado de flores, que pagaba impuestos al kyrgio que presidía el vecindario, el mismísimo Ryven. Su bronce era producto de la belleza comprada y vendida.

Kylee vio la mansión en la distancia, mucho antes de llegar a la verja de entrada. Estaba posada en lo alto del vecindario, un óvalo central de piedra flanqueado por dos alas de piedra lisa, de las cuales se proyectaban terrazas diseñadas para parecer plumas al vuelo, de modo que la residencia parecía un halcón a punto de despegar. La casa era lujosa, más lujosa de lo que Kylee podría haber imaginado para alguien tan joven, y se preguntó si pertenecería a sus padres. ¿Era por ellos que Ryven estaba en el Concilio de los Cuarenta? Los kyrgios podían legar su puesto a quienes quisieran. En la mayoría de los casos, lo heredaban sus parejas o sus hijos, pero algunos kyrgios vendían su lugar cuando se acercaba su muerte, para asegurarse de que su familia tuviera riqueza, si no podía tener poder. ¿Kyrgio Ryven había heredado su puesto o lo había comprado?

Sintió un sabor amargo a resentimiento en los dientes cuando pensó en la gente a la que jamás sacudirían los vientos de las expectativas ajenas solo porque tenían riquezas. Las cosas que Kylee y su hermano habían tenido que hacer solo para sobrevivir eran algo completamente ajeno para alguien como kyrgio Ryven, que podía invitar a una extraña a una fiesta en su casa sabiendo que ella tendría que asistir. En ese momento, pudo entender un poco más a Grazim. Sin importar qué dones o logros creyeras tener, siempre había alguien triunfando arriba, arrojando una sombra sobre ti. La envidia era un simple depredador, pero cazaba a todos; incluso a Kylee.

Quizás sea por eso que todo el mundo teme al águila fantasma, pensó. *Si ella levanta la vista, no hay nada que pueda mirar con anhelo. Todo ser vivo está debajo de ella.* A Kylee le habría gustado saber cómo la haría sentir esa clase de libertad, estar por encima de todo, en la cima, sin nada que desear y con las estrellas rascándote la espalda.

La mansión de Ryven estaba más cerca de la luz de los astros que ninguna otra que Kylee hubiese visto antes. Era más alta incluso que la pared exterior desde la que Üku la había dejado colgando antes, más alta que las torres de vigilancia de la ciudad. Su techo se elevaba casi hasta la altura de la cima de la montaña más cercana.

En la entrada había más de cien escalones, que se arremolinaban hacia arriba en una vuelta amplia desde la esquina de la calle hasta la verja principal. Las barras de hierro estaban cubiertas por largas enredaderas de hiedra de gorrión, cuyas flores naranjas habían comenzado a florecer. Había dos cárabos ocelados posados a cada lado de la puerta. Estaban atados, pero no tenían caperuza y sus ojos negros, que resaltaban en sus caras anaranjadas, observaron cómo Kylee se acercaba.

Los cárabos combinan con las flores, pensó Kylee, asombrada.

Cuando estuvo parada frente a ellos, examinó el largo de las correas de cuero que ataban a los cárabos y vio que, de hecho, si las aves decidían lanzarse contra ella, estaba dentro de su alcance. En lugar de eso, una de ellas ululó y la otra rotó la cabeza para mirar hacia un lado, a las nubes plateadas que había debajo. Desde la verja, Kylee podía ver gran parte de la ciudad. Vio las calles curvas como arroyos con agua de deshielo, las luces parpadeantes de los olorosos faroles, que creaban movimientos en las sombras escurridizas de la gente que caminaba hacia lo que fuera que la noche le deparara. Alrededor de las elevadas torres que vigilaban cada distrito, volaban murciélagos, que se hacían un banquete con los insectos atraídos hacia las luces en las ventanas. Los murciélagos hablaban del clima más cálido de esa época, de ríos ajetreados y del crecimiento de los cultivos en las praderas. Con el calor llegaba la temporada de riñas y la certeza de que los ataques kartamis se volverían cada vez más agresivos y rápidos, y llegarían pronto a Seis Aldeas.

Observó más allá del muro exterior, a través de la cordillera irregular, siguiendo el curso del río iluminado por la luna tan lejos como pudo, con la esperanza de ver un destello de luz desde las lejanas Aldeas, pero estaban demasiado lejos y las nubes flotaban demasiado bajo, ocultando los asentamientos. Al estar ubicado tan arriba sobre el resto de Uztar, el Castillo del Cielo bien podría haber sido una isla en un mar de piedras y nubes.

Si Kylee era una especie de prisionera en el Castillo del Cielo, no era un lugar tan malo en el que estar. Ella adoraba las alturas, otro rasgo que compartía con el águila fantasma. Y cuanto más rápido dominara a esa ave, más rápido sería libre de irse.

Pero antes tenía que entrar a la fiesta y no tenía ni idea de cómo atravesar la verja de entrada. Miró a los imperturbables cárabos. ¿Era esto una prueba de su habilidad con la lengua hueca? ¿Se suponía que debía pedirles que la dejaran entrar? Ella quería entrar, quería ver cuál era la vista desde la mansión y descubrir qué quería el kyrgio de ella, así que pedir que la dejaran pasar quizás funcionase. No conocía la palabra para «abrir» en la lengua hueca, así que intentó pedirlo con sus propias palabras.

—Em… ¿podríais abrir?

Los cárabos parpadearon.

—Por favor, queridas damas —añadió, pensando que quizás los cárabos de un kyrgio fuesen muy formales. Usó un título honorífico femenino por respeto a la nobleza de los búhos y cárabos y el dominio de las hembras de la especie.

Uno de los cárabos se movió de posición, pero salvo por eso, nada ocurrió. Podía sentir la mirada de la gente curiosa que caminaba por la calle. Ella no era desconocida en el Castillo del Cielo: la chica a la que el águila fantasma sigue. Deseó haberse puesto una capa. Con capucha.

—¿Esperas a alguien? —preguntó una chica que se abría paso por las escaleras, detrás de Kylee.

—Yo… —Kylee no estaba segura de cómo explicar que no podía descifrar cómo entrar—. Me ha invitado kyrgio Ryven —dijo.

—Eso esperaba —respondió la muchacha, subiendo los últimos escalones sin prestar atención a los cárabos—. Odiaría tener que asistir a este tipo de fiestas sin mi mejor amiga. —Cuando se bajó la capucha de la capa, Kylee sintió que su corazón acababa de remontar una brisa de vuelo.

—¡Vy! —exclamó. Vyvian era su amiga más íntima de Seis Aldeas, aparte de Nyall y su hermano, y su presencia en los escalones del palacio de un kyrgio dentro del Castillo del Cielo no solo era una sorpresa, sino que era bienvenida—. ¿*Qué* estás haciendo aquí?

—Mi madre me envió no mucho después de tu partida —contestó su amiga—. Se suponía que vendría Albyon, pero se rompió una pierna bailando en Pihuela Rota, así que por fin me ha tocado a mí llevar a cabo el oficio familiar donde realmente importa.

Kylee ansiaba abrazar a su amiga, pero se detuvo al oír «oficio familiar». El oficio de la familia de Vyvian era el espionaje, y no podía ser una coincidencia que la primera visita de su amiga al Castillo del Cielo ocurriera al mismo tiempo que la de Kylee. Cuando eran niñas, ella solía decir que ese era como un nido de buitres lamedores de huesos, pero probablemente tan solo repetía lo que decían sus padres. El espionaje era un gran negocio en Seis Aldeas y cualquier espía con ambiciones quería trabajar en el Castillo del Cielo.

Si Vyvian había encontrado un camino que la llevara a la misma fiesta que Kylee, no era un accidente (ni una pierna rota ni nada por el estilo). Tiempo atrás, cuando Kylee solo era una chica de Seis Aldeas, el trabajo de Vyvian no le había importado demasiado. Pero ahora que Kylee estaba en el centro del poder uztari, su amistad era mucho más complicada. Una espía querría algo de ella, y qué era lo que quería o qué precio tendría conseguirlo quizás no estuviera claro hasta después de que lo obtuviera.

Todas estas intenciones ocultas agotaban a Kylee. ¿Por qué las cosas no podían ser más directas, como eran antes del águila fantasma?

—Me alegra verte —dijo Kylee simplemente; era verdad, aunque estaba lejos de ser simple.

—¿Y no solo porque sé cómo atravesar la verja? —Vyvian sonrió y se estiró para revolver algunas briznas de hiedra que colgaban al lado de uno de los cárabos. Reveló una cuerda gruesa y tiró. En algún lugar por encima de ellas, sonó una campana.

—Me pregunto cuánto tiempo me habría llevado descubrir eso. —Kylee rio.

Vyvian también se rio, una risa dulce como una melodía.

—Estoy segura de que alguien habría venido a buscarte tarde o temprano. *Eres* la invitada de honor, después de todo. ¿Lo sabes, verdad?

Kylee negó con la cabeza.

—No he hecho nada para merecer que me rindan honores.

—Ya has hecho más de lo que podría soñar la mayoría de estos nobles con cara de fringílidos —argumentó Vyvian—. Deberías escuchar los rumores que hay sobre ti allí en casa. Todos creen que eres la salvadora de Uztar. Algunos creen que ya nos has salvado.

—¿Qué hay de Brysen? —preguntó Kylee, el vuelo que había remontado su corazón un momento atrás se convirtió en un nervioso aleteo, un intento desesperado de mantenerse en el aire—. ¿Cómo está?

Vyvian puso una mano en su hombro.

—Está perfectamente bien —le aseguró—. Pasa la mayoría de los días con ese pálido chico búho que vino con vosotros desde la montaña. Él dice que son solo amigos, pero Albyon ha estado inconsolable al respecto. Creo que por eso se hizo daño, estaba intentando llamar la atención de tu hermano.

—¿Y Brysen… está a salvo? —preguntó.

—Hay espías que lo vigilan —susurró Vyvian—, pero te prometo que no es nadie de mi familia. No haríamos eso.

Silenciosa como un búho nival, flotó en el aire entre ellas la certeza de que su familia definitivamente *haría eso* y hasta quizá fuesen quienes lo estaban haciendo. Kylee supuso que si iban a vigilar a su hermano, era mejor que lo hiciera gente que lo conocía antes que extraños enviados por el Castillo del Cielo. De todas formas, se preguntó si, llegado el caso de que ella fallara o si hacía algo que enfadase al Concilio, le correspondería a la familia de Vyvian asesinar a su hermano. ¿*Harían eso* también?

—Y bien, ¿cómo te has enterado de esta fiesta? —preguntó, alejándose del escabroso tema del destino de su hermano. Él era la razón por la cual Kylee estaba allí, pero prefería no pasar todo su tiempo hablando de él.

—Es mi trabajo —respondió Vyvian, arrojando su cabello oscuro hacia atrás, para que cayera por su espalda.

—¿Sabes algo acerca del anfitrión, de kyrgio Ryven?

Justo cuando Vyvian estaba a punto de contestar a su pregunta, la verja se abrió y Vyvian avanzó hacia el interior. Los dos cárabos rotaron la cabeza para observar cómo las chicas pasaban y continuaban su camino en espiral hasta la puerta de entrada. Los escalones estaban flanqueados por toda clase de aves rapaces talladas en halitas rosadas, negras, grises y blancas, que brillaban desde dentro e iluminaban el camino. Había dos guardias humanos de pie al lado de la entrada, altos, con largas espadas curvas colgadas de sus cinturones y halcones sin caperuza en el puño izquierdo.

—Es la persona más joven en haber sido nombrada para el Concilio —susurró Vyvian mientras se acercaban—. Y había kyrgios que no querían que fuese nombrado en absoluto.

—¿Por qué no?

—Eso es lo que se supone que tengo que averiguar. Era huérfano y fue adoptado por una kyrgia que murió misteriosamente cuando estaba cazando. Hasta ahora, toda la información que tienen nuestros clientes son cuchicheos y rumores. Quieren saber cuáles fueron los hechos.

—¿Quiénes *son* tus clientes? —preguntó Kylee.

Vyvian levantó un dedo y ladeó la cabeza.

—Vamos, Ky, *sabes* que no puedo decírtelo.

—Entonces, ¿no estás aquí por mí? —Kylee descubrió que sentía tanto alivio como decepción.

—Has escuchado la frase «matar dos pájaros de un tiro», ¿no?

—Sí —respondió—. Creo que no quiero ser uno de esos pájaros.

—No te preocupes —le dijo Vyvian—. En este caso, la que dispara el tiro está de tu lado y tiene una *excelente puntería*. Solo hazme un favor.

—¿Qué?

—Preséntame a nuestro anfitrión.

—Ah. —Kylee sonrió—. La espía necesita ayuda con el espionaje. ¡Ya veo cómo están las cosas!

—No es *eso*. —Vyvian se rio—. Bueno, no es *solo* eso. Tú lo has *visto*, ¿verdad? Desde luego podría descansar un rato en su percha.

Al escuchar eso, Kylee lanzó la mirada al cielo. Su amiga era incorregible. Vyvian jamás veía una criatura hermosa sin querer acariciarle las plumas, metafóricamente hablando. Y kyrgio Ryven tenía la clase de plumas que las chicas como Vyvian disfrutaban acariciar.

—Estoy segura de que lo hará él mismo. —Kylee sujetó el brazo de Vyvian y acercó la cabeza hacia la de su amiga para subir el último escalón hasta los guardias como un par de cisnes—. Después de todo, estás *conmigo*, la *salvadora* de Uztar.

Sentaba bien reírse de aquello con una amiga, aunque esa amiga fuese una espía y una mentirosa. Cuando estabas tan cerca del poder, se percató Kylee, todos eran espías y mentirosos, así que era importante mantener cerca a los mentirosos en los que podías confiar, con la esperanza de que los cuchillos que escondían terminasen en la espalda de otro.

9

Las altas puertas de piedra de la mansión de kyrgio Ryven se abrieron y la avalancha de sonido y luz estuvo a punto de hacer que Kylee tropezara y cayera hacia atrás por las escaleras y terminara bajando la mitad de la montaña. Mientras sus ojos se acostumbraban y ella intentaba descifrar qué podía estar produciendo tanta luz, el propio kyrgio Ryven apareció en el centro de la entrada, sonriendo, y las invitó a pasar, como si hubiera estado esperando allí todo el tiempo.

En el momento en que Vyvian y ella pusieron un pie dentro, la habitación quedó en silencio. Consejeros y mercaderes, cortesanos y ayudantes, artistas, sirvientes y diversos ciudadanos del Castillo del Cielo observaron a Kylee a través de la neblina de humo de pipa y las velas cubiertas con cristal. Hicieron una pausa con pequeños pasteles a mitad de camino de sus bocas o con licor burbujeante y cerveza a medio tragar. Algunos llevaban aves rapaces encaperuzadas en sus puños; otros tenían aves cantoras en pequeñas jaulas que usaban de sombrero o de pechera. Una mujer tenía brillantes jilgueros amarillos enlazados por los tarsos, uno al lado de otro, todo a lo largo de sus mangas hasta los hombros, y un círculo de estos atados alrededor del ala de su sombrero. Las aves estaban, o bien acostumbradas a ser accesorios de moda, o bien sedadas con raíz de marasmo, porque ninguna de ellas aleteaba o chillaba como debería haber hecho un ave atada a un vestido.

Solo kyrgio Ryven se había vestido con simpleza. Llevaba puesto un *kilt* de caza con hebillas plateadas y correas en los bolsillos y una larga pluma negra de cuervo al final de los amarres. Su túnica blanca era sin mangas, o bien para ostentar sus brazos, o los brazaletes en sus bíceps, cada uno circundado por plumas de metal aplanadas. Al observarlos más de cerca, Kylee vio que el *kilt* negro y la túnica tenían bandadas de pájaros bordadas con hilo negro y minúsculos detalles rojos que atrapaban la luz cuando el kyrgio se movía. No era para nada simple; era *sutil*, una cualidad que Kylee tomó también como advertencia. Tenía que tener cuidado cerca de él. Las puntadas de sus intereses podían ser tan finas como las de su vestimenta.

Un sirviente se acercó para recoger el manto de Kylee y, en su lugar, le dio una pieza completa de bronce, ya que nadie entregaría su abrigo por nada, incluso durante la cálida temporada de deshielo.

En cuanto se llevaron su abrigo, los invitados evaluaron la vestimenta que había elegido, leyendo su ropa con la concentración de los augures con que leían el significado del vuelo de las aves, preguntándose quién le había dado esas prendas y qué significaba que las hubiese escogido por encima de otras.

Los invitados tendrían que seguir adivinando, porque, salvo por su manto, la ropa que había elegido era completamente suya. Era la que llevaba puesta cuando se había ido de Seis Aldeas: simples prendas de cuero y lana coloreada con tintes locales, una daga atada a su muslo y un guante cetrero —uno que era de su hermano— colgado de su cinturón. Había decidido vestirse como siempre, como alguien que no se sentía obligada a cumplir con esa gente, como alguien que no olvidaría de dónde venía. Si hubiera podido vestirse con un atuendo fantástico sin que eso tuviera que *significar algo*, quizás lo habría hecho, pero esta vestimenta enviaba el mensaje que ella quería dar: *No quiero estar aquí.*

A su lado, Vyvian se aclaró la garganta.

—Tendría que haberme encontrado contigo en tu habitación.

El atuendo de Vyvian era el inverso del de Ryven, una elegante túnica blanca hecha con una tela brillante que se derramaba dentro de unos relucientes pantalones como si fuesen una sola pieza. Las botas le llegaban hasta media pantorrilla y estaban cubiertas de plumas de búho blancas. Alrededor de cada brazo llevaba un cisne de cristal transparente cuyo cuello daba dos vueltas alrededor de su bíceps. Los cisnes tenían ojos de bronce pulido. Cada una de esas piezas debía de haber costado más de lo que un año de espionaje en Seis Aldeas podía pagar. Al percibir la sorpresa de Kylee, Vyvian explicó:

—Los clientes de mi familia tienen bronce de sobra.

Kylee estuvo más segura que nunca de que había sido un kyrgio quien había contratado a su amiga y la había enviado a aquella fiesta. ¿Habría sido el consejero de defensa Birgund? ¿O la propia procuradora?

Con todos los ojos en la enorme habitación apuntados hacia ellas, Kylee imaginó que era así como debía de sentirse un urogallo cuando un halcón lo circunvolaba. O quizás cómo se sentía en esos terribles instantes entre el vuelo en picado y el golpe fatal.

Cuando terminaron de evaluarlas, se reanudó el bullicio de la fiesta.

—Estáis muy elegantes —les dijo Ryven cuando dio un paso adelante para darles la bienvenida de forma apropiada. Hizo el saludo alado con timidez, como alguien que conocía bien las reglas de etiqueta, pero era consciente de lo absurdas que eran. Kylee devolvió el saludo con igual ironía, lo que pareció complacer al joven kyrgio.

—Esta es mi amiga Vyvian, de Seis Aldeas. —Kylee la presentó.

—Ah, sí, la otra seisaldeana que se ha unido a nosotros recientemente. —Ryven sonrió—. Dicen que la gran tradición cetrera nació en las Seis Aldeas y que allí se practica con una gracia que ni nuestros mejores maestros cetreros pueden igualar.

—«Gracia» no es la palabra que yo usaría para describir una pelea en las arenas de riña —repuso Kylee.

—Bueno, quizás seamos la cabeza del Imperio Uztari, pero vosotras provenís de su corazón y nos sentimos honrados de tener cetreras con tan venerable linaje aquí.

—El honor es mío. —Vyvian le sonrió, sin aclarar que ella no era cetrera, aunque la mirada del kyrgio indicaba que ya lo sabía.

—¿Venerable linaje? —interrumpió Kylee—. Mi padre era un palurdo violento y borracho y mi madre es una altari que huyó del desierto. No creo que sea mi linaje lo que le interesa a la gente aquí.

Por un momento, Vyvian y Ryven parecieron haber recibido una bofetada, pero después el joven kyrgio se rio y Vyvian se rio con él.

—La honestidad es algo sumamente escaso aquí —sostuvo kyrgio Ryven—. Y, sin embargo, es esencial para quienes quieren dominar la lengua hueca. Creo que es una contradicción interesante.

—¿Lo es? —se preguntó Kylee—. Todas las cosas están atadas a sus opuestos, ¿no es verdad?

—Eso dicen —respondió Ryven—. Y, sin embargo, estar desatado es estar libre. Quizás la búsqueda de ser libres de las sombras es la vocación de quienes quieren caminar bajo el sol.

—A menos que *seamos* las sombras —argumentó Kylee. En realidad, ya no tenía ni idea de qué estaban hablando, pero lanzar frases de aquí para allí era divertido, como un juego cuyas reglas iban inventando los jugadores a medida que jugaban.

Vyvian miró a uno y a otro, no era parte de su juego y estaba buscando una manera de participar.

—¿Es un estudioso de la lengua hueca, kyrgio Ryven? —Fue el intento de Vyvian, que contrajo sus labios de forma casi imperceptible, lo que Kylee solo notó gracias a los años de amistad compartida. Este era el tipo de información por la que sus clientes pagarían, algo que Ryven ya parecía saber, porque le guiñó un ojo.

—Ay, si con solo estudiar uno pudiera acceder a la lengua hueca, nuestros maestros serían los más ricos de entre todos nosotros —contestó—. Y los kyrgios competirían por ellos como compiten por los espías. —Vyvian se puso tensa, pero Ryven fingió no darse cuenta—. Por supuesto, como Kylee ya sabe, la lengua hueca difícilmente puede hablarse con solo estudiar las palabras. Creo que ni siquiera nuestras misteriosas y estimadas Madres Búho comprenden cómo funciona por completo.

—Si lo hicieran, probablemente no me necesitarían —replicó Kylee, lo que provocó que el kyrgio la observara con el ceño curiosamente fruncido. La miró como un halcón mira a una mariposa; no había una amenaza en su apreciación, pero había una clara sensación de que, en esa interacción, todo el poder estaba de su lado. A Kylee le habría gustado cambiar de algún modo la relación de fuerza y pensó que su franqueza mostraría lo poco que le importaban sus palabras floridas, pero él se dio media vuelta, las guio a través de la fiesta llena de gente e hizo un gesto a un sirviente para que les llevara algo de beber. A Kylee le pusieron una copa de ponche de leche especiada en la mano derecha y un fino pastelillo de hojaldre en la izquierda. Los sirvientes se alejaron con tanta velocidad que casi no pudo verlos.

Los invitados intercambiaban susurros, murmurando detalles de la vida de Kylee.

—... el águila fantasma mató a su padre...

—... su hermano estaba enamorado del chico Avestri... el que murió...

—El águila fantasma también lo mató.

—¿Al hermano?

—Al chico Avestri...

—He oído que fue el hermano el que lo hizo...

—Yo he oído que fue *ella*...

—Entonces, ¿dónde está el hermano?

A Kylee no le gustaba que aquella gente supiera tanto sobre ella y tampoco le gustaba tener las manos llenas en un ambiente extraño, así que se devoró el pastelillo con rapidez —estaba relleno con fruta deshidratada y queso dulce—, después terminó su bebida de un trago. Los sirvientes le quitaron la copa vacía con tanta rapidez como se la habían dado y, con igual velocidad, le pusieron otra copa y otro pastelillo en las manos. Los sirvientes echaban vistazos de reojo al kyrgio, como esperando su aprobación, pero él no se dignó a mirar a sus criados. Fuesen cuales fuesen sus orígenes, el joven kyrgio sin duda había adoptado algunos de los modales repulsivos de los ricos consentidos. Kylee dio las gracias a los sirvientes antes de que regresaran a atender a los muchos otros invitados de la fiesta.

Ryven debía de haber mantenido ocupada a una bandada de artesanos de cristal todo el año. En la fiesta, todos bebían de vasos y copas de cristal, no había ninguna taza de cerámica de gres a la vista. Kylee descubrió que concentrarse más en los pequeños detalles que en la opulencia evitaba que su cabeza diera vueltas. La copa estaba fría y el nuevo pastelillo estaba espolvoreado con brillantes hierbas verdes y rojas.

—¡Azafrán de montaña! —le dijo un invitado, sonriendo. Su piel era tan oscura como la de Nyall, pero su pelo era del mismo color ámbar que tenían las pecas de Grazim. Llevaba puesta una colorida túnica de cuadros y sostenía su bebida con ambas manos—. Apuesto a que no tienen *eso* en tus Aldeas.

Una mirada furibunda de Ryven silenció al hombre e hizo que se escabullera entre la multitud, como el agua de deshielo en un río turbulento.

Ryven las guio hacia un conjunto de puertas vigiladas al lado contrario al vestíbulo de entrada, pero alzó una mano antes de que pudieran atravesarlas.

—Si no te molesta, Vyvian, quisiera hablar con Kylee a solas. —Ella dudó, pero el kyrgio hizo señas a una mujer alta y delgada para que se acercara—. Estoy seguro de que disfrutarás de conversar con kyrgia

Amye. Es la consejera superior de los herreros aquí en la ciudad, responsable de muchas de las armas que usará nuestro ejército contra los invasores. Eso es de interés para tu familia, ¿no? —Vyvian retrocedió al darse cuenta de que Ryven sabía exactamente quién era ella y cuál era su oficio—. Kyrgia Amye, por favor, acérquese a conocer a mi amiga Vyvian. Tiene muchas preguntas, estoy seguro de que le encantará respondérselas.

Luego dio un empujoncito a Kylee para que avanzara hacia las puertas. Mientras caminaba, Kylee cayó en la cuenta de que no quería tener las manos llenas si iba a estar sola con aquel kyrgio. Él vio su indecisión y señaló una mesa que había al lado de la puerta para que ella pudiera dejar su pastelillo (trágicamente sin probar, parecía delicioso). Un gavilán de ojos brillantes atado a un lado de la mesa miró de Kylee al pastelillo y luego de nuevo a Kylee, después picoteó alegremente el hojaldre azafranado. Vyvian tomó la bebida de Kylee con igual entusiasmo.

—Si *tú* te quedas con el pavo real más guapo, entonces *yo* me quedo con tu ponche de leche.

Ryven se rio, dejando ver que la había escuchado. Vyvian no sintió vergüenza alguna. Había tenido la intención de que él la escuchara.

—Parece justo —añadió él y saludó a Vyvian con más sinceridad que cuando les había dado la bienvenida—. A tu máxima salud.

—Y a la suya —respondió ella, sonriendo, luego bebió de un trago el intoxicante brebaje, usando el exagerado ademán como excusa para acercarse a abrazar a Kylee—. Ten cuidado ahí dentro —susurró al oído de su amiga, toda extravagancia se había esfumado de su voz. Aquello era algo que *no* tenía la intención que el kyrgio escuchara—. Entablar una amistad con la persona equivocada puede ser peligroso. —Luego se apartó y se rio con fuerza—. No lo dejes sin plumas, ¡deja algunas para mí!

Kyrgia Amye pareció horrorizada cuando Kylee dejó que Ryven la guiara a través de las puertas hacia una habitación que estaba tan inmóvil como el cielo en un día de invierno sin viento.

10

Cuando las puertas se cerraron, el bullicio de la fiesta desapareció y se quedaron solos en una habitación grande con tres paredes de piedra desnudas. Donde tendría que haber estado la cuarta, el cielo nocturno brillaba con la luz de las estrellas por encima de las cimas de las montañas. Ninguna barrera ni barandilla bloqueaba la vista... o caída.

—Este es mi estudio —dijo Ryven—. Irónicamente, el único lugar donde logro tener un poco de privacidad es un lugar completamente abierto a los elementos.

—No debería dejar a mi amiga sola demasiado tiempo —señaló Kylee—. Escandalizará a sus invitados.

Mantuvo una mano abajo, cerca de la empuñadura de su daga, y evaluó el espacio. La habitación estaba dividida en tercios mediante columnas de piedra que sostenían el techo. Estas tenían inscripciones talladas de arriba abajo, pero Kylee no tuvo tiempo de inspeccionarlas porque sus ojos quedaron asombrados al ver el único mueble de la habitación: una mesa de piedra donde estaba apoyado un modelo mecánico de los patrones migratorios de una docena de distintas clases de aves.

Había bandadas de cuervos de bronce, gansos de cobre, palomas de plata y picocanos de latón. Estorninos de jade y cardenales de rubí. Halcones y gavilanes solitarios tallados en hueso, águilas reales hechas de oro y, sobre todos ellos, hecha de un brillante trozo de piedra de un color negro más oscuro que el ojo de un alce: una enorme águila fantasma. Cada ave estaba sostenida en su lugar por una fina patilla de cobre.

—Mis invitados ya se han acostumbrado a los escándalos —comentó Ryven mientras cruzaba la habitación hacia el modelo. Quitó un pequeño alfiler de hueso que trababa las patillas en su lugar. Con una brisa que la forma de las paredes y las columnas canalizaban desde afuera, la maqueta comenzó a moverse; cada bandada y ave respondía al viento y a sus compañeras en una danza intrincada que reflejaba su comportamiento en el cielo. Los estorninos de jade formaban un murmullo ondulante; los cardenales de rubí revoloteaban bajo, mientras que los gansos encontraban su vuelo en V y trazaban líneas rectas a lo largo del diámetro del modelo. A diferentes alturas, los halcones y las águilas circunvolaban y bajaban en picado, sus pequeñas alas de metal se plegaban al caer y se abrían con un *clic* al volver a remontar el vuelo. Solo el águila fantasma de piedra negra se quedaba quieta, vibrando por encima de todo.

Esa era una clase de artesanía que Kylee jamás había visto.

—Los pensadores han estudiado durante generaciones los patrones de las aves desde esta misma habitación —explicó—. Este diseño sigue sus reglas de vuelo tan bien como las hemos observado y de la mejor manera en que nuestros mejores artesanos han podido fabricarlo.

—¿Esto es como la auguración?

Ryven negó con la cabeza.

—No estoy intentando predecir el futuro. Más bien, estoy observando el presente y comprendiendo el pasado. Solo comprendiendo eso podré construir el futuro. Es estudio, no hechicería.

—No tiene aspecto de estudioso —observó Kylee.

—Y tú no tienes aspecto de alguien que puede comandar a la muerte misma desde el cielo y, sin embargo, lo que has hecho hoy sugiere que es una tontería suponer que una persona es tan solo lo que aparenta. «Somos grandes bandadas contenidas en una sola piel».

Ella alzó una ceja.

Ryven se aclaró la garganta.

—Symin —señaló—. Nómada que unas cuatrocientas temporadas atrás viajaba de asentamiento en asentamiento recitando sus poemas y que ganó gran fama por sus versos profanos.

—Ese verso no ha sonado tan profano.

—La mayoría de sus poemas son sobre sexo y asesinatos. Murió en una arena de riña a manos de un kyrgio cuyo honor, habilidades de caza y destreza física Symin había insultado. O fue una pelea de amantes. Los registros no son claros al respecto. Las polillas se comieron la mayoría de los archivos.

—Entonces. —Kylee echó una mirada a la habitación de pared abierta, escuchó el aullido del viento en las montañas e intentó escuchar el tenue murmullo de la fiesta que tenía lugar al otro lado de las puertas—. ¿Me ha traído aquí para hablar de poesía? Me gusta la poesía, pero no creo que sea necesario tener privacidad para debatir sobre eso.

—Es verdad —concedió Ryven—. Los mejores debates sobre poesía ocurren en público. Por otro lado, el poder se beneficia de los intercambios en privado.

—¿El poder? —La mano de Kylee se posó sobre la empuñadura de su daga cuando kyrgio Ryven se acercó unos pasos a ella.

—Sí, Kylee —respondió él—. Después de lo que has hecho hoy con el águila fantasma, creo que tienes más poder del que Üku, incluso, imagina y me gustaría enseñarte a usarlo.

—¿Usted? —Lo miró con ojos entornados, pero aflojó la mano que sujetaba la daga—. ¿Qué podría enseñarme usted que Üku no pueda?

—No es que no pueda —explicó Ryven—. Es que no *quiere*.

—¿Por qué no querría…? —No pudo terminar la pregunta antes de que el kyrgio susurrara una palabra afilada.

—*Talorum.*

Como un tintero derramado sobre el horizonte nocturno, una enorme forma negra surgió en el aire y abrió sus alas para planear en silencio hasta posarse, alta y voraz, en la cornisa de la habitación. Sus ojos negros centellearon al mirar a Kylee y al kyrgio que la había llamado por su nombre.

El águila fantasma.

11

La gran águila estaba parada inmóvil como una piedra, observándolos con sus ojos malévolos, y Kylee se dio cuenta de que no se podía mover, ni siquiera podía abrir sus labios para respirar, menos aún para hablar. Y aun así, el águila fantasma simplemente observaba, la corona de plumas negras en su cabeza, inamovible pese al viento que azotaba alrededor. Su pico con forma de garfio se inclinó para mostrar el eterno ceño fruncido de las águilas y luego la rapaz de las rapaces dio un paso adelante hacia Kylee y sus garras resonaron contra la piedra.

—¿Sabes qué significa esa palabra? —preguntó Ryven, en un tono apenas más alto que un suspiro—. ¿Qué significa el nombre del águila fantasma? *Talorum* significa «ligada a la muerte».

El águila dio otro paso, con las alas plegadas contra su espalda, su pico afilado embestía hacia adelante cuando caminaba. Su cabeza se movía repentinamente para absorber la habitación. Paso a paso, los hizo retroceder hasta la puerta. Kylee no había estado tan cerca del águila desde la noche en que ella, Nyall, Jowyn y Brysen la habían capturado. Podía sentir el olor acre de la sangre y la carne y el viento de alta montaña que emanaba de sus plumas negras como la noche.

—Haz que se vaya —susurró Kylee.

—No —respondió rotundamente Ryven.

—¡Hazlo! —gritó Kylee y sobresaltó al ave, que se detuvo en seco y disparó la cabeza hacia ella, sus ojos fijos en los suyos. Abrió el pico, dejó salir un diminuto gorjeo, tan pequeño que casi hacía gracia. De hecho, hizo que Kylee pensara en una risa. ¿Estaba el águila fantasma riéndose de ella otra vez?

Te ha matado, pensó Kylee. *Antes de que pudieras siquiera comenzar, este estúpido kyrgio te ha matado.*

—*Tú* puedes hacer que se vaya —indicó Ryven—. Si quieres. Sabes que puedes.

Resopló por la nariz mientras buscaba la palabra que necesitaba. El águila dio otro paso hacia ella. Kylee sacó el cuchillo de la funda en su brazo.

—Tu hermano no está aquí ahora, Kylee —dijo el kyrgio—. No hay nadie a quien proteger, excepto a ti misma. Encuentra las palabras. Siempre salvas a otros, repartes muerte en beneficio de otros. Sálvate a ti misma ahora. Haz esto por ti.

—*Khostoon, fliss* —dijo, en un intento de pedirle a la rapaz, a su compañera, que se fuera, pero su conexión no parecía ahora una relación de compañerismo. No se parecía a nada que no fuera una presa temblando frente a un depredador. Miró a Ryven; él le devolvió la mirada.

Él ha hecho esto, pensó. *Es igual que los demás, solo intenta manipularte. Deberías dejarlo morir.*

—*Kraas* —soltó y el águila esta vez obedeció. Giró y se lanzó a por kyrgio Ryven, cargando a pie contra él a través de la habitación hasta que este quedó con la espalda presionada contra la pared. La rapaz se cernió sobre él. Kylee vio su larga lengua negra cuando el águila abrió la boca y, de repente, el kyrgio suplicó.

—No, Kylee, dile que se *vaya*. No que coma. ¡Que se vaya!

La inmensa ave levantó la cabeza hacia atrás para atacar, lista para matar al petulante kyrgio que se había atrevido a manipularla mientras sus invitados bebían y cotilleaban al otro lado de las gruesas puertas de piedra. Podía dejarlo morir en ese mismo instante. Podía mostrarles a todos el poder del águila. *Su* poder. Mientras el guapo kyrgio se encogía de miedo debajo del ganchudo pico negro, Kylee se dio cuenta de que no había diferencias entre su deseo y el del águila. Lo que ella quería, el águila lo quería.

Y lo que ella quería era librarse de todas esas personas que creían que podían controlarla. Ella, al igual que el águila fantasma, no podía ser controlada. Dejar que asesinara allí al hombre enviaría ese mensaje de forma clara a cada kyrgio del Concilio. Ella era dueña de sí misma y no estaría atada a los caprichos de nadie.

Pero después ¿qué? Matar a un kyrgio en su casa era, sin duda alguna, un crimen. ¿Pagaría por eso ella sola o también Nyall? ¿Y Brysen? Vio en su mente cómo se desarrollaría todo con claridad. La ira del Concilio, el arresto de Brysen en Seis Aldeas y su incapacidad para evitarlo, con o sin el águila fantasma.

—*Fliss* —indicó y la cabeza del águila giró de golpe hacia ella una vez más, encontró sus ojos y casi la derribó con su mirada. Por un momento, la terrible ave negra pareció decepcionada, luego dio media vuelta y corrió hacia el lado abierto de la habitación, bajando la cabeza junto con su cuerpo mientras abría las alas, y luego se arrojó fuera, hacia la noche, se elevó y se fue aleteando hacia la oscuridad sin hacer sonido alguno.

Cuando Kylee volvió a girar para apuntar al estúpido joven kyrgio, él ya estaba otra vez de pie, apoyado contra la pared y mirándola con una sonrisa de superioridad. Tenía los brazos cruzados y parecía indiferente ante el cuchillo que ella blandía. Sus ruegos habían sido un ardid.

—Nadie sabe que hablo la lengua hueca —reveló—. O que el águila fantasma me escucha cuando lo hago, que es precisamente lo que me permite hablarle. Todos la hablan de forma diferente. El lenguaje mismo viene del corazón de cada hablante, de su verdadero ser.

Se empujó contra la pared, Kylee giró en torno a él, dejando el modelo de patrones de vuelo entre ellos.

—¿Por qué lo mantienes en secreto? Si lo hicieras público, podrías conducir al águila fantasma a la guerra y Uztar no me necesitaría en absoluto.

Ryven apoyó su mano en el borde del modelo en diagonal a ella y se inclinó hacia los pájaros de metal, que hacían *clic* y daban vueltas.

—Se podría decir que hablo desde el engaño. Cuando tengo intención de engañar, el águila me complace. *Solo* me obedece en el engaño.

—¿Como cuando has suplicado por tu vida hace un instante? —Él asintió.

—Esa chica altari, Grazim, habla la lengua hueca desde su ambición y solo puede comandar a las rapaces para ejecutar esa ambición, pero al águila fantasma no le interesa. Elige ignorar sus palabras. Üku habla desde su deseo de controlar a otros y el águila fantasma no quiere darle ese control. No tiene ningún cariño por las Madres Búho y jamás ha obedecido a una.

Kylee mantuvo la mandíbula apretada, los ojos entornados. El modelo giró entre ellos, las aves de metal salpicaban reflejos de la luz de la luna sobre sus rostros.

—¿Cómo sabes todo esto?

—Un riguroso estudio —respondió Ryven mientras deslizaba el alfiler de hueso tallado en su lugar para detener los movimientos del modelo—. Gracias al cual sé que eres una cuidadora. Toda tu vida has cuidado a los demás: a tu madre, a tu hermano. Hablas desde un lugar de cuidado y, cuando lo haces, el águila fantasma te hace caso. Te ha hecho caso cada vez que estabas haciendo el papel de cuidadora. Incluso ahora, el momento en que has elegido salvarme ha sido el momento en que te ha escuchado.

—Me ha escuchado antes de eso —argumentó ella—. Me ha escuchado cuando le he pedido que te comiera.

—Sí. —Ryven apoyó las manos en la mesa de piedra y se inclinó hacia ella—. ¡Exacto! Es por eso que sé que no solo eres una cuidadora. Üku quiere que hables solo desde ese lugar que te ata a tu hermano porque de esa manera puede controlarte. Pero cuando has vuelto al águila en mi contra, has hablado por ti. Has hablado desde lo que *tú* querías. Ese es el poder que Üku teme y que no te enseñará. Pero yo lo haré.

—¿Por qué? ¿Por qué harías eso? ¿Por qué debería creerte si, como dices, tu más grande verdad es tu poder de engaño?

—No deberías confiar en mí —respondió él—, pero no hace falta que confíes en mí para ser mi compañera.

—¿Compañera de qué?

—Eso se sabrá con el tiempo.

Se retiró de la mesa y cruzó hasta donde estaba ella, echando un solo vistazo hacia la puerta. Kylee siguió su mirada, se preguntó si alguien en esa fiesta tendría aunque solo fuese un mínimo indicio de que ellos habían estado bailando a una puerta de distancia con una enfurecida águila fantasma. El pensamiento le dio un escalofrío, pero este no fue completamente desagradable.

—Creen que estoy seduciéndote aquí dentro —señaló—, y por esa razón es que di la fiesta en primer lugar. Soy conocido por eso, por estar rodeado de bellezas... —Kylee se puso tensa—. Jamás lo haría —continuó—. Jamás lo sugeriría. En este momento, tienes muy poco poder y yo tengo demasiado. Tu amiga, por supuesto, les contará historias a sus clientes, el tipo de historias que suele imaginar. Pero tú no pareces ser alguien a quien le molesten este tipo de rumores, especialmente si te sirven. Mis intenciones para contigo no son románticas. No tienes nada que temer por mi parte.

—No he dicho que tuviera miedo —replicó Kylee—. Pero tampoco soy ingenua. De todos modos, ¿por qué *ese* rumor me sería útil?

—Nos da una excusa para estar solos cuando queramos —explicó Ryven—. Y cuando estemos solos puedo enseñarte a ser más que una cuidadora, a encontrar la voz que te dará el poder que sé que quieres.

—Lo único que quiero es mantener a la gente que quiero a salvo.

—No. —La miró de cerca. Ella sintió su mirada como una ráfaga de viento—. Eso *no* es lo único que quieres.

Ella encontró sus ojos, impávida.

—¿Qué crees que quiero?

Él la observó y, durante esa vacilación, Kylee se preguntó qué mentira estaba inventando o qué verdad estaba intentando hacer que pareciese una mentira. Pero antes de que el kyrgio pudiera decir nada, un grito lo suficientemente fuerte como para atravesar las puertas de piedra los interrumpió y, a continuación, sonó una campana en la pared. Ryven tiró de una palanca y las puertas se abrieron, dejando que la luz de la fiesta entrase, pero todo parloteo había cesado.

Solo un hombre hacía algo de ruido.

—¡Magra! —gritaba—. ¡No! ¡No! ¡No!

Ryven salió al pasillo y cuando Kylee lo siguió, vio al hombre, cubierto por capas de bufandas de seda, arrodillado en el suelo con un gavilán en sus manos, era la rapaz que había estado posada sobre la mesa. Estaba muerta y floja en sus palmas. Sobre la mesa, solo quedaban unas pocas migajas del pastelillo que Kylee había dejado.

Ella miró de manera inquisitiva a Vyvian, quien estaba de pie al lado del hombre que lloraba, y ambas se preguntaron qué se habían perdido mientras habían estado separadas. Vyvian querría saber qué había pasado entre Kylee y kyrgio Ryven —algo sobre lo que Kylee tendría que mentir—, y Kylee quería saber qué estaba pasado con ese hombre rico y su ave muerta.

Antes de que pudiera comenzar a acercarse a su amiga para preguntarle, un temblor recorrió los dedos de Vyvian, que dejó caer la copa que tenía en la mano. Se hizo añicos a sus pies y ella miró a Kylee con los ojos bien abiertos, afligida y blanca como un búho nival. Tuvo una arcada, después se desplomó. El cuello del cisne de cristal que tenía alrededor de su brazo izquierdo se rompió cuando ella aterrizó de costado, la cabeza de cristal transparente repiqueteó contra las piedras. Kylee corrió por entre la muchedumbre para sostenerla, para levantarla y alejarla de los cristales rotos desparramados en el suelo donde había caído.

—¡Vy! ¡Vy! —llamó Kylee. Los ojos de su amiga estaban vidriosos, sus labios, pálidos.

—No... yo no... —dijo Vyvian, luego su respiración se volvió un estertor. Tuvo una convulsión y se atragantó y murió así, de golpe, en los brazos de Kylee.

Antes de que ella pudiera siquiera articular una palabra para sí, uno de los invitados gritó:

—¡Veneno!

—¡Guardias! ¡Sellad las verjas! —gruñó Ryven—. Registrad a todos los invitados y a todos los sirvientes.

—¡Basura impía! —gritó un sirviente, que sacó un cuchillo de debajo de su bandeja y arremetió contra Kylee.

—*¡Shyehnaah!* —exclamó ella, y en un instante, todos los halcones que había en la habitación saltaron desde los puños de sus cetreros y se echaron encima del sirviente, sobre su cara y su pelo, clavando garras y picos.

—¡A*hhhh!* —bramó él, que intentaba sin éxito quitárselos de encima, mientras los invitados llamaban a sus rapaces, cuyos picos iban quedando ensangrentados.

Mientras las aves destripaban al sicario en el suelo del lujoso salón, Ryven lo interrogó a gritos.

—¿A quién salvas? ¿Quién te ha enviado?

El sicario lo miró a los ojos a través del ajetreo de plumas sobre su cara y Kylee pensó que quizás estuviera a punto de contestar, aunque pareció sorprendido por la pregunta. Estaba a punto de hablar cuando un halcón apoyado sobre su mejilla lo silenció estrujando su tráquea con una garra.

Kylee palideció mientras los halcones despedazaban el cuerpo del hombre muerto. Algunos invitados vestidos con suntuosidad también se pusieron pálidos, mientras que otros observaron con mórbida fascinación. Kylee se sentó con la cabeza de Vyvian apoyada, fría, en su regazo. Su amiga estaba muerta, pero el veneno había sido para ella.

EN LAS COPAS

No todas las historias que cuenta un borracho son mentiras, pero desplumar la verdad de las historias adornadas con plumas que suelen aletear en los bares cuando la luna está bien alta requiere de una habilidad especial.

Nyall no contaba con esa habilidad, pero sí tenía algunos pocos cuartos de bronce para gastar, y si alguien tenía una historia que contar, rápidamente le compraba un trago o dos.

—He oído que Ryven consiguió su lugar en el Concilio por asesinato —dijo un hombre que tenía frente a sí un pájaro cantor de color amarillo brillante en una pequeña jaula—. Mató a la kyrgia que lo crio.

—Nah —respondió otro que estaba allí bebiendo—, eran amantes.

—Ella lo crio; no eran amantes.

—Hay toda clase de gente en este mundo —respondió el hombre del pájaro cantor—. Podrían haber sido amantes aunque ella lo criara; él pudo haberla matado también.

—No, él no es del tipo que se acuesta con mujeres.

—He oído que es del tipo que se acuesta con una decena de mujeres.

—Se acuesta con cualquiera que quiera hacerlo con él. ¡Y miente a todos al respecto!

Los borrachos estallaron en carcajadas y Nyall se quedó pensado si alguno de todos había dicho la verdad y si el joven kyrgio intentaría algo con Kylee. Sujetó la jarra de gres que tenía frente a él con tanta fuerza que se resquebrajó. Odiaba esa parte de sí que se ponía celosa, especialmente cuando era tan probable que Kylee se acostara con un emú como que lo hiciera con el kyrgio. Se lo había dejado claro a Nyall desde la primera vez que él había intentado besarla una docena de temporadas atrás: no quería besar a *nadie*. Ni a él, ni a ningún otro chico, ni a ninguna chica. Al principio, él creyó que eso tan solo significaba que tenía que empeñarse más, pero un reto de Vyvian lo había encauzado. Ella había amenazado con cortar el apreciado pelo de Nyall si él volvía a incomodar a Kylee otra vez.

Había sido fácil ser amigo de Kylee desde entonces. Él le había hecho saber lo que sentía por ella y le había dejado claro que no esperaba nada a cambio.

Pero, de todos modos, había seguido haciendo cosas para ella. Como seguirla a las montañas para atrapar al águila fantasma. Como seguirla hasta el Castillo del Cielo. Como sentarse en aquella cervecería para averiguar los secretos de kyrgio Ryven.

—Ninguno de vosotros sabe de lo que está hablando —aseguró una mujer corpulenta, que deslizó su poderosa complexión cuadrada sobre el banco para quedar sentada al lado de Nyall. Ató a su peregrino encaperuzado a la percha que estaba detrás de ella. En cuanto se acomodó, los otros borrachos se alejaron, encontraron otras mesas, se perdieron en otras conversaciones.

Nyall vació lentamente su bebida, dejando que las últimas gotas se escurrieran por las grietas que había hecho, y usó ese tiempo para estudiar a la mujer. Era alta; medía dos cabezas más que él, y él no era bajo. También era más del doble de ancha y más musculosa que él, y él no era delgado. Su piel era tan oscura como la suya, pero de un tono más rojizo, como la roca fundida, y llevaba puestos unos pantalones de color blanco intenso y una túnica de lana roja con un broche de oro blanco. El broche mostraba una paloma sujetando a un halcón en sus garras: el sello de kyrgia Bardu. Si Nyall iba a descubrir algo que le sirviera a Kylee, esa mujer sería sin duda quien lo sabría.

Desafortunadamente, la copa de Nyall había estado bastante llena cuando comenzó a beber y no era la primera que había vaciado esa noche, en su misión de búsqueda de información. Para cuando la apoyó en la mesa, su cabeza había comenzado a dar vueltas y su lengua había perdido algo de destreza.

—Sique cononces al krygioryvn, ¿eh? —dijo arrastrando las palabras. No era el mejor comienzo para su investigación. Se aclaró la garganta, se sentó más erguido. Pensó en los espías de Seis Aldeas y con cuánta confianza bebían y hablaban, hablaban y bebían y jamás dejaban que una cosa interfiriera con la otra. Vyvian le había dicho que consumiera un trago de aceite de nuez prensado antes de beber alcohol para evitar emborracharse; pero no tenía aceite de nuez prensado en el Castillo del Cielo ni sabía dónde conseguirlo. Además, tragar aceite de nuez sonaba asqueroso—. ¿Ha tenido el gusto de conocer al noble kyrgio? —Fue su nuevo intento, excesivamente formal para ocultar su ebriedad, pero eso solo intensificó el efecto—. *Mierda* —murmuró, lo que hizo reír a la mujer.

—Chitiycalania —se presentó, ofreciendo el saludo alado—. Mis amigos me llaman Chit.

—Chit —repitió Nyall.

A su otro lado, se sentó un hombre igual de enorme, con ojos que parecían un cielo sin nubes y piel como piedra de cañón, que puso un tazón de vino de espino amarrillo frente a Nyall. El sujeto también llevaba el emblema de la procuradora.

—Que tu espíritu remonte el vuelo —dijo el hombre, brindando con él. Nyall, que jamás desafiaría a dos matones que le ofrecieran bebidas gratis, se bebió de un trago la libación y lanzó un soplido para aliviar el ardor que bajaba por su garganta. No se trataba de vino de espino amarillo en absoluto, sino de ginebra del monte. La habitación, o él, se inclinó hacia un lado. Se aferró a la mesa con ambas manos, con la esperanza de enderezar la habitación, o a sí mismo. Intentó no pensar en vomitar.

—Creía que apreciarías el sabor a tu casa —señaló Chit.

—Glasiass —balbuceó.

—¿Qué te gustaría saber sobre el buen kyrgio? —le preguntó Chit, bebiendo un delicado sorbo del mismo vino aguado que había estado calentando desde que se había sentado.

—¿Cualés su sistoria? —respondió Nyall con torpeza; después, en un ebrio intento de devolverle un poco de sutileza a su misión, pensó en Brysen, imaginó cómo jugaría su mejor amigo a aquel juego y añadió—: Es guapo.

—Ah. —La mujer levantó una ceja—. ¿Quieres un romance con un kyrgio?

—Noes pa mí —respondió Nyall, demasiado rápido, deshaciendo el pobre trabajo que había hecho—. ¿Yastoy namorado?

¿Por qué había salido como una pregunta? *¡Contrólate, Nyall!* Se aclaró la garganta otra vez. Recordó el consejo de Kylee. Sonrió para ostentar sus hoyuelos. Supo, por la reacción de Chit, que había parecido más como una mueca y que ni ella ni su compañero estaban interesados en los afectos de un joven ebrio como él.

—Estás enamorado de la que habla con los pájaros —observó el hombre, y Nyall asintió, aunque no había sido una pregunta, después se dio cuenta de que esa gente no tendría que haber sabido que estaba enamorado de Kylee ni tampoco quién era él, en primer lugar. Se suponía que era un extraño allí—. Tu amiga Vyvian fue muy minuciosa en sus informes. Llegará lejos aquí, en el Castillo del Cielo.

¿Vyvian estaba allí?

Por supuesto que kyrgia Bardu tenía espías en Aldeas, y por supuesto que Vyvian era una de ellos, y por supuesto que había seguido a Kylee hasta allí. Era amiga de Kylee y Brysen y en cuanto ellos se habían vuelto importantes, también lo había hecho ella. Nyall jamás le había ocultado nada a Vyvian, porque jamás había creído que él tendría algo que valiera la pena mantener en secreto. Siempre había desconfiado de la gente que actuaba como si algún día fuese a tener poder o a necesitarlo.

Ahora lamentaba su franqueza tanto como lamentaba ese último trago. En cuanto su cabeza se despejara, tendría que advertir a Kylee sobre el conflicto de lealtades de su amiga. Pese a esto, tenía ganas de verla. Vyvian era la clase de amiga con la que siempre podías contar, siempre y cuando supieras que nunca podías contar con ella *de verdad*. Kylee se sentiría feliz de saber que Vyvian estaba en el Castillo del Cielo. Tener aliados era de gran ayuda. Una bandada era más fuerte que un volandero solitario.

Al pensar en Kylee, Nyall, de repente, sintió que su estómago era como un halcón en picado. Buscó las palabras que necesitaba.

—Sol somos samigos. —Logró soltar.

—¡Por las esperanzas vanas! —brindó Chit y bajó su bebida. Nyall se sorprendió al percatarse de que él mismo terminaba otra. ¿Cuándo le habían dado otra copa? ¿Por qué la había bebido? ¿No había nadie en ese bar que conociera una cura decente para el hipo?

Su plan no estaba saliendo como había planeado.

—¿Así que, Nyall? —preguntó el hombre. Él giró la cabeza de golpe, sus gruesos rizos abofetearon el hombro de Chit. Tuvo que inclinar la cabeza para mirar al hombre a la cara.

—¿Cóm saes mi non bre? —preguntó, luego volvió a aclararse la garganta, luchó contra un hipo que se transformó en un eructo y trató de que sus ojos enfocaran a través del aturdimiento del alcohol. Intentó reformular la pregunta para que fuera lo más clara posible—. Por favor, ¿cómo es que sabes mi nombre, tú, sí?

Al menos no había arrastrado las palabras.

El hombre se rio e hizo señas al cantinero para que sirviera otro trago.

—Kylee y tú sois bastante famosos —argumentó—. Especialmente después de hoy. Algunos creen que ella detendrá a los kartamis. Otros piensan que desatará la furia del cielo. Todos consideran que vale la pena conocerla.

—Mmbueno —dijo Nyall. Intentó alejar de sí el nuevo vaso de alcohol y, al hacerlo, lo derramó.

—Nos han dicho que eras una especie de «chico riñero» allí en Seis Aldeas —comentó Chit, haciendo que Nyall diera media vuelta para mirarla otra vez, mientras la ginebra se extendía lentamente sobre la mesa, en un charco resplandeciente y herbáceo. Esta vez, su pelo golpeó el pecho del hombre—. ¿Qué significa eso?

—Siñifica que ten go amgos —respondió Nyall, poniéndose derecho—. Siñifica que sé fómo lushar.

—Es bueno tener amigos —sostuvo Chit.

—Es grandioso —añadió el hombre.

—De hecho, kyrgia Bardu quisiera ser *tu* amiga —aseguró Chit.

—¿Por qué no vienes con nosotros? —sugirió el hombre.

—Así charlaremos —añadió Chit, y no fue una sugerencia.

—Yo… —dijo Nyall, pero ya lo estaban ayudando a levantarse de su asiento.

El halcón de Chit ladeó la cabeza debajo de su caperuza cuando esta le dio un empujoncito para que subiera a su puño mientras sujetaba el brazo de Nyall con la otra mano. Fue casi como si el ave lo estuviera mirando con los ojos cegados.

Eso fue lo último que Nyall recordaba de esa noche. El ave con los ojos cegados.

Cuando despertó, su cabeza latía, pero ese dolor era la menor de sus preocupaciones.

BRYSEN:

POR DOLOROSA GRACIA

12

El poder es un viento; invisible salvo por las ramas que sacude, las paredes que derrumba y las alas que lleva hacia lo alto. El poder es una fuerza sobre la que algunos vuelan y, en Seis Aldeas, nadie volaba más alto que la familia Tamir. Eran lo más cercano a la nobleza que había en aquella parte de Uztar. Un kyrgio ausente poseía un título sobre la región, pero su derecho a visitar e imponer su autoridad había culminado hacía generaciones, cuando un miembro del clan Tamir había dado de comer los dedos de los pies del kyrgio, uno por uno, a su gavilán hasta que finalmente le fue otorgada una concesión. Se pagarían todos los impuestos y las Aldeas seguirían siendo leales al Concilio de los Cuarenta siempre y cuando no hubiera interferencias en la forma en que los Tamir dirigían las cosas. Si bien jamás les habían otorgado un puesto en el Concilio, su gobierno sobre esa pequeña pero potente porción de la sociedad jamás había vuelto a ser cuestionado.

Hasta que Brysen lo había arruinado todo.

Por su culpa, el hijo mayor de Mamá Tamir, Goryn, estaba sentado en un calabozo del Castillo del Cielo y ahora había una guarnición de soldados profesionales en Seis Aldeas. Decían que era para supervisar la construcción de las barricadas contra el asedio kartami, pero todos sabían que tenían los ojos puestos en Mamá Tamir, esperando encontrar la más mínima excusa para ejecutar a Goryn, encerrar y encadenarlos a ella y al resto de su familia y apoderarse de la fortuna que habían acumulado durante todo ese tiempo. Las guerras eran caras y, pese a que Mamá Tamir ayudaba a costear aquella mediante generosas contribuciones de bronce, jamás daba demasiado. Trataba al Castillo del Cielo como un halcón adiestrado: siempre lo alimentaba con lo justo para que no se volviera en su contra y lo dejaba lo bastante hambriento como para que no dejara de volver.

—No deberíamos estar aquí —le advirtió Jowyn, mientras subían los estrechos escalones hacia las pesadas puertas de piedra que marcaban la entrada a la casa favorita de Mamá Tamir. Tenía muchas viviendas por todo Seis Aldeas, no quería que sus enemigos supieran en cuál dormía, pero Nyck les había dicho dónde estaría esa mañana (Gruta Celestial, llamaba a aquella) y Brysen y Jowyn habían ido a buscarla allí—. He mandado de vuelta a todas las palomas que me ha enviado —explicó Jowyn—. No he respondido un solo mensaje. Hasta les dije a sus asistentes que tendrían que llevarme a verla inconsciente y a rastras y después tendrían que explicarle por qué habían herido al hijo que había perdido hacía tanto tiempo. No estará feliz cuando me vea entrar caminando contigo y tus preguntas.

—Es tu madre —argumentó Brysen, como si eso significara algo. Los padres altaris, como su propia madre, aunque no fueran amables o cariñosos o cálidos, sentían la obligación de criar a sus hijos. Las reprimendas religiosas de su madre mostraban que, a su propio modo, tenía un tipo de compromiso con la familia que los padres uztaris no compartían. Los padres uztaris tomaban a las aves como modelo de familia: se ocupaban de los niños más pequeños hasta que eran lo bastante grandes como para arreglárselas por su cuenta, entonces los arrojaban del nido. Si volaban, a veces podían regresar sin problemas y a veces eran rechazados porque ahora los consideraban competidores; así que los hijos se veían obligados a hacer su propio camino. Si caían, bueno… esa era la voluntad del cielo. No todos pueden volar.

Mamá Tamir, al menos, intentaba mantener a sus hijos cerca. Se consideraba a sí misma sentimental, lo que explicaba por qué estaba tan furiosa con el chico que había hecho que arrestaran a su primer hijo y que alojaba al segundo, que había huido de su casa.

—No deberíais estar aquí —les gruñó la primera asistente que estaba frente a las puertas. Los Tamir llamaban «asistentes» a sus guardias porque jamás admitirían que necesitaban protección alguna. Ejercían su propia violencia. Era algo de lo que se enorgullecían. Si aquello terminaba con él muerto, Brysen estaba bastante seguro de que sería la propia Mamá Tamir quien lo mataría.

—Tenemos que hablar con ella —explicó Brysen, que se cruzó de brazos y levantó la cabeza para mirar a la cara a la enorme mujer, que tenía un halcón del ocaso sin caperuza en el puño—. Ahora.

—Será mejor vuelvas a tu casa —gruñó la asistente—. Cuida de esos moledores de cristal a los que estás refugiando.

El halcón del ocaso ladeó la cabeza al mirarlo y movió las patas sobre el puño mientras Brysen echaba humo. La asistente no solo le revelaba que sabía lo de los refugiados, sino que también le demostraba que podía usar ese insulto en su cara y él no podía hacer nada al respecto.

—Ella querrá verme —intervino Jowyn, antes de que Brysen pudiera encontrar un insulto que soltar y terminara con una garra en el ojo—. Obviamente, podemos irnos y después le podría enviar un mensaje a mi madre para avisarle de que no me han dejado entrar.

La asistente miró con ojos entornados al chico pálido, pero no se atrevió a insultar a un heredero Tamir, sin importar lo distanciado que estuviera de su familia ni lo extraña que fuera su apariencia ahora. Dio un paso a un lado para dejarlos pasar, pero no se molestó en abrirles las puertas. El halcón del ocaso les lanzó un gañido, pero no se movió.

Una vez que atravesaron las puertas, Brysen vio por qué llamaban Gruta Celestial a aquel lugar. Estaba tallado directamente dentro de la montaña, pero no por manos humanas. Ancestrales ríos subterráneos habían creado cavernas serpenteantes dentro de la montaña y los muros de piedra lisa estaban rayados con capas de minerales y sedimentos. El resultado eran patrones y colores más creativos de lo que ningún artista humano habría podido imaginar. La luz de la mañana se filtraba a través de aberturas en la roca de arriba y pintaba los pasillos y las cavernas de rosa. En la temporada de viento gélido, esas aberturas llenarían la casa de nieve. Los pasadizos se volverían intransitables y todo el lugar se congelaría. Brysen no podía imaginar qué clase de riqueza podía permitirle a una persona tener una casa solo para el buen clima.

Brysen oyó la corriente de los arroyos ancestrales que habían tallado esas cavernas y que ahora alimentaban sus baños y manantiales. La familia Tamir no necesitaba acarrear agua; tenía sus propios ríos privados en el interior de su casa.

—Vamos. —Jowyn marcó el camino a través de los pasillos.

No había estado allí desde que era un niño pequeño, pero aún recordaba el camino serpenteante hasta la sala de estar de su madre. Arrastró las yemas de los dedos a lo largo de la pared de roca lisa, y Brysen se preguntó qué recuerdos estaría teniendo. Jowyn había sufrido la violencia de su familia, igual que él, pero la había abandonado con la intención de no regresar jamás. Brysen aún vivía en la casa que había sido su cámara de tortura, aunque su torturador estaba muerto. Jowyn ahora caminaba para ver a la suya y lo estaba haciendo por Brysen.

Ambos escucharon el grito antes de ver su origen.

En una gran sala a cielo abierto, estaba de pie Mamá Tamir a la orilla de uno de esos arroyos subterráneos. En un nicho en la pared, por encima de ella, un águila de río observaba el agua con hambre, pero estaba atada en su sitio. La madre de Jowyn, que había envuelto su robusto cuerpo con una bata de plumas de cuervo y seda, tenía un puñado de carne de gusano, que lanzó al agua mientras hacía suaves chasquidos con la boca. Los gritos venían desde el arroyo.

—La carne de gusano es para que no coman demasiado rápido y pierdan el apetito —comentó Mamá Tamir sin mirar a Brysen y Jowyn—. Como solían hacer algunos niños pequeños.

Jowyn se detuvo, tenso. De la nada, sujetó la mano de Brysen y también lo hizo frenar. Le apretó los dedos, más como advertencia que como gesto afectuoso, pero aun así la cara de Brysen se ruborizó… hasta que miró hacia atrás y vio el terror en la cara de su amigo.

—No te acerques más —susurró Jowyn.

Brysen no se movió, pero no pudo evitar mirar. Había un hombre en el río, atado por las muñecas y los tobillos a las orillas, tendido justo por debajo de la superficie. Para respirar, tenía que hacer fuerza con el cuello y levantar la cabeza. A contracorriente de él, pichones de águila que aún estaban cubiertos solo por plumones picoteaban la carne de gusano en el agua y saltaban de un lado al otro jugando. Algunos de ellos aún tenían sangre en sus pequeños picos por haber picoteado al hombre encadenado.

—Por favor —suplicó este a la madre de Jowyn, tosiendo y con la boca llena de agua. Su cara era un revoltijo de heridas con forma de pico—. Por favor.

Mamá Tamir se sentó en cuclillas a su lado.

—Puedes ahogarte cuando quieras —repuso ella, pasando sus dedos por el pelo mojado del prisionero—. O puedes aguantar hasta que mis pequeños pichones tengan la fuerza suficiente para volar y, entonces, no tendré que poner también a tu esposa aquí. Es tu elección. Piénsalo.

Tras eso, se puso de pie y se giró hacia Brysen y su hijo. Jowyn soltó la mano de su amigo, enderezó su espalda.

—Ma —dijo, temblando tanto que Brysen quiso sujetar su mano y salir corriendo, pedirle disculpas por hacerlo ir hasta allí. El remordimiento asaltó a Brysen tan rápido como los cuervos atacan la carroña.

—Jo —respondió ella con frialdad—. Estás… —Se aclaró la garganta, lo miró de arriba abajo—. Ridículo.

Aunque tenían rasgos similares —rostro ancho, ojos amplios, párpados caídos y orejas que sobresalían un poco más que las de la mayoría de la gente que Brysen conocía—, madre e hijo no se parecían en absoluto. Jowyn era más bajo y ágil, mientras que su madre era corpulenta y musculosa. La piel de Jowyn era blanca como un búho nival, con el pelo igual de blanco, mientras que ella tenía una tez marrón clara y el pelo grueso y negro.

—Nunca entenderé por qué las Madres Búho les hacen esto a sus chicos.

—La savia nos hace fuertes —sostuvo Jowyn.

—*Yo* podría haberte hecho fuerte.

—Goryn me habría matado si me quedaba.

—Goryn ya no está. —Mamá Tamir miró por fin a Brysen—. Gracias a este.

—Lamento mi rol en la caída de su hijo mayor, señora Tamir. —Brysen ofreció el saludo alado con tanto respeto como le permitió el terror que sentía en ese momento. Sus manos temblaron mientras las sostenía frente a su corazón. Jowyn movió sus hombros solo un poco para quedar delante de Brysen, un diminuto gesto protector que de nada serviría si se desataba la ira de la mujer, pero de todos modos calmó el temblor de Brysen. Pensó que aquella era una sensación a la que podría acostumbrarse, si tenía la oportunidad. Si vivía más allá de esa conversación.

Mamá Tamir se rio por la nariz.

—Las propias ambiciones de Goryn jugaron en su contra y obtuvo lo que merecía. No toleramos los errores en mi familia. Sin embargo, sí exigimos resarcimientos. Así que... ¿estás aquí para resarcirte? —Echó un vistazo al apacible arroyo que recorría el perímetro de la habitación. Había amarraderos donde se podían atar más sogas, más lugares donde mantener prisioneros.

—He venido a hacerte una pregunta —informó Jowyn—. Alguien intentó secuestrar a Brysen y creemos que sabes quién fue.

—¿Supones que no fui yo? —Sonrió—. Quizás este sea mi plan para traerte de vuelta a casa, llevarme a tu pequeño amante.

—¡No somos amantes! —escupió Jowyn demasiado rápido, y Brysen descubrió que eso le dolía, aunque fuese verdad. No tenía por qué decirlo con *tanto* énfasis—. O sea... solo somos amigos. De todas formas, sabemos que no fuiste tú.

Mamá Tamir negó con la cabeza.

—Huyes de mí, me dejas creer que estás muerto durante más cambios de temporada de los que puedo contar, luego vuelves a casa blanco como un búho nival y me ignoras hasta que *quieres* algo, ¿y entonces vienes corriendo de vuelta al nido? Eso es muy egoísta por tu parte, Jo. No soy una Madre Búho que te dará todo lo que quieras con una sonrisa. Una relación es un intercambio, y tú me pides información, pero no me ofreces nada. Ni siquiera el aprecio que le ofrece un pollito a una gallina, ni siquiera una disculpa.

—Lo siento, ma —dijo él—. No debería haber dejado que creyeras que estaba muerto.

Ella sacudió la mano en un gesto de descarte.

—¿Quieres saber quién busca a tu amigo y por qué?

Jowyn asintió.

—¿Quieres que esté protegido?

Él volvió a asentir.

—Haría cualquier cosa que mi hijo me pidiera —le aseguró Mamá Tamir—. Sin embargo, tú sigues siendo un extraño. ¿Quieres ser mi hijo otra vez? Demuéstralo. —Sacó un cuchillo de su bata y lo apoyó en la orilla del arroyo, al lado del hombre que se atragantaba en el agua.

—¿Quieres que mate a ese hombre? —Si Jowyn hubiera sido capaz de palidecer más, lo habría hecho en ese momento.

—Es un enemigo de la familia —afirmó su madre—. Matamos a nuestros enemigos.

Un pequeño gimoteo surgió desde el agua.

—No debería ser difícil —comentó Mamá Tamir—. Está sufriendo y tú acabarías con su sufrimiento. Todos ganamos.

—Yo… —Jowyn vaciló. Sus ojos encontraron los de Brysen; había una disculpa en su mirada—. No lo haré —respondió al fin—. No puedo.

Su madre suspiró.

—Entonces, no puedo ayudarte. No eres mi hijo. No eres nada para mí. Puedes irte y ruega que nada de lo que hagas me decepcione. Hay peores cosas en este mundo que no ser nada.

—Lo siento —le dijo Jowyn a Brysen—. No puedo matar a este hombre.

Brysen negó con la cabeza. Era él quien lo lamentaba. Jamás tendrían que haber ido. Jamás tendría que haber soñado que esa mujer podía comportarse de otro modo que no fuera el monstruo que siempre había sido. Simplemente tendrían que prepararse para defenderse a sí mismos, aunque no supieran contra quién tendrían que defenderse.

—No es tu culpa —repuso Brysen—. Nunca querría que mataras por mí.

—Qué conmovedor —se mofó la madre de Jowyn cuando se daban la vuelta para irse. Y después lo llamó, pero no a Jowyn—. Brysen sí podría ser algo para mí.

Se detuvieron. El aire en la cueva se enrareció con sus palabras. Los únicos sonidos que había eran el suave murmullo del arroyo y los horribles resuellos del hombre en el agua, que intentaba no ahogarse.

—Me has arrebatado a dos hijos —dijo cuando él dio media vuelta para mirarla—. Y aun así sigues vivo, lo que afecta a mi reputación. Tú eres quien debería resarcirse.

Brysen esperó. Ella le diría lo que quería cuando estuviese lista. Preguntarle solo demostraría cuánto poder tenía sobre él. Mamá Tamir pareció valorar su silencio. Sonrió y juntó las manos delante.

—Si no puedo tener un hijo —comentó—, me vendría bien un sicario.

—Brysen no es un… —comenzó a decir Jowyn, pero ella lo calló con una mirada, como solo una madre podría hacerlo.

—La deuda es de él, no tuya —espetó—. Así que la elección es de él, no tuya.

Brysen respiró hondo. Jamás había matado a nadie, ni siquiera en una riña en Pihuela Rota, pero no se oponía a la idea de matar. Era un cazador y los cazadores mataban todo el tiempo, sin moralizar al respecto. Quería a Shara y ella era tan asesina como podía ser un ave. ¿Cuántos gorriones y conejos habían encontrado su muerte en sus tiernas garras? ¿Por qué él celebraría las muertes que ella causaba, pero tendría miedo de llevar a cabo las suyas?

Y sin embargo, hacer el trabajo para el clan Tamir era como cazar durante una tormenta eléctrica: podías cazar lo que quisieras, pero nunca sabrías cuándo podía caerte desde arriba el golpe de gracia.

De todos modos, se encontró a sí mismo preguntando:

—¿A quién?

—Bry… no… —advirtió Jowyn.

—De hecho, a la misma persona que intentó secuestrarte —respondió la madre de Jowyn—. El líder de los kartamis. Quiere tenerte de rehén para mantener a tu hermana y al águila fantasma fuera de la guerra. Quiero que uses eso para acercarte a él, y luego, lo decapites.

Brysen no supo si el quejido que escuchó vino de Jowyn, del hombre que moría lentamente en el arroyo o de su propia garganta, pero Mamá Tamir sonrió y lanzó un silbido a su asistente para que acudiera a escoltarlos hacia el exterior.

—Veo que estás nervioso —comentó Mamá Tamir—. Tómate la noche para pensarlo. Habla con tu… —Le lanzó una mirada fulminante a su hijo, luego apartó la vista de él, como si no fuera más que un canario doméstico—… *amigo* al respecto. Creo que, por la mañana, estarás dispuesto a aceptar. Según mi experiencia, es mucho mejor ser el cazador que la presa. Y en la guerra que se avecina, serás una cosa o la otra.

13

—No puedes hacer esto, de ninguna manera —dijo Jowyn mientras recorrían el camino de vuelta a casa a través de Seis Aldeas—. No eres un sicario.

Brysen mantuvo los ojos apuntados hacia delante mientras caminaba. Por lo general, a esas alturas de la temporada de deshielo, se podía escuchar el torrente que corría por el cauce del Collar, pero ahora las enormes barricadas se elevaban al lado del río y el sonido de los martillos, los serruchos y los gritos ahogaban la melodía de la naturaleza. Un poco por encima de la barricada, Brysen vio columnas de humo gris —las vaporosas banderas de los kartamis— que anunciaban la inminente llegada del ejército de guerreros-cometa. A las Aldeas solo les quedaban unos pocos días antes de la llegada de los kartamis, y el tropel de altaris que huían de su avance atascaba las calles.

Los únicos lugares que los altaris eludían eran las jaulas públicas, donde se conservaba a los halcones, y Pihuela Rota, donde se llevaban a cabo las riñas de rapaces. La multitud de asistentes de la familia Tamir que custodiaban Pihuela con látigos de seis garras probablemente mantenía lejos a los altaris con tanta efectividad como su aversión religiosa a los deportes cetreros.

Aunque los altaris denigraban la cetrería, ahora dependían de ella para su protección y acudían en tropel desde los Prados de las

Planicies, desesperados por ponerse detrás de las barricadas. Había cetreros montando guardia en varios puntos a lo largo de la pared, con aves en sus puños, observando con gran expectativa al ejército enemigo que se aproximaba. Los altaris vivían bajo el manto de seguridad que proveían los cetreros en las barricadas, pero sentían repulsión por la cetrería que se lo brindaba. Brysen supuso que la hipocresía era necesaria para sobrevivir en un mundo tan despiadado como aquel.

Dos soldados sacudían a un altari demacrado y le pedían que demostrara que no era un espía kartami.

—*Hui* de los kartamis, ¿por qué los iba a ayudar? —Se defendía el hombre, mientras los soldados ataban sus muñecas y dejaban caer una caperuza sobre su cabeza. Su voz salió amortiguada a través de la tela—. ¿Cómo puedo demostrar algo que no soy?

Los otros desviaron la mirada mientras se llevaban al hombre a rastras. Defenderlo generaría sospechas y la mera sospecha de espionaje llevaba a que te cortaran la lengua. Las aves heridas atacaban con mayor violencia y, en ese momento, el pueblo de Seis Aldeas estaba herido y los altaris tenían la mala suerte de estar en sus garras.

Brysen dejó de caminar y esperó a que Jowyn lo alcanzara.

—¿Y si puedo ponerle fin a esta guerra? —le preguntó al chico pálido—. ¿Y si tu madre tiene razón y los kartamis *están* intentando tomarme de rehén para que mi hermana no luche? ¿Y si en lugar de eso, yo pudiera matar a su gran general? ¿Cuántas miles de vidas se salvarían? ¿Cuánta gente inocente?

—¿Crees que a mi madre le importa salvar vidas? —Jowyn negó con la cabeza—. ¿Qué le diría un ratón al cernícalo que lo invitó a cenar?

Jowyn siempre tenía un chiste preparado, pero Brysen no estaba de humor para bromas.

—El ratón no dijo nada. —Jowyn contó el final sin que se lo pidieran—. Porque fue el primer plato.

—No soy un ratón —espetó Brysen.

—No he querido decir eso —explicó Jowyn—, pero tampoco eres un sicario. Arriesgaste tu vida para salvar a esos refugiados anoche.

Brysen encogió los hombros.

—Era lo mínimo que podía hacer.

—Tus mínimos suelen ser mucho. —Jowyn puso una mano en el hombro de Brysen, lo que amenazó con derretir cualquier contraargumento que él pudiera pensar. La calidez de esa mano conspiró con su mandíbula afilada y sus pestañas largas para desarmar la razón de Brysen y enredar su lengua. Podía atrapar a un cernícalo con viento cruzado, pero estaba indefenso ante el parpadeo de ese chico de ojos grises—. La mayoría de la gente no es tan generosa aquí.

—No soy generoso. —La boca de Brysen estaba seca. Tragó con demasiado ruido, se deslizó lejos del contacto de Jowyn y reanudó la caminata—. Soy egoísta.

—Sí, es cierto. —Jowyn se rio mientras volvía a alcanzarlo—. La gente egoísta suele arriesgar su vida para salvar a un grupo de extraños harapientos, luego los invita a su casa y les da comida de su propia mesa. Completamente egoísta.

—No es gracioso —respondió Brysen, sin saber por qué necesitaba que Jowyn, más que nadie, entendiera que no merecía elogios—. Si alguien es solo un poco egoísta, entonces solo necesita ser un poco altruista, ¿no? —intentó explicar—. Pero ¿yo? *Quiero* tantas cosas... que *tengo* que dar mucho más. No soy generoso, estoy intentando equilibrar las cosas.

—¿Crees que hay una balanza? ¿Crees que es como pesar bronce en el mercado?

Brysen asintió.

—Bueno, esos altaris a los que ayudaste no están midiendo lo que hiciste por ellos —señaló Jowyn—. Y yo tampoco mido por qué me diste cobijo cuando las Madres Búho me exiliaron... aunque supongo que fue para aprovecharte de mí. —Sonrió y Brysen sintió cómo su cara se ruborizaba, pero esta vez, se obligó a reír. Bromear era mucho más fácil que ser sincero, y tenía suerte de que Jowyn no pudiera estar apesadumbrado demasiado tiempo.

Se preguntó cómo se sentiría Jowyn cuando descendiera sobre Brysen uno de sus estados de ánimo oscuros. Una vez había pasado una temporada completa sin bañarse solo porque le había parecido que no valía la pena. Si eso volvía a ocurrir, ¿se iría el alegre chico búho?

Pero si Brysen pudiera ponerle fin a la guerra, llevar a cabo ese gran acto heroico, entonces hasta Jowyn vería que valía la pena soportar sus estados de ánimo. Esa era la balanza que no podía explicar. Cada cosa valiente o generosa que hacía era parte de un acto de equilibrio personal, uno que siempre había hecho. Era una forma de demostrarse a sí mismo que valía algo. Hacer cosas valiosas lo hacía valioso. En realidad, nunca había funcionado. Aun así, todos lo abandonaban.

Pero matar al líder de la horda kartami era la clase de cosa que hacía que la gente quisiera cantar canciones acerca de ti, que quisieran quedarse cerca de ti. Nadie homenajearía a un chico por curar el ala de un halcón o alojar a tres ancianos y un bebé desterrados. Había miles de aves moribundas y casi la misma cantidad de altaris desesperados. Si quería ser un héroe, tenía que hacer algo enorme... como lo que Mamá Tamir había propuesto.

Si vivía una vida segura y tranquila y dejaba que su hermana fuera la heroína, podría ocuparse de la casa y pasar más tiempo con Jowyn. Quizás hasta sería feliz por un tiempo, pero sabía que eso no duraría. Comenzaría el asedio kartami. Jowyn lo conocería mejor. Todo se vendría abajo, como siempre, a menos que él hiciera algo para cambiarlo. No creía en los augurios; el futuro no estaba escrito en el cielo. Estaba seguro de que podía —pese a todas las pruebas de sus fracasos pasados— mostrarle al mundo que era importante.

—Vamos, Brysen. —Jowyn seguía discutiendo mientras iban zigzagueando entre la multitud, chocando con hombros de bruscos soldados uztaris y vagabundos altaris por igual. Brysen actuaba como si estuviera observando los alrededores (los barriles a medio llenar de las carpas de alimentación, halcones en mal estado a precios excesivos y polluelos decepcionantes en los criaderos). Estaba haciendo todo lo posible por no mirar a Jowyn, porque quería desesperadamente que él lo convenciera—. Piénsalo bien. Mi madre sabe que lo más probable es que te maten antes de que tengas la oportunidad de asesinar a su líder y entonces ella tendrá su venganza por lo que le hiciste a Goryn. O tendrás éxito y ella tendrá la gloria por haberte enviado y probablemente termines muerto igual antes de que puedas escapar. Pase lo que pase, ella gana y tú pierdes. Pero yo te he visto con Shara. Eres un sanador, no un asesino.

—Estamos en guerra, por si no te has dado cuenta. —Brysen señaló a los cetreros en las barricadas—. Asesinos es lo que se necesita ahora. ¿Debería quedarme atrás y dejar que todos los demás maten por mí? ¿Con quién debería contar para eso? Tú ya me has dicho que no puedes hacerlo.

Jowyn se retrajo como si lo hubiesen abofeteado y Brysen supo que había dado en el clavo. Estaba siendo cruel, pero no estaba seguro de por qué. Debería haberse disculpado y decirle a Jowyn que solo estaba molesto, pero no podía descifrar exactamente por qué. ¿Había querido que Jowyn lo alentara a convertirse en un sicario o solo quería que él creyera que *podía* serlo para no tener que serlo en realidad? ¿Y por qué mirar a Jowyn siempre lo confundía tanto? El chico pálido era tan misterioso para él como las formas que hacían las bandadas de estorninos.

—No quería decir eso... —tartamudeó Brysen. El chico blanco respiró hondo, se compuso y forzó una pequeña sonrisa en su cara, haciendo un esfuerzo por mostrarle a Brysen que lo perdonaba antes de que él pudiera siquiera pedirle disculpas—. Es solo que, ya sabes, no... no estoy acostumbrado a que nadie cuide de mí. —Jowyn levantó una ceja—. Quiero decir, aparte de mi hermana —aclaró Brysen—. No estoy acostumbrado a que nadie, salvo mi hermana, cuide de mí. Además... cuando sonríes de ese modo, todo se vuelve más complicado.

—¿Sonrío cómo? —Jowyn sonrió aún más.

—¡Como estás haciendo ahora mismo!

—¿Cómo estoy sonriendo? —Su sonrisa se amplió aún más y él comenzó a caminar hacia atrás frente a Brysen, mirando hacia arriba y a su alrededor, como si estuviera intentando encontrar su reflejo en el cielo. Contorsionó su cara con diferentes versiones de sonrisa—. ¡No veo! ¿Cómo estoy sonriendo? ¿Así? ¿Así?

Estaba tan decidido a hacer reír a Brysen que no vio la fila de perchas talladas a mano detrás de él que un vendedor había puesto en la calle, hasta que se tropezó con ellas. Brysen se lanzó hacia delante y lo sujetó de la cintura para evitar que cayera. Sintió que el hueso de la cadera de Jowyn presionaba contra él, vio sus labios pálidos abiertos y las motas doradas en sus ojos sorprendidos. Se quedaron congelados allí, en la calle, como dos albatros atrapados en un ritual de apareamiento, y Brysen era completamente consciente de que todos los ojos estaban puestos sobre ellos dos; el chico de pelo gris lleno de cicatrices y el chico pálido como un fantasma que tenía una madre peligrosa.

El corazón de Brysen estaba descontrolado y sus manos parecían estar hirviendo donde sostenían a Jowyn. Se aclaró la garganta y sugirió pasar por Pihuela Rota a beber una cerveza.

—No tengo ganas de beber cerveza —dijo Jowyn.

—La verdad es que no quiero ir a casa en este momento —repuso Brysen—. Mi madre y los altaris estarán allí, cantando y rezando y *dándome las gracias*, y no puedo lidiar con eso. Ve tú a casa si quieres, pero yo iré a Pihuela Rota.

Eso fue lo que dijo, pero lo único que podía pensar era: *Por favor, por favor, por favor, ven conmigo a Pihuela Rota y convénceme de no hacer lo que quiero hacer.*

—Ese lugar es de mi madre —explicó Jowyn—. No puedo volver ahí.

—Necesito un consejo de Nyck y los chicos —argumentó—. Todos han hecho trabajos para Mamá Tamir. No trabajos de sicario, pero de todos modos... —Dio media vuelta para irse, con la esperanza de que Jowyn lo siguiera a pesar de sí mismo—. No estaremos allí demasiado tiempo.

¿Por qué arrastraba a Jowyn adonde no quería ir? Era como si estuviera tratando de alejarlo solo para ver si se iba. ¿Era eso lo que le había hecho a su hermana también? ¿Forzarla a irse antes de que pudiera decidir que no valía la pena quedarse por él?

Antes de que él y el reacio Jowyn pudieran llegar a la entrada de Pihuela Rota, sonó un fuerte pitido desde las barricadas cercanas.

—¡Planeadores! —gritó uno de los centinelas—. ¡Están llegando doce planeadores!

Los chicos riñeros salieron a toda prisa de las barricadas; algunos de ellos, a medio vestir, sus túnicas coloridas aletearon abiertas. Sus halcones estaban encaperuzados en sus puños. En lo alto, una docena de sombras se acercaban rápidamente, con alas tan grandes como el águila fantasma, y formaban siluetas negras bajo el sol. Planearon sobre las barricadas, zigzagueando y dando vueltas. Antes de que nadie pudiera lanzar una orden de ataque, los guerreros atados a los planeadores de tela comenzaron a arrojar una lluvia de flechas a la calle.

Una atravesó la cabeza de un soldado uztari que estaba observando la situación a dos palmos de distancia de Brysen.

—¡Ahh! —gritaron aldeanos uztaris y altaris por igual y se dispersaron en busca de refugio.

—¡Derribadlos! —bramó alguien. Nyck y su formación en el patio delantero de Pihuela Rota quitaron las caperuzas de sus halcones y los lanzaron al cielo contra los planeadores. Cetreros de todo Seis Aldeas hicieron lo mismo.

Habían entrenado a esas aves en las arenas de riña para luchar en lugar de cazar y volaron hacia los enemigos en el aire, lanzando gañidos. Los guerreros maniobraron con sus hombros y piernas, pero sacaron espadas con sus manos libres.

El colorido cernícalo de Nyck se precipitó hacia el primer planeador que encontró, pero giró antes de dar en el blanco para evitar que lo alcanzara una hoja. Un peregrino de alas brillantes aleteó bien por encima de los planeadores, luego bajó en picado hacia un ala y la atravesó de pleno, lo que obligó al guerrero a maniobrar hacia un lado y caer estrepitosamente al río. Un centinela que estaba sobre la barricada soltó una flecha y acabó con el planeador que caía antes de que se estrellara, pero en el instante posterior al tiro de gracia, otro kartami planeó bien bajo y empaló a la figura sobre las barricadas antes de que pudiera ajustar otra flecha. El centinela gritó, levantado por el extremo de una lanza kartami. Mientras la lanza que le atravesaba el pecho lo elevaba por encima de las barricadas, Brysen lo reconoció, era uno de los asistentes de los Tamir, un luchador imponente al que había enfrentado más de una vez en las arenas de riña de Pihuela Rota y al que jamás había podido vencer.

El peregrino del centinela dio vueltas en lo alto, elevándose cada vez más, mientras arrojaban el cuerpo de su cetrero a la calle. La rapaz no esperó, simplemente montó una brisa más alta, se elevó sobre ella y desapareció en el cielo. Brysen la observó, cautivado por la facilidad con que regresaba a la naturaleza. Un halcón menos para la defensa de Seis Aldeas.

—¡Brysen! —gritó Jowyn, sacándolo de su ensoñación, y lo derribó hacia un lado de la calle justo antes de que una flecha se clavara en la tierra frente a él. Sus cuerpos golpearon con fuerza contra las puertas entabladas de la Equipería Dupuy. Habían cerrado la tienda con tablones de madera cuando toda la familia Dupuy había huido al Castillo del Cielo, después de que las primeras columnas de humo kartami se alzaran en el horizonte.

En la calle frente a ellos, caían cuerpos atravesados por las flechas o pisados por la muchedumbre en pánico. En el cielo, cuatro planeadores giraron y, al mismo tiempo, golpearon los pedernales que tenían atados a un lado de sus ballestas. Encendieron sus flechas y apuntaron hacia las jaulas y casas para rapaces en el centro del pueblo.

Con un *zas*, prendieron fuego el Criadero Groty, luego atacaron Jaulas Sygin y Jaulas Lannyer y El Gallinero, que solo criaba palomas para señuelos.

—¿Cómo saben a dónde apuntar? —gritó Nyck, y silbó para que su cernícalo regresara a su puño. Él y los demás chicos riñeros miraron con desconfianza a los refugiados altaris que se dispersaban. De alguna forma, los kartamis sabían dónde albergaban las Aldeas a sus aves y dónde almacenaban sus alimentos. De alguna forma sabían exactamente a dónde apuntar su fuego.

Espías.

Y esa era la verdadera perfidia del ataque, notó Brysen. No solo causaba daño a las defensas de Seis Aldeas; también plantaban desconfianza y miedo de los altaris que habían forzado a huir hacia el pueblo en primer lugar.

Los otros chicos riñeros llamaron a sus rapaces de vuelta para defender Pihuela Rota. Aunque no vivía ningún ave allí, la cantidad de cerveza y licor del que habían hecho acopio en el lugar podía incendiar el pueblo entero.

—¿Cuántos planeadores ves? —preguntó Jowyn.

Brysen contó siete.

—Con el que se ha estrellado, suman ocho —observó—. ¿Dónde están los otros cuatro?

Levantaron la vista desde la entrada de Dupuy, barrieron el cielo con la mirada y Brysen vio que los otros cuatro volaban más allá del corazón del pueblo y se alzaban en el viento trazando un camino directo hacia su casa.

Los espías que habían empleado les habían dicho dónde vivía Brysen. Su madre y los altaris estaban allí en este momento, completamente indefensos. Y Shara, que se estaba recuperando en las jaulas y no estaba lista para volar. También había otras aves: un águila de río, verde como el musgo bajo una cascada, y los gerifaltes gemelos que valían más bronce que todas las aves que había atrapado en las tres temporadas anteriores juntas; pero cada uno era un hábil luchador y cazador, esencial para la defensa de Seis Aldeas. Todos estaban atrapados en alcahaces, a la espera de que los quemaran vivos.

14

Para cuando Brysen y Jowyn cruzaron la estrecha pasarela sobre el caudaloso arroyo de agua de deshielo que separaba su casa del resto de Seis Aldeas, los seis planeadores ya circunvolaban el patio.

Brysen quería correr directamente hasta las jaulas y lanzar a sus rapaces al aire, pero Jowyn lo detuvo y lo empujó detrás de una roca. Señaló más allá de la cerca cubierta de arbustos espinosos hacia una temblorosa lanza clavada en el lodo al lado del camino de piedras flojas que llevaba hasta el retrete exterior. A la mente de Brysen le llevó un momento admitir que la lanza no estaba clavada en el lodo, sino en la espalda de una de las ancianas altaris que habían acogido. Estaba empalada, bocabajo.

La puerta de la casa estaba cerrada y tuvo la esperanza de que su madre y los otros dos altaris con su bebé estuvieran resguardados dentro.

—Tengo que llegar a las jaulas —le dijo a Jowyn—. Tenemos que lanzar algo al cielo contra ellos.

Jowyn estiró una mano y tocó la de Brysen, luego asintió. Se miraron a los ojos un momento. Jowyn era un gran conversador, con sus bromas rápidas y el alma de un poeta, pero cuando se trataba de luchar para sobrevivir, ambos sabían que Brysen era el experto.

Había luchado toda su vida de una forma u otra, y tenía cicatrices que lo demostraban.

Brysen apretó los dedos de Jowyn, luego le soltó la mano y corrió bien agazapado, zigzagueando todo el camino hacia arriba por la colina. Jowyn, con sorprendente velocidad, salió a toda prisa hacia la otra dirección, gritando para llamar la atención de los planeadores.

Brysen no miró atrás; solo podía desear que Jowyn estuviera bien mientras él pasaba por un agujero en la cerca cubierta de espinas y se arrastraba hacia el lateral de las jaulas. Deslizó su espalda por la pared lateral mientras sacaba la llave de una cadena alrededor de su cuello.

Con un solo movimiento veloz, giró en la esquina y puso la llave en la puerta, echando una mirada por encima de su hombro hacia un planeador que volaba bien bajo sobre él y que disparó con una ballesta hacia sus pies. Tuvo que lanzarse al suelo y rodar antes de terminar de girar la llave en la cerradura, pero estaba vivo. Si hubiesen querido dispararle a la espalda, podrían haberlo hecho, lo que significaba que sabían quién era y lo querían vivo. Su pelo gris lo delataba, supuso.

Si tenían órdenes de llevárselo vivo, podía usar eso a su favor.

Se puso de pie mientras el planeador se alejaba de la colina y hacía un amplio giro para volver a por él. Al echar un vistazo colina abajo, vio que Jowyn se abría camino entre las rocas por la pendiente más escarpada, mientras dos planeadores zigzagueaban y descendían, intentando conseguir, sin éxito, un buen ángulo de tiro para dispararle.

¿Dónde está el cuarto? Mientras barría el cielo con la mirada en busca de alguna señal de este, una flecha pasó zumbando al lado de su pierna y se clavó en la tierra. Saltó hacia la puerta, giró la llave, se arrojó dentro y cayó en el suelo bajo la tenue luz jaspeada.

—*Prrpt* —gorjeó uno de los gerifaltes en su alcahaz.

—¡Iiii! —chilló el águila de río.

Shara estaba posada en su percha, recelosa y en silencio, mirándolo y pasando el peso de su cuerpo de una pata a la otra. Sus nuevas plumas injertadas no estarían lo suficientemente fuertes para volar hasta dentro de algunos días, así que tendría que dejarla a salvo en su alcahaz. Se puso de pie, liberó a los gerifaltes y se colocó su largo guante de cuero de perro.

Silbó al que estaba mejor entrenado para que se subiera al puño y cerró el alcahaz. Solo podía lanzar un ave a la vez, pero tenía la esperanza de que esta fuese suficiente. No tenía ni idea de si atacaría. No era un ave de lucha. Solo había comenzado a entrenarla para cazar gaviotas, no personas.

El ave apretó el puño con sus garras azul pálido, erizó sus plumas grises azuladas y lo miró con la cabeza girada hacia un lado. Él tomó un trozo de carne del morral de caza colgado en el gancho más cercano. Tenía algunos días y probablemente ya estuviera casi rancia, pero a la rapaz no le importó. Brysen dejó que le diera un picotazo mientras él la ataba a su guante, luego arrojó la comida a un lado, dejando al ave con ojos furiosos y hambrienta. Ansiosa por comer más. Así era cómo la necesitaba.

Tan rápido como pudo, corrió a la puerta, después dio un paso hacia la luz, lanzó su puño hacia el planeador que volaba más cerca alrededor de la casa y gritó:

—¡Uch!

El gerifalte se impulsó con las garras desde su puño y voló alto sobre la casa, incluso más alto, por encima del camino y de los planeadores, cada vez más arriba hasta que solo fue un diminuto punto contra el cielo soleado.

Brysen esperó que no hubiera otra presa a la vista, porque esta rapaz se precipitaría hacia lo que fuese más fácil matar. Estaba acostumbrada a cazar gaviotas en los nevados lagos de montaña, presas grandes de alas amplias que volaban en patrones irregulares mientras observaban el agua en busca de peces. Por eso la había elegido. Desde arriba, supuso que los planeadores tal vez parecieran gaviotas gigantes.

—¡Cuidado! —gritó Jowyn desde abajo cuando un planeador cruzaba la escarpada pendiente de la montaña directo hacia Brysen. Desaceleró cuando se aproximaba y la guerrera que lo comandaba se inclinó hacia atrás y giró casi en vertical para preparar su aterrizaje. Llevaba puesto una especie de mantón color azul cielo, un pañuelo sobre su rostro y unas gruesas gafas para volar de cristal pulido. En cada mano llevaba un pequeño katar. El katar era un cuchillo de hoja corta con una barra horizontal como empuñadura que se sujetaba de tal forma que cada puñetazo era una cuchillada. Era un arma para el combate cuerpo a cuerpo, y la única vez que Brysen la había visto en acción la habían usado para abatir a un jabalí salvaje.

Entonces, este era el plan, pensó Brysen. *Están aquí para llevarme.* Alzó la vista hacia el pequeño punto que era su rapaz en el cielo. *Tengo otros planes.*

Antes de que la guerrera pudiera aterrizar, una gota de cielo cayó en picado a través del ala de seda del planeador y se estrelló contra uno de sus brazos con tanta fuerza que lo rompió sin ni siquiera frenar al ave. El planeador se inclinó y se alejó girando, hasta chocar contra la pendiente, mientras el gerifalte doblaba hacia la dirección contraria, aturdido por el impacto, pero haciendo el giro instintivo para aterrizar sobre su presa, donde desgarró su garganta antes de que el aire pudiera regresar a sus pulmones.

El gerifalte ahora pasaría un tiempo alimentándose y había tres planeadores más de los que ocuparse. Corrió al interior de la muda y llamó a la siguiente rapaz a su puño, después salió con esta.

—¡Uch! —Intentó lanzarla hacia el cielo, pero el ave se equilibró y se sujetó a su puño con más fuerza, negándose a soltarse. Sus alas se abrieron, pero a pesar de que Brysen levantó y bajó su brazo, se negó a moverse—. ¡Vuela! —le gruñó, pero ella solo lo agarró con más firmeza. Justo en ese momento, vio un resplandor naranja brotando de la punta de una flecha que había caído sobre su casa. Restalló contra la brea del techo, pero no prendió. Llovieron un par de flechas llameantes más y se clavaron. Una de ellas prendió. Pero los planeadores permanecieron en lo alto. Iban a forzar a su madre a salir por el humo.

Corrió de nuevo al interior de la muda, con el gerifalte aún en su puño, y abrió el alcahaz del águila de río. El gerifalte chilló, el águila también y ambas aves asustadas huyeron de sus perchas; el águila persiguió al gerifalte. Brysen salió tras ella a toda velocidad, gritando: «¡Uch! ¡Uch! ¡Uch!» con la esperanza de que alguno acatara la llamada a cazar. El gerifalte, en su pánico, casi se estrelló contra uno de los planeadores, pero lo eludió. El águila, por otro lado, lo atravesó de pleno, desgarrando suficiente tela como para desviar al planeador de su curso.

Este se alejó bamboleándose, temblando y dando vueltas. Giró hacia las barricadas, pero se estrelló en algún lugar en las calles de Seis Aldeas, donde los pobladores lo rodearon como cuervos.

Los dos que quedaban lanzaron más flechas ardientes al techo de su casa, pero uno de ellos se desvió hacia el lugar de la colisión en el pueblo, mientras que el otro dio una vuelta bien alto y desapareció detrás de una cima rocosa.

En el momento de calma, se abrió la puerta, su madre y los dos altaris con el bebé se apiñaron en la puerta. El pelo oscuro de su madre estaba trenzado con pulcritud y ella se había puesto su mejor túnica acolchada, una que Brysen no había visto en tanto tiempo que apenas la recordaba.

Cuando Brysen había llevado a los altaris a su casa, ella los había guiado con rapidez hacia el hogar sin que nadie se lo pidiera, había curado sus heridas, les había dado agua y leche y había comenzado a preparar una comida completa. Hasta había hecho puré de albaricoques para el bebé. Brysen había estado guardándolos, pero no podía negarle la comida de un bebé. Aun así, se preguntó por qué la generosidad de su madre tenía que incluir *sus* bocadillos.

Ella había mantenido los ojos fijos en el suelo todo ese tiempo y los altaris, en agradecimiento por su gesto, le habían tocado los pies con sus dedos y apoyado sus palmas contra la tierra. Era el agradecimiento altari, uno que su madre probablemente no había visto desde que era una niña pequeña, cuando ella misma había huido de las planicies hacia Seis Aldeas. Ese había sido el día más feliz que había tenido en incontables temporadas, un arcoíris en una vida llena de lluvia; así que, por supuesto, como todo en la familia de Brysen, tenía que terminar en sangre y muerte desde el cielo. Si el cielo bendecía a algunas personas, parecía lógico que maldijera a otras.

Brysen intentó hacerles un gesto para que regresaran al interior, pero el altari que sostenía al bebé negó con la cabeza y señaló el espeso humo negro que había detrás de ellos. No podían quedarse dentro, pero si salían corriendo, sin duda los matarían.

La otra altari, vestida con una túnica limpia y pantalones de cazador que habían sido del padre de Brysen, se precipitó hacia el retrete exterior a toda velocidad. Era una mujer vieja, pero sorprendentemente rápida.

Aunque no lo suficiente.

Una flecha se clavó con tanta fuerza en su espalda que la impulsó tres pasos hacia adelante antes de que la mujer se desplomara, tropezando con el cuerpo que ya estaba caído allí. El planeador había llegado desde detrás de la cima.

En la puerta, el bebé lloraba a gritos y la madre de Brysen cruzó la mirada hacia él, susurrando plegarias. No tenía otra opción. Volvió a la muda y abrió el alcahaz de Shara. Lista o no, tenía que intentar que volara.

—Lo siento, Shara —dijo, estirando el brazo enguantado—. Sé que acabas de volver a casa, pero… te necesito…

El ave lo miró con la cabeza ladeada y caminó delicadamente hacia su puño. Brysen escuchó una serie de golpes secos en el techo de la muda, olió humo y césped en llamas y supo que habían prendido fuego al edificio en el que estaba, pero no importaba. Aquella era la última ave que le quedaba. Salió con ella para hacer todo lo que pudiera.

—¡Uch! —gritó, alzando su brazo, y Shara inclinó el cuerpo, abrió las alas y se impulsó hacia arriba.

No llegó muy lejos. Su ala no estaba del todo curada, demasiado dolorida para volar. Dio unos pocos aleteos y volvió a posarse sobre sus patas en medio del patio. Caminó en círculos, como si sintiera sorpresa de estar en otro lado que no fuera el aire.

Brysen se desanimó. Al otro lado, el bebé lloraba mientras el denso humo negro envolvía a las dos personas apiñadas en la entrada. A través del humo, ni siquiera podía ver a los planeadores.

Y entonces su madre dio un paso fuera de la zona segura, sosteniendo al bebé en el recodo de su brazo y el otro levantado en el aire, con los dedos abiertos para mostrar que se rendía.

—¡Ma! —llamó Brysen—. ¡No!

Como un buitre en un campo crematorio, un planeador atravesó el humo, flexionó las alas, descendió para aterrizar en el patio. Llegó rápido, el guerrero corrió al tocar tierra y tiró de las cuerdas para bajar las alas, que se arrastraron en la tierra detrás de él. Soltó una cuerda y el arnés se desprendió, lo que le permitió dar media vuelta hacia Brysen con un cuchillo en la mano.

Con el cielo despejado, el altari que aún estaba en la puerta avanzó tambaleando, tosiendo y llorando, y se dejó caer sobre sus rodillas frente a los cuerpos de sus dos compañeras. Después levantó la mirada hacia el guerrero con un gesto de odio puro.

—Te apoderas del cielo donde no tienes ningún derecho legítimo de estar —gruñó—. Eres peor que cualquier uztari. Que la maldición del cielo caiga sobre ti. ¡Sobre todos los de tu clase! Espero que os muelan hasta haceros polvo y que os devoren aquellos a quienes tanto odiáis. Ojalá que vuestros sangrientos huesos sean…

El guerrero lo silenció con un lanzamiento de cuchillo, que se clavó de pleno en su torso y perforó su corazón. El anciano inhaló con fuerza, con la boca abierta, pero era demasiado tarde para él, su cuerpo simplemente no resistió. No cayó ni hacia delante ni hacia atrás sobre sus rodillas, simplemente se desplomó, con la cabeza caída hacia delante, mientras la sangre empapaba la tela áspera de su camisa.

Justo en ese momento, llegó Jowyn desde abajo, jadeando por correr colina arriba. El guerrero giró la cabeza de golpe en su dirección mientras desenvainaba un cuchillo para lanzarle.

—¡No! —gritó Brysen y se arrojó entre el cuerpo de Jowyn y la hoja del guerrero.

Este no lo lanzó. Miró con la cabeza ladeada a Brysen, que vio su propio reflejo en las gafas de vuelo del kartami.

Sonó un cuerno y estallaron los vítores desde la pendiente que bajaba de Aldeas. Un planeador solitario retrocedía sobre la barricada y se dirigía hacia las lejanas columnas de humo y las nubes de polvo que levantaba el ejército kartami. Habían repelido el primer ataque. Solo quedaba el guerrero que estaba de pie frente a Brysen, su misión aún sin cumplir.

—Es a mí a quien buscas —dijo Brysen—. Iré contigo. Solo… no le hagas daño. No *les* hagas daño.

Las llamas rugían al devorar su casa y la muda que su padre había construido, que ahora estaba vacía. El aire estaba cargado de olor a sangre, madera carbonizada y plumas quemadas. Todas sus provisiones y equipamiento, todas sus escasas posesiones, todo lo que había conocido ardía en llamas.

El guerrero sopesó la oferta de Brysen, luego avanzó para sujetarlo.

Pero Brysen no pensaba rendirse.

En cuanto estuvo en manos del guerrero, se dejó caer, flojo, lo que obligó al kartami a usar ambas manos para sostenerlo y eso le permitió a Brysen barrer las piernas del guerrero para derribarlo. Mientras, sacó su propio cuchillo de su cinturón, pero no tuvo la oportunidad de asestar el cuchillazo fatal. Shara había saltado desde el suelo para atacar al kartami y clavó sus garras en las mejillas del hombre para picotear sus ojos.

—¡Ayyy! —gritó el hombre mientras Brysen se apartaba. Quería rebanar al guerrero, poner fin a la lucha, pero dudó. Había sangre en el pico de Shara, en sus garras, que estrujaban la garganta del kartami. Los gritos ahogados eran horrorosos e hicieron que el vello de Brysen se erizara. Él sostuvo su cuchillo a un lado; no podía convencerse de dar un paso adelante y apuñalarlo.

¿Qué pasa contigo?, se regañó a sí mismo. *Mátalo y ya está. ¡Hazlo ya!*

Antes de que pudiera obligarse a mover los pies o a levantar su cuchillo, Shara desgarró la arteria del guerrero, que lanzó un chorro horripilante, y tiró de ella como si fuera un gusano sangriento en el lodo matinal. Con un grito final, el kartami la sujetó con sus dos manos, se la arrancó para quitársela de encima y la lanzó con fuerza directa al fuego de la muda en llamas.

Cualquier sonido que Shara hiciese fue apagado por el alarido de Brysen al enterrar su cuchilla en el pecho del hombre, pero para entonces, estaba apuñalando un corazón que ya había dejado de latir. El guerrero estaba muerto, pero frente a él, el cuerpo de Shara prendió fuego.

15

—¡No, no, no, no, no! —Brysen estaba de pie con los ojos fijos en su amada ave, que yacía estupefacta mientras sus plumas se quemaban. Las llamas a su alrededor se reunieron en bandada, agitadas por el viento; picos de color azul incandescente y alas de color naranja rojizo devoraban la muda, echando chispas que encendían fuegos nuevos, que se extendían como cóndores sobre carroña fresca y picoteaban la suave piel emplumada de Shara.

Quería correr hacia ella, pero encontró que así como sus pies le habían fallado antes de poder apuñalar al guerrero, ahora también lo hacían, reteniéndolo. No se podía mover. El olor a humo llenaba sus fosas nasales, hacía que sus ojos ardieran. El calor de la muda en llamas se extendió hasta él, le besó las mejillas con la áspera suavidad de la barba de su padre. No podía apartar la mirada.

Te conocemos, susurraron las llamas. *Te hemos echado de menos.*

Sintió que las cicatrices que cubrían su costado izquierdo de la cintura al cuello se abrían de golpe, supuraban, crepitaban, como habían hecho antes, como habían hecho la noche en que su padre lo castigó con la antorcha en vez del látigo. Todo su cuerpo se sacudió. Podía sentir el sabor de la carne chamuscada en el fondo de su garganta. Conocía ese sabor. ¿Se quemaba otra vez? ¿Lo había alcanzado una brasa?

No, jamás me curé del todo, pensó. *Siempre he estado quemándome. Viví con el fuego bajo la piel, ¡y ahora se está liberando!* Se dejó caer al suelo, rodó y se frotó contra él intentando extinguirse.

Sintió que Shara ardía, como había ardido él, como ardía ahora. Estaban en llamas juntos, el ave y el chico, y él no recordaba que hubiera dolido así la última vez, pero ahora dolía terriblemente.

Escuchó que alguien gritaba a lo lejos y supo que era su propia voz.

—¡Quema, quema, quema! —gritaba.

No vio cómo ocurrió, pero Jowyn lo sujetaba en sus brazos con fuerza, sus pálidos músculos olían a humo, y luego su madre se arrodilló junto a él también, su pelo oscuro brillaba con un tono rojizo por el reflejo del fuego. Él ni siquiera tenía pelo, pensó. El suyo era humo. Tendría que haberlo sabido. Siempre había sido humo.

Jowyn lo sostuvo con fuerza, con tanta fuerza que no podía moverse.

—Estás bien, no te estás quemando —le susurró al oído. El aliento cercano avivó la llama en él—. No te estás quemando. Estás a salvo. No te quemas.

Brysen gritó. Se retorció para librarse del fuego interno. Podía sentir que las llamas agrietaban su piel para salir.

—¡Shara! —gritó—. ¡Shara!

Cuando era un niño, cuando su padre lo había quemado con la antorcha en la muda, había protegido a Shara, la había resguardado de las llamas con su propio cuerpo. Había obtenido esas cicatrices por salvarla solo para que, de todos modos, muriera entre las llamas. Quizás él todavía estuviera allí. Quizás jamás se había ido.

—¡Se quema! —gritó—. ¡Se quema!

—¡Dime que sabes que no estás en llamas! —suplicó Jowyn, que aún lo sujetaba con suficiente fuerza como para sofocar el fuego—. Respira, Brysen. Respira hondo. Una vez. Inhala y exhala. Inhala y exhala. Dime que sabes que no estás en llamas.

Brysen respiró hondo. Se atragantó. Respiró otra vez. No estaba en llamas. Respiró otra vez. No estaba en llamas. Su ropa estaba fría. Estaba en brazos de Jowyn. Las manos de su madre estaban apoyadas en él. Eran cálidas, pero no ardían. Él estaba frío. Tiritó.

—No estoy en llamas —dijo. Sintió el sabor del humo.

—Respira —indicó Jowyn, y Brysen tembló en sus brazos—. Sigue respirando.

—Se quema. —La de Brysen se resquebrajó como la leña—. Por favor. Se quema.

—Sigue respirando —repitió Jowyn y soltó a Brysen, se puso de pie y corrió al interior de la muda engullida por las llamas.

Brysen cerró los ojos, intentó respirar hondo, intentó no sentir el olor de la piel chamuscada, de las plumas calcinadas y del sofocante humo que llenaba todo espacio vacío dentro de él (sus pulmones, sus lagrimales, los espacios vacíos en su corazón). Sintió que el humo latía en sus venas, en lugar de la sangre.

—Jo —susurró, pero Jowyn ya estaba de vuelta, tosía y sostenía un delicado bulto contra su pecho. Le pasó a Shara como si fuera un bebé. Brysen sintió a su ave contra su cuerpo, sintió su cuerpo rígido y más liviano que el aire. Sin aire. Sus cálamos estaban pelados y expuestos, las plumas, devoradas por las llamas. Olía a humo y carne asada.

Estaba muerta.

La había criado y alimentado y protegido. La había perdido y la había encontrado y había reemplazado sus plumas rotas. Pero aquello... su final no podía ser así. Aún había vida en ella. Tenía que haberla. Él la sentía, de la forma en que una madre debe sentir las lágrimas de su hijo justo antes de que estas se derramen, un «a punto de», un «justo antes», un «ya casi». Esa vida estaba allí, pero se desvanecía y él también lo sintió.

Inhaló el aroma de sus plumas chamuscadas y sintió el humo que todavía estaba en su interior, bajo su piel, pero supo que no estaba en llamas. Él *era* el fuego. Su padre no lo había matado con el fuego; se lo había *dado* a Brysen, un don con el dolor, con las llamas… Brysen exhaló y sintió que el humo invisible de su aliento rodeaba al cernícalo, lo envolvía.

Susurró una palabra:

—*Shyehnaah.*

Era lengua hueca, una palabra que había escuchado a su hermana usar para comandar a rapaces salvajes que mataran por ella, una palabra que él mismo había pronunciado cientos de veces sin efecto alguno, estuviera desesperado o esperanzado o suplicando.

Jamás había logrado comandar con éxito a un ave para que matara por él, pero ahora la dijo con claridad y dolor y esperanza por lo único que sabía que verdaderamente quería: que Shara viviera.

—*Shyehnaah* —repitió, sin saber qué significaba, pero sabiendo qué quería decir él: «vive».

—*Prrpt* —chilló el ave, y se movió contra él. Levantó su pequeña cabeza, se acurrucó contra su pecho para tocar delicadamente con su pico ensangrentado el cuello de Brysen. Se apretó contra él, sus latidos tamborileaban con rapidez. Ahuecó sus plumas; estaban todas completas, suaves y enteras. Abrió las alas y estaban igualadas, niveladas, derechas. La vieja ala torcida había sanado. Shara saltó al suelo desde sus brazos y caminó en círculos, picoteando bocaditos en la tierra que solo sus ojos agudos podían ver.

—Brysen. —Su madre susurró su nombre. Era la primera vez en mucho, muchísimo tiempo, que él pudiera recordar, que ella lo decía—. Brysen —repitió ella, como si el nombre fuera una plegaria.

—Brysen —dijo Jowyn con el mismo tono casi reverente—. Estaba muerta. Lo he sentido al tenerla en mis manos; la *he visto*… Estaba muerta.

—La he llamado de vuelta —respondió Brysen, con una hinchazón que jamás había sentido antes, una plenitud y una ligereza que nunca había conocido. Miró el humo que se elevaba desde las

Aldeas, los muros de su hogar a punto de colapsar—. La he llamado de vuelta con la lengua hueca —señaló y su madre dejó caer la cabeza hacia la tierra, moviendo su boca en un rezo ferviente, temeroso.

Kylee no era la única con poder, se dio cuenta Brysen mientras su madre rezaba y Jowyn lo miraba con asombrados ojos grises. Shara daba saltitos de aquí para allí, buscando gusanos en las chisporroteantes ruinas de sus vidas, ajena a su propia imposibilidad.

—Puedo hablar en lengua hueca —dijo en voz alta para sí, para Jowyn, el cielo y las nubes y el viento y el sol—. Yo.

Sabía que tendría que haber estado confundido o asustado, pero nunca antes nada había tenido tanto sentido como aquello lo tenía ahora. Siempre había tenido la sensación de que estaba vivo por alguna razón, había alguna razón por la que había sobrevivido a la tortura de su infancia y nunca había huido o sucumbido, y era esa. Finalmente había llegado el momento en el que él era quien tenía poder, quien podía contar su propia historia y ser el héroe. Toda su vida había sido un ala que tan solo esperaba para abrirse y ahora, por fin, lo había hecho.

Sonrió mientras observaba a Shara picoteando el suelo. Levantó la mirada más allá de ella, más allá de las humeantes Seis Aldeas y los cetreros en las barricadas, hacia la nube que levantaba la horda de kartamis que se acercaba. Quemaban cuerpos en todos los lugares a los que fuesen, pero Brysen sabía que a él no lo quemarían. Se sintió imparable.

Sacó su cuchillo del pecho del guerrero muerto y limpió el filo con un jirón de la tela del planeador cercano. Había vacilado a la hora de matar y casi le había costado la vida a Shara. Ya no volvería a dudar.

—No tenemos demasiado tiempo —le dijo a Jowyn. Su madre aún recitaba silenciosamente sus plegarias mirando el suelo—. ¿Me ayudarías a entrenar?

—A entrenar… ¿para qué?

—Para descubrir qué puedo hacer —respondió Brysen—. Y después usarlo contra estos buitres antes de que puedan mojar sus picos con más sangre seisaldeana.

Jowyn tragó con fuerza, pero asintió.

—Te ayudaré.

—Le diremos a tu madre que aceptaré el trabajo que me ha ofrecido —explicó Brysen—, siempre y cuando mantenga a mi madre a salvo.

—Pero ¿quién te mantendrá a ti a salvo? —preguntó Jowyn.

Brysen, sintiendo la oleada de orgullo que siempre sentía antes de hacer algo gloriosamente estúpido, le guiñó un ojo a Jowyn.

—Ese trabajo aún está disponible si lo quieres.

—Voy adonde tú vayas —repuso Jowyn y se quedaron de pie hombro con hombro, mirando hacia las lejanas columnas de humo más allá de las barricadas—. Hasta el final del cielo.

Shara encontró un jugoso gusano debajo de las brasas y voló con él hasta las ramas chamuscadas del débil fresno que ahora estaba de pie como un centinela frente a la casa incendiada. Sus alas ahora eran fuertes, y también lo era su hambre.

Bien, pensó Brysen. *Necesitaré ambas cosas.*

CORRESPONDENCIA

A mi más estimada kyrgia Bardu, con deseos de cielos llenos y días soleados:

Espero que esta carta te encuentre pese al inminente asedio. No llegan demasiadas aves ahora, aunque he observado que el chico en el que estás interesada ha despachado una esta noche. He honrado tu petición y he hecho los arreglos para que se infiltre en el círculo kartami en cuanto este llegue. Sus posibilidades de éxito son escasas, pero estoy segura de que ya lo sabías. No cuestionaré tus razones, siempre y cuando mantengas tu palabra.

Como sabes, una vez que él haya cruzado nuestras barricadas, no tendré ninguna influencia sobre su seguridad o supervivencia, aunque estoy segura de que mi hijo rebelde lo cuidará, con tanto éxito como si enviáramos a un pavo real insensato a esta misión. No tiene lealtad hacia mí, pero, por otra parte, yo no la tengo para contigo y, sin embargo, nuestros objetivos vuelan juntos. El muchacho estará con los kartamis. Ahora, ¿cuándo cumplirás con tu parte y ascenderás a mi hijo mayor desde las mazmorras a un puesto en el Concilio? Habrá un kyrgio Tamir antes de que esta guerra termine o no sé cuál de mis promesas cumpliré... No eres la única que tiene espías y sicarios.

Dicho esto, por ahora, la defensa de Seis Aldeas será lo bastante fuerte como para resistir un tiempo y de verdad espero que el ejército que envíes solo les ofrezca a nuestros enemigos la misericordia del lodo cuando lleguen.

Sin embargo, como seguramente suframos grandes pérdidas mientras esperamos tu ejército, tendré que solicitar, además del ascenso de mi hijo, una cuantiosa remesa de bronce. Tengo muchas bocas que alimentar, desde los altaris que infestan nuestras calles hasta los chicos riñeros que tengo para vigilarlos. El coste de una población ajetreada es enorme. Otros quinientos redondos serán suficientes, a través del paso de la montaña, si es posible. Si no lo es y tengo que esperar a que caiga el sitio, entonces el precio, por supuesto, debería ser el doble... por mis molestias. Después de todo, mil redondos es poco comparado con el regalo que te he dado. Imagino que el rol del chico en todo esto no es más que un señuelo para su hermana, pero si él demostrara ser capaz de llevar a cabo la tarea que le has encomendado a través de mí, pediré instrucciones sobre cómo proceder. Por ahora, sé que debes mantener a su hermana contenta, pero cuando llegue el momento en que ya no sean necesarios, pediré tu permiso para vengarme de todos ellos. Vivimos tiempos sangrientos, como ocurre en todas las generaciones, y la lección que mi familia aprendió largo tiempo atrás es que el depredador que deja escapar a su presa es el primero que pasa hambre.

Mi buena kyrgia, yo no pasaré hambre, ni de comida, ni de bronce, ni de sangre, ni de venganza.

Cobraré lo que se me deba, y ningún ejército fanático en las planicies ni una kyrgia mimada en su castillo me lo impedirán.

A tu servicio, mientras el cielo nos bendiga,

Señora Cynari Tamir

KYLEE:

DE AMANSADORES Y PRESAS

16

La pena y el miedo nadaron juntos como una pareja de cisnes, tristezas gemelas entrelazadas por el cuello, de alas amplias y ferozmente leales. La pena había llevado a Kylee bajo las mantas y allí la había mantenido el miedo. Cualquier necesidad de moverse o actuar fue derrotada por el oscuro luto de su corazón estremecido, que lloraba por su pérdida, por su soledad y por la culpa que sentía.

Pero también tenía que hacer pis.

Con el mismo esfuerzo que le supone a un polluelo romper el cascarón y surgir ciego y tembloroso a la luz, Kylee movió los pies bajo las mantas y los apoyó en el frío suelo de piedra. Hizo una pausa allí, con la cabeza colgada sobre su pecho, los ojos fijos en su regazo, con la misma ropa que había usado para la fiesta de Ryven, aunque no con el mismo olor. Aun en su estado lamentable, sabía que apestaba.

Habían transcurrido dos días desde la fiesta y había pasado todo ese tiempo perdida en algún lugar entre la tristeza por su amiga y la lástima por sí misma.

Nyall no había ido a verla y nadie lo había visto desde antes de la desastrosa fiesta. Hasta donde sabía, podrían haberlo matado los mismos sicarios que habían asesinado a Vyvian. Tenía miedo de que alguien fuera tras Brysen en Seis Aldeas y, aunque había garabateado con rapidez un mensaje para advertirle, no tenía garantías de que le fuera a llegar. Los rumores indicaban que los kartamis se estaban aproximando y derribaban cualquier paloma que se acercara. Ningún mensaje entraría ni saldría. El primer paso del asedio a Seis Aldeas sería el silencio, lo que alimentaba el miedo de Kylee y ahuecaba las plumas de su pena.

—Mira quién está viva. —La voz de Grazim fue como un palo contra una colmena, y la cabeza de Kylee se levantó de golpe y se disparó hacia la chica, que estaba sentada sobre el borde de su propia cama. Kylee descubrió que no tenía la energía para hacer que sus palabras hirieran. Se dio cuenta de que así debía sentirse su hermano cuando caía en uno de sus estados de ánimo oscuros, y dejó que la asaltara una nueva oleada de remordimientos. Siempre le había dicho a Brysen que si tomaba un poco de sol y hacía ejercicio, se sentiría mejor; como si el mundo pudiera ser un bálsamo para las heridas que él mismo causaba.

—¿Se sabe algo de Nyall? —balbuceó.

Grazim negó con la cabeza.

—Lo más probable es que tan solo haya recuperado el sentido común y se haya ido con alguna de esas chicas que van de copas. Después de todo, *tú* no le dabas lo que él quería. —Esa era la manera en que Grazim daba consuelo. Con razón tenía menos amigos que Kylee. O, en realidad, menos de los que Kylee *había* tenido. A esas alturas, Grazim probablemente fuera lo más cercano a una amiga que le quedaba.

—No se iría así —le dijo a la chica altari.

—Porque *todos* tienen que dedicarse a *tu* protección, ¿no? —Grazim se levantó, se puso su guante cetrero y estiró la mano hacia un nicho en la pared donde estaba posado su busardo. Este hinchó su pecho moteado y mostró su avidez por volar. Kylee ni siquiera se había percatado de que estaba allí—. *Fiya* —susurró Grazim, y el ave caminó hasta su guante—. Entonces, ¿irás a entrenar hoy o seguirás holgazaneando? A Üku se le está agotando la paciencia, ¿sabes?

Kylee gruñó y se puso de pie, pasó al lado de la chica y su halcón de ojos salvajes para encontrar alivio en el retrete.

—En la guerra, mueren tanto amigos como enemigos —señaló Grazim, desde la arcada—. Pero su muerte puede no ser en vano. Entrena por tu amiga, para que no haya remontado su última brisa en vano.

Kylee odió que la muchacha le hablara mientras ella hacía pis y más odio le provocó que tuviera razón.

Era injusto que la única otra estudiante de la lengua hueca tuviera la personalidad de un cisne enfurecido, mientras que la gente que a Kylee realmente le gustaba estaba lejos, desaparecida o muerta. Se tragó ese odio.

Grazim tenía razón. La única forma de vengar a Vyvian y ayudar a Brysen y al resto de Seis Aldeas era atravesar su pena con puños bien cerrados y con entrenamiento y dominar la lengua hueca para ganar la guerra después. El consejo que le había dado a Brysen para sus oscuridades era en parte correcto, pero no era sol y ejercicio lo que ella necesitaba. Era poder y era venganza.

Cuando volvió a ponerse de pie, estaba decidida a no regresar a la cama. En lugar de eso, se cruzó de brazos en el umbral y miró a Grazim a los ojos. El pelo rubio corto hacía que pareciera recia, pero su expresión era más amable de lo que Kylee había esperado.

La chica asintió con la cabeza y dio media vuelta para irse.

—Le diré a la señora Üku que estás en camino. —Le lanzó una mirada fulminante por encima de su hombro—. Después de que te laves y te cambies de ropa.

El cielo comenzaba a enrojecer las elevadas torres de piedra de la ciudadela central del castillo cuando Kylee llegó a las jaulas que estaban junto al patio de entrenamiento. Siempre entrenaban al amanecer o al atardecer, cuando las aves de presa estaban más hambrientas. Después de varios días lejos de ella y de la caza, todas las aves que había allí estaban bastante templadas.

El águila fantasma no había regresado, así que ella entrenaría con uno de los halcones y gavilanes que Üku mantenía en espera. Hasta había un búho cornudo que ninguna de las dos chicas tenía permitido tocar.

«Los búhos son sagrados para nosotras», había explicado la Madre Búho. «No pondré a este en peligro con tu sentimentalismo o su ambición». Kylee se percató de que Üku sonaba muy parecida a kyrgio Ryven. ¿Habían hablado de ella o era solo que ambos comprendían el funcionamiento de la lengua hueca?

Kylee tenía que elegir ahora con qué halcón entrenaría y sería evaluada tanto por el ave que seleccionara como por su trabajo con esta. Las diferentes aves rapaces tenían distintas habilidades y respondían a diferentes intenciones. Los azores eran una excelente opción para los hostigamientos, pero los picados profundos y los ataques de precisión requerían algo más parecido a un halcón peregrino. Un cernícalo podía causar daño, pero se distraía con facilidad; mientras que un busardo tenía poder, pero no tanta velocidad como las rapaces más pequeñas. Los halcones de alas rojas eran grandes riñeros, pero demasiado chillones, como los azores cordilleranos, y de lealtad inestable. Todos estos diferentes temperamentos podían suponer tanta diferencia en una batalla como cualquier orden que Kylee les diera. Tenía que ser capaz de comandar a cualquiera de ellos, con sus fortalezas particulares y en sus propios términos, en cualquier momento. Al menos, tendría que hacerlo si no podía contar con el águila fantasma.

Se preguntó qué habría sido del águila fantasma durante el tiempo que ella había estado en cama. Se preguntó qué habría estado tramando kyrgio Ryven y qué podrían haber estado haciendo juntos ave y kyrgio. Decidió que iría a ver a Ryven después del entrenamiento.

Para esa mañana, eligió un azor grande que le recordó a Shara, el azor de Brysen. Pensó que esa rapaz quizás fuera más comprensiva con ella, al ser tan parecida al ave adorada de su hermano.

Qué estupidez, pensó mientras apoyaba el puño enguantado frente a su percha. *Las aves no son sentimentales. Esta no tiene nada que ver con Brysen o su halcón.*

Aquel azor no se posó en su guante. Los cetreros habilidosos no necesitaban hablar el lenguaje de las aves para hacer que fueran a su puño, pero todas las aves de esas jaulas habían sido salvajes hasta hacía muy poco tiempo y estaban sin entrenar. Las rapaces entrenadas eran para cetreros que no dominaban la lengua hueca.

—*Fiya* —dijo, pero el halcón no se movió—. *¡Fiya!* —repitió y esta vez el ave ladeó la cabeza. Al menos no saltó desde la percha para intentar salir volando. No estaba atada, así que si volaba, desaparecería, y Üku encontraría la forma de castigar a Kylee. La haría limpiar la porquería de las jaulas o memorizar interminables listas de palabras, como *zafla* y *crip*.

Zafla significaba dormir; lo sabía por haberse desbocado una vez con Üku. Su castigo había sido pasar la mayor parte de esa noche comandando a todas las aves rapaces en las jaulas para que durmieran y despertarlas solo para hacerlas dormir otra vez. Había aprendido *crip* mientras sostenía una de las rapaces. *Crip* era la palabra en lengua hueca para excremento. Un enorme pegote blanco había chorreado su antebrazo.

—¡Sube a mi maldito puño de una vez! —le espetó al azor, que se acicaló las plumas, ignorándola. Los halcones no respondían a regaños. Comandarlos requería amabilidad, y la furia efervescente de Kylee solo lo ahuyentaría—. Por favor —arrulló y movió los dedos cuidadosamente frente a la percha de la rapaz mientras lo volvía a intentar, con tanta dulzura como le fue posible—: *Fiya*.

El azor dio un paso confiado desde la percha a sus dedos estirados. Kylee acarició los dedos de la garra, un gesto que normalmente era suficiente para mantener a un halcón en el puño sin una correa, y luego salió caminando al patio con él.

—Si bien la lengua hueca exige nuestra paciencia con las rapaces —le dijo Üku—, mi paciencia contigo no es eterna y la has agotado hace rato. *Debes* llevar a cabo los rudimentos con más rapidez o los enemigos acabarán contigo y tus aves antes de que puedas hacer volar a una.

—¿Hay una palabra para *paciencia* en lengua hueca, señora Üku? —preguntó Kylee, mirando a su instructora con frialdad—. ¿Quizás podrías enseñármela?

Üku se aclaró la garganta, ignorando la provocación de Kylee, y señaló a las dos muchachas.

—Grazim —indicó—. Comanda a vuestras aves para que intercambien lugares.

—*Sif-sif* —pio Grazim, sin dudas ni reflexiones, y el azor en el puño de Kylee saltó y aleteó todo el camino hacia ella, mientras que el busardo de Grazim voló hasta Kylee.

—Kylee, lo mismo —ordenó Üku.

—*Sif-sif* —dijo Kylee, y nada ocurrió. Por supuesto que nada ocurrió. ¿Por qué iba a funcionar la lengua hueca cuando ella quería?

Grazim alzó la mirada al cielo y Üku negó con la cabeza, decepcionada.

—No todos los momentos en los que hables deben ser de vida o muerte —explicó la Madre Búho—. La vida no se vive en extremos. No es necesario que sea fatal para que sea importante. Concéntrate en las necesidades más tranquilas. *Necesitas* que estas aves intercambien lugares y, al hacerlo, ellas encontrarán sus propias necesidades satisfechas. Créelo y ellas también lo creerán.

Kylee se concentró en lo que quería en este momento. *Quería* encontrar a Nyall sano y salvo. *Quería* vengar la muerte de Vyvian. Quería volver a casa para asegurarse de que su hermano estuviera bien. Era imposible que a las rapaces les importara nada de todo eso, aunque ella lo deseara con todas sus fuerzas.

¿Qué quería ella que *pudiera* importarles a las aves? ¿Qué necesidad compartían?

Que esto termine, pensó.

—*Sif-sif* —repitió, y esta vez funcionó. Las rapaces intercambiaron lugares; el azor se posó erguido y presuntuoso en su puño, mirando todo el patio como si siempre hubiera querido que ella lo sostuviera, aunque casi se había negado momentos atrás. Se sintió orgullosa de haber logrado lo que a Grazim no le costaba esfuerzo alguno. No pudo evitar sonreír para sí.

—Bien —comentó Üku—. Ahora comandaréis a estas aves para que ataquen.

Señaló un saco relleno de paja con la forma aproximada de una persona que estaba al otro lado del patio. Sostenía una lanza y un escudo y, de algún modo, se movía. De hecho, había una persona dentro, protegida por el relleno.

—Grazim, tú primero.

—*Shyehnaah* —dijo Grazim—. *¡Kraas!*

La rapaz que estaba en su puño ciñó sus alas contra su cuerpo, bajó la cabeza, tembló.

—*¡Kraas!* —repitió Grazim, sin éxito.

—Kylee… tú —ordenó Üku, su voz decayó ante el fracaso de su estudiante estrella. Sus expectativas para Kylee eran claramente bajas, pero ella no tenía intenciones de fallar esta vez.

—*Shyehnaah* —indicó con firmeza Kylee, lo que preparó a la rapaz. Sintió los músculos del azor preparados, sus patas dobladas—. *¡Caleen!*

Usó la palabra que creyó que significaba «perseguir» o «cazar», en vez del brutal «comer» que había elegido Grazim, y su ave salió volando directamente hacia el objetivo. El hombre dentro del traje intentó bloquear al azor, intentó alejarlo con su lanza, pero encontró que fuera donde fuera, el halcón lo hostigaba, forzándolo a retroceder hasta la pared más lejana del patio.

—¡*Shyehnaah-tar!* —exclamó Kylee y el halcón regresó a su puño. Üku asintió.

—Y sin embargo, el ave no ha atacado.

—No quería que hiciera daño a esta persona —explicó, mientras recompensaba al azor con un pequeño trozo de carne de su morral de caza—. No podía enviarla a atacar con una mentira, así que le he indicado que hiciera la cosa más cercana a eso que he podido pensar. Que lo persiguiera.

—Es una idea interesante —comentó Üku—. Pero en una batalla, tu comandante te dará órdenes que son parte de una estrategia más grande. Tu trabajo es ejecutar esas órdenes, traducir los deseos del comandante a una orden que las aves obedezcan. Tendrás que ser precisa. Tú y tus aves sois una pieza de un plan mayor. Hay otros cetreros haciendo tareas simples que no requieren la lengua hueca. Hay soldados de infantería y arqueros. Al contrario de lo que crees, no se ganará esta guerra solo gracias a ti. Hay personas que no quieren que participes en ella en absoluto.

Grazim había reprimido una sonrisa. Probablemente era una de esas personas.

—Así que debes encontrar la forma de hacer precisamente lo que te ordenen —continuó Üku—. Te aseguro que una desviación con un halcón pequeño puede no ser tan dramática, pero una desviación con el águila fantasma puede ser catastrófica... Grazim, es tu turno. Inténtalo de nuevo. Ataca.

—¡*Shyehnaah!* ¡*See-whet!* —Grazim usó una palabra que Kylee no conocía, y el busardo esta vez despegó, pero en lugar de atacar a la persona con el traje relleno, voló hacia arriba, aleteando con fuerza por encima de las paredes del patio, después montó en una brisa y se elevó cada vez más. ¿Iba a bajar en picado contra el hombre con las protecciones? Pronto, la rapaz había volado tan alto que ya no era visible. La expresión en el rostro de Grazim era de desconcierto. Eso no era lo que había querido hacer. La estudiante estrella había fallado y

Kylee había triunfado. Le alegraba ver a Grazim fracasar tanto como tener éxito ella misma. No era un sentimiento bonito, pero era sincero.

—¿Cuál era tu intención? —Üku le preguntó a Grazim.

—Que bajara en picado —respondió Grazim, con los ojos fijos en el cielo, buscando al busardo.

—Pero no lo está haciendo —observó Kylee, tratando de ayudar lo menos posible . Creo que se ha ido.

—No —repuso Grazim—. ¡Mira!

El busardo era una mancha en el cielo que caía rápido hacia el patio, en un picado vertical. Demasiado vertical. Demasiado rápido. Ni siquiera abrió las alas para desacelerar, simplemente se estrelló contra las piedras, salpicando hacia todos lados. Al impactar, era más líquido que carne.

Un momento después, apareció el águila fantasma.

—*Riiiii* —chilló al posarse sobre el parapeto de encima de ellas, que ahora era su percha favorita. El azor que estaba en el puño de Kylee salió volando para regresar al interior de las jaulas. La figura dentro del traje relleno retrocedió con rapidez y cayó acobardada en una esquina del patio. Incluso Grazim y Üku se pusieron tensas.

Kylee se mantuvo firme y levantó la vista hasta la gran ave negra, que abrió sus amplias alas contra la decreciente luz del anochecer sobre las montañas. En ese momento vio por primera vez, bajo la luz ámbar, que la gigantesca rapaz no era toda de un solo negro sólido: la parte interior de las plumas de vuelo primarias tenían rayas de distintos negros azulados, mientras que las secundarias eran de un negro rojizo como el de las frutas del bosque podridas. Las plumas del pecho, cada una más grande que el halcón que acababa de manchar las piedras, eran de un negro brillante y perfecto, mientras que la piel de sus patas era de un negro como las escamas de una serpiente de río, teñidas de un verde grisáceo. Kylee se maravilló con sus tonos y matices, la infinita variedad de su resplandeciente oscuridad. Sintió que el águila *quería* que ella la viera con más claridad.

Cuando le devolvió la mirada con sus brillantes ojos de ónice, ojos que refulgían con la profundidad de un cielo nocturno, ¿vio tanta complejidad en la oscuridad de Kylee? ¿Conocía la furia en su interior? ¿Era eso lo que mantenía su interés? Sintió un cosquilleo en la piel, no era miedo, sino la sensación de que la veían.

—*Khostoon* —dijo, pero en su mente pensó: *¿Dónde has estado?* Y también: *Por favor, no me mates,* y también: *Mi amiga fue asesinada,* y también: *Encuentra a Nyall.* Y todos los pensamientos formaron una bandada combativa hasta que surgió un nuevo pensamiento que alejó al resto.

Detrás de ti, pensó, pero Kylee supo que no era ella la que pensaba. *Detrás de ti,* le dijo el ave en su mente, y entonces ella se dio media vuelta y vio que la figura con el traje de protección se había parado donde estaba y había sacado un pequeño tubo: una cerbatana. No apuntaba hacia ella, sino a Grazim, quien estaba demasiado distraída por el águila fantasma para notar el atentado contra su vida.

—*¡Kraas!* —exclamó Kylee, y el águila fantasma chilló y saltó desde el parapeto para recoger al aspirante a sicario con sus poderosas garras. La enorme rapaz lo levantó y, aunque el sujeto gritó y luchó, se lo llevó hacia el atardecer para darse un banquete lejos de los ojos humanos.

Grazim miró pasmada el lugar donde había estado el sicario, con la boca abierta, conmocionada, o bien por el intento de asesinato, o bien por el hecho de que había sido la orden de Kylee lo que le había salvado la vida. Kylee estaba igual de sorprendida. El águila fantasma le había obedecido, lo que significaba que la otra chica le importaba lo suficiente como para salvarla.

Esperó que el sentimiento fuera mutuo, porque necesitaba la ayuda de Grazim para lo que planeaba hacer a continuación.

17

Üku canceló el resto del entrenamiento vespertino y confinó a las chicas en su habitación. Colocó a dos guardias en el exterior de la arcada abierta, pero no eran soldados uztaris. Majestuosas Madres Búho, con facciones marcadas y cabelleras plateadas como la de la propia Üku, vigilaban la entrada con atentos búhos en sus puños.

—Acabo de *salir* de esta habitación. ¡No quiero estar encerrada aquí! —protestó Kylee, pero sus quejas salpicaron contra las duras espaldas de las Madres Búho con tanta fuerza como el excremento de un colibrí en un acantilado.

Miró con náuseas su cama deshecha y decidió apoyarse contra la pared. Grazim estaba posada en el borde de su propia cama, observando a Kylee por el rabillo de su ojo, de la forma en que una serpiente mira a un cernícalo.

—Esto es ridículo, ¿no es cierto? —le preguntó Kylee, buscando un punto en común. Echó un vistazo a la entrada para asegurarse de que las Madres Búho no pudieran oírlas—. Están intentando matarnos para evitar que usemos nuestras habilidades contra ellos. Recluirnos aquí es básicamente lo mismo. Üku les está entregando la victoria que no pueden arrebatarnos por la fuerza.

—Üku tiene sus razones —respondió Grazim, mientras se mantenía ocupada untando con aceite el cuero de su guante de cetrera—.

Esto es por nuestra seguridad. Somos demasiado importantes como para que corran riesgos.

—No estamos haciendo *nada* importante aquí —se quejó Kylee—. Solo acepté venir aquí a entrenar para poder proteger Seis Aldeas. Si el pueblo está sitiado, debería ir a defenderlo y no estar sentada bajo vigilancia a una distancia de viaje de medio giro de la luna.

Grazim negó con la cabeza, murmuró para sí y escupió el suelo.

—¿Qué ha sido eso? —Kylee se impulsó contra la pared y se cernió sobre la otra muchacha—. ¿Tienes algo que quieras decirme a la cara?

Grazim se puso de pie para mirarla desde la misma altura.

—Lo último que necesita Seis Aldeas es que vayas y seas imprudente con tu poder. Podrías matarlos a todos porque no tienes ningún control.

—Acabo de salvarte la vida, ¿o no?

—El águila fantasma me ha salvado la vida —corrigió Grazim—. Y ni tú ni yo ni las Madres Búho sabemos realmente *por qué*.

—*Yo* sé por qué. Te salvó porque yo quise que te salvara… y ni siquiera me has dado las gracias.

Grazim la miró, exhaló por la nariz.

—Estás enfadada conmigo. ¿Por qué?

—Por… por… —En realidad, Kylee no tenía idea. Estaba furiosa porque Vyvian estaba muerta y porque Nyall estaba desaparecido y Brysen estaba lejos. Estaba furiosa porque las Madres Búho la habían encerrado en vez de dejarla luchar y estaba furiosa con Uztar por intentar usarla para salvarse, pero sin darle a ella poder alguno. En realidad, no estaba enfadada con Grazim.

—La ira es un fuego —dijo Grazim—. El fuego tiene sus usos, pero si dejas que arda demasiado tiempo, lo único que causará es destrucción.

—Sigo sin escuchar «gracias» —espetó Kylee.

Grazim negó con la cabeza.

—Había oído que tu hermano era el imprudente, pero no puedo imaginar a nadie más imprudente que una niña consentida como tú.

—¿¡«Consentida»!? —Kylee casi se atragantó con la palabra—. Hubo temporadas de viento gélido en las que casi morimos de hambre. Siempre dependió de mí mantener a mi madre alimentada y a mi hermano a salvo, y siempre lo hice. Tuve que hacerlo *todo*. Nunca nada resultó fácil para nosotros.

—Excepto lo único que importa.

—¿Qué? —Kylee notó que tenía otra vez las manos en puños, lo que demostraba que Grazim estaba en lo cierto. Las aflojó.

—Tu don —respondió Grazim—. La lengua hueca.

—Eso *no* fue fácil —dijo Kylee—. No sabes lo que me cuesta.

—Sé más de lo que crees. —Grazim se mordió el labio inferior. Entrenar en los patios sin sombra había hecho que surgieran pecas en la piel clara de su cara ancha y había aclarado su corta melena rubia casi hasta dejarla de color blanco hueso. Sus ojos oscuros estaban irritados, de emoción o agotamiento o por las largas noches de estudio. Kylee nunca había mirado a la otra muchacha tan de cerca y se dio cuenta de que cuanto más la miraba, con más fuerza quería pegarle. Grazim tenía razón; su rabia se agitaba como un halcón en una trampa, con más probabilidades de romper sus propias alas que de escapar del cazador que lo había atrapado.

Se sentó en su cama, frente a Grazim, y sus ojos se suavizaron. Si iban a estar encerradas en esa habitación, no tenía sentido mantener la ira tan encendida.

—Te escucho.

—Mis padres eran, los dos, Sacerdotes Rastreros —le contó Grazim, recostándose hacia atrás. Kylee relajó los hombros—. Como todos los altaris devotos, me criaron para venerar a las aves rapaces y para maldecir la cetrería y a todo aquel que la practicara —continuó—. En el Desierto de Parsh, donde mi pueblo vive en exilio de estas montañas (gracias a tu pueblo), pasamos nuestros días yendo a cuatro patas de un asentamiento al otro, maldiciendo la profana blasfemia que tu pueblo comete contra el cielo.

—Mi madre es altari —señaló Kylee—. Jamás en su vida ha tocado un ave rapaz, aunque mi padre las atrapaba y vendía y las llevaba a competir en las arenas de riña. Quizás haya tocado a una gallina alguna vez.

—No teníamos pollos en el desierto —se rio Grazim y Kylee sintió alivio, estaban charlando, compartiendo partes de sí. Una historia era una especie de vínculo que ataba al narrador y al oyente, y quizás ese había sido el plan de Üku: unirlas. Estaban encerradas allí, no por razones de seguridad sino para generar compañerismo.

Qué astuta esa vieja ave, pensó Kylee. Estaba funcionando.

—Tuve costras en las rodillas desde el momento en que aprendí a gatear, hasta mucho después de aprender a caminar —añadió Grazim, que alisaba el guante sobre sus rodillas, pero miraba más allá, al interior de sus recuerdos—. Un día, en un pueblo interracial de los Prados de las Planicies (uno de esos puntos de trueque adonde los uztaris vienen a comprarnos granos y ganado), vi a un hombre bien vestido que llevaba un cernícalo en su puño. Un ave bonita de plumas brillantes. Estaba encaperuzada y creí saber cómo se sentía, cómo era no ver nada. Casi todo lo que yo veía era el suelo que estaba a unos pocos centímetros de mi nariz.

»Mi padre se acercó al hombre, se aferró a su pie y comenzó a predicar. *Libera al ave de tu cautiverio o al lodo estará ligada tu alma*, y ese tipo de cosas. Al hombre no le agradó demasiado mi padre, así que le dio una patada en el mentón. Jamás había visto que pegaran a mi padre y eso llenó mis pulmones de un calor sagrado, un fuego que nunca antes había sentido. Grité, una palabra que no recuerdo y que no entendí. No era mi palabra la que pronuncié, pero el cernícalo la entendió. Se lanzó desde el puño de ese cetrero, aún encaperuzado, y atacó a su propio adiestrador. Lo picoteó y rasguñó y lo dejó todo ensangrentado. Mis padres me sujetaron de las manos y salimos corriendo. La justicia uztari jamás se ponía a favor de nuestro pueblo.

»Cuando nos detuvimos en el siguiente asentamiento, mi padre gateó hasta la letrina de hoyo más sucia que pudo encontrar y se arrojó allí para rezar. Cuanto más excremento, mayor el arrepentimiento. Mi madre, no obstante, me abofeteó. Jamás lo había hecho. Me hizo comer arena y me dijo que no volviera a hablar así nunca más en mi vida.

Kylee pensó en su propio padre, quien la instaba a que usara su talento y se desquitaba con Brysen cuando ella se negaba a hablar la lengua hueca, culpándolo como si ella no tuviera voluntad propia, como si todo lo que ella hacía fuese a causa de Brysen. Quizás lo era. Quizás lo había sido.

—Seguí hablando, obviamente —dijo Grazim—. Las palabras surgían en mí, sin importar con cuánta fuerza intentara detenerlas. Aunque ya sabes cómo es, ¿no?, cuando contienes esas palabras y queman y queman. No puedes reprimirlas por siempre. Tenía dolores de estómago, jaquecas. Intenté ocultar mi talento de todos los demás, pero un secreto como ese en el centro de mi ser hizo que mi sangre se coagulara como la leche cuajada. Odiaba que estuviera en mí. Me mordí la lengua hasta que sangró, intenté arrancarme las palabras de las venas con un cuchillo, pero jamás me dejaban. Tenía este don y todo lo que yo conocía del mundo me decía que era una maldición.

Grazim se rio, un gruñido de autorreconocimiento.

—¿Puedes imaginártelo? Lo que cualquier padre uztari habría celebrado como una bendición del cielo (lo que *tu* comunidad celebra como un *don*), mi comunidad odiaba que yo lo tuviera.

—Tampoco les encantaba que yo lo tuviera —dijo Kylee—, solo querían que lo usara en su beneficio. Y sigue siendo así.

—Ojalá mi comunidad hubiera querido usarme —respondió Grazim—. Lo único que querían era enterrarme, enterrar mi pecado, tan profundo en la tierra que el cielo jamás pudiera verlo. Y mientras tanto, me odié a mí misma más de lo que ellos me odiaban. *Quería* que me enterraran en la tierra. Quería pudrirme.

»Pero en mi dolor, grité en la maldita lengua hueca y el cielo me respondió. Un búho nival, demasiado lejos de la nieve, voló sobre el pozo de excrementos e inmundicias en el que dormía, deseando morir. Circunvoló a mi alrededor. Me guio lejos, hacia el desierto. Me llevó hacia un lugar con agua y cazó conmigo mientras yo aprendía a comandarla. Me guio hacia las montañas y las Madres Búho. Hasta Üku, quien me dio refugio. Ella me enseñó a usar mi don. Hizo que me sintiera *orgullosa* de él. Orgullosa de lo que siempre había considerado un pecado. Y *eso* me hizo poderosa. Fui poderosa por mi orgullo. Y luego llegaste *tú*, una chica que había insultado a las Madres Búho y sentía tanta furia hacia el mundo que huyó del más grande de los dones.

—Ya no huyo —susurró Kylee, bajando la mirada a sus manos, que ya no estaban en puños.

Su ira se había desvanecido como la neblina en el viento. Grazim solo era otra ave con las alas rotas intentando volar a la rama más segura durante una tormenta. Era tiempo de arriesgarse y confiar en ella.

—Escucha, estamos del mismo lado y queremos lo mismo: ganar esta guerra. Cada una tiene sus razones, pero ninguna de las dos puede hacer nada si estamos encerradas en esta habitación. Tengo que salir de aquí para ver a kyrgio Ryven.

—Creía que no eras de las que se enamoraban así. Porque si esto es algo romántico, realmente no creo que…

—No es eso. —Kylee bajó la voz a un susurro—. Él me está ayudando, ¿sí? Me está ayudando con el águila fantasma.

—¿Ryven? —Grazim susurró igual que ella—. ¿Cómo?

—El águila fantasma quiere mi ira —explicó—. Él me está ayudando a entender cómo utilizarla.

—No confiaría en ese kyrgio si fuera tú —advirtió Grazim—. La ira tiene sus usos, pero si la retienes demasiado cerca, demasiado tiempo...

—No confío en él —repuso Kylee—. Pero puedo usarlo. *Nosotras* podemos usarlo. Tú también quieres ir a la guerra, ¿no? ¿Demostrar lo que puedes hacer? Ryven puede hacer que eso suceda. Puede hablar con los comandantes. Puede desautorizar a Üku si quiere. Pero necesito tu ayuda para salir de esta habitación e ir a verlo.

Grazim entornó los ojos para mirar a Kylee mientras lo pensaba.

—Te meterás en problemas si te encuentran fuera de nuestro cuarto.

—Lo sé —respondió Kylee.

—Y no estarás a salvo.

—También lo sé.

Grazim suspiró.

—De acuerdo.

Kylee se inclinó a través del espacio entre ambas y sorprendió a Grazim al sujetar la mano de la chica entre las suyas.

—Gracias, Grazim. Gracias.

Esta se encogió de hombros, pero una sonrisa de superioridad apareció en las comisuras de su boca.

—Si mueres o terminas en el calabozo, quizás el águila fantasma se interese por mí. Yo ya sé cómo controlar mi ira.

—Quizás. —Kylee se rio—. Aunque espero que no tengas *tanta* mala suerte.

—Prepárate para correr —susurró Grazim, poniéndose de pie. Miró las espaldas de las Madres Búho que estaban en la entrada, luego sus búhos.

El corazón de Kylee dio un salto en su pecho. Una vez que la decisión estaba tomada, Grazim no era de darle vueltas. Kylee envidió esa resolución, buscó su daga y una capa y se puso de pie.

—*Thaa-loom* —exclamó Grazim de repente y, sin importar lo que estuviese pensando sobre su decisión de ayudar a Kylee, debía de haber estado segura, porque ambos búhos despegaron de los puños de las Madres y se fueron volando, lo que provocó que estas abandonaran su puesto para perseguirlos.

En cuanto se alejaron algunos pasos, Kylee salió a toda velocidad a sus espaldas. Escuchó que le gritaban, pero parecieron no decidirse entre perseguir a sus amados búhos o perseguir a una chica desobediente.

Las dejó atrás y corrió por los pasillos y las escaleras de caracol que llevaban a la calle, donde zigzagueó a través de callejuelas oscuras y dio vueltas para tomar un camino más largo, en caso de que la estuvieran siguiendo. Pronto, llegó a la verja de Ryven en el barrio Pavo Real, sudando, sin aliento y exultante. Subió las escaleras de dos en dos escalones a la vez, encontró la puerta abierta cuando llegó a la cima y atravesó directamente el vestíbulo de entrada hacia las puertas de piedra del estudio del kyrgio.

Ryven estaba de pie de espaldas al cielo abierto, con las manos entrelazadas frente a sí. Estaba sosteniendo una carta enrollada. Al parecer, la había estado esperando, al igual que el águila fantasma, que estaba de pie al lado del kyrgio sobre una pila de huesos frescos. El sicario del patio. El águila fantasma había llevado allí el cuerpo y ya había limpiado el esqueleto.

—No tenemos demasiado tiempo —señaló Ryven, sin preámbulos—. Ha comenzado el asedio de Seis Aldeas y no hay forma de saber cuánto resistirá.

18

La noche estaba despejada y las estrellas perforaban la oscuridad detrás del lomo del águila. A medida que el ave gigante caminaba de un lado al otro, sus garras iban raspando la cornisa de la habitación abierta. Salvo por el *clic clic* de sus pasos, casi no emitía ningún sonido. Era más fácil distinguir su forma por las estrellas que tapaba al moverse que por la luz de la habitación.

Clic clic. Tamborileaban las garras, mientras la oscuridad acechaba a Kylee. *Clic clic. Clic clic.*

Las grandes puertas de piedra de entrada a la habitación ahora estaban cerradas y, hasta donde los sirvientes del kyrgio sabían, Kylee y Ryven estaban compartiendo un momento romántico, ella lloraba la pérdida de sus amigos en brazos de él, que susurraba palabras dulces sobre su pelo oscuro.

Ryven señaló el pergamino enrollado en su mano.

—Los kartamis han avanzado hasta Seis Aldeas y han cubierto cualquier posibilidad de escape. El tiempo no está de su lado. Así que, ¿estás lista para tu lección?

—Necesito volver a casa —respondió Kylee, con los ojos fijos en la enorme águila negra—. Si ha comenzado el asedio, me necesitan. Üku nos deja encerradas bajo custodia para mantenernos a salvo, pero no he venido hasta aquí para estar a salvo. Necesito que hables con kyrgio Birgund. Necesito unirme al despliegue del ejército para liberar a Seis Aldeas. Debemos marcharnos esta noche. No necesito otra lección.

—¿Estás enfadada conmigo? —Sus palabras fueron un eco de las de Grazim, y Kylee estalló en carcajadas sarcásticas.

—¿Por qué no debería estar enfadada?

—Deberías estarlo —respondió Ryven—. Te atacan, te mienten, te manipulan y te controlan. No tienes ningún poder y, sin embargo, te sientes responsable por todos. Cualquiera que estuviese en tu posición estaría furioso.

Ella cerró con fuerza los puños.

—Lo estoy —gruñó.

—Bien —repuso él, alejándose del ave, pero con los ojos fijos en esta y en Kylee—. ¿Por qué crees que ha ido a advertirte hoy? —preguntó.

—No lo sé —respondió—. ¿Porque somos compañeras?

Clic clic. La rapaz se movió y sus garras rascaron la piedra.

—Pero ¿por qué crees que te eligió como compañera?

—¿Porque hablo la lengua hueca?

—¡No! —El kyrgio unió las manos en un fuerte aplauso, que sobresaltó a Kylee y al águila. Esta lanzó la cabeza hacia él y chilló, Kylee notó que un escalofrío recorría a Ryven.

También juega con su mente, pensó ella. *Bien.*

—Malinterpretas lo que es la lengua hueca —sostuvo él—. ¿Por qué distintas personas la hablan de distinta forma? ¿Por qué algunos pueden aprender las palabras, pero no pueden usarlas en absoluto, mientras otros, como tú, pueden vivir casi toda su vida sin saber las palabras apropiadas, pero la hablan igual?

—Porque es mágica —sugirió Kylee, irritada por sus preguntas molestas. ¿Por qué tenía que analizar el lenguaje para usarlo? ¿Por qué le estaba haciendo perder el tiempo con ese juego de preguntas y respuestas? ¿La quería provocar?

—No es magia —respondió él—. Al menos, no es más mágica que cualquier otro idioma. Una lengua es solo una forma de que dos mentes distintas compartan sus pensamientos y deseos. La lengua hueca no es diferente, salvo porque las mentes que conecta no son solo humanas. Es *su* lenguaje. —Señaló al águila fantasma con la cabeza y con el pergamino enrollado en su mano—. El de las aves. Y se habla para *sus* propósitos, propósitos que no podemos conocer del todo. Lo que sí sabemos, sin embargo, es que algunas personas, como tú, como yo, como Grazim y las Madres Búho, tenemos una conexión con las rapaces que otros no tienen. Quizás esté en nuestra sangre. Quizás, en nuestra historia. Quizás sea por azar. No puedo decirte por qué, pero sí te puedo asegurar que las reglas que ellas obedecen no son humanas. Así como la visión de un águila difiere de la nuestra, también lo hace su mente. Ve colores que nosotros no podemos ver, entonces, ¿por qué no iba a tener pensamientos que nosotros no podemos pensar?

—Déjame ver esa carta —dijo Kylee, ignorando la lección.

—¿Te enfurece que yo pueda tener información que quieres?

—Sí —contestó Kylee.

—Entonces, quítamela.

—No quieres que lo haga, en realidad —señaló—. Solo estás intentando enfurecerme.

—Estoy intentando mostrarte lo que puede hacer tu ira. Üku no te está exigiendo lo suficiente. Cree que eres una cuidadora. Cree que el águila te obedece debido a tu profundo amor por tu hermano.

—Eso es lo que funciona —aseguró Kylee—. Y si esa carta es sobre mi hermano, entonces puedo hacer que funcione otra vez ahora mismo.

—Muéstramelo.

—*Raakrah.* —Kylee lanzó la palabra para asir, recoger o encontrar. El águila fantasma bajó la cabeza, la miró de soslayo, pero no se movió.

—No es suficiente —repuso Ryven—. No quieres ser una cuidadora. Estás harta de cuidar a otros. Harta de las exigencias y necesidades de los demás. Harta de servir. Sabes que quiero que me quites la carta, lo que hace que no lo quieras hacer. Eres desafiante. No quieres servir a nadie.

—No sabes lo que quiero —sostuvo Kylee, sintiendo los ojos del águila fantasma apuntándola con expectativas, hambre y promesa.

—*Sí* lo sé —reveló Ryven—. Lo sé porque me lo ha dicho. Lo ve.

Los vellos finos de los brazos de Kylee se erizaron. El aire crepitó con peligro. Nunca antes se había sentido tan frágil, jamás había pensado en lo delgada que era la capa de piel que mantenía su sangre dentro de su cuerpo, lo frágil o lo rápido que el pico del águila fantasma podía desgarrarla. Pero no hacía falta, su mente hacía todo el trabajo.

—Dile lo que realmente quieres. ¿Por qué has venido hasta aquí para pelear por Uztar?

—Quiero mantener a mi hermano a salvo —repitió Kylee.

—No —replicó Ryven con enfado—. Eso es lo que otros esperan de ti. ¿Qué quieres *tú*?

—Quiero ir a casa.

—¡No! —gritó Ryven—. Eso es lo que estás *acostumbrada* a querer. ¿Qué es lo que realmente quieres para ti?

El águila bajó la cabeza hasta que casi estuvo en línea recta con su lomo. Sus hombros se arquearon hacia arriba, sus alas se flexionaron ligeramente. Una pata se levantó de las piedras y su pico se abrió, como si estuviera preparándose para embestir. Una garra hacía clic al subir y bajar al suelo.

Clic clic clic.

Vio el reflejo de Ryven en sus ojos negros y vio que este se transformaba en el de su padre. Su barba rubia. Sus ojos color azul cielo, el único rasgo que ella y su hermano compartían con él. Con cuánta frecuencia esos ojos la habían mirado con decepción, cómo de a menudo habían mirado a su hermano con odio despiadado. La visión era lo que el águila fantasma quería que ella viera. Quizás lo que Ryven quería que ella viera. Pero Kylee no quería ver el rostro de su padre nunca más. La ilusión se deshizo para mostrar a Ryven otra vez… otro hombre que pensaba que podía controlarla.

—Quiero poder —susurró Kylee, devolviéndole la mirada a la rapaz con ojos despejados, pero mantuvo las manos en alto para protegerse, como si sus pequeñas manos pudieran hacer algo contra el águila gigante. Ella había visto lo que el poder de la gran rapaz podía hacerle a una mente, pero, peor aún, lo que sus garras podían hacerle a un cuerpo.

—¿Por qué? —preguntó el kyrgio, implacable, mientras el águila daba un paso adelante, hacia ella, con su mirada fija en la de Kylee—. ¿Poder para qué? ¿Poder para *hacer* qué?

—Poder para… —El águila dio otro paso—. Poder para…

¿Qué quiero hacer con el poder?, se suplicó a sí misma.

Clic clic. El águila fantasma se acercó más, sus garras hacían clic contra las piedras.

¿Por qué quiero controlar a este monstruo? Nada de mentiras ahora. Sabrá que estás mintiendo. Jamás te perdonará.

Clic clic. Clic clic.

—¡Quiero venganza! —Se percató ella y el ave se detuvo, con una pata aún en el aire. Congelada.

—¿Contra quién? —preguntó Ryven, y ella pudo percibir la sonrisa en su voz.

—Contra *todos* —respondió Kylee y sintió que la ira que había estado llevando en su interior desde que tenía memoria abrió bien las alas y voló. Había estado intentando dominar esa ira. De repente, ahora supo que, en lugar de eso, tenía que remontar sobre ella, como una brisa—. Todos los que me han manipulado, todos los que me han amenazado, atacado… —Giró de golpe su cabeza para mirar al propio Ryven, el engreído noble que había osado querer enseñarle—. A todos los que me han mentido. Quiero hacerles daño a todos.

Ryven sonrió.

—Bien —dijo—, porque eso es lo que nosotros queremos para ti. Es precisamente la razón por la que te trajimos aquí.

—¿«Nosotros»? —preguntó Kylee y el calor en su interior comenzó a arder, comenzó a parecerse mucho al miedo.

—Nosotros —repitió el kyrgio y, detrás de él, la puerta de piedra se abrió otra vez, arrojando una cuchillada de luz. De pie en el umbral, estaba Üku, con los brazos cruzados sobre su pecho.

—Tienes una vena desafiante —explicó ella—, así que te dimos a alguien a quien desafiar. En este caso, a mí.

Kylee frunció el ceño. Otra manipulación. Otro conjunto de mentiras.

—Si quieres poder sobre otros, tienes que apropiarte de él —continuó Üku—. Jamás te lo darán voluntariamente. Podemos ayudarte a conseguirlo y, a cambio, tú puedes ayudarnos a conseguir lo que queremos.

—Los kyrgios —soltó Kylee, comprendiéndolo todo. Üku no había ido hasta el Castillo del Cielo solo para entrenarla. Había ido a cultivar a Kylee para poder derrocar a los kyrgios y apoderarse del Castillo del Cielo. Ryven no había aprendido lo que sabía de la lengua hueca a través de sus propios estudios. Lo había aprendido de la misma forma que todos los que la hablaban: de las Madres Búho.

Üku cruzó caminando la habitación para situarse entre Ryven y la imponente águila fantasma. Acarició las plumas negras del costado.

—*Khostoon* —dijo Ryven.

—*RIIII* —chilló el águila, con tanta fuerza que todo el cuerpo de Kylee tembló. Sintió que una furia justa bullía en su interior y descubrió que le encantaba.

—Nosotros, los que dominamos la lengua hueca, somos quienes deberíamos gobernar todo Uztar —sostuvo Ryven—. De las cimas a los valles, del cielo al lodo. Imagina no estar a merced de nadie nunca más. La depredadora alfa.

—Junto con vosotros —aclaró Kylee.

—Junto con *nosotros* —repuso Üku.

El águila fantasma ahuecó sus plumas y Kylee no pudo estar segura de si esas palabras eran de Ryven o de la rapaz, hablando a través de él. El poder del ave torcía la realidad a su alrededor, al igual que el tono meloso de Ryven, y enseguida supo que, dijera que sí o que no, estaba posada sobre el borde de algo, a punto de saltar, para volar o caer.

—Comanda al águila —le dijo Üku.

—¿Para hacer qué? —preguntó.

—No importa —respondió la Madre Búho—. Muéstrale que *crees* en lo que quieres y te obedecerá.

—*Toktott* —dijo Kylee, la primera palabra que vino a su mente, la que Üku le había enseñado para detener o bloquear. El águila fantasma giró la cola y empujó a Ryven hacia un lado, para hacerlo chocar contra su modelo de vuelo migratorio.

Él se rio, pero Üku lo miró con furia.

—No alientes sus extravagancias.

—Mis disculpas. —Ofreció el saludo alado contra su pecho a la Madre Búho y le mostró su sonrisa practicada, una que seguramente en el pasado había funcionado con muchos chicos y chicas enamorados. No hizo nada para enfriar la ira de Kylee, que ardía con firmeza. Esa no era la llamarada salvaje del miedo que normalmente le permitía comandar al águila fantasma; era la indignación que le decía que merecía más de lo que le habían dado, que había sido usada y ya no lo sería más. Ese era el deseo que ardía en su interior y, por fin, estaba saliendo.

—*Tatakh* —indicó, y el águila fantasma dio un salto que derribó a Ryven y le colocó una pata en el cuello, sus garras descansaron a cada lado de su suave garganta, pero aún no la apretaron.

—Muy bien, Kylee —dijo Ryven—. Lo entiendo. Pero no deberías usar esa palabra tan a la ligera.

Üku frunció los labios, parecía complacida. Kylee consideró mandar al ave tras ella a continuación, pero descubrió que ya no le quedaba rabia para la Madre Búho.

—¿Dónde está Nyall? —exigió saber Kylee.

—No... no lo sé —respondió Ryven, y Kylee se dio cuenta de que le gustaba ese temblor en la voz del kyrgio.

—Me contaste que tu dominio de la lengua hueca proviene del engaño —argumentó ella—. ¿Por qué debería creerte?

—No deberías —adujo, mirando con fijeza al águila fantasma, que no lo miraba a él. Observaba a Kylee—. Pero te juro que no sé dónde está Nyall.

—¿Quién mató a Vyvian?

—Tú estabas allí... —respondió—. Un sicario.

—¿Quién *envió* al sicario?

—¿Cómo podría saberlo?

—Dices saber muchas cosas.

—Escucha, Kylee —suplicó—. Alguien también envió a un sicario a matarme. Antes de ascender al Concilio. Intentaron asesinarme para evitar que pudiera obtener poder. Nos tienen miedo, pero juntos somos más fuertes. Nos podemos ayudar unos a otros.

El corazón de Kylee estaba acelerado. Intentó pensar en la próxima palabra que usaría. *¿Soltar o estrujar?* Se dio cuenta de que no sabía ninguna de las dos palabras. Miró a Üku, que solo se encogió de hombros. La elección era suya; Üku no la haría por ella. No había resultado tan mala maestra, después de todo. Había creado las condiciones para que Kylee aprendiera y ahora ella tenía que poner en práctica lo que había aprendido.

No necesitamos a Ryven, pensó. *Ya no tiene nada que ofrecernos.*

Sintió un escalofrío. Esos pensamientos no eran suyos. El águila fantasma quería sangre. Era una depredadora insaciable y siempre elegiría la sangre por encima de la misericordia, pero Kylee no era una depredadora. Que ella quisiera poder no significaba que supiera cómo usarlo, como tampoco significaba que *debiera* obtenerlo. No quería transformarse en lo que el águila le estaba pidiendo que fuera.

—¿Cuál es la palabra para «soltar»? —preguntó.

—*Bost* —respondió Üku con frialdad.

—*Bost* —repitió, pero el ave no obedeció. En realidad, Kylee no quería que lo soltara.

—*Bost* —dijo Ryven, casi sin aire, y esta vez el águila obedeció.

Una oleada de decepción que Kylee sabía que no era suya la recorrió. Su enorme compañera alada aún estaba deseosa de sangre.

Ryven se frotó el cuello y se levantó ayudándose con el borde de la mesa de piedra. Al mismo tiempo, se irguió el águila fantasma hasta su altura máxima, que sobrepasaba al joven kyrgio y a Kylee. Había algo en su mirada más allá de la amenaza. Se dio cuenta de que era curiosidad. Ella había aprendido algo sobre sí misma y el ave aprendía con ella.

Los cuervos, como Kylee sabía, eran conocidos por usar herramientas —pequeños trozos de ramas y piedrecitas y hojas, cualquier cosa que pudieran agarrar— para revisar, investigar y explorar. Para atrapar comida o a una pareja. Eran los pájaros más inteligentes sin contar, obviamente, al águila fantasma.

¿Somos herramientas para esta ave?, se preguntó. *Y si lo somos, ¿para qué nos está usando?*

—¿Por qué me lo pedís a mí? —Kylee tiritó, aunque no hacía frío—. Grazim tiene habilidad y si el águila también habla con Ryven, ¿para qué me necesitáis?

—Porque el águila te ha elegido a ti —explicó Üku—. Te ve. Eres una mujer joven a la que este mundo ha perjudicado con demasiada frecuencia y no hay nada más poderoso que tu ira.

19

Ryven y Üku habían propuesto cometer traición, abiertamente y sin reparos. Querían poder porque sentían que lo merecían y querían la ayuda de Kylee porque sabían que ella también quería poder. Una cosa era aprender cómo dominar la lengua hueca para ayudar al ejército y salvar su casa y otra cosa completamente distinta era usar ese saber para traicionar a sus gobernantes y conquistar el reino.

Y, sin embargo, no se negó.

De hecho, mientras observaba al joven noble elegantemente vestido, junto a la enorme águila con su curiosa mirada asesina y a la ruda Madre Búho con su actitud imperial, Kylee descubrió que le gustaba la idea de unirse a ellos, aunque no para gobernar. No tenía ningún deseo de administrar territorios y controlar impuestos. Solo quería acabar con todos aquellos que la habían pisoteado: los kyrgios y sus acólitos, los Tamir en Seis Aldeas y hasta sus vecinos, quienes no habían tenido ningún problema en hacerse los distraídos mientras, durante toda su vida, su padre descargaba su escarnio contra ella y su violencia contra su hermano.

Todos deberían sufrir, pensó. *Todos deberían arrodillarse a tus pies y rogar tu perdón.*

El águila fantasma aún estaba en su cabeza.

Ella quería vengarse de toda esa gente, pero no podía *—no quería—* simplemente abandonar a su hermano, sin importar esos dos pensamientos sobre lo que deseaba.

Si tomaba el poder allí, ¿cómo podría ayudar a su hermano en Seis Aldeas? El asedio kartami podía estar saqueando su hogar en ese momento. No podía perder tiempo tramando un golpe cuando tenía tanta distancia que recorrer.

—Sigues preocupada por Brysen, ¿no es cierto? —preguntó Ryven, percibiendo sus dudas. Ella asintió—. Estos kyrgios lo están usando, lo sabes. Están usando Seis Aldeas. ¿Por qué crees que han esperado tanto para enviar al ejército? Kyrgia Bardu quiere que el asedio distraiga y debilite a los kartamis antes de que el ejército participe. Birgund podría haber marchado con sus fuerzas hace días para interceptarlos, pero ha esperado. Planea dejar morir a los seisaldeanos para mantener a los guerreros-cometa ocupados. A estos kyrgios no les importa quién sufre. Están utilizando tu hogar, el hogar de tu hermano, como señuelo. Y has visto lo que le sucede a una paloma de señuelo cuando un halcón la atrapa…

—Entonces, con más razón debería quedarme con el ejército —repuso ella—. Para terminar con esta guerra.

—La guerra *de ellos* —dijo él con desprecio—. No tenemos nada que temer de los kartamis. Con el ejército fuera de estos muros, la guardia doméstica de Bardu no resistirá demasiado. Les aterras. ¿Sacrificarás todo el poder del mundo para salvar un pequeño lodazal en las laderas?

—Sigue siendo mi hogar. Mi hermano aún está allí.

—Creía que ya habíamos superado eso. —Ryven suspiró.

—Ella aún cree que debe cuidarlo. —Üku negó con la cabeza.

—Me necesita.

—Pero ¿y si no fuese así? —Ryven sostuvo en alto la carta y la desenrolló. Sobre el fino pergamino, Kylee pudo distinguir la letra descuidada de Brysen—. ¿Y si tiene sus propios planes? ¿Y si está atreviéndose a hacer grandes cosas mientras tú te escondes detrás de tu «preocupación» por él?

—¿Eso lo ha escrito Brysen? —Sintió que la vieja ira volvía a arder en ella otra vez—. ¿Has robado mi carta?

—El Concilio ha estado interceptando todas sus cartas antes de que te lleguen. A los kyrgios les preocupa tu lealtad —explicó Ryven—. Decidí liberar esta antes de que pudieran mirarla.

—Pero ¿*tú* la has leído?

Alzó las manos como disculpándose.

—Me ha podido la curiosidad. Pero te prometo que Brysen puede cuidarse solo. Quizás hasta destruya a los kartamis antes de que el ejército de Birgund tenga la oportunidad de llegar allí. Y si lo hace, entonces quizás nosotros perdamos nuestra oportunidad. Si no tomamos el control mientras el ejército marcha por las planicies, perderemos la oportunidad de apoderarnos del castillo indefenso.

—Dame esa carta.

Ryven la sostuvo en alto, pero no se la ofreció. Ella no se atrevió a arrebatársela, con el águila fantasma tan cerca de él.

—Si pasas toda tu vida protegiéndolo, jamás alcanzarás tu potencial —señaló Üku.

Ryven estiró la mano con la carta hacia ella.

—Puedes ser dueña de ti misma. Tomar lo que es tuyo.

—*Soy* dueña de mí misma. —Le arrebató la carta—. Soy una persona a la que le importa alguien más allá de sí misma.

—Él no te deja crecer.

Kylee desenrolló la carta y su mente se calmó al ver la letra de Brysen otra vez. Ryven tenía razón sobre una cosa: todos los idiomas son mágicos. Incluso el escrito más simple, plagado de errores, puede hacer que el tiempo y la distancia desaparezcan, en la medida en que cada palabra se convierte en un lazo que ata al lector con la mano de quien la escribió. Casi podía escuchar la voz de Brysen al leer las primeras líneas, como si él estuviera en la habitación. Le recordó a Kylee quién era, de dónde venía y por qué había ido allí.

Ky, no se si esto llegara a ti, pero si lo hace, no te priocupes por mi. Ha pasado algo maravilloso! He encontrado a Shara. Esta asalvo y saludable y bueno... no te puedo decir más por ahora, pero es genial y esta vez ayudare. Tengo un plan y hare que esta guerra termine, pero puede ser peligroso, pero sé que puedo hacerlo. Confia en mi esta vez, si? No importa que rumores escuches, solo confía en mi. Te quiero hermana.
Brysen

(Ah tambien, Jowyn no deja de mirarme como... ya sabes... y creo que quisa yo tambien. ¿Estoy siendo estupido?).

Descubrió que tenía una lágrima en el ojo cuando levantó la mirada hacia Ryven y la vigilante ave negra. Negó con la cabeza. Su hermano era imprudente con su corazón, pero podía hacer cosas peores que enamorarse de Jowyn. El extraño chico le había salvado la vida, después de todo, y estaba claro que se preocupaba por él. Si iba a arriesgarse a que le rompieran el corazón una y otra vez, mejor que fuera con un amigo.

Pero el resto de la carta preocupó a Kylee. ¿Tenía un plan? ¿Algo peligroso? No le gustaba cuando Brysen hacía planes peligrosos. Con frecuencia, acababan poniendo su vida en riesgo.

¿Y si esta vez no lo salvo?, se preguntó. Técnicamente, él era el más grande de los dos, aunque solo por algunos cacareos del gallo. Siempre había querido que ella lo tratara como a un hermano mayor y ella jamás lo había hecho. Hasta las aves madres les daban más espacio a sus pichones para que se cayeran del que ella le daba a su mellizo. ¿Por qué siempre tenía la necesidad de controlarlo todo? *¿Y si confiara en él y lo dejara tomar sus propias decisiones?*

Ryven había alzado una ceja, la observaba para ver si saldría corriendo una vez más a salvar a Brysen, a controlarlo. ¿No era eso lo mismo que querer poder?

Antes de que pudiera formular una respuesta, las grandes puertas de piedra se abrieron de golpe. Kyrgia Bardu entró furiosamente con una bandada de soldados detrás, que llevaban halcones en sus puños. Detrás de ellos estaba Grazim con un busardo terzuelo recién atrapado, más pequeño que el suyo viejo, de motas grises. Más allá, en el pasillo iluminado, vio a los sirvientes de Ryven, todos con heridas sangrientas del tipo que las garras y los picos causaban. Dos búhos los circunvolaban, hasta que dos Madres Búho los llamaron a sus puños.

—¡Ryven! —declaró Bardu—. Estás bajo arresto por asesinato y traición. Ríndete ahora o... —Dudó cuando vio a Üku, la luna se ensanchó en sus ojos. Kylee vio su confusión y miedo con tanta claridad como el águila fantasma. A la procuradora le llevó un momento más percibir a la propia águila fantasma, oculta por la oscuridad. Cuando finalmente la vio, ella y los soldados que venían atrás se quedaron helados.

—O ¿qué? —Ryven sonrió.

El águila fantasma bajó la cabeza y alzó sus alas detrás de su lomo. Sus ojos penetrantes salieron disparados de un lado a otro, estudiando a las nerviosas aves en los puños de los atemorizados soldados.

—Es hora de que dejes tu cargo, kyrgia Bardu. —Üku se enderezó para enfrentarse a la mujer—. La invasión kartami es solo uno de tus muchos fracasos. Es hora de que aquellos bendecidos por el cielo gobiernen y protejan este reino.

Las dos Madres Búhos que estaban detrás de Bardu susurraron y sus búhos se lanzaron desde sus puños y se cernieron sobre ella, listas para atacar. Los soldados de Bardu dieron media vuelta, sacaron sus cuchillos, y sus halcones se pusieron nerviosos en sus puños alzados. Los búhos bloqueaban el escape por el camino a través del que habían llegado; el águila fantasma y un precipicio escarpado bloqueaban el otro lado. Estaba rodeada, y Kylee no vio forma de que no terminara en un derramamiento de sangre.

—*Kylee* —advirtió la voz de Bardu—. Deja que el Concilio haga su trabajo. Puedes no ser parte de esto. Comanda al águila fantasma para que se vaya y mantente de nuestro lado. La vida de tu hermano depende de ello.

—*Kylee* —dijo Ryven—. Este es el momento. Haz lo que sabes que puedes hacer. Líbrate de estos *políticos* y sus mentiras.

—*Kylee* —intervino Grazim—. No me gustas, pero sé que no eres una traidora. Esta no es la guerra que has venido a luchar. No lo hagas.

—Cállate, loro doméstico —espetó Üku a su estudiante estrella—. Nunca serás más que un fenómeno para esta gente, nunca tendrías que haberte aliado con ellos en vez de con nosotros. —Se dirigió a Kylee—. Confía en tu ira. Odias a esta gente. Sabes lo que es necesario hacer.

—*Kylee* —insistió kyrgia Bardu—. No confíes en ellos. Enviaron sicarios. Es culpa de Ryven que Vyvian muriera. El veneno era para ella. Fue su sirviente quien te lo dio, él te lo quitó de las manos. Quiere que creas que están intentando matarte y, mientras tanto, elimina a toda persona en quien confíes. Te quiere asustada y sola. Está intentando aislarte, que te vuelvas dependiente de él y solo de él.

Todos están intentando controlarte, pensó, cuando el águila fantasma abrió el pico y chilló.

—*¡RIIIIII!*

Los soldados se encogieron, sus aves entrenadas gritaron y tres de ellas se debatieron en los puños de sus cetreros, para terminar colgadas, completamente aterradas, de las correas en sus tarsos. Solo los búhos se mantuvieron calmados. Eran aves de montaña y de la noche y conocían los gritos de esa águila. Aletearon en el aire en un silencio expectante.

—Kylee. —Üku volvió a intentarlo—. Escúchame. Esto no se trata de tu hermano. Toda esta historia gira sobre lo que tú…

—¡Silencio! ¡Silencio! ¡Silencio! —gritó Kylee. Jamás había odiado tanto el sonido de su propio nombre como ahora, al escuchar a esa gente regañarla y suplicarle e intentar persuadirla usándolo. Todos querían que ella eligiera un bando cuando el único bando en el que siempre había querido estar era su familia. Ahora Brysen aseguraba que no la necesitaba.

Al lodo con todos ellos, pensó. *Que el águila fantasma los devore.*

Quería hablar; quería decir la palabra que desataría la ira de la gran ave y sabía que el águila también lo quería. Pero dudó.

¿Por qué el águila esperaba? ¿Por qué necesitaba que ella la comendara cuando podía matar a quien quisiera? ¿Por qué la sumisión de la enorme rapaz la hacía sentir como si en realidad fuera ella la que se rendía al ave?

El aire se volvió denso; Kylee pudo percibir un sabor a hierro mineral y azufre ardiente, olor a sudor y el aliento almizclado de las aves. Todos tenían miedo y todos estaban expectantes. Ninguno de ellos quería morir, pero la elección no era de ellos y lo sabían. Eran la presa y Kylee controlaba al depredador. Kylee *era* el depredador.

No había llegado tan lejos solo para ser la presa.

—*Fliss* —dijo, haciendo un gesto de despedida con la mano. El águila fantasma vaciló, pero no había dudas en lo que ella había dicho—. *Fliss* —repitió.

Su voz era una espada y ella la mantendría enfundada.

Por ahora.

Los ojos del águila fantasma salieron disparados hacia ella una vez, una mirada furiosa y reprobatoria de un ave que era capaz de semejantes emociones; luego giró, dio tres pasos rápidos sobre la cornisa y derribó los huesos del sicario fallido al abrir las alas y saltar hacia la noche. Primero cayó por debajo de las paredes, luego aleteó para elevarse lo suficientemente alto para tapar la luna.

—*RIIIII* —chilló mientras volaba, una pupila negra en el ojo blanco de la luna, que fue haciéndose cada vez más pequeña a medida que se alejaba. Kylee sintió ese grito en su piel, como un viento helado. Sintió la decepción del águila y su furia y supo que esos sentimientos también eran suyos.

La rapaz quería matar por ella, quería que su sed de sangre fuera de ella. Kylee no podía amansarla y el águila no quería ser amansada. Quería que la voluntad de Kylee se convirtiera en su voluntad y solo entonces se sometería a su orden. Ella había desafiado los deseos del águila fantasma al mostrar misericordia. Mientras la enorme ave iba haciéndose más pequeña contra la luna, de repente Kylee dudó de que fuera a regresar a ella.

Y ahora no estaba segura de quién era sin el águila fantasma.

20

—Niña estúpida —gruñó Ryven mientras él y Üku se giraban hacia los soldados.

—¡Silenciadlos antes de que puedan llamar a sus aves! —gritó Bardu. Sacó un cuchillo arrojadizo de debajo de la manga de su túnica y Kylee apenas vio el rápido movimiento de su muñeca previo a que la hoja fina como una aguja volara y se enterrara en la garganta de una de las Madres Búho.

—¡*Thaa-loom!* —exclamó la otra Madre, y su búho se precipitó hacia kyrgia Bardu.

—¡*Toktott!* —bramó Grazim y su busardo interceptó al búho, chillando, y lo hostigó. Un soldado lanzó su peregrino hacia Ryven, para mantenerlo ocupado lo suficiente como para que otros guardias cargaran contra él y lo amordazaran. Aunque luchó, lo derribaron y lo ataron, luego le colocaron a la fuerza una pesada caperuza en la cabeza y se la ciñeron bien.

—¡*Tuslaash!* —gritó Üku. Un búho nival salvaje voló en su ayuda desde el cielo nocturno sobre el castillo, pero otro movimiento rápido de la muñeca de Bardu lo atrapó en el aire y lo hizo caer fuera de la vista. Üku gritó con angustia, como si su propio cuerpo estuviese cayendo y no el del majestuoso búho. Kylee comprendió que *tuslaash* había significado «ayuda» y que ya no vendría ninguna más.

La mirada de Kylee salió disparada hacia Bardu otra vez, cuya muñeca se movía una y otra vez con rapidez, y ahora ambas Madres Búho estaban en el suelo, atragantándose con la sangre que se acumulaba en sus gargantas, sin poder hablar, mientras sus búhos tan solo estaban parados en el suelo, llamados por cetreras que ya no podían decirles qué hacer. Esperaban, parpadeando, y Bardu miró a Üku desafiándola a hablar otra vez. La rapaz de Grazim circunvoló la habitación y aterrizó otra vez en su puño.

Üku se llevó un dedo al pómulo, justo debajo de su ojo, y miró con furia a Grazim.

—Has elegido al imperio que te odia —señaló—. Patética.

—He elegido mantener mi palabra —repuso Grazim.

—Tapadle la boca —ordenó Bardu y Üku fue amordazada, pero no le colocaron ninguna caperuza. Kylee se puso tensa, esperando su propia mordaza, pero en lugar de eso, Bardu le ofreció el saludo alado contra su pecho—. Gracias —le dijo—. Has hecho la elección correcta.

—¿Es verdad que él mandó matar a Vyvian?

Bardu asintió.

—¿Es verdad que comenzó el asedio a Seis Aldeas?

Bardu volvió a asentir.

—Entonces, no quiero perder más tiempo —sostuvo Kylee—. Debemos partir con el ejército de Birgund ahora mismo. —Bardu sonrió.

—Justo lo que planeaba sugerir —respondió—. Pero primero, si no te molesta volver dentro… —Hizo un gesto para que Kylee la siguiera al interior de la casa de Ryven, mientras este y Üku eran arrastrados con cadenas—. Me gustaría hablar contigo en un lugar menos… —Miró la pared abierta y las montañas oscuras y el cielo estrellado de más allá—… expuesto.

Kylee solo había visto a la procuradora del Castillo del Cielo en la distancia antes de aquel momento. Ahora que la veía de cerca, estaba impresionada. La kyrgia era más joven de lo que había imaginado, pero irradiaba poder. Tenía ojos oscuros coronados por pestañas largas, pelo oscuro que llevaba suelto —claramente confiada de que ningún ave rapaz se atrevería a picotearlo— y llevaba anillos en cada uno de sus dedos, anillos tan grandes que ningún guante cetrero podría pasar por sobre ellos. De algún modo, gobernaba el mundo cetrero sin necesidad de demostrar su habilidad con las rapaces. No hacía ostentación de su poder y esa confianza en sí misma era suficiente para demostrar que lo tenía.

Kylee se dejó llevar hacia la sala de estar de Ryven. Grazim comenzó a seguirlas, pero kyrgia Bardu negó con la cabeza.

—Me gustaría hablar a solas con la joven Kylee, por favor. Grazim, gracias por el servicio que le has brindado al Concilio. Tu lealtad no será olvidada.

Hizo el saludo alado y Grazim hinchó el pecho. Había traicionado a la maestra que la había salvado de una vida de maltratos y miseria, y la caída de Üku era el ascenso de Grazim. Su poder venía de su ambición. Üku tendría que haber esperado la traición. Kylee no podía culpar a la chica por hacer lo que había hecho, aunque estaba lejos de ser algo admirable. Solo quienes han muerto hace largo tiempo pueden ser admirables. Los vivos tienen que picotear y lanzarse hacia aquello que necesitan para sobrevivir.

—No deberías odiarla —le dijo Bardu a Kylee cuando estuvieron solas.

—No la odio.

—Todo tu cuerpo se ha puesto tenso como una garra a punto de atacar —señaló Bardu—. Grazim quizás te haya salvado la vida, tal como tú salvaste la suya. No te he mentido sobre kyrgio Ryven. Realmente envenenó a tu amiga y lo hizo parecer un ataque contra ti. Envió al sicario contra Grazim en el patio. No considera valiosa ninguna vida que no pueda usar y te habría descartado en el momento en que tú ya no le fueras útil.

—¿Cómo lo sabe? —Kylee cruzó sus brazos, con escepticismo. Quizás la lengua hueca no mintiera, pero el lenguaje de los políticos lo hacía todo el tiempo.

—Porque Vyvian trabajaba para mí —respondió Bardu—. Yo la envié a vigilarte para asegurarme de que te mantuvieras leal al Castillo del Cielo. Ryven, por otro lado, quería que solo fueras leal a él y sus ambiciones. Mandó a matar a Vyvian para evitar que ella te influenciara a mi favor. Él y Üku esperaban matar a Grazim para aislarte aún más. Querían que estuvieras sola, inquieta y vulnerable para poder explotar tus dones.

—¿Han matado a Nyall? —preguntó, con un nudo en la boca del estómago. Al no saber, había podido decirse a sí misma que aún estaba vivo. En cuanto Bardu le respondiera, ya no habría más lugar para mentiras reconfortantes.

—No, no han matado a Nyall. —Kyrgia Bardu le sonrió con dulzura y Kylee sintió que se aflojaba el nudo en su estómago—. Quizás lo habrían hecho —añadió—, si yo no hubiese protegido al muchacho. De hecho, está bajo mi protección en este preciso momento.

—¿Dónde? —Kylee se puso de pie, ansiosa por ir a verlo—. Lléveme con él.

—Ah, ahí, mi joven amansadora de águilas, es donde tenemos una complicación. —La kyrgia alisó los pliegues de su larga túnica, miró el brillo de sus anillos bajo la resplandeciente luz de la lujosa sala de estar—. Ryven no estaba completamente equivocado sobre nosotros. Tenemos algunas exigencias que hacerte... y, por supuesto, si las llevas a cabo, tu amigo no sufrirá ningún daño.

El nudo en la boca de su estómago se transformó en una garra. Sintió que se clavaba, afilada. Un calor le llenó los pulmones; esa furia ardiente, que volvía.

Pero no había aves en esa habitación, ni ventanas. Kyrgia Bardu había elegido ese lugar para estar completamente a salvo de la furia del cielo a la que Kylee podía llamar. Aun así, Bardu se puso tensa al ver el cambio en ella.

Bien, pensó Kylee. *Que se ponga nerviosa. No sabe que el águila tal vez se haya ido para siempre. No sabe que le he fallado.*

—¿Lo tiene de rehén?

—Esa palabra es fea —contestó Bardu—, pero sí. Está bien. *Rehén.* De todas formas, el rescate es exactamente lo que quieres. Quiero que todos los hablantes de la lengua hueca salgan del Castillo del Cielo y marchen hacia los kartamis para defender nuestro reino. Todavía quieres proteger a tu hermano, ¿cierto?

Kylee no respondió. Por supuesto que quería, pero no pensaba contarle a esa mujer más de lo necesario.

—Bueno, sé un poco más sobre lo que tu hermano está planeando que lo que explicaba la carta que Ryven te dio. —Bardu se rio para sí—. No te sorprendas tanto. No hay demasiadas cosas que ocurran en mi imperio que yo no sepa.

—¿Qué está planeando? —Kylee no pudo evitar inclinarse hacia delante y mostrar interés. Ryven tenía razón: su amor por Brysen hacía que fuera fácil de manipular.

—Está convencido de que puede infiltrarse entre los kartamis y asesinar a su líder. —Bardu negó con la cabeza—. Mueren muchos sicarios estos días. Me pregunto si esta guerra necesita otro.

—Él... no puede... ¿Por qué creería que...? —Kylee no podía creerlo, pero sabía que esa vez la kyrgia no estaba mintiendo. Su hermano era un soñador. Su hermano era imprudente. Su hermano siempre estaba buscando ser alguien importante, porque no creía que fuera suficiente con estar vivo y ser amable y bondadoso. Toda su vida lo habían tratado como a una presa y él veía solo otra forma de ser: depredador.

«Tengo un plan y haré que esta guerra termine», había escrito.

—Ay, Brysen —dijo en voz alta—. No.

Bardu sonrió. Tenía a Kylee donde quería, y lo sabía.

—Como has solicitado, marcharás con el ejército de Birgund —anunció kyrgia Bardu—. Y Grazim será tu sombra. Estará allí para vigilarte. Si informa de algún problema, no será bueno para Nyall. Si te pierde de vista o si sufre algún daño, aun cuando no sea por tu culpa, no será bueno para Nyall. Ella te protegerá, incluso de ti misma, y a cambio, tú desplegarás la furia sobre nuestros enemigos. —Kyrgia Bardu se puso de pie y dio unas palmadas a Kylee en el hombro, un gesto calculado a la perfección para ser insultante—. Sonríe, niña. Te toca salvar a tu hermano y a tu amigo y ganar esta guerra, tal como prometiste. Nada ha cambiado. Has coqueteado con la traición, pero has hecho la mejor elección. No ha habido daños.

—No deja de usar la palabra *elección* —señaló Kylee—. Pero no me está dando ninguna elección.

—Es verdad —coincidió Bardu—. Pero ¿para qué luchar contra esto? Estás obteniendo todo lo que quieres sin la responsabilidad que acarrea el tener que elegir. ¿Por qué crees que las aves rapaces se someten a sus amansadores? Amoldar tu voluntad a algo más grande que tú es liberador. El mayor propósito de un halcón viene de su sometimiento al cetrero, al igual que un súbdito con su gobernante. Sus voluntades son la misma. Piensa en mí como tu cetrera y en ti como mi halcón. Caza para mí y regresa cuando te llame y vivirás en la riqueza y la comodidad. Esta —señaló la lujosa sala de estar de kyrgio Ryven— podría ser tu jaula.

—¿Y todo lo que tengo que hacer es que el águila fantasma no deje de aterrorizar a sus enemigos?

—Exacto —respondió Bardu—. Eres lista como un cuervo.

Cuando la kyrgia dio media vuelta para abandonar la habitación, las manos de Kylee aferraron los apoyabrazos afelpados de su silla con la fuerza de un cernícalo al aplastar el cráneo de un conejo. La llamó.

—¿Kyrgia Bardu?

La kyrgia se detuvo, pero no se giró.

—¿Sí, Kylee?

—Recuerde que hasta los halcones más domesticados pueden escabullirse de su correa y volverse contra el puño que los alimenta. Ningún ave rapaz está verdaderamente amansada. No lo olvide.

—No lo haré, Kylee —repuso kyrgia Bardu y Kylee escuchó el suspiro en su voz—. Desde luego que no lo olvidaré.

ALAS PRESTADAS

Bien podría haber sido una invasión.

Antes de que comenzara la guerra, había intrusos en el bosque de abedules de sangre. Almas perdidas que huían de vidas desfavorables, partidas de caza en busca de atajos, el trampero ocasional en el funesto camino hacia el águila fantasma. Podían ahuyentarlos, eliminarlos o, cuando era necesario, reclutarlos e incorporarlos a la comunidad de las Madres Búho y su nidada de chicos leales.

Pero ahora llegaban todos los días y todas las noches, a veces solos, a veces en grupos pequeños y maltrechos, agobiados y muertos de cansancio y con necesidades apremiantes. Huían a través de Seis Aldeas, por miedo al inminente asedio o porque creían que los aldeanos eran peor que cualquier peligro que pudieran ofrecer las montañas.

Excepto que no tenían ningún derecho a cruzar ese territorio. No sin permiso.

Ninguno de ellos tenía permiso.

Ninguno de ellos salía vivo.

Este último grupo se había puesto a descansar en un pequeño bosquecillo de abedules, donde descubrieron los restos de una hoguera que había tenido la estúpida idea de encender un grupo anterior. Esas personas no eran tan estúpidas y se sentaron en la oscuridad para comer frutos secos y dormir una siesta, sin hablar demasiado, por temor a llamar la atención de arriba o abajo. Cuatro de ellos, con la parte superior de la cabeza rasurada como buitres, caminaban entre los refugiados exigiendo comida y agua. Les tenían miedo, así que no encontraron ninguna resistencia.

Los buitres eran bandidos y creían que su mezquina violencia les daba poder allí.

Estaban equivocados.

Nada ocurría en la montaña sin que las Madres Búho lo supieran y nadie tenía poder allí, salvo ellas. Incluso ahora, un pequeño conjunto de atentas Madres tenía sus ojos en el grupo y debatía el mejor plan de acción en voz baja. Su matriarca, Üku, estaba lejos, en el Castillo del Cielo, con sus consejeras, y mientras no estaba, Malarmina, la más vieja después de ella, había tomado su rol.

—Podemos enviar a los chicos a asustarlos, a perseguirlos hasta que vuelvan a las Aldeas —sugirió una de las mujeres más jóvenes. Sala. Era una chica del tipo sentimental; odiaba la violencia necesaria para controlar su territorio.

—Flechas o búhos —ofreció Malarmina—. Decidiremos entre esas dos opciones. Sus muertes ya están decididas.

—No recuerdo haber decidido —respondió Sala.

—Los forasteros son como los cuervos —explicó Malarmina—. Son astutos y decididos y se reúnen en bandadas. Uno o dos no son un peligro para nosotras, pero jamás vienen uno o dos. Si dejamos que estos vivan, pronto nos sobrepasarán.

—Señora Malarmina, con todo respeto: si solo los ahuyentamos, pueden difundir la historia. Su miedo viajará con ellos, y quizás podamos prevenir futuras incursiones.

Algunas Madres murmuraron su apoyo y Malarmina pudo sentir que su influencia se escurría hacia la mujer más joven. El liderazgo de las Madres Búho era por consentimiento mutuo y en cuanto le revocasen ese consentimiento, ella se volvería una voz más entre muchas otras. Respetada, quizás, pero fácil de ignorar. No quería ser ignorada.

—Los kartamis están sitiando Seis Aldeas —argumentó—. Cuanto más dure el asedio, más gente huirá hacia aquí. Primero cientos, luego miles… y serán perseguidos. Esta guerra vendrá a nosotras, aquí, donde el poder de la vida y la muerte debería ser solo nuestro. Si mostramos la menor misericordia, perderemos lo que hemos tenido desde antes de todo recuerdo.

—¿Y si dejamos que se queden? —preguntó otra mujer joven. Üstella. Habló como si solo tuviera curiosidad, como si solo preguntara, cuando sabía muy bien que lo que proponía era un cambio absoluto de todo—. ¿Qué pasaría si *sí* ofreciéramos misericordia a todos los que la necesitaran? ¿Y si nuestra fuerza viniera de abrazar a los forasteros, en vez de cerrar nuestros puños?

El cambio se propagaba. Lo había estado haciendo desde que esos dos polluelos habían atravesado el bosque para capturar al águila fantasma. La nueva generación creía que sabía más que la vieja. Lo creían porque no conocían la historia, no estaban ligadas a ella.

Pero Malarmina lo sabía: sabía qué protegían las Madres Búho, por qué Üku había ido al Castillo del Cielo para asegurar su poder y por qué no podían permitir que los forasteros fueran allí libremente. La invasión kartami no era la amenaza más grande; no sería nada comparada con lo que vendría después si se les permitía hacer a las jóvenes lo que siempre anhelaban hacer: subvertir el mundo.

Había pasado antes. La última vez, antes de la historia misma, casi los había destruido a todos. Solo las Madres Búho lo recordaban y solo las Madres Búho podían evitar que volviera a ocurrir. El momento quizás requiriera misericordia, pero las generaciones venideras necesitaban que no mostraran ninguna.

Eso estaba a punto de explicar Malarmina, pero Sala habló primero.

—Quizás podamos dejar que se queden unos pocos —dijo—. ¿Añadirlos a la nidada?

Un consentimiento aleteó sobre el grupo con alas silenciosas; Sala había puesto otra pluma en el nido de su liderazgo.

—¿Cuántas de vosotras queréis, como Sala y Üstella, recibir a todos estos invasores? —preguntó Malarmina, con la esperanza de adjudicarle una opinión a la joven que, de hecho, no había dado.

—Nadie quiere recibir a todos los invasores —respondió Sala, en claro desacuerdo—. Es una cuestión de estrategia. Si todos los que vienen hacia aquí desaparecen, entonces otros tal vez crean que el camino es seguro. Pero si vuelven y hablan de nosotras, sabrán que no es seguro huir en nuestra dirección. No acogeremos a ninguno; los enviaremos de vuelta para evitar que otros vengan.

Mierda, pensó Malarmina. La muchacha apenas tenía edad para sangrar y ya ofrecía mejores argumentos que ella, y el resto de las Madres lo sabían. Malarmina había perdido y ese sería solo el comienzo de su derrota, lo sabía. Sin embargo, aún no estaba lista para resignarse a un rol simbólico en su comunidad. Necesitaba reafirmar su poder.

—¿Es ese el consenso? —preguntó, y las otras Madres confirmaron que lo era—. Muy bien. Sala… haz lo que quieras.

—*Mejeej* —dijo Sala, una orden de la lengua hueca que Malarmina respetaba. Era una elección elegante y daba lugar a que se salvaran una o dos vidas aterrorizadas.

—*Mejeej* —susurraron otras Madres, y se agitaron las hojas de los abedules de sangre.

Los altaris exiliados y los bandidos que los guiaban levantaron la mirada con el tiempo justo para gritar cuando una congregación de búhos descendió sobre ellos. El pequeño nido de malhechores uztari intentó luchar. Desenvainaron cuchillos y lanzaron puñaladas a las rapaces nocturnas. Su resistencia fue rápidamente derrotada por el contraataque de los búhos. Los uztaris fueron destripados. Uno de ellos, a quienes lo otros habían llamado Corrnyn, dejó caer su arma al intentar sujetar a un búho por la garra que había desgarrado sus tripas, pero mientras estaba distraído y gritaba, uno de los altaris le clavó su propio cuchillo en su columna vertebral.

El búho jabalí de grandes alas que obedecía a Sala aterrizó en la cabeza de este. Su pareja, que estaba de rodillas frente a él, observó con terror impotente cómo el enorme búho estrujaba y estrujaba hasta finalmente hundir el cráneo del altari.

Desde detrás de los troncos blancos, pálidos, de los abedules de sangre, observaban los chicos de la nidada, suaves y quietos como búhos nivales, esperando a que el derramamiento de sangre terminara para poder hurgar en las pertenencias de los muertos y arrastrar los cadáveres hasta las rocas expuestas, de manera que los buitres pudieran llevarlos al cielo.

Cuando solo quedaban cuatro supervivientes —los búhos destriparon al resto—, Sala salió de su escondrijo y anunció a quienes seguían vivos:

—Ahora volveréis. Volveréis a Seis Aldeas y diréis que este camino está prohibido.

Con miedo y sin aliento, se pusieron de pie y se miraron entre sí, luego echaron a correr por donde habían venido, colina abajo, y avanzaron casi cayéndose. Sin embargo, una persona dudó; era quien había visto cómo el búho aplastaba el cráneo de su amante después de matar al bandido con cabeza de buitre.

—¿Por qué? —preguntó.

—¿Por qué ese en particular? —Sala gruñó hacia el cadáver a sus pies—. Solo nosotras tenemos permitido quitar vidas en la montaña. Solo nosotras tenemos permitido darla. A ti te la damos. ¡Ahora vete!

Quien escuchaba echó una última mirada al cuerpo que estaba en el suelo, luego salió corriendo. Seguramente llegaría a las Aldeas al mediodía y, con suerte, asustaría a todos aquellos que estuvieran pensando ir por ese camino.

—Comprendo por qué has dejado vivir a tres de las mujeres. —Malarmina se acercó sigilosamente hasta Sala después de que el silencio regresara a su montaña boscosa—. Pero la pareja de ese hombre a quien has aplastado el cráneo... quizás no fuese una mujer. ¿Por qué salvarle la vida?

Sala mostró una sonrisa irónica.

—Es una nueva guerra, un nuevo mundo, Malarmina. Las viejas ideas caen como las plumas de la temporada de muda pasada. Deberías cuestionar tus prejuicios sobre lo que hace a una madre. Pase lo que pase con la señora Üku en el Castillo del Cielo o con los kartamis en las planicies, el futuro de nadie en Uztar será como su pasado. Cambia, o el cambio te aplastará.

Basura condescendiente, pensó Malarmina. *Quién eres tú para darme lecciones, cuando he estado defendiendo a las Madres Búho desde antes de que nacieras.*

—Creo que es hora —añadió Sala— de pensar un nuevo liderazgo.

—¿Pretendes desafiarme? —preguntó Malarmina.

—Ya lo he hecho —respondió Sala.

Las otras mujeres esperaron en silencio. Los únicos sonidos en la montaña eran los que hacían los búhos al desgarrar y masticar el banquete que acababan de cazar. Por entre las sombras de los árboles, se asomaban los pálidos chicos de la nidada, que observaban con ojos curiosos cómo se desarrollaba el drama. Sala también era popular entre ellos, y Malarmina comprendió que no encontraría ningún aliado allí.

Bajó la mirada a su búho de pino pardo y gris. El ave tiró del tendón de un bandido hasta que lo arrancó con un chasquido húmedo. Malarmina no dejó que la insolente joven frente a ella pudiera entrever nada, incluso cuando respondió.

—Lidiaremos con este desafío cuando Üku y las demás vuelvan y sepamos en qué punto estamos. Ahora no es momento de divisiones entre nosotras.

—*Tha-loom* —exclamó Sala y su gran búho jabalí levantó la mirada de su comida.

Todos los búhos levantaron la vista, con sangre en sus picos y ojos bien abiertos. Sus cabezas giraron hacia Malarmina, quien se percató de que no habría ninguna dilación para ese desafío.

Sala tenía la intención de forzarla a ceder su lugar. Era joven y segura de sí misma y tan estúpida como podía ser una joven ambiciosa. Hablaba la lengua hueca como tantas antes que ella —con ambición—, mientras que Malarmina la hablaba con un sentido de historia, con un respeto por la comunidad y por todo aquello que su comunidad había protegido a lo largo de las generaciones. La historia, la verdad, el lenguaje: una cultura más antigua que el mismísimo Uztar.

—Una bandada siempre repelerá a un cazador solitario —explicó Malarmina—. ¡*Faash!*

Sala no había creído que su propio búho se uniría a todos los otros cuando se lanzaron hacia su cabeza.

Un búho nival bajó en picado y cortó la frente de Sala con sus garras antes de volar hacia los árboles y desparecer entre sus delgados troncos blancos. El búho de pino de Malarmina arrancó un mechón de pelo de la joven, pero el golpe fatal estaba reservado para el búho jabalí de la propia Sala. Este se cernió sobre la muchacha asustada, quien de repente pareció mucho más joven que un momento atrás.

—Estoy tomando prestado tu búho para dejar claro que no deberías haber elegido este tiempo de crisis para dividir a nuestra comunidad —señaló Malarmina. Miró al búho en el aire, que batía sus alas silenciosamente—. Esta lección, de todos modos, no te servirá de nada. Quizás sea instructiva para las demás. —Suspiró, luego añadió—: *Avakhoo.*

En el instante previo a que el adorado búho de Sala le quitara la vida, Malarmina respondió a la pregunta en su rostro. No dejaría que la joven mujer muriera preguntándose qué significaba esa palabra final, esa que la gente ambiciosa jamás parecía comprender.

—*Avakhoo* significa comunidad —reveló. Luego, sin hacer sonido alguno, el búho jabalí cayó con tal velocidad y fuerza que el cuello de Sala se rompió antes de que su cráneo se derrumbara.

Malarmina se llevó el dedo índice al pómulo y esperó a que las otras Madres y los chicos de la nidada le devolvieran el gesto. Respetaban el desafío y vieron la verdad de su justo resultado. Ella no debía explicaciones ni disculpas y nadie se las pediría. La comunidad era más grande que cualquier persona y, como siempre, perduraría.

BRYSEN:

DOLOROSA DEBE SER LA TORMENTA

21

La máxima potencia del ejército kartami llegó con una nube de polvo bajo un cielo despejado y vacío. Sus cometas moteaban el cielo de un extremo al otro del horizonte al avanzar como torbellinos para detenerse frente a las barricadas que bordeaban el río, pero no hicieron ningún movimiento de ataque. Se instalaron para un largo asedio.

Los guerreros no podían atravesar las barricadas y los diversos defensores de Seis Aldeas no podían salir y enfrentarse a sus atacantes en campo abierto. Este punto muerto era la estrategia: los kartamis tenían líneas de abastecimiento detrás. Las Aldeas estaban completamente aisladas.

Los guerreros kartamis no usaban uniforme y tenían todas las formas y tamaños y colores imaginables. Estaban unidos, no por una nación o una historia en común, sino por una necesidad fanática: vaciar el cielo y eliminar a todos los cetreros del mundo. El día de la llegada del ejército, un buitre solitario cayó del cielo a las ruinas chamuscadas de una tienda de alimentación en el centro del pueblo. La flecha fatal tenía un pergamino enrollado: las condiciones de los kartamis para la paz.

Rendición total. No ofrecieron ninguna misericordia ni pidieron un diálogo, pero sí exigieron una mano amputada, enguantada, de cada cetrero de Seis Aldeas, que debían ser apiladas en las arenas de riña de Pihuela Rota. También querían toda la cerveza del lugar.

—Qué basuras asquerosas —gruñó Nyck—. Pueden llevarse nuestras manos, pero ¡jamás podrán llevarse nuestro espíritu!

—¿Cómo demonios saben qué es y dónde queda Pihuela Rota? —se había preguntado Brysen. La respuesta había sido un silencio glacial. Pensar que alguien espiaría voluntariamente para los kartamis los dejó helados, pero era la única explicación posible: los kartamis tenían un informador de aquel lado de las barricadas.

Los asistentes de los Tamir y los soldados uztaris habían comenzado a reunir grupos de altaris para interrogarlos. Los altaris rara vez volvían.

Cuando grupos desesperados intentaban huir de Aldeas a través del paso de montaña, los guerreros-cometa los usaban para practicar disparos de ballesta de larga distancia. Sus cadáveres ensuciaban las cuestas que se elevaban sobre la casa de Brysen y ningún buitre se acercó a devorarlos.

Incluso si la gente lograba escapar por allí, las Madres Búho jamás dejarían que cruzaran su territorio.

«Las Madres Búho consideran que es una invasión cuando los forasteros quieren pasar por su territorio, aunque no sean más que un puñado de personas», había explicado Jowyn. Cuatro altaris maltrechos que habían intentado escapar por ese camino lo confirmaron. Eran los únicos supervivientes de su grupo.

Habían pasado algunos días desde el primer ataque con planeadores y desde que se había establecido el sitio. Los precios de todo se habían ido por las nubes y los asistentes de los Tamir se estaban volviendo cada vez más descarados para extorsionar a todo el mundo en busca de bronce. Los altaris que no eran considerados sospechosos fueron forzados a hacer tareas de servicio, como cavar letrinas, buscar agua, recoger basura y reparar las barricadas. A medida que pasaban los días, los seisaldeanos fueron sintiéndose cada vez más atrapados y desconfiados, mientras esperaban y rogaban que llegara el ejército de Uztar —Kylee— a salvarlos.

Brysen no quería esperar y no confiaba en sí mismo para tener esperanzas.

Se paró en medio de las ruinas ennegrecidas de lo que alguna vez fueron las jaulas de sus halcones y sostuvo a Shara posada en su puño, sin caperuza.

Dos paredes aún estaban en pie, aunque eran tan débiles que podría haberlas agujereado con un dedo. Sin embargo, eran suficiente para brindarles a Jowyn y a él la privacidad que necesitaban para entrenar lejos de los ojos entrometidos de su madre. Desde que él había llamado a Shara de la muerte, había sido imposible estar cerca de ella. Maldecía a su adorada rapaz y le lanzaba agoreras advertencias a Brysen, tales como: «Le has negado al cielo una muerte que este había asestado y ahora vendrá a cazarte» y «De lo que debería darte vergüenza, hablas con orgullo; no te corresponde nombrar a las aves rapaces, ni siquiera en un murmullo».

Las que rimaban eran las peores. Se preguntó si su madre se quedaba despierta por las noches pensando nuevos versos que lanzarle por la mañana.

—Me pregunto qué rima con «topo de fuego» —murmuró Jowyn, sosteniendo un pequeño topo que había atrapado entre sus pálidas manos ahuecadas. Brysen notó los pequeños cortes y tajos en los dedos del chico, las marcas que todo el mundo tenía, pero a las que Jowyn había sido inmune hasta hacía poco tiempo. La savia del bosque de abedules de sangre realmente se estaba desvaneciendo y su cuerpo era ahora tan vulnerable como el de todos los demás. Quizás siempre había sido blanco de forma antinatural, pero las magulladuras y costras que ahora tenía eran las cosas más bonitas que Brysen había visto jamás. Le decían que Jowyn estaba allí para quedarse.

—Estamos aquí para descubrir qué podemos hacer —señaló Brysen—. No hace falta que escribamos odas al respecto.

—Las personas serían más felices si escribieran odas sobre las pequeñas cosas que las hacen sonreír —respondió Jowyn, después puso un tono cantarín:

«Atrapé un topo entre las cenizas, deseando que fuera libre.
Ojalá el topo pudiera ver lo que hace que yo vibre.
Un ave en el puño, con alas listas, templada para cazar;
a veces es una maldición conseguir lo que no dejabas de anhelar».

Con eso, dejó al topo en el suelo y este se escabulló por entre las ruinas chamuscadas, corriendo en busca de su madriguera bajo las vigas quemadas. Los ojos de Shara persiguieron al pequeño topo y Brysen, ahuyentando la sonrisa que la canción de Jowyn le había provocado, se concentró en la única palabra de la lengua hueca que conocía, la única palabra que le había escuchado pronunciar a su hermana unas pocas veces con un efecto letal.

—¡*Shyehnaah!* —dijo. Shara, aunque observaba con ojos de depredadora la carrera del topo, se sentó en el puño como un loro domesticado, ni siquiera abrió las alas. Brysen alzó su puño de la forma en que lo hubiese hecho sin usar la lengua hueca—. ¡*Uch!* —exclamó, en un intento por alentar a su ave, pero esta solo agarró el puño con más fuerza.

—Quizás no tenga hambre —sugirió Jowyn.

—No es así como debería funcionar —explicó Brysen—. La orden debería anular sus apetitos, ¿o no? De otro modo, ¿de qué sirve una orden?

—Creía que un cetrero no le hacía hacer a un ave nada que esta no quisiera —dijo Jowyn—. Solo entrénala para que haga lo que quiere por tu bien.

—Pero se supone que esto debería hacerme mejor cetrero que el resto… —Brysen estaba confundido. Había traído a Shara de la muerte con una palabra y ahora ni siquiera podía hacer que cazara un topo.

El afortunado topo de fuego desapareció entre el hollín.

Las pupilas de Shara, bordeadas por círculos rojos como eclipses de sol, pasaron de Jowyn al cielo, después hacia Brysen y al suelo, observándolo todo con más rapidez y detalle de lo que él podía imaginar. Brysen se preguntó cómo sería ver tanto y tan lejos. Los halcones eran criaturas nerviosas, y los azores más que la mayoría. ¿Era su poderosa vista lo que los hacía ser así? Cuanto más veían, más notaban qué había que temer.

—Está bien —le habló con dulzura a Shara—. Intentemos algo más sencillo. —Miró a Jowyn—. Sostén tu puño en alto.

Jowyn obedeció y Brysen alzó a Shara hacia él.

—¡*Shyehnaah!* —exclamó, con la esperanza de que la rapaz volara de su puño al de Jowyn. No lo hizo. Giró la cabeza y comenzó a arreglarse las plumas del cuello con el pico—. Está incluso *menos* entrenada que antes —refunfuñó Brysen, observándola. Quería tanto a esa avecilla que deseaba que no volviera a ocurrirle nada malo. Aunque en ese momento quería sujetar su pequeño cuerpo y zarandearlo hasta dejarlo hecho puré—. No lo entiendo.

—Quizás ya no quiera matar —sugirió Jowyn, apoyando la mano en el borde de un marco quemado como si aún hubiera una puerta allí.

—Un halcón que no quiere matar no es un halcón —repuso Brysen.

Jowyn aclaró su garganta.

—Quizás no es para eso para lo que ha vuelto.

—No *ha vuelto* —señaló Brysen—. Yo la he traído.

—Pero no sabes por qué o cómo.

—No necesito saberlo —espetó, deseando que Jowyn no lo cuestionara todo siempre. A Brysen le gustaba el sonido de su voz, solo que a veces lo enfurecía la forma en que se elevaba al final, en que se retorcía como un anzuelo para pescar respuestas de la boca de Brysen. No quería más que pasar toda la tarde hablando y entrenando con Jowyn. Aunque en ese momento quería sujetar a Jowyn por los hombros y también zarandearlo hasta dejarlo hecho puré.

Su mal genio respondía como cuando estaba cansado o hambriento o nervioso. En ese momento, sentía las tres cosas, pero le pasaba lo mismo a todo Seis Aldeas. Estaban bajo asedio y estar descansado, bien alimentado y en calma eran lujos que nadie tenía.

—Necesito descubrir qué puede hacer Shara, si va a ayudarme a matar a su líder.

—Si no mata a un topo, no creo que mate a un jefe militar —comentó Jowyn—. Quizás está intentado decirte que no lo hagas.

—Un guerrero que no mata no es un guerrero.

—Quizás no sea tu destino *ser* un guerrero —argumentó Jowyn—. Quizás tu brisa vuele en otra dirección. Piénsalo. Sobreviviste la mayor parte de tu vida a un padre que te quería muerto. Sobreviviste al atrapar al águila fantasma y al luchar contra Goryn Tamir y a dos intentos de secuestro *y* a la casi muerte de tu ave.

—Sí —se mofó Brysen—. La mía es una historia impresionante sobre no estar muerto. Puedes escribir odas sobre eso.

—Sobrevivir no es poca cosa —dijo Jowyn, después recitó:

«El mundo es un corazón maltrecho, palpitante.
Sangra en cada región, en cada parte.
Raro es el poder de sanar, ¡vaya arte!
Rara también la mano reconfortante».

—¿Aprendiste eso en el bosque de abedules de sangre? —preguntó Brysen.

—Lo compuse anoche, cuando no me podía dormir —respondió—. Lo escribí para ti. Creo que estás destinado a traer vida a este mundo, no muerte.

Sobre su guante, Shara pasó de una pata a la otra y Brysen apoyó su pulgar en sus garras para mantenerla quieta. Se preguntó por qué Jowyn se quedaba despierto por la noche pensando esas cosas que le recitaba. Eran casi más molestas que las maldiciones de su madre. No lo hacían enfadar, lo hacían dudar y la verdad era que no necesitaba ayuda para eso.

—Puedo salvar muchas vidas si acabo con esta guerra —sostuvo—. ¿Un asesinato para prevenir miles? No soy muy bueno con las matemáticas, pero me parece obvio: tengo que hacerlo. —No quería seguir discutiendo con Jowyn. Quería caminar los tres pasos que los separaban, envolver con sus brazos al pálido muchacho que tenía una fe equivocada en él y besarlo hasta que terminara la guerra. También quería empujarlo lejos y decirle que se fuera, decirle que dejara de mirarlo con esa expresión, como de esperanza y, al mismo tiempo, decepción. No quería que le importara qué pensaba Jowyn de él. Y solo quería que Jowyn pensara bien de él.

Pero ahora tenía una responsabilidad. La lengua hueca finalmente había venido a él y no podía desperdiciar su oportunidad. Los días apacibles llenos de besos eran para chicos cuyas brisas soplaran aires más favorables que la suya.

En vez de besarlo, empujarlo o gritarle, plantó los pies donde estaba y le dijo a Jowyn:

—Tu madre lo ha arreglado todo para que los chicos riñeros me hicieran pasar a hurtadillas al otro lado de las barricadas a través de un túnel de contrabandistas. Iré esta noche. ¿Quieres ayudarme a seguir trabajando o quieres recitar más poemas sobre mí?

—¿No puedo hacer las dos cosas? —Jowyn sonrió y Brysen descubrió que no podía recordar nada que le molestara de él.

—Atrapa otro topo mientras compones el próximo verso —sugirió Brysen y el chico pálido dio un salto para ir a cumplir su petición.

Cuatro topos después, el sol ya había hecho casi todo su recorrido hacia abajo; la cara, el cuello, las manos y los brazos blancos de Jowyn estaban manchados de hollín y la garganta de Brysen estaba ronca de lanzar la misma palabra una y otra vez con diferentes tonos. En ese tiempo, Jowyn había rimado «presa salvaje» con «aterrizaje», «promesa» con «belleza» y «deseo» con «picoteo», en un verso que Brysen podría haber creído que era un coqueteo si no hubiera tratado también sobre el destripamiento de un topo de fuego.

En todo ese tiempo, Shara no había perseguido a ningún topo, aunque había observado a una mariposa completamente inmóvil durante tanto tiempo que Brysen tuvo que bajarla del puño y atarla a una percha para poder ir a hacer pis. Cuando regresó, su rapaz seguía observando a la mariposa.

Ahora Jowyn se había sentado sobre una viga caída y estaba pinchando las cenizas de las jaulas con un palo. Tenía una gran mancha negra de hollín en su mejilla izquierda y Brysen sintió que su boca se secaba al preguntarse cómo sabría el hollín con sudor. Shara, posada sobre su guante, dejó escapar un pequeño *Prrpt* y movió la cabeza de un lado a otro. Decidió ponerle la caperuza.

Ahora no *es el momento*, pensó, echando un vistazo colina abajo, por encima de las Aldeas y las barricadas a lo largo del río, hacia la aglomeración del ejército kartami, extendida como una manta sofocante sobre las llamas rojas que el atardecer proyectaba sobre el terreno. El día se agotaba y él no había hecho ningún progreso con Shara.

—¿Te has parado alguna vez a preguntarte por qué te está ayudando tanto mi madre? —Jowyn levantó la vista para mirarlo—. Tiene a muchos asesinos trabajando para ella. ¿Por qué enviaría a alguien que jamás ha matado a nadie? ¿Por qué te envía a ti?

—¿Porque me ha visto en las arenas de riña? —sugirió Brysen—. Sabe que soy un buen luchador.

Jowyn alzó una ceja.

—Está bien —dijo Brysen—. Probablemente porque me odia y no le importa si muero en el intento. Pero si tengo éxito, puede llevarse el crédito. Y, creo, también porque sabe que tú no quieres que lo haga. Te está mostrando que me ha amansado más que tú.

—No estoy intentando amansarte —repuso Jowyn en voz baja—. Yo no soy así.

Brysen lo miró como un halcón que ha fallado y ha perdido la presa. Había querido explicar las razones de Mamá Tamir, no insultar a Jowyn. Debería haber sabido que no era buena idea hablar con tanta ligereza de la madre del muchacho. Las cicatrices de la infancia de Brysen eran visibles en todo su cuerpo, pero las de Jowyn no eran tan obvias. No deberías caminar sobre un glaciar sin probar el terreno en busca de caídas ocultas bajo el hielo, y lo mismo se aplica para hablar con alguien que te importa. Deberías ir pisando con cuidado para no romper los lugares más delicados. Brysen estaba acostumbrado a ser la persona a la que la gente hablaba con suavidad, evitando ciertos temas para no herir sus sentimientos. Había olvidado que no era el único con un pasado.

—Jo, no he querido decir que seas como ella —dijo.

Jowyn calvó su palo en el suelo con fuerza.

—Lo sé —respondió y cambió de tema, señalando con la cabeza las primeras líneas del asedio—. Entonces, ¿qué harás una vez que cruces la barricada?

Brysen se encogió de hombros, simulando una falta de preocupación que no existía.

—Me entrego.

—¿Eso es todo? —El palo quedó clavado en la tierra y Jowyn limpió sus manos contra sus pantalones y levantó la mirada hacia Brysen, con los ojos bien abiertos—. ¿Simplemente entras caminando al campamento enemigo y te entregas?

—Básicamente —explicó Brysen—, les digo que sé que me han estado buscando y que quiero unirme a ellos.

Jowyn infló sus mejillas y luego soltó el aire.

—¿Te unirás a ellos?

Brysen asintió con la cabeza.

—Intentaron secuestrarme, no matarme, lo que significa que me consideran valioso, ¿no? Es probable que me quieran de rehén por mi hermana. Así que les diré que soy más valioso como aliado. ¿Cuánta confusión le causaría a ella que yo no fuera solo su prisionero, sino un soldado en su ejército?

—Que el cielo arda en llamas, Bry, eso es retorcido.

—Al igual que la guerra —repuso Brysen.

Jowyn asintió, mientras consideraba el plan, algo que Brysen apreció. No comenzó a decir que era una pésima idea, propia del cerebro de un busardo, aunque, a decir verdad, un busardo probablemente hiciera mejores planes que él. Pero era el único que se le había ocurrido. No tenía ni idea de si funcionaría o si lo atarían y encaperuzarían en cuanto lo atraparan; pero no veía otra opción. Si se quedaba, Mamá Tamir probablemente lo castigaría y también se desquitaría con su madre y Jowyn antes de que el asedio los matara. Un plan de cerebro de busardo propio era mejor que quedarse esperando a ser la víctima del plan de otro.

Después de una pausa lo bastante larga como para que una bandada de gaviotas pudiera haber pasado volando sobre ellos, Jowyn se puso de pie y se limpió la frente con su antebrazo, desparramando más el hollín.

—¿Te has dado cuenta de que los kartamis luchan en pareja?

—Sí —contestó Brysen y sintió que Shara oprimía su guante con sus garras, antes de percibir que su propio corazón oprimía su pecho. Creyó saber lo que Jowyn estaba a punto de decir. No se atrevió a tener esperanzas sobre lo que el chico pálido estaba a punto de decir.

—Sabes que iré contigo adonde vayas, ¿no?

—No tienes la obligación de hacerlo —respondió demasiado rápido, intentando sonar indiferente, aunque sentía que su cuerpo era como unas alas que se abrían y su corazón se elevaba hacia el cielo infinito. Agradeció tener costillas que lo mantuvieran en su interior. Quería que Jowyn estuviera con él dondequiera que fuera; sentía que con Jowyn podía atreverse a cosas imposibles.

O quizás tan solo era un tonto, perdido por la forma en que las pestañas de Jowyn se curvaban o cómo sus dientes inferiores estaban torcidos o cómo se mordía el labio cuando pensaba en qué decir. Brysen no se atrevió a mirar si el chico pálido se mordía el labio ahora.

—Iré porque quiero —le dijo Jowyn—, no por obligación. Eres mi amigo, y si no puedo convencerte de no hacerlo, entonces me uniré al plan.

—Será peligroso —avisó Brysen, aunque sabía que era tonto decirlo. Obviamente sería peligroso. Todo era peligroso en ese momento, pero decir la estupidez obvia evitaba que dijera la estupidez sincera, que era: *Quiero echarte al suelo aquí mismo, en las ruinas de mi casa, y revolcarme contigo sobre el hollín hasta que nuestros cuerpos queden negros como la tierra y la noche, y el cielo mismo ya no pueda vernos.*

—Sería más peligroso quedarme aquí sin ti —señaló Jowyn—. ¿Quién sabe en qué clase de líos podría meterme?

Esa sonrisa otra vez. ¿Cómo podía estar parado ahí pensando en una misión mortal para infiltrarse en el campamento de un ejército asesino y seguir circunvolando su corazón como un halcón sin puño sobre el que aterrizar?

Los gritos demasiado fuertes de Nyck y los niños riñeros lo salvaron de sus propios pensamientos circulares. Estaban subiendo la colina que llevaba a su terreno quemado con una mochila que Mamá Tamir había llenado para él.

—¡Correo para el gran cazador de hombres! —anunció Nyck—. Ven a buscarlo. *No* soy tu mula de carga.

—¿Estás seguro de que quieres venir? —le preguntó Brysen a Jowyn una vez más—. Todo lo que Nyck crea que es una buena idea es bastante cuestionable.

—Tan seguro como los estorninos —respondió Jowyn; lo que no significaba demasiado para Brysen, nadie sabía por qué los estorninos volaban de la forma en que lo hacían. Pero a Brysen no le importó en realidad, porque Jowyn sonrió al decirlo. Y si Brysen iba a marchar a las garras de los kartamis, le gustaba la idea de tener esa sonrisa a su lado.

Nyck y los chicos riñeros miraron alrededor del patio, a la casa y las jaulas quemadas, a la carpa que su madre había montado para sí donde solía estar su dormitorio, a los catres al aire libre hechos con tablas de madera donde habían estado durmiendo Brysen y Jowyn desde el incendio. Nyck ladeó la cabeza al notar que los catres estaban bastante cerca el uno del otro. Brysen tan solo negó con la cabeza, un *no* impreciso que bien podría haber sido un *aún no.*

—¿Llevarás a Shara contigo? —preguntó Nyck—. Es probable que los kartamis no confíen en ti si apareces con una rapaz.

—Es probable que no confíen en mí sin importar qué —repuso Brysen.

—¿Y también llevarás a este extraño pájaro contigo? —Nyck sacudió una mano hacia Jowyn.

—Sí —contestó Brysen, con voz apagada. Notó que sus otros amigos *no* se habían ofrecido a acompañarlo. Los chicos riñeros eran leales, pero hasta cierto punto. Ahora que había comenzado el asedio, controlaban toda la cerveza del pueblo y los precios habían escalado más alto que los picos de las montañas. Eran ricos por primera vez en sus vidas y ninguno de ellos renunciaría a eso para marchar al infierno.

—Como tú digas. —Nyck se encogió de hombros, pero su mano jugueteó con el dobladillo de su túnica—. Todo esto tiene tanto sentido para mí como las aves que no vuelan… —Su voz se entrecortó y miró hacia todos lados, salvo a Brysen—. Pero ya sé que es mejor no meterme en tu camino cuando tienes una misión en mente. Siempre has sido imparable.

—Gracias, Nyck —dijo Brysen.

—Ey, eso no ha sido un halago. —Nyck se secó una lágrima que tenía en el ojo antes de que cayera rodando por su mejilla. La regla de los chicos riñeros establecía que no contaba como llorar si no rodaba—. ¡Y tú! —Nyck señaló a Jowyn—. Si dejas que hagan daño a este chico… o si tú le haces daño de alguna manera, te cortaré en formas que aún no he pensado.

—Lo haré lo mejor que pueda —respondió Jowyn.

—No —corrigió Nyck—. Hazlo mejor que eso.

Jowyn asintió. Ese tipo de amenaza era lo más cercano a decir «te quiero» que podías obtener de un chico riñero. Brysen abrazó a su amigo, luego buscó a su madre, quien no había salido de su carpa a despedirse. Quería enfadarse con ella, pero descubrió que ya no había rabia en él. Frustrado como se sentía con su azor desobediente, Brysen no podía imaginar qué sentiría su madre sobre su hijo blasfemo, desafiante e imprudente. Si él hubiera sido ella, probablemente tampoco se habría despedido. Los polluelos vuelan del nido todo el tiempo sin que sus madres lloren al respecto. No esperaría más de ella que lo que esperaba del cielo.

—No hay tiempo que perder —sostuvo Fentyr—. Tenemos que irnos.

Brysen tomó la mochila de manos de Nyck y se la puso sobre los hombros, luego encaperuzó a Shara para seguir a Fentyr camino abajo hacia Seis Aldeas. Mientras él y Jowyn los seguían colina abajo, Brysen echó una última mirada atrás, pero la carpa y la casa en ruinas estaban tan silenciosas e inmóviles como si nadie viviera allí.

En el pueblo, se escabulleron entre dos edificios redondos que habían sido depósitos de Equipería Dupuy. Entraron a una tienda de alimentación que ahora estaba abierta de par en par, saqueada, vacía y casi hecha cenizas. La cabeza de Shara giraba de un lado a otro, como si pudiera ver a través de la pesada caperuza o como si percibiera el cambio en el aire, la pesadez de la tienda saqueada.

—¿Esto no era de Krystoff? —señaló Brysen.

—Krystoff murió en ese primer ataque —respondió Fentyr encogiendo los hombros.

Los guio a la habitación trasera, un pequeño palomar con un hogar y una esterilla para el aprendiz, Zyl.

—También murió —observó Fentyr. Bajo una manta enmohecida, descubrió una pequeña puerta—. Esto lleva hacia un túnel. Cuando llegues al otro extremo, estarás al otro lado de las barricadas —explicó—. Es una distancia más corta de lo que crees. No os vayáis antes de escuchar nuestra señal.

—¿Que será qué? —preguntó Jowyn.

Esta vez, Brysen y Fentyr sonrieron juntos y Bry respondió por sus viejos amigos.

—Lo sabremos.

—Te veré en el viento, hermano. —Fentyr le ofreció el saludo alado contra el pecho y desapareció. Cuando Brysen y Jowyn estuvieron solos otra vez, esperando, Brysen revisó dos veces que la correa de Shara estuviera amarrada a su guante, luego se aseguró de que su caperuza estuviera bien puesta. Sintió una punzada de duda, se preguntó si hacía mal en llevarla, si no tendría que haberla dejado con Nyck en vez de llevarla al campamento con mil asesinos de aves.

Jowyn y él estaban acuclillados junto a la pequeña puerta en silencio, mientras el tiempo se escabullía entre ellos. Fuera, el cielo fue tornándose rojo, dorado y naranja, luego se oscureció hacia un negro azulado y púrpura.

—¿Cómo sabremos cuál es la señal? —preguntó finalmente Jowyn—. ¿Qué harán?

—Creo —respondió Brysen— que prenderán fuego al cielo.

22

De noche, Seis Aldeas era oscuro detrás de las barricadas. Nadie quería darles a los arqueros kartamis un blanco. Cuando una cometa o un planeador se elevaban lo suficiente como para disparar por encima del muro, los guardias que estaban sobre las trincheras lanzaban sus halcones para que los persiguieran hasta hacerlos caer. A veces, los halcones regresaban; a veces, no.

Cuando aparecía un escuadrón de planeadores, la gente que estaba fuera corría a esconderse. Los altaris hacían todo lo que podían para permanecer ocultos bajo las carpas o detrás de las paredes incendiadas de las edificaciones. Ningún lugar era seguro en las Aldeas, de todos modos, y los kartamis a veces lanzaban flechas con fuego, lo que hacía que saliera corriendo una cadena humana para apagar las llamas, una brigada de uztaris que también lanzaban flechas encendidas en respuesta. Ningún buitre había ido a comerse los cadáveres. El asedio negaba a los muertos hasta su vuelo final.

Brysen se preguntó si alguien estaría llevando un registro de cuántas aves había perdido Seis Aldeas, cuántas tenía aún. Se preguntó si los espías kartamis también estarían llevando una cuenta. Cada ave que tenían era otra posibilidad de mantener la posición; cada rapaz que perdían era acercarse un latido más al fallo de sus defensas. El destino de Seis Aldeas jamás había estado tan directamente ligado al destino de sus aves.

Brysen tenía la esperanza de cambiar eso.

Él y Jowyn aguardaron en la oscuridad sofocante, apoyados contra la pequeña puerta, escuchando esos repentinos estallidos de actividad, esperando la señal, mientras Shara descansaba sobre una pequeña percha plegable en el suelo a su lado. No hablaron demasiado, pero sus antebrazos se tocaban y, a ratos, Jowyn movía su rodilla hacia el lado para chocarla con la de Brysen, que entonces empujaba la de Jowyn con la suya. Jugaron a ese juego de chocar las rodillas para pasar el rato hasta que Jowyn añadió un codazo amistoso en la mezcla para golpear a Brysen en las costillas. Brysen intentó atrapar su brazo, pero falló y se encontró con que, en lugar de eso, había puesto la mano en el pecho del chico blanco. Jowyn la atrapó y simplemente la sostuvo allí, dejando que Brysen sintiera cómo su corazón latía con fuerza.

—¿Puedes sentir que estoy nervioso? —preguntó Jowyn.

—No entiendo por qué. —Brysen intentó bromear, pero le faltaba la habilidad de Jowyn para encender una sonrisa como la llama de una vela. Su voz sonó débil. Los latidos bajo su palma eran firmes.

—¿Y tú? ¿Estás nervioso?

Brysen apartó la mano. Sí, *estaba* nervioso.

—¿Qué piensas de lo que ha dicho Nyck sobre traer a Shara contigo? —preguntó Jowyn—. Cuidarla en su campamento no será fácil.

—Me las apañaré. —Se aclaró la garganta—. Siempre me he encargado de cuidarla. —Jowyn asintió.

—No tienes por qué terminar esta guerra solo, ¿sabes?

Brysen no quería escuchar los argumentos de Jowyn otra vez, no quería que trataran de disuadirlo.

—Has dicho que querías venir, pero si piensas estar todo el tiempo explicándome por qué no debería…

—No, Bry, lo que quería decir… —Jowyn se sentó más derecho, se levantó la camisa, y Brysen se puso tenso. Aquel *realmente* no era el momento para ese tipo de cosas… pero algunas personas calmaban sus nervios de formas inesperadas y… bueno… ¿era eso lo que Brysen quería? Su garganta crepitó como arena del desierto, pero Jowyn tan solo señaló el tatuaje que subía por su costado izquierdo. No le estaba haciendo ninguna oferta. Estaba contando una historia—. Esto muestra el momento en que un grupo de tramperos uztaris vino al bosque de abedules de sangre a capturar búhos. Las Madres llevaron consigo a los chicos de la nidada para que ayudaran a defender a las aves de la «profanación», como lo llamaron. Advirtieron a los tramperos que se fueran, pero a ellos les pagaban por búho que atraparan y debían conseguir cierta cantidad para cubrir el bronce que se habían gastado en la expedición; así que se negaron a irse. Las Madres los mataron a todos, salvo a uno. Ese era un exasistente de mi madre y yo lo reconocí. Yo todavía era pequeño en ese entonces y la savia aún no me había transformado por completo, así que él también me reconoció. Y cuando lo dejaron huir para que corriera la voz de que cualquier intento de atrapar aves en su territorio sería combatido a muerte, lo seguí.

»Lo perseguí durante dos días, y cuando por fin me abalancé sobre él, usó mi nombre. Me dijo que mi madre iba a querer saber que yo seguía vivo. Que habían hecho un funeral. Le dije que no podía contárselo a nadie. Me prometió que no lo haría… pero no confié en él. Yo solo había vivido nueve temporadas de viento gélido, pero fui lo suficientemente grande como para apuñalarlo en el cuello. Se desangró frente a mis ojos.

Jowyn tenía la mirada perdida en la oscuridad frente a ellos, sus ojos veían una escena que había sucedido largo tiempo atrás. Las heridas que sufres cuando eres pequeño se quedan contigo para siempre, pero también lo hacen las heridas que infliges.

—Las Madres Búho me encontraron con su cadáver, me dijeron que estaba prohibido matar en su montaña, que solo quienes dan vida pueden quitarla. Ni siquiera *ellas* tenían permitido matar. Me perdonaron, pero comenzaron a hacerme este tatuaje en ese momento. Querían que supiera que la muerte de ese muchacho era, ahora, una parte de mi historia y que siempre lo sería. Es por eso que nos hacen tatuajes. Nuestras historias son cicatrices que nosotros embellecemos. Igual que cuando te salvé la vida. Eres parte de mi historia ahora, y siempre lo serás. —Se tocó un tatuaje diferente, más irregular y nuevo, uno que había ido a hacerse en Aldeas. Mostraba dos siluetas frente a una luna gigante. Una sostenía un halcón en el puño. La otra sujetaba con fuerza a la primera figura. Era el más literal de todos los tatuajes de Jowyn.

Jowyn se rascó el cuero cabelludo, más un tic nervioso que una verdadera comezón.

—Te cuento esto para decirte que he matado antes. No es tan fácil como un halcón con una liebre. No somos depredadores. Cuando matamos, resuena como un trueno, en el mundo y en nosotros mismos.

—Eso ya lo sé —repuso Brysen, aunque en realidad no lo sabía. Nunca había matado a nadie.

—No *quiero* que lo sepas —sostuvo Jowyn—. Supongo que solo quiero decir que lo he hecho antes y puedo hacerlo otra vez si hace falta.

—Pero yo no quiero que mates por mí —aclaró Brysen—. Solo porque seamos am... —tropezó con la palabra—... *amigos* no quiere decir que tienes que protegerme de esa manera. Puedo hacerlo por mi cuenta. No busco que un héroe me rescate.

Jowyn por fin lo miró.

—No estoy intentando quitarte...

En ese preciso momento, un estruendo parecido a un trueno sacudió el edificio. Las garras de Shara estrujaron su percha y el susto le hizo abrir las alas. Llovieron gritos y alaridos desde la barricada.

—¡Ahí está! —exclamó Brysen, dándole un empujoncito a su azor para que subiera al puño. Abrió la pequeña puerta de una patada—. ¡Es la señal!

Jowyn fue primero, para asegurarse de que el camino estuviera libre, y Brysen lo siguió con torpeza, encorvado por la escasa altura del espacio y con el ave en el puño. Por la conmoción caía polvo desde arriba y, a medida que avanzaban rápidamente pendiente abajo por el túnel, el aire se fue volviendo cada vez más denso, cargado y frío. Las paredes goteaban. Estaban debajo del río y podían oír cómo corría por encima de ellos. Brysen sintió que su estómago se revolvía al imaginar que el túnel se colapsaba, quedaba enterrado vivo y luego se ahogaba, tan lejos del cielo que su alma jamás encontraría el camino hacia arriba. Cuando por fin salió al aire nocturno, sintió que iba a vomitar y tuvo que ponerse en cuclillas con la cabeza entre las rodillas.

Estaban al aire libre en la planicie del otro lado del río, en el lado equivocado de las barricadas, sin nada más que el aire nocturno para protegerlos. Hacia la derecha, se alzaban las barricadas a lo largo de la orilla del río: enormes pilas de madera petrificada, rocas y trozos de vigas, carros y carretas rotos, metal robado que sobresalía en afiladas puntas. Y sobre todo eso, contorneado por la luz de una decena de antorchas, estaba de pie Nyck, riendo y maldiciendo a las letales filas de cometas y carros frente a él, al otro lado del río. Las ruinas de una cometa en llamas yacían al pie de la barricada, con una figura chamuscada aún atada dentro.

—¡Suplicad misericordia al lodo! —gritó Nyck y su voz llegó con tanta claridad como si hubiera estado a un brazo de distancia—. ¡No la obtendréis de nosotros!

Estaba de pie detrás de una rueda de carromato colocada sobre una pila de maderos que formaban un parapeto sobre la barricada. Los chicos riñeros aparecieron rápidamente a su lado, mirando las planicies tomadas desde lo alto, como águilas en su nido, y tras el graznido agudo de Nyck, lanzaron uno de sus preciados barriles del licor del que habían hecho acopio hacia el corazón de las líneas kartamis; estaba sin tapón, por lo que fue salpicando bebida detrás. Un barril, dos barriles, luego tres y cuatro; toda la enorme riqueza de los chicos riñeros, arrojada hacia la noche.

Al mismo tiempo, Nyck gritó «¡Uch!» y los chicos soltaron a sus rapaces: un pequeño cernícalo brillante, pesados busardos, veloces halcones. Cada ave llevaba un palo en su pico con una ranura cortada en el extremo y en esa ranura había trozos de corteza de árbol en llamas. Mientras las aves volaban con sus palos ardientes, caían chispas sobre el licor salpicado por los toneles, que aún avanzaban en el aire, y lo encendían. El fuego se disparó hacia arriba, hasta los barriles, más rápido de lo que salía el alcohol, deslizándose como un ladrón por los agujeros sin tapón de los toneles.

¡BUM!

Los barriles explotaron en el aire.

¡BUM! ¡BUM! ¡BUM!

El fuego llovió sobre el ejército kartami.

—¡Al aire! —gritaron los kartamis, al mismo tiempo que disparaban flechas hacia las rapaces que los circunvolaban con palos en llamas, en un intento por derribarlas antes de que comenzara el siguiente bombardeo de barriles.

—¡A la bebida! —rugió Nyck y lanzó tres toneles más.

—¡Corre! —urgió Brysen a Jowyn. Todos los ojos kartamis estaban centrados en la noche en llamas, pero bastaba con que uno de ellos mirara hacia Brysen e interrumpiera su avance antes de que pudiera entregarse.

Corrieron más lejos, hacia el flanco del ejército kartami, y Brysen se atrevió a echar un vistazo atrás, se detuvo frente a lo que vio. Las cometas kartamis ya se habían elevado en el aire, los guerreros atados a ellas arrojaban lanzas hacia las barricadas. Debajo, los carros sostenían con firmeza las cometas y enviaban más lanzas hacia arriba a través de las sogas que ligaban a los guerreros a la tierra.

Una lanza atravesó el halcón de Fentyr e hirió en el ala al cernícalo de Nyck antes de que pudiera volver con él. El puño alzado del chico riñero se quedó suspendido en el aire, apretado, como si hubiera estado sosteniendo su propio corazón por encima de su cabeza, solo para descubrir que su mano estaba vacía.

¿Cuántas rapaces tenía Seis Aldeas ahora? ¿Cuánto tiempo más podrían defenderse desde el aire cuando sus aves eran derribadas una por una? ¿Y cuántas estaban sacrificando en este ataque, todo para que Brysen pudiera llevar a cabo su imprudente plan?

Miró a Shara, que había regresado a él hacía tan poco tiempo, y luego miró a Nyck, cuya cabeza ahora giraba, buscando dónde podría haber caído su cernícalo herido, con el puño aún en el aire. Su silbido para llamarla se escuchó incluso por encima de los estruendos, tan desesperado y genuino. Pero el ave había caído en algún lugar en la oscuridad en el lado equivocado de la barricada y no volvería con él. Su puño cayó a un lado y sus hombros se hundieron. Se quedó parado como un cuervo doliente en el pedestal de un monumento, helado en el duelo incluso en el calor de la batalla.

Brysen sabía qué estaba sintiendo Nyck y también supo que podía ayudar. Tenía miedo de separarse de Shara, pero no era buena idea que su rapaz fuera al campamento kartami. Seguramente la matarían y su presencia en el puño de Brysen no sería conveniente para él. Había sido egoísta al pensar que debía llevarla. Dejarla ir ahora sería un gesto de generosidad.

No quería hacerlo. Acababa de regresar a él. Quitó la caperuza de la cabeza de Shara.

Los ojos grandes de su rapaz salieron disparados hacia el cielo. En sus amplias pupilas, las manchas de fuego brillaban en miniatura contra la luz de las estrellas.

—Sé que es aterrador —dijo, más para sí mismo que para el ave, que poco podría entender—. Este no es un lugar al que puedas venir conmigo… y te necesitan.

Sostuvo su puño en alto.

—Lo siento, amiga —susurró y la lanzó hacia arriba, gritando—: ¡Uch!

Ella salió volando como si fuera a cazar y él dejó caer su mano y se quitó el guante cetrero, que metió en su cinturón. Ella voló en círculos a través de la oscuridad, temerosa del ruido y la luz en el cielo, buscando el puño que tan bien conocía, el lugar que significaba seguridad, comida y comodidad, el puño que era su hogar.

Chilló e intentó aterrizar sobre Brysen, pero él la alejó con un gesto de la mano. Ella circunvoló una vez más y volvió a intentarlo y otra vez él la alejó hacia las barricadas.

—¡Vete! —gritó.

Ella aleteó y se elevó y Nyck, a oscuras en la distancia, miró en dirección a ella. Las aves de presa recuerdan rostros y Shara conocía a Nyck tanto como a cualquiera que no fuese Brysen. Él tuvo la esperanza de que Nyck pudiera ver qué estaba pasando en aquel momento. Esperó conteniendo el aire, hasta que su amigo alzó otra vez el puño. Cuando su ave se precipitó una vez más hacia donde debería estar su puño, Brysen encontró su voz, con miedo y amor por ella, y habló:

—*¡Li-li!*

Ella giró con toda la velocidad de un cazador que va tras su presa y aleteó derecha y rápida por encima del asedio, esquivando llamas y flechas por igual, para posarse perfectamente en el puño de Nyck, que se sorprendió por el repentino aterrizaje de Shara, por su pose obediente.

—¿Qué acabas de decir? —preguntó Jowyn, tan sorprendido como Nyck ante el cambio repentino en el vuelo del ave.

—No lo sé —respondió Brysen, que estaba demasiado anonadado para secarse las lágrimas que caían por sus mejillas. Como la primera vez que lo habían golpeado cuando era niño, entendía el dolor, pero no podía entender la causa. ¿Por qué Shara lo obedecía ahora, en el momento en que la estaba perdiendo? ¿Qué clase de poder estúpido tenía él?—. Mantenla a salvo —susurró a la oscuridad, y supo que la cuidarían hasta que volvieran a verse. Si Nyck necesitaba un aliado en la defensa de su hogar, no encontraría mejor ave que Shara.

—¿Y ahora qué? —preguntó Jowyn.

Se escondieron detrás de una berma que los invasores habían hecho para defenderse de los ataques que provenían del lado de Seis Aldeas. Susurraron por si había centinelas esperando al otro lado del gran montículo de tierra.

—Encontramos al centinela más cercano y nos rendimos —respondió Brysen—. Si tu madre estaba diciendo la verdad y han estado intentando secuestrarme, sabrán quién soy y estarán bastante contentos de verme, ¿no?

Jowyn asintió.

—La verdad es un gran interrogante cuando se trata de mi madre. Quizás haya estado intentando hacer que camines hacia tu propia muerte.

—Quien no arriesga, no gana. —Brysen sonrió, adoptando un aire tan despreocupado como pudo, en un intento por simular que no acababa de mandar a volar hacia el puño de otro a un trozo de su corazón con alas.

—¿Y cómo explicarás mi presencia? —quiso saber Jowyn.

—Fácil —contestó Brysen—. Eres mi asistente.

—¿Piensas que se lo creerán? —Jowyn se señaló. A pesar de llevar puesta una túnica larga, era obvio que era demasiado blanco y sus tatuajes asomaban por encima del cuello de la prenda y por el puño de su muñeca izquierda.

—Los cautivaré. La gente me encuentra irresistible.

Jowyn negó con la cabeza.

—¿Desde cuándo?

—Supongo que a partir de este momento. Planeo ser irresistible comenzando ya mismo.

La sonrisa de Jowyn podría haber prendido fuego el cielo por segunda vez.

—Genial, estamos listos, entonces. —Apoyó una mano en la parte baja de la espalda de Brysen, quien sintió que le crecían alas donde esos dedos lo tocaban, que cada hueso de su cuerpo remontaba el vuelo. En realidad, ni una sola parte de él se movió. Ninguna parte de él se atrevió a hacerlo.

Brysen no pudo evitar pensar que ambos hacían tiempo. Planear algo y hacerlo eran dos aves muy distintas, y descubrió que le gustaba quedarse posado con ese loco plan un rato más antes de verlo volar.

—¿Listo, entonces? —preguntó Jowyn.

—Todavía no.

Brysen respiró hondo. Exhaló.

—Listo —respondió y se abrió camino sobre su estómago por la empinada berma de tierra hacia las inmensas líneas kartamis. Obviamente, lejos estaba de estar listo. Tenía miedo y se sentía triste y estaba enamorándose en el peor momento posible, pero estaba decidido a hacer bien aquello. Estaba decidido a matar a un señor de la guerra.

23

Las guerreras que los encontraron no eran lo que él había esperado. No eran los monstruos sanguinarios de las historias que contaban los altaris cuando llegaban a Seis Aldeas y no eran los feroces depredadores que acechaban en el cielo en planeadores y que habían incendiado su casa.

Eran dos chicas de la edad de Brysen y Jowyn. Parecieron sorprendidas cuando los chicos se acercaron a ellas.

—¡Alto ahí! —gritó una, poniéndose de pie de un salto. Había estado masajeando el pie de la otra muchacha. Esta intentó ponerse la bota con una mano mientras desenvainaba su estoque con la otra. El movimiento provocó que casi se tropezara y se cayera por la parte trasera del carretón de guerra en el que había estado descansando—. ¿Uztaris? —preguntó.

Brysen sostuvo las manos abiertas hacia el cielo para mostrar que sus puños estaban vacíos. Había movido su cuchilla de garra negra hacia la parte trasera de su cinturón. No quería que lo pillaran escondiéndola, pero tampoco quería que fuera lo primero que sus captores vieran.

—No pertenecemos a ningún pueblo —respondió, con la esperanza de que su extraño pelo gris y la falta de color de Jowyn hicieran que esa frase pareciera cierta—. Pero habéis estado buscándonos.

—¿Quién... em... quiénes sois? —preguntó una de las chicas. Tenía el pelo negro y corto y era delgada; probablemente fuera quien subía por la cuerda y se ataba a la cometa en los combates. La otra muchacha era más alta, tenía una complexión más potente y la piel del color de la de Brysen y llevaba una cuchilla curva como la de él. Quizás en otra época había sido uztari, pero ahora conducía un carretón de guerra kartami, lo que significaba que había renunciado a la cetrería y había probado su valía a la horda asesina. Esperaba que eso fuera un buen pronóstico para sus propias posibilidades.

—Me llamo Brysen y nací en Seis Aldeas. Mi padre era un trampero inútil, tan cruel como estúpido, merecedor de la muerte que el cielo le asestó. —Brysen descubrió que la verdad era el mejor plumaje para una mentira, así que, tal como había implantado plumas de vuelo en el ala rota de Shara, ahora implantó tanta verdad como pudo en las alas de su mentira—. Soy hermano de una hablante de la lengua hueca que me dejó aquí solo mientras amansa al águila fantasma para el Castillo del Cielo, persiguiendo la gloria y el poder mientras yo lucho por sobrevivir. Perdí a mi halcón y me rompieron el corazón, he sido atacado y molido a golpes y traicionado, y he venido aquí ahora, con mi... —Echó un vistazo a Jowyn. «Asistente» era una mentira estúpida y, después de ver a la pareja de guerreras lado a lado frente a él, ambas nerviosas y suspicaces, decidió que esta verdad también le serviría mejor—... queridísimo amigo para renunciar a mis viejas costumbres y unirme a los kartamis, las esquirlas de los fieles, quienes vaciarán el cielo que solo me ha traído dolor. Queremos ayudar.

Tras eso, se dejó caer de rodillas y miró la tierra, en la mejor imitación que pudo hacer de los gestos de su madre. Los líderes kartamis habían sido altaris una vez, y aunque habían renunciado a esa fe, pensó que quizás el ademán sería, de todos modos, valorado. Jowyn lo siguió y se arrodilló a su lado.

Las chicas se miraron. Brysen reconoció esa mirada. Cualquiera que haya estado enamorado el suficiente tiempo desarrollaba esa comunicación invisible que ligaba las mentes entre sí sin necesidad de palabras, y Brysen comprendió que esas dos —asustadas como estaban por su primera guerra y quizás por su primer deber verdadero de proteger ese espacio— *querían* creer a Brysen.

Sujetó la mano de Jowyn. El otro chico se puso tenso y casi la retiró, pero dejó que Brysen entrelazara sus dedos con los suyos y alzara sus manos unidas hacia las muchachas.

—Por favor —añadió—. Aceptadnos en vuestras filas.

La cara de la chica más fortachona se contrajo un poco y la más delgada asintió.

—No depende de nosotras, Brysen de Seis Aldeas. Debes ver a Anon.

Jowyn apretó la mano de Brysen antes de soltarla, luego se puso de pie.

—Gracias —dijo—. Lo iremos a ver con nuestros corazones tan abiertos como una llanura sin viento.

Brysen podría haber asegurado que vio a la chica más grande sonreír un poco cuando dio media vuelta para llevarlos al corazón del campamento kartami. No se molestó en registrarlos en busca de armas. Quizás estaba demasiado entusiasmada y contenta de haber atrapado a un prisionero valioso o quizás estaba feliz de ver que otro uztari se unía o quizás le gustaba la extraña pareja que él y Jowyn hacían. O quizás solo estaba feliz de no tener que luchar contra nadie esa noche.

Mientras ella los guiaba a través del campamento, Brysen sintió cierta ligereza en sus propios pasos. Era más de lo que podría haber imaginado que sentiría al caminar a través de un ejército de miles, un ejército que había dejado una huella de sangre y muerte por el suelo y el cielo a lo largo de la meseta y que derramaría con felicidad la sangre de toda la gente a la que quería. Esos no eran monstruos o pesadillas hechas realidad. Eran personas. Y se las podía vencer y podían tener miedo y también podían ser asesinadas.

Hasta ese momento, Brysen consideraba que su plan estaba saliendo a la perfección. Incluso se sentía un poco orgulloso de sí mismo.

Hasta que los llevaron al interior de la carpa del líder kartami. Este se puso de pie detrás de una mesa de campaña, donde había estado estudiando lo que parecían mapas detallados de Seis Aldeas y las montañas circundantes. Tenía buenos espías. Con el breve vistazo que pudo echar, Brysen reconoció los senderos de escalada y los pasos de pastoreo que constituían las rutas de escape de Seis Aldeas más probables si caían las barricadas.

El hombre se presentó como Anon, les dijo a las chicas que se fueran y ordenó a una mujer más vieja llamada Launa que desarmara a Brysen, atara a ambos chicos y colocara un cuchillo contra la arteria que latía en el cuello de Jowyn.

El metal frío tenía el poder de arruinar planes perfectos.

—Después de todo lo que hemos intentado para atraparte… —El líder kartami lo miró desde arriba—. Me pregunto si es una bendición o una maldición lo que ha hecho que vinieras hasta mí por tu propia voluntad. ¿Y que trajeras a tu amante como rehén?

—No somos… —comenzó a decir Brysen, luego se detuvo. No tenía por qué darle más información a Anon de la necesaria. Que pensara lo que quisiese. Jowyn y él definitivamente no eran «amantes». La palabra ponía incómodo a Brysen, como si toda la relación complicada que tenían pudiera reducirse a un término.

Anon sonrió y se apoyó contra la mesa. Era una persona imponente, tan grande como lo describían las historias; si no más. Sus brazos eran más gruesos que los muslos de Brysen, su cuello era tan ancho como sus brazos y su pelo largo caía sobre un pecho que era casi tan ancho como Brysen y Jowyn uno al lado del otro. No llevaba camisa y su piel tirante sobre sus músculos estaba mellada por las cicatrices y costras y rasguños de un guerrero permanente. No era uno de esos comandantes que se quedaban en las líneas de retaguardia, como los kyrgios del Castillo del Cielo. Sus dedos eran ásperos, callosos, y estaban manchados con la sangre de sus enemigos.

Y, sin embargo, los ojos que miraban a Jowyn y Brysen eran amables. No los observaba como un halcón hambriento, sino como un sol naciente sobre las montañas; distante, indiferente, pero con la promesa de algo cálido.

—Entonces, ¿me dices que no sois amantes? —La piel de alrededor de los ojos de Anon se arrugó con su sonrisa—. ¿O que no sois rehenes?

—Ambas —respondió Brysen—. Em… ninguna, quería decir. —Su confianza se debilitaba bajo la mirada extrañamente bondadosa de ese señor de la guerra.

—¿Por qué os habéis entregado esta noche, Brysen y Jowyn? —les preguntó, demostrando que conocía bastante bien quiénes eran—. Un exiliado de las Madres Búho y el hermano de la gran comandante de la aterradora águila fantasma. ¿A *qué* debo el honor de teneros a mi merced?

—Queremos unirnos a usted —contestó Brysen. Anon alzó una ceja—. Sabe quiénes somos, así que supongo que conoce nuestra historia —añadió—. La vida en Uztar no nos ha traído más que dolor. —Se preparó para contar sus más dolorosos recuerdos para conseguir la confianza de ese asesino de masas. Le mostraría sus cicatrices y le contaría cómo su padre lo había quemado. Hablaría de la indiferencia de su madre, de las maldiciones que le lanzaba. De cómo lo había traicionado su exnovio y del abandono de su hermana. De cómo había perdido su halcón y su hogar.

Estaba listo para llorar y nada de todo eso sería mentira, pero antes de que pudiera comenzar, Anon cruzó hasta donde Brysen estaba arrodillado con las manos atadas detrás. Alzó su mentón con dos dedos y lo observó. La mano del líder kartami era áspera y rolliza y podría haber roto el cuello de Brysen en menos de un latido, pero en lugar de eso, el líder militar hizo un gesto con la cabeza para que su teniente apartara la hoja de la garganta de Jowyn y diera un paso atrás. Con el mentón de Brysen aún en su mano, Anon entornó los ojos hacia él.

—Entonces, tu familia, tu ave y tu pueblo te han traicionado y tu solución es venir a mí.

Brysen parpadeó, porque no podía asentir mientras Anon sostenía su mentón.

—¿Y se supone, palomitas de duelo, que debería invitaros a mi ejército así como así?

—Le gusta sembrar el miedo —explicó Brysen—. Imagine lo aterrados que estarán los uztaris cuando sepan que me he unido a su ejército.

—No puedes creerte de verdad que él quiera... —Launa se mofó, con la mano aún en la empuñadura de su cuchillo, pero Anon la hizo callar.

—No eres el muchacho estúpido que sugieren las historias sobre ti —señaló. Brysen intentó no tomárselo como un insulto.

¿Por qué las historias sobre su hermana siempre eran sobre terror, poder y gloria, pero las de él siempre lo hacían parecer un idiota? *Que piensen que soy un tonto si quieren, después de que le rebane el cuello de oreja a oreja a este hombre*, pensó.

—Te haré el favor de decirte la verdad: eres un rehén valioso —continuó Anon—. Pero también veo lo que dices. Como guerrero nuestro, serías un poderoso símbolo de la decadencia de Uztar. Y reconozco que quería capturarte. Pero también podría romper el corazón de tu hermana si te destripo y luego te cuelgo de un poste como una bandera.

Brysen se estremeció.

—La ira la hace poderosa —respondió él—. Pero imagine cómo será... —Luchó por decir las palabras, seguro otra vez de que eran verdad—... cuando mi hermana sepa que me he unido a usted para luchar contra ella. Sabemos que sus guerreros luchan en parejas. Así que sabe que es más difícil combatir con el corazón roto.

Anon frunció los labios, estudió a Brysen con los ojos más fijos que las estrellas, luego soltó su mentón y se alzó sobre Jowyn.

—¿Qué hay de ti? El Tamir perdido. ¿Sabes? Tenía una alianza con tu hermano mayor, Goryn. Me falló y ahora se pudre en un calabozo del Castillo del Cielo. ¿Por qué debería confiar en que serás mejor? ¿Acaso no son todos los Tamir unos buitres traicioneros?

—Lo son —respondió Jowyn—. Es por eso que dejé a mi familia hace mucho tiempo.

—Las Madres Búho, que te dieron de beber su savia, no son mejores —señaló Anon—. Confiar en la quietud de un búho es el último error que comete un roedor.

—Jamás le llamaría roedor. —Jowyn sonrió a Anon con la misma sonrisa que le ofrecía tantas veces a Brysen, que ahora la sintió como una traición y una mentira brillante a la vez.

Brysen contuvo la respiración, cada parte suya se tensó por lo que ese guerrero podía hacer frente a una broma, pero Anon simplemente aguardó, esperaba más de Jowyn que un poco de ingenio.

Jowyn tenía que vender este plan que no le gustaba a un hombre que no quería creerlo, y Brysen tuvo miedo de que todo el campamento enemigo pudiera escuchar cómo los nervios hacían rugir su estómago.

—Sabe lo suficiente, señor Anon —añadió Jowyn, bajando la voz—, para estar al tanto de que mi familia está llena de monstruos, las Madres Búho me han desterrado y la única persona bajo este maldito cielo que he sentido que verdaderamente me conoce está atada a mi lado. No me importa pelear a favor o en contra de usted o su causa. No soy ni cetrero ni fanático. —Giró la cabeza hacia un lado para mirar a Brysen—. Pero arrancaría el sol del cielo para mantenerlo a él a salvo.

Tanto Anon como Jowyn tenían los ojos apuntados hacia él ahora, y Brysen sintió escalofríos. Era aire vacío con la forma de un chico y si giraba su cabeza para mirar a Jowyn, tal vez saliera volando.

—Siempre me ha gustado la franqueza de los jóvenes —dijo por fin Anon—. Y percibo que ambos creéis lo que me habéis dicho. —Regresó a su mesa de campaña, estudió la cuchilla negra curva de Brysen y probó el filo de su punta. Frunció el ceño. Brysen jamás se había ocupado de su cuchilla de garra negra como debía—. Pero vuestras creencias no importan, en realidad; tampoco vuestras palabras bonitas. Algo que pido a todos mis guerreros son *hechos*. Vuestros hechos revelarán más sobre vosotros que cualquier palabra. Los hechos no mienten. Así que… —Miró a cada uno de ellos una vez más, luego asintió—. Entrenaréis como pareja con Launa y su hijo, y si ellos están satisfechos con vuestras habilidades, os uniréis a nuestro siguiente ataque contra estas Aldeas que decís que os han traicionado. Permitiremos que los rumores sobre tu participación abandonen las fronteras del asedio para que tu hermana pueda enterarse. Y si es como tú dices y obtenemos una ventaja, tendrás mi agradecimiento. Si no, vuestros cuerpos se elevarán al cielo como humo, igual que todos los demás. Esa es la oferta. ¿Estás listo para matar a tus viejos amigos, Brysen? ¿Estás listo para atravesar el corazón palpitante de un halcón?

—Sí —respondió Brysen sin la más mínima vacilación en su voz. Mentir era bastante fácil cuando te convencías de que era verdad.

—Bien —repuso Anon, haciendo un gesto con la cabeza a Launa para que se los llevara de su carpa—. Tendréis la oportunidad de demostrarlo. Pero si falláis… —Hizo una pausa y todo rastro de calidez se desvaneció de su rostro—… veréis cómo el otro muere entre gritos y ni una sola alma llorará vuestra muerte, en ninguno de los dos lados de la barricada.

Brysen estaba acostumbrado a recibir amenazas y no le temía demasiado al dolor, pero había una cosa que lo asustaba más de lo que había esperado: su plan estaba funcionando y eso era algo completamente nuevo para él.

24

—Funciona con el viento y el peso —explicó Launa, mientras los chicos, con cara de dormidos, se frotaban los ojos para quitarse el sueño. Brysen y Jowyn estaba de pie frente a ella y su hijo adulto, al lado de un tosco carretón de guerra de madera. Sus ruedas eran tan altas como ellos y una cometa grande hecha de hueso tallado y seda estirada estaba asegurada a un lateral con un arnés. Había toda clase de sogas aceitadas (que Launa llamaba «líneas») atadas alrededor de ganchos metálicos (a los que llamó «bitas») que atestaban el borde superior del carretón. Lo llamó «riostra».

Había tantos términos extraños para las partes y principios de un carretón de guerra como los había para la cetrería, y Brysen descubrió que memorizarlos era igual de aburrido. Estaba teniendo problemas para concentrarse en ese brillante amanecer rojizo.

Roja madrugada, el cazador se da una panzada. Rojo amanecer, las alarmas se han de encender.

—¡Brysen! —ladró el hijo de Launa, Visek, y le dio una bofetada en la nuca—. ¡Concéntrate!

Miró con furia al guerrero-cometa más joven, apenas unos años mayor que él, y se preguntó cómo sería luchar junto a tu madre, en vez de contra ella. Esos dos, por más que quisiera ahogarlos ensartando una paloma en sus gargantas, eran clave para ganarse la confianza de Anon. Tenía que ser amable con ellos. Se parecían tanto, con su piel oscura como la tierra fértil y sus rasgos tan angulosos como el pico de una montaña. La única diferencia entre ellos eran sus cicatrices. Ambos las tenían, pero en diferentes lugares; un recordatorio de que los vientos del mundo no sacudían a todas las familias por igual.

—Perdón —le dijo a Visek—. Es que estoy cansado.

—Al maldito cielo no le importa si estás cansado —espetó Launa—. El carretón se romperá si no lo respetas.

Reprimió un bostezo mientras ella continuaba con su lección acerca de que era tarea del conductor lanzar la cometa al cielo usando la tensión de la eslinga y luego controlar su trayectoria a través del viento con la tensión en las líneas guía. Mientras tanto, el guerrero más pequeño —en su caso, Brysen— treparía por la línea de elevación y se ataría a la cometa en el aire. Habló sin cesar sobre «puntos de viento», «barloventar y ceñir», «dinámicas de la cometa», «velocidad y peso»... y Brysen volvió a desconcentrarse.

La noche anterior, habían llevado a él y a Jowyn a carpas distintas y los habían dejado atados para dormir —mal— bajo vigilancia. Durante toda la noche, Brysen había escuchado gritos y desafíos desde ese lado de las barricadas a Seis Aldeas y de los seisaldeanos hacia ese lado, cada bando jugaba a las provocaciones, pero ninguna de estas se había intensificado hasta un ataque completo. Los kartamis estaban esperando a que los aldeanos se rindieran o murieran de hambre; en Seis Aldeas sabían que serían aniquilados si abandonaban sus barricadas fortificadas.

Brysen se preguntó si sería capaz de acercarse a Anon antes de tener que demostrar su lealtad dirigiendo un ataque contra su hogar. ¿Lo vería Shara en medio de la batalla? ¿Podría llamarla como había hecho antes? ¿Lo escucharía la rapaz y mataría por él cuando se lo pidiera?

Shyehnaah, había susurrado para sí en la oscuridad de su carpa. *Shyehnaah, li-li, shyehnaah.* Pero al decir las palabras, no había sentido nada. Había dado vueltas toda la noche, todo sudado, y no había dormido ni un segundo.

—Entonces, ¡conductor! —Launa le hizo preguntas a Jowyn—. ¿Dónde te pones?

—Justo delante de las ruedas —respondió Jowyn, un buen estudiante. Subió al carretón, apoyando las palmas en la riostra lisa y aceitada. A su izquierda había un armazón con lanzas brillantes cuyas puntas estaban hechas de aleaciones de metal (de todo lo que los kartamis pudieran apoderase y derretir en sus forjas rodantes) y cuyas astas estaban hechas con una mezcla de maderas (otra vez, provenientes de sus saqueos). A su derecha, había un sistema de cuerdas y poleas. Algunas estaban conectadas a las ruedas; otras, a la enorme cometa. Eran el mecanismo que permitía a los kartamis captar el viento y avanzar como torbellinos a través de las planicies.

—El guerrero-cometa va de pie detrás de él —continuó Launa— y cuando es momento de montar… —Señaló a su hijo, que subió al carretón para ponerse detrás de Jowyn, sus cuerpos quedaron tan presionados uno contra otro que Brysen podría haber atravesado a Visek con un cuchillo y perforado a Jowyn con la punta. No le gustaba eso—. Cuando es momento de montar, el aviador desengancha la cometa y la lanza casi igual que lanzaría a un halcón. —Dijo esa parte con desdén mientras Visek mostraba cómo catapultar la cometa al cielo, resoplando por el esfuerzo—. Es más fácil cuando ya estás en movimiento, corriendo detrás del carretón y empujando, ya que las ruedas y el impulso hacen la mayor parte del trabajo. Pero con práctica, podrás lanzarla aun con el carretón detenido.

Por encima, las alas plegables se abrieron toscamente. El viento golpeó y llenó su seda, empujando la cometa más alto. Las sogas se desenrollaron detrás y el carretón de guerra se sacudió hacia adelante, pero las trabas en las ruedas evitaron que saliera rodando.

—Cuando la cometa tiene suficiente altura y viento, el aviador toma la línea de escalada... —Visek sostuvo una cuerda fina que colgaba desde la cometa— y sube.

Visek sujetó la línea y avanzó con rapidez hacia el cielo. Con impresionante agilidad, deslizó los brazos a través de las correas que estaban en la parte de abajo de la cometa mientras sus pies se acomodaban en gazas que había en la cola. Ahora, con la fuerza de sus brazos y retorciendo el cuerpo, podía dirigir la cometa hacia arriba y hacia abajo, hacia un lado o el otro.

Les mostró cómo serpentear y girar, cómo descender y bajar en picada.

—En las planicies abiertas, siempre hay un viento constante que remontar —comentó Launa—, pero tan cerca de las montañas, las brisas giran y soplan con más furia. Una pareja de carretón debe observar las condiciones y adaptarse. Nada de estar soñando despierto allí arriba. Ni de estar admirando el paisaje.

Brysen asintió y alzó la vista hacia los elegantes movimientos de Visek. Planeaba como un albatros de arena sobre una caravana de larga distancia en el desierto. Pedirle a Brysen no soñar despierto era como pedirle al sol que no ardiera. Puedes pedirle todo lo que quieras, pero el sol no puede cambiar su esencia. Y Brysen ya soñaba con volar.

—Tengo puestas las trabas en las ruedas —Launa le explicó a Jowyn—. En batalla, no las tendrías y tú, el conductor, lo ayudarías a dirigir el carretón. Si no tiene puesto un soporte para ballesta, entonces también debes enviar lanzas hacia arriba para que pueda arrojarlas.

Les mostró que el otro extremo de la línea de ascenso tenía un sistema de polea y contrapeso con gancho. El conductor podía enganchar una lanza y mandarla hacia el guerrero que estaba en el aire.

—Hay un vínculo que debe existir entre el conductor y el guerrero, silencioso, ciego y mudo. Debéis ser capaces de anticipar los movimientos de vuestra pareja. Esta es la sabiduría y el ingenio de

Anon. Lucho junto a mi hijo desde el principio. Otros luchan junto a sus hermanos, sus amantes o sus amigos. El vínculo debe ser inquebrantable y total. Vuestras vidas son de uno para el otro y están ligadas entre sí. Si uno muere, también lo hace el otro. ¿Estáis preparados para semejante vínculo?

¿Qué podía decir Brysen? Había un lazo entre él y Jowyn que no era como el de un halcón con su cetrero, un hambre que ataba. El suyo era más como el de una bandada de estorninos, un vínculo de canciones y vientos que la sangre de ambos conocía, al que sus alas respondían, creando formas que nadie más podía entender, que ni siquiera ellos mismos comprendían. Volaban juntos con la fe de que volar les diría el por qué.

—Sí.

Launa miró a Jowyn, esperando.

Jowyn asintió.

—Entonces, veamos cómo vuelas. —Launa silbó y su hijo se desató y bajó por la línea. La cometa osciló y se agitó mientras Launa sujetaba la línea con firmeza.

Hizo un gesto para que Brysen subiera al chirriante carretón de guerra.

—Trepa —ordenó Visek, y Brysen, con la memoria muscular de las innumerables escaladas que había emprendido desde su casa en las montañas, se vio a sí mismo trepando como un gusano de vid. A medida que subía, el viento tiraba de él y lo empujaba, zarandeándolo, y la soga, de repente, parecía demasiado fina y, de algún modo, demasiado pesada como para mantenerse en el aire, para sostener su peso solo gracias al viento contra la tela. ¿Y si resbalaba? ¿Y si el viento cambiaba? ¿Y si la tela se desgarraba?

Sus manos sudaban, pero apretó los dientes y trepó el último tramo para estirarse hacia el arnés.

La soga se aflojó al cambiar la brisa y él cayó hacia adelante, sin poder asir la correa del arnés, y casi perdió la sujeción. El suelo tiró de él desde abajo y él se sintió mareado, como un chico riñero embriagado al final de la noche en Pihuela Rota. Se aferró a la soga, demasiado aterrado como para estirarse otra vez. La cometa giró y se sacudió cuando Jowyn intentó estabilizarla desde abajo usando las cuerdas.

Y entonces Brysen atrapó el arnés. Se retorció y pateó y trepó dentro de este con toda la gracia de una anguila en un cubo, pero de repente, estaba planeando.

¡Ay! ¡Y cómo planeaba!

Doblando los brazos, cambió la curva de las alas de la cometa y se elevó con un zumbido emocionante. Otra flexión de brazos y descendió. Si flexionaba más, bajaba en picado. Se inclinó y giró, presionando los pies hacia atrás en las gazas, que lo enderezaban o lo hacían girar según necesitara. Había pasado una vida observando aves, mirando cómo sus cuerpos etéreos planeaban o giraban, y ahora se sintió como una de ellas, en parte chico, en parte brisa. *Este*, pensó, *es mi destino.*

Bajó la mirada y vio que Launa quitaba las trabas de las ruedas ¡y ahora el carretón rodaba!

Jowyn tiró de la línea guía y Brysen respondió con un leve giro. El movimiento hizo temblar la soga y el carretón viró. Jowyn levantó la vista, luchando con la línea que sujetaba la cometa y las líneas que dirigían el carretón, pero lo estaba logrando. Cada giro y cada tirón enviaba cierta tensión hacia la cometa, algo que Brysen sentía en los brazos y piernas, en el torso. Cada parte de su cuerpo estaba en sintonía con la cometa y, al imaginar que esta se estiraba hacia abajo, al carretón, podía imaginar a Jowyn y buscar su deseo en el viento. Sentía hasta el más leve temblor de las líneas y se movía con ellas.

Eran dos cuerpos volando con una mente. Él era el halcón y Jowyn, el cetrero. Descubrió que podía volar adonde deseara siempre y cuando Jowyn quisiera, y él podía *hacer* que Jowyn quisiera simplemente deseándolo. Era una libertad absoluta. Una sumisión absoluta.

Así debe de ser cómo se siente un halcón amansado, ligado y libre, remontando el vuelo con un lazo atado en la mente. Dos voluntades unidas.

Probó a bajar en picado, acelerando hacia delante del carretón para sentir el peso de este al tirar de él. Probó el viento salado en sus labios. Estaba sudando, tenía sed y se encontró a sí mismo inundado por el deseo. Deseaba volar. Deseaba luchar. Deseaba cazar.

—¡YUJUUUUUUUUU! —No pudo evitar sonreír y gritar al hacer una curva hacia arriba a una velocidad que pelaba la piel, después de bajar en picado.

Al elevarse y desacelerar, la cometa se bamboleó y osciló, después comenzó a caer. Brysen se había inclinado demasiado hacia atrás, había perdido el viento. Caía y quería aletear con los brazos. Lanzó uno hacia un lado, intentando inclinarse de nuevo hacia el viento, pero la cometa comenzó a caer más rápido. En el suelo, Jowyn gritó algo que no pudo oír, pero dejó de moverse para escuchar y Jowyn tiró de una línea, la aflojó con el viento, y la cometa remontó y se estabilizó, y Brysen otra vez tuvo el control.

No podía mantenerse en el aire sin Jowyn. Jowyn no podía moverse sin él. Así era cómo los carretones de guerra luchaban, de la misma forma en que los cetreros cazaban. La línea que los ataba era el lazo visible, pero había vínculos más profundos, vínculos más fuertes.

Intentó hacer una señal para que le alcanzara una lanza, pero desenganchar un brazo provocó que la cometa virara violentamente hacia un lado, luego comenzó a caer. Su pie se resbaló del estribo. Se quedó colgado y aferrado, y la cometa descendía en picado otra vez.

La línea chasqueó al tensarse y enderezó la cometa en caída. Esta atrapó el viento, pero demasiado tarde, desaceleró la caída, pero no lo suficiente.

Brysen se estrelló contra el suelo con un fuerte ruido seco y rodó mientras el carretón avanzaba hacia él. Jowyn saltó antes de que este se detuviera, corrió hasta Brysen y lo ayudó a incorporarse.

—¿Estás bien? —gritó.

—JA, JA, JA, JA, JA, JA. —Brysen se reía a carcajadas, con los labios ensangrentados—. Eso ha sido… ¡divertido!

—Tendremos que trabajar en tu equilibrio al luchar. —Visek trotó hasta ellos—. Pero ha sido un buen comienzo. ¿Puedes ponerte de pie?

Brysen asintió y se puso de pie lanzando un quejido de dolor. No tenía nada roto, aunque le pareció que uno de sus dientes se había partido.

Le sonrió a Jowyn para confirmarlo, pero este tan solo lanzó una mirada al cielo.

—¿«Divertido»?

—Estoy a tu merced ahí arriba —dijo Brysen—. Creía que eso te gustaría.

—Me gusta más cuando estás en el suelo.

—No sé si quiero volver a estar en el suelo otra vez —respondió, y Jowyn ladeó la cabeza, una pequeña arruga se asomó en su ceño. No sabía si eso era una actuación para Visek y Launa o si Brysen lo decía de verdad. El propio Brysen tampoco lo sabía. A pesar de la caída, adoraba volar.

—La cometa está ilesa —anunció Visek, al revisar la seda sucia y el marco de hueso tallado—. Hacedlo de nuevo.

Brysen volvió al carretón, recobrando el aliento, y se apretó contra Jowyn.

—¿Estás listo? —preguntó Jowyn por encima de su hombro.

—Listo —contestó, mientras el chico pálido llevaba la cometa hacia atrás contra la tensión de las sogas y la lanzaba al cielo. En cuanto remontó, Brysen trepó hacia ella.

Practicaron toda la mañana, y Brysen cayó una y otra vez. Jowyn no pudo evitar que se precipitara, pero aprendió a frenar con las sogas para desacelerar la caída hacia algo parecido a un aterrizaje. Aprendió cómo hacer que el carretón siguiera rodando el tiempo suficiente como para volver a lanzar rápidamente la cometa.

Se detuvieron para beber agua y comer fruta deshidratada y cacahuetes, que —como Brysen notó— no crecían en ningún lugar cerca de Seis Aldeas, y luego volvieron a practicar. Mientras trabajaban y aprendían a leer instrucciones de banderas y señales en tierra, Brysen echó varios vistazos furtivos al enorme ejército kartami debajo —primero, en busca de Anon, luego para memorizar el camino a su carpa, después para detectar a los centinelas que estaban en tierra y sus cometas estacionadas— y después miró más allá del río, a las barricadas que protegían Seis Aldeas.

Sabía que estaba demasiado lejos como para que alguien distinguiera que era él en esa cometa, pero de todos modos se preguntó: ¿podrían saberlo por cómo volaba o por su cabellera gris contra el cielo azul brillante? ¿Podría Shara, con sus agudos ojos de halcón, verlo desde lejos? ¿Y podría ella comprender que, aun ahora, él estaba intentando protegerla?

¿Estaba mal que también se estuviera divirtiendo?

25

Cuando su jornada de entrenamiento terminó, estaban empapados en sudor hediondo, doloridos y cansados y, bajo vigilancia, los escoltaron a través del campamento. Otra vez los ataron a un poste en carpas separadas, donde personas que no hicieron contacto visual les llevaron la comida. Brysen quería permanecer despierto y planear el siguiente paso que daría, pero debió de haberse quedado dormido de inmediato, porque de repente la luz del día brillaba contra las solapas de la carpa y Visek lo empujaba con la punta de su bota para despertarlo.

Estaba dolorido cuando abrió los ojos y más aún cuando Visek desanudó las sogas y lo empujó fuera.

—Corremos —indicó.

Brysen, de pronto, estaba trotando alrededor del perímetro de todo el campamento kartami. Visek le alcanzó un odre de agua, pero nunca le permitió dejar de moverse. Incluso cuando se inclinó para vomitar, Visek lo presionó para seguir. El sol había llegado al cénit cuando por fin lo dejó descansar. Después de que Brysen se metiera unos pocos puñados de puré de guisantes en la boca, Visek lo hizo correr hacia un claro, le puso una lanza en la mano y le ordenó que la arrojara a un blanco.

—Primero en tierra, luego en el aire —explicó Visek.

Levantó la pesada asta, llevó su brazo hacia atrás y luego dejó que la lanza volara. Erró. Tuvo que ir a buscar la lanza, llevarla de vuelta y volver a intentarlo.

Erró otra vez y tuvo que correr a buscarla otra vez.

—Desde ahora y hasta que te permitan unirte a nosotros, cuando vayas a *cualquier lugar* —ladró Visek—, irás corriendo.

El sol se ponía cuando por fin le permitieron abandonar la práctica de lanzamiento, y no había mejorado demasiado. No había visto a Jowyn en todo el día y tampoco había visto a Anon. Sentía sus piernas, su espalda y sus hombros como las brasas chamuscadas de una pira de plaga, pero esa vez, después de que Visek se fuera y la chica uztari que lo había capturado al llegar al campamento lo atara para dormir, encontró la fuerza para resistir levemente. Sujetó la muñeca de la chica.

—¿Está bien? —preguntó—. Jowyn.

Ella apartó la mirada, pero él la sujetó con más fuerza.

—*Por favor,* dímelo.

—Está bien —susurró la muchacha—. Entrenaréis juntos de nuevo mañana.

—Gracias —dijo Brysen y se desplomó contra el poste. Notó que la chica sonreía levemente antes de irse—. Por cierto, mi nombre es Brysen —añadió.

Ella negó ligeramente con la cabeza. Era una asesina fanática y despiadada como toda la horda kartami, pero Brysen podría haber jurado que vio que su boca pronunciaba un silencioso «obvio».

—¿Y tú eres…? —preguntó él con una sonrisa.

—Morgyn —susurró ella mientras se iba.

—Morgyn —repitió él después de que las solapas se cerraran detrás de ella. *Muy bien*, pensó. *Una aliada.*

Al día siguiente, la misma bota áspera lo despertó y lo arrastró fuera otra vez para correr, pero Jowyn estaba esperando allí.

—Daréis tres vueltas corriendo alrededor del campamento —les ordenó Launa—, y luego, a los carretones.

Brysen estaba contento de estar cerca de Jowyn, incluso sucios y apestosos como ambos estaban. Esperaba poder contarle sus planes, pero no tuvieron oportunidad de hablar. Visek corría detrás de ellos y podía oír todo lo que dijeran. Brysen no podía explicar que esperaba identificar la carpa de Anon desde el aire para poder atacarla, que estaba trabajando para ganarse la confianza de Morgyn con el objetivo de que los ayudara a escapar en cuanto el hecho estuviera consumado o que, pese a todo, estaba disfrutando de su tiempo en el campamento kartami. Adoraba volar. Sentía que eso era lo que estaba destinado a hacer. Quería saber si Jowyn sentía lo mismo respecto a conducir el carretón, si sentía que si no fuera por la brutalidad de ese ejército, quizás *era* allí donde ambos debían estar.

Y con Visek allí, Jowyn no podía decirle que estaba siendo un tonto. Que ninguna guardia kartami era su amiga solo porque le había dicho su nombre y que, hasta ahora, lo único que Brysen había hecho era entrenar y no demasiado bien. Como mucho, era un guerrero regular y no estaba más cerca de matar a Anon de lo que había estado cuando habían llegado al campamento, aunque hubiera logrado localizar la carpa privada del líder. Ni siquiera le habían devuelto su cuchillo.

Brysen tuvo toda la conversación en su cabeza. Para cuando el sol llegó a su cénit y terminaron de correr, no supo quién había ganado la discusión.

Pasaron el resto del día entrenando con el carretón de guerra.

Para el anochecer, Brysen podía montar la cometa en diez respiraciones, tomar una lanza sin caer y arrojarla a cualquier lado menos cerca del blanco. Pero no se estrelló. Ni una sola vez. Y mientras volaba sobre el campamento, vio a Anon caminando con dos guerreros. El hombre dio alguna clase de instrucción y después levantó la mirada en su dirección para observar su entrenamiento.

Brysen giró la cometa contra el viento y bajó en picado, para alardear. Cuando salió del picado y volvió a estabilizarse en el aire, Anon se había ido.

Solo dejaron de entrenar cuando nubes de tormenta nocturna bulleron en el horizonte, rodando hacia ellos. En cuanto terminó la práctica, todos los músculos del cuerpo de Brysen ardían o dolían, o ambas cosas. Estaba cubierto de polvo y sangre y sudor, pero podría haber seguido alegremente durante la tormenta. Se preguntó cómo sería volar con relámpagos. Aunque ni siquiera a los halcones les gustaba volar bajo la lluvia.

Una vez que Brysen bajó a propósito para su aterrizaje final, Visek los supervisó mientras Jowyn revisaba la cometa para verificar que no hubiera desgarros en la tela y después la plegaba y la guardaba para lanzarla el día siguiente. Observó cómo Brysen aceitaba las líneas y afilaba las lanzas, luego cubrió el carretón para protegerlo de la lluvia que se acercaba.

—Entonces… ¿cómo lo estoy haciendo? —le preguntó Brysen a Visek cuando terminaron el trabajo. Intentó mostrarle una sonrisa desenfada—. ¿Te gusta lo que ves?

Visek era inmune a sus encantos.

—Mañana aprenderás a acertar adonde apuntas o no valdrá la pena gastar otro día en ti —respondió.

—Supongo que me vendría bien más práctica de tiro.

—La tendrás —repuso Launa—. Cuando estabas arriba, ¿has visto la nube de polvo en el horizonte?

Brysen le dijo que sí.

—Ese es el ejército de Uztar aproximándose. Estará aquí al amanecer —explicó—. Cuando mañana esté al alcance de la vista, Anon quiere que lideres un ataque a las barricadas. Dejaremos que tus amigos vean de qué lado estás. Mata a uno de ellos, *a la vista de todos*, y entonces podremos decidir cómo creemos que estás progresando.

Brysen palideció. Hasta Visek pareció llenarse de dudas ante las órdenes de su madre.

—¿No es… demasiado pronto para luchar? No estoy listo.

—¡Esto es una guerra, muchacho! —Launa le abofeteó la cara con tanta fuerza que su cabeza giró. Los puños de Jowyn se cerraron con fuerza—. Estarás listo cuando sea necesario o serás un peso muerto. Los pesos muertos terminan en las tripas de los buitres. Tu hermana te verá combatir o te verá desangrarte atravesado por mi lanza. De cualquier modo, mañana es el día en que ocurrirá una u otra cosa. ¿Entendido?

Miró al suelo al asentir, su mejilla ardía, pero la voz de la mujer de repente se ablandó.

—Pero lo has hecho mejor de lo que ninguno de nosotros esperaba —añadió—. Y creo que te gustará el régimen de entrenamiento de esta noche, aunque algunas personas de tu edad lo consideran la parte más aterradora de todas.

—¿De qué se trata? —preguntó, sin mirarla todavía.

—De sellar los lazos entre los guerreros —le respondió—, o romperlos para siempre.

Esta vez, Visek y Launa escoltaron a Brysen y Jowyn juntos.

26

Llegaron a una pequeña carpa en un extremo del campamento, donde hacían guardia Morgyn y quien Brysen ahora supo que era su novia.

—Para nuevos guerreros —anunció Launa, abriendo las solapas. Dentro había una alfombra de felpa con almohadones todo alrededor y un pequeño lavabo en una plataforma con agua limpia y cepillos suaves. Había odres de agua, leche y vino colgados de ganchos que había en los postes de la carpa. Una bandeja de comida esperaba en una mesa baja al lado de un brasero sobre el cual había una olla humeante que calentaba el aire nocturno.

—Esto no es para siempre, así que no os acostumbréis a estar cómodos —gruñó Visek—. Es solo para la primera noche de las parejas nuevas. —Miró a la luna que se asomaba en lo alto y se rio por la nariz.

—Vuestro lazo es vital para vuestro poder de combate —explicó Launa mientras su hijo se iba—. Las promesas que os hagáis esta noche deben ser inquebrantables. Pueden ser las que queráis, no tenemos un dogma sobre lo que liga un alma a la otra, pero debéis estar completamente ligados. Sois responsables el uno del otro, así como Anon es responsable por todos nosotros. Fallarse es fallarle a él y fallarle a él es fallarnos a nosotros, y fallarnos a nosotros invita a la venganza.

Ambos asintieron. Que hubieran sobrevivido unos pocos días con los kartamis no les prometía que sobrevivirían a los siguientes.

—Bien —dijo Launa—. Mañana os despertaremos al despuntar el alba y después el cielo os pondrá a prueba como nunca antes lo ha hecho. Descansad bien o no. La elección es vuestra. Hasta entonces. —Inclinó la cabeza hacia la tierra, a la usanza altari. Brysen le respondió con el saludo alado, algo que la sobresaltó. Notó que Morgyn, quien aún sostenía abierta la solapa de la carpa, reprimía una sonrisa.

—Ten cuidado —advirtió Launa—. No todos los kartamis tienen un sentido del humor tan cálido como el nuestro.

Los dejó y ambos exhalaron. Brysen bebió de un odre de leche fermentada, mientras que Jowyn se dejó caer contra el poste que sostenía la carpa, mirándolo. Cuando Brysen terminó de beber, miró a su alrededor.

—Qué bonito lugar tenemos aquí. —El sarcasmo era su única defensa contra las palabras que no sabía cómo decir.

Jowyn, sin embargo, no tenía tal reticencia.

—Por todos los cielos en llamas, ¿qué crees que estamos haciendo? —susurró. De algún modo, también sonó como un grito—. Si no supiera lo contrario, diría que te estás divirtiendo.

—Es que me estoy divirtiendo —dijo Brysen.

—¡Quieren que ataquemos Seis Aldeas mañana!

—Solo están intentando molestar a mi hermana —argumentó Brysen—. Si ella está con el ejército que se acerca, querrán que me vea, se enfurezca y ataque. Eso daría comienzo a una batalla de verdad y es entonces cuando podremos dar nuestro paso.

—¿«Nuestro paso»?

—Mataré a Anon durante la batalla —susurró Brysen—. Estaré en lo alto. Bajaré sobre él.

—No le darías al suelo si apuntaras a él, Bry. —Jowyn suspiró—. Tienes muchos talentos, pero la puntería no es uno de ellos.

No había crueldad en el comentario; simplemente era la verdad.

—Pero ¿y si no tengo que apuntarle? ¿Y si no uso una lanza?

Jowyn estaba escuchando.

—Habrá halcones, los enviarán a luchar contra nosotros —explicó Brysen—. Puedo usar la lengua hueca y comandar a uno para que ataque.

—Brysen... —Jowyn negó con la cabeza—. No sabes si puedes hacer eso. Ni siquiera lograste que Shara cazara al topo. No sabes nada sobre cómo funciona la lengua hueca, y si fallas, te matarán por intentarlo. Estarás atado en esa cometa y te harán caer antes de que yo pueda hacer nada para evitarlo.

—Eso es solo si fallo —argumentó Brysen—. No sé por qué das por sentado que fallaré.

—No lo doy por sentado —repuso Jowyn—, pero, aunque tengas éxito, eres solo un guerrero entre miles, literalmente.

Brysen encogió los hombros.

—Ya has visto cómo lo veneran. Si muere, se romperán. No sabrán qué hacer y mientras estén confundidos, correremos a escondernos detrás de las barricadas.

—No parecen ser del tipo de gente que se queda confundida.

—¿Por qué no confías en mí para esto? —Brysen odió el tono llorón con que salió su voz—. ¿Por qué no puedes *creer* en mí?

—Es que *sí* creo en ti —respondió Jowyn, su propia voz se torció como una rodilla—. Pero no quiero verte morir y no quiero verte desperdiciar el don que has recibido solo para sembrar más muerte en este mundo. Tenemos suficientes muertes. Puedes hacer algo distinto. Te he visto hacerlo.

—Me viste comandar a un ave para que hiciera lo que yo quería, aunque fuese imposible —sostuvo él—. Eso es lo que puedo hacer. Eso es lo que *haré*.

—No. —Jowyn cruzó la carpa para pararse directamente frente a Brysen y lo miró con tanta intensidad que él se apoyó contra el poste—. Vi a alguien bondadoso y guapo y valiente que comenzó a encontrar la bondad y la belleza y la valentía en sí mismo y lo aprovechó para hacer algo que no es el derramamiento de sangre que nuestro estúpido mundo le ha enseñado. Esa es la cosa imposible que yo vi. No la lengua hueca. A ti. Te vi a ti.

Brysen sintió que su sangre se iba a su rostro. Miró sus pies, miró el suelo. Su labio inferior tembló. La rabia que sentía hacia Jowyn inclinó las alas y se precipitó, más rápido que cualquier ser vivo que pudiera volar, y se transformó en dolor. No confiaba en esa clase de amabilidad, no podía creer en esa clase de fe en él. Ahora tenía poder y un gran propósito sangriento, pero aun así no podía creer que fuera guapo o valiente o bondadoso. Todavía no había demostrado serlo. Tenía que matar a Anon. Quizás después de eso pudiera creerlo. De todas formas, hasta ahora, los elogios de Jowyn parecían mentira y dolían más porque Jowyn creía que eran verdad. Estaba avergonzado de tener esos mismos pensamientos estúpidos que siempre le cortaban las alas, y sentir vergüenza dolía y sentir dolor le daba más vergüenza todavía, así que sus viejos y cansados pensamientos descendieron en picado, más y más abajo, y no encontraron fondo.

Si tan solo pudiera hacer este acto grandioso, pensó, *entonces rompería estos giros agotadores de mi mente. Si tan solo pudiera hacer este acto grandioso, no solo cambiaría al mundo. Me cambiaría a mí.*

«Arrancaría el sol del cielo», había dicho Jowyn, y Brysen quería merecer esa frase.

Anhelaba tener una prueba de que Jowyn realmente creía lo que había dicho. Brysen se sentía ridículo y estúpido, pero solo podía pensar en razones para no confiar en Jowyn, aunque estuviese inventándose esas razones en ese momento. Jowyn había visto sus cicatrices; Jowyn había visto sus estados de ánimo grises; Jowyn había visto su fe ridícula en que podía ser más que lo que la gente pensaba de él, su fe en poder cambiar el mundo. Brysen no podía cazar una comadreja, mucho menos un mundo entero.

Qué gran sicario seré, pensó, y ahora lloraba. Sintió que era un debilucho, un llorón.

—Ey, no pasa nada. —Jowyn puso las manos en los hombros de Brysen y dobló el cuello para que sus ojos se encontraran, incluso cuando Brysen apartó la mirada—. Por favor, Brysen, escúchame. De verdad creo todo lo que te he dicho... Iré adonde tú vayas... pero realmente creo que tienes otro camino. Eres un sanador, Brysen. Las guerras están plagadas de asesinos, pero ¿los sanadores? Son aves raras. Irremplazables. *Tú* eres irremplazable. Y me da miedo solo pensar qué pasará con este mundo sin ti en él.

Brysen dejó que el pulgar de Jowyn tocara su pómulo bajo su ojo, secara sus lágrimas.

—Si dices algo más sobre mi «alma bondadosa» —dijo, sorbiendo por la nariz—, te daré un puñetazo en la boca.

Jowyn sonrió.

—Pero mi boca puede hacer muchas cosas mejores que recibir un golpe.

Brysen se rio y limpió su nariz.

—Tienes un sentido del humor terrible.

—Tengo unas ganas terribles de besarte —respondió Jowyn.

Los ojos de Brysen estaban húmedos, pero sus labios, de repente, se secaron. Su corazón picoteó su garganta. Se sintió mareado. ¿No era eso lo que quería? Había creído que su corazón era un halcón al acecho que trazaba el mismo camino en el cielo una y otra vez, pero quizás era un halcón en el puño, amansado y ligado y con terror a volar. Quizás debía dejarlo ir, arriesgarse a que saliera al mundo y confiar en que regresaría a salvo, aunque el viento fuera furioso y los depredadores acecharan su sombra.

—Tengo unas ganas terribles de dejar que me beses —dijo, permitiendo que su corazón halconado por fin volara, y Jowyn le tomó la cara con sus manos, lo miró a los ojos, sin pestañear, y la más leve contracción de sus labios lanzó una sonrisa a través del cuerpo de Brysen. El aire entre ellos se convirtió en esa sonrisa.

Brysen respiró hondo y con esa respiración levantó sus propias manos, llevó el rostro de Jowyn hacia el suyo. Y lo besó. Sintió la sonrisa áspera de Jowyn contra sus labios y sus bocas se torcieron juntas hacia la risa.

—¿Qué? ¿He hecho…? ¿Qué? —Brysen apartó la cara, sus orejas ardían como hogueras. ¿Lo había besado mal? ¿Jowyn no había querido? ¿Lo había arruinado todo?

—La barba de tu mentón… —Jowyn reía—. Me ha dado cosquillas. No había tenido cosquillas antes.

—Las cosas cambian —susurró Brysen, aliviado.

—Me alegra que lo hagan —respondió Jowyn, con las manos en la nuca de Brysen. Con un mínimo de presión, acercó sus caras para que quedaran pegadas otra vez.

Como alguien que intenta recuperar el aliento dando bocanadas al volver a la superficie después de estar ahogándose, Brysen respiró el aire de los pulmones de Jowyn. Podría haber vivido toda su vida ahogándose, si no hubiese compartido su aliento de ese modo y jamás habría sabido cómo era respirar a través de labios como aquellos.

Cuando Jowyn se apartó, un hilo de saliva se extendió entre ellos, hasta que se rompió y cayó en la mejilla de Jowyn. Se rieron de lo absurdo de eso, de lo extraño que era tener cuerpo cuando sus corazones solo eran viento y luz.

Las manos de Brysen se deslizaron por el costado de Jowyn, sintieron su calor, la presión cuando tiraron de él para atraerlo. Y ahora no eran nada más que cuerpos y unieron sus labios con tanta fuerza que ningún viento podía pasar entre ellos, ni escaparse el calor. Como cuando un leño cae sobre un fuego abrasador, restallaron chispas hacia el cielo cuando las manos de Jowyn se deslizaron hacia abajo por la espalda de Brysen, hacia sus caderas, al dobladillo de su túnica.

Dejó que Jowyn asumiera el mando.

—¿Puedo? —susurró, y Brysen dijo que sí y dejó que las manos tocaran la piel de su costado, donde las viejas cicatrices de quemadura formaban un mapa de los momentos en que había querido dejar su cuerpo atrás. Se hundió en su piel bajo el tacto de Jowyn, dejó que su túnica subiera y saliera por su cabeza. No quería dejar ese cuerpo nunca más, jamás lo había querido tanto como ahora, roto como había estado, completo en todos los lugares rotos.

Sus extremidades se enredaron. Brysen giró. Sintió la respiración de Jowyn en su nuca, un brazo lo envolvió desde un hombro hasta el pecho, la mano presionó, con la palma abierta, sujetándolo como un halcón sujeta el puño. La otra mano descansaba, suave como una pluma, en su cadera. Tropezó y casi cayeron hacia adelante, lo que les recordó que aún estaban de pie.

Se rieron.

Jowyn volvió a susurrar a su oído «¿Puedo?» y Brysen asintió con la cabeza, porque el único lenguaje era su cuerpo, que presionaba hacia atrás, y Jowyn se movió al ritmo de su respiración, igual que en el carretón de guerra. Una presión, Jowyn lo sujetó con más fuerza y Brysen dejó escapar un sonido que no había tenido la intención de hacer, un quejido mezclado con un trino, como si alguien hubiera pisado un pájaro cantor.

—Perdón —dijo, y no hubo maldad en la suave risa de Jowyn.

Jowyn volvió a preguntarle:

—*¿Puedo?*

Y Brysen encontró la palabra para «sí» y la dijo y la consideró para todas las palabras que podía recordar: «sí» para amanecer, y «sí» para risa, y «sí» para llorar y para querer y para maldecir. «Sí» para necesitar y para cazar, y «sí» para volar y para pena de amor y duelo, y «sí» para entonces y «sí» para ahora y «sí» para después. «Sí» para los síes que jamás pudo decir; y Jowyn repitió «sí» y quiso decir lo mismo y quiso decir lo contrario. Y fue cada palabra que habían dicho juntos y cada palabra que temieron solamente poder decir a solas, y dijeron «sí» como respirar, «sí» como viento, como cielo, como tormenta. «Sí» como relámpagos. Como relámpagos. Como relámpagos.

Llovió toda la noche y aún llovía en la oscuridad previa al amanecer, cuando Brysen se escabulló desde debajo del pesado brazo de Jowyn y se vistió. Pasó agachado por debajo de la solapa lateral de la carpa, gateó sobre el lodo y bajo la oscuridad para dejar atrás a las centinelas dormidas en sus trincheras. Tenía una sonrisa en el rostro mientras avanzaba a cuatro patas, estaba más feliz que nunca antes y supuso que más feliz de lo que estaría jamás.

Había decidido que no podía arriesgar la vida de Jowyn en batalla. No lo haría. Jowyn era tan valioso como había dicho que era Brysen. Y aunque estaba acostumbrado a ser invulnerable, Brysen había visto los cambios en su piel, la facilidad con la que se magullaba, las ampollas y las costras. El cuerpo de Jowyn se rompería como el de todos los demás en una guerra, y solo pensar en que esa extraña piel se rompiera era más de lo que Brysen podía soportar. No lo permitiría.

Usó un poco de vino de bayas de la carpa para garabatear una nota rápida en un pequeño trozo rasgado de tela de carpa y lo deslizó dentro de los pliegues de la túnica de Morgyn, a salvo de la lluvia, donde la encontraría si buscaba su cuchillo. Esperaba que la leyera y la entendiera. Quería dejar claro que Jowyn no tenía nada que ver con aquello; y quizás le pareciera bien dejarlo escapar cuando el hecho estuviera consumado.

Antes de que saliera el sol, de una forma u otra, Brysen cumpliría su destino. Tenía la esperanza de que si no regresaba, Jowyn, con el tiempo, lo perdonara o, al menos, recordara lo mejor de él.

ALGUNAS PEQUEÑAS BATALLAS PERDIDAS

Fentyr quería a sus amigos, pero no más de lo que se quería a sí mismo, ¿no?

De todos modos, su familia era conservadora; sus padres lo habían echado de casa en cuanto había aprendido a hablar con oraciones completas y había estado arreglándoselas por su cuenta desde entonces; primero había mendigado lo que necesitaba, después había empezado a robarlo. Fentyr ni siquiera podía recordar cómo eran sus padres y se preguntó si ellos lo reconocerían si lo vieran ahora, un chico riñero vestido con ropa brillante y de mirada furiosa como la de un cóndor. Hasta donde sabía, podía haberle robado medio bronce a su padre en medio de alguna trifulca.

No era que quisiera que se compadecieran de él por su infancia. Había muchos como él en Uztar. Mantener a tus hijos en el nido hasta que decidieran irse por su propia cuenta o, como había hecho la madre de Brysen, dejar que tus hijos cuidaran de ti era una nueva tendencia de crianza. No veías polluelos alimentando con gusanos a sus madres ancianas. Era antinatural. A Fentyr le gustaba Brysen, desde luego. Brysen le gustaba a *todo el mundo*, pobre chico. Siempre estaba dispuesto a salir a divertirse, lo que era un milagro, dados los feroces vientos que habían soplado en su contra toda su vida.

Habían ido a nadar una vez y Fentyr había visto las cicatrices de quemadura y las marcas de látigo que cubrían su espalda. Después de eso, odió dejar que Brysen pagara la cerveza en Pihuela Rota. Los otros chicos riñeros estaban de acuerdo con Fentyr, Brysen había pagado suficiente por la cerveza de su padre. No debería tener que comprar la suya.

Pero Brysen era débil. Era un romántico y un sentimental, y no fue una sorpresa que Mamá Tamir se aprovechara de él en cuanto se fue su hermana. Brysen era tan solo uno de esos muchachos de los que el mundo abusaba sin importar qué hicieran. ¿Culpas al mundo por eso o culpas al chico? No era culpa de Fentyr que los kartamis atacaran la casa de Brysen. Lo único que él tenía que hacer era sobrevivir, al igual que cualquiera.

—Eso es un montón de mierda, ¿no, Fenny?

Fentyr se sobresaltó. Había estado sumergido en sus pensamientos, convenciéndose a sí mismo de su propia honradez.

—¿Qué?

—Nyck dice que los kartamis atacarán al amanecer, pero yo digo que apuntan a matarnos de hambre —explicó Wyldr. Era una de las más recientes novias de Nyck y, seguramente, no estaría mucho tiempo más entre ellos. Nyck nunca podía quedarse solo con una persona y, con frecuencia, Fentyr no se molestaba demasiado en conocer a quien fuera que Nyck tenía posado en el brazo. Pero Wyldr era una de las buenas y, por lo que los chicos riñeros sabían, era la única en esos momentos. Sería una lástima verla partir.

—No importa —respondió Fentyr—. Si quieren vernos luchar, lucharemos. Y si se trata de morir de hambre… bueno, los chicos riñeros no pasamos hambre. Hacemos lo necesario para sobrevivir.

—Eres feroz, ¿no es así, Fen? —se mofó Wyldr. Fentyr se preguntó si la chica estaba coqueteando con él. Ella conocía la reputación de Nyck. Quizás ya estuviera buscando a su próxima conquista amorosa. O quizás también a ella le gustara salir con más de una persona a la vez. El pensamiento no fue para nada desagradable.

Le lanzó una mirada a Nyck, como para preguntarle si le molestaría que él respondiera al coqueteo, pero Nyck no estaba de humor para notar nada. Estaba distraído, probablemente preocupado por Brysen. Pero Fentyr sabía que Brysen no estaba realmente en peligro. Los kartamis lo querían vivo. Ellos mismos se lo habían contado cuando les había señalado la casa. Por eso había aceptado espiar para ellos; porque habían dicho que no matarían a Bry cuando lo atrapasen. Así que Fentyr les reveló dónde vivía Brysen. Los ayudó a dibujar un mapa. Hicieron que lo completara con otros detalles también: Pihuela Rota, algunas mudas para rapaces, tiendas de alimentación. Cómo habían usado los kartamis esa información no era culpa suya. Él solo respondió a algunas preguntas. Nada de lo que había pasado después era culpa suya.

—Nah —respondió Fentyr, encogiendo los hombros para ocultar sus pensamientos errantes—. No soy feroz, solo estoy listo. Lucharemos hasta que caiga la última ave del cielo. Seisaldeanos hasta el final, ¿cierto, Nyck?

—Sí —dijo él, mientras miraba la calle de arriba abajo y sus ojos se alzaban hacia las nubes. Resonó un trueno y todos se sobresaltaron, incluso la rapaz de Brysen, Shara, que estaba encaperuzada en el puño de Nyck. Fentyr se puso un poco triste al mirar el ave. Sabía que Brysen la adoraba, odiaba pensar en el pobre chico como rehén en territorio enemigo sin su querida rapaz. Por otro lado, los kartamis habrían decapitado al azor más rápido de lo que vuelan las moscas sobre el excremento. En las barricadas, las rapaces chillaban en lo alto mientras los soldados esperaban a que las nubes de tormenta estallaran.

Habían dicho que el ejército de Uztar se acercaba por detrás de las líneas kartamis y todo el mundo estaba tenso. Aunque no fuera esa noche, el ataque no tardaría en llegar. Los kartamis no tendrían otra opción si quedaban entre Seis Aldeas en las laderas y el ejército de Uztar en las planicies. No todos sobrevivirían al combate, pero si el ejército llegaba, en su totalidad, las Aldeas podrían resistir. Fentyr, obviamente, pretendía sobrevivir con ellas.

El destello de un relámpago. Luego vino otro restallido de trueno. Nyck estaba tan ensimismado que no reaccionó al sonido. A la luz de la tormenta, Fentyr vio que Nyck apretaba los dientes, sus ojos estaban apuntados hacia adelante, directos hacia él.

—¿Qué está alterando tus plumas? —preguntó Fentyr, a quien no le gustó lo distante que se estaba comportando su amigo.

—Algo que he oído —contestó Nyck—. Algo que he oído sobre ti, de hecho.

Fentyr se puso tenso, intentó que no se le notara.

—No pienso salir contigo, hermano —comentó, sonriendo.

Nyck no se rio, lo que era una mala señal. Nyck *siempre* se reía de la idea de salir con Fentyr. Como a todos les gustaba recordarle, Fentyr no era el pavo real más bonito de Seis Aldeas.

—He oído que te encontraron haciendo contrabando al otro lado del río —reveló Nyck—, el día anterior al primer ataque de planeadores.

—¿Que me encontraron? ¿A mí? ¿Qué? —Fentyr miró a su alrededor. Estaban solos en la calle. Ahora, todos se refugiaban en el interior de sus casas cuando caía la noche, temiendo a los planeadores en la oscuridad, a las lanzas arrojadas desde las estrellas. Los cetreros en las barricadas estaban de espaldas a ellos—. Si me hubieran pillado, estaría muerto.

—Sí —dijo Nyck—, lo estarías. Y sin embargo…

—Nyck, no sé qué estás queriendo…

—¿Te pillaron? —Nyck dio un paso dentro de su espacio personal. El muchacho era mucho más pequeño que Fentyr. La gente que no conocía a Nyck creía que sería fácil eliminarlo en una trifulca, pero Fentyr había luchado a su lado suficientes veces para saber que era como un arrendajo azul: más feroz de lo que sus plumas azules o su tamaño diminuto sugerían. No quería pelear con Nyck y no solo porque eran amigos. No quería que le dieran una paliza.

—Si me estás acusando de algo, al menos dime de qué.

Nyck tan solo negó con la cabeza. De repente un cuchillo pinchó la espalda de Fentyr y un brazo lo envolvió. Wyldr se había escabullido detrás de él. Ahora estaba claro que no había estado coqueteando en absoluto. Había estado distrayéndolo.

—¿Quieres seguir teniendo la espalda en una sola pieza? Entonces cuéntame qué hiciste —amenazó Nyck.

—Por los cielos en llamas, Nyck, ¿qué estás...? ¡Ay! —El cuchillo perforó la piel, pero no atravesó su cuerpo. Todavía—. Bueno, está bien. Mira —comenzó a decir—. Me escabullí con dos de los altaris, como siempre, a buscar hojas de cazador en las orillas del río. Unos exploradores kartamis nos sorprendieron desde atrás. Eliminaron a los altaris enseguida, pero me dejaron vivir. Me arrastraron hasta uno de sus oficiales o algo por el estilo. Este sabía quién era yo... al menos, sabía quiénes eran los chicos riñeros. Y me hizo preguntas acerca de Brysen, me preguntó dónde vivía... me dijo que no le haría daño porque Brysen tenía un rol más importante que jugar en esta guerra. Se lo dije, no tuve otra opción.

Nyck frunció el ceño.

—Brysen es fuerte y ese chico pálido también. —Fentyr intentó minimizar lo que había hecho—. Supuse que podrían apañárselas.

—Pero eso no fue lo único que les dijiste... —Wyldr susurró a su oído. Su aliento era cálido.

—Me preguntaron dónde estaban ciertas cosas en Seis Aldeas. Las jaulas, las tiendas de alimentación, las arenas de riña. ¡Tuve que decírselo! No tenía otra opción.

—No dejas de decir eso —remarcó Nyck—, pero no es verdad. *Siempre* hay otra opción.

—No había llegado todo su ejército todavía y las barricadas eran fuertes. Pensé: «¿qué daño podría hacer?». Todos estaban a salvo detrás de las barricadas y las fuerzas uztaris probablemente vendrían pronto. No pensé que Brysen iba a… ya sabes… ¡entregarse a ellos! Y no pensé que incendiarían los lugares que les señalé. ¡No creí que pudieran! Yo… ¡no sabía qué iban a hacer! Lo juro por que me lleve el lodo, no lo sabía.

Su voz se entrecortaba. Lamentó el juramento en cuanto lo dijo. Los juramentos como esos eran como halcones que no podías lograr que regresasen. Una vez que los soltabas, tenían que cazar. *Lodo abajo y lodo arriba. Si no ve el cielo, el muerto no asciende a la celestial cima.*

—Hay cientos de cosas que podrías haber hecho para ayudar y no hiciste ninguna. —Nyck escupió al suelo a los pies de Fentyr—. Lodo abajo —añadió.

—No, vamos, Nyck… —chilló Fentyr—. Lamento haberlos ayudado a hacer un mapa, pero ni que ese fuera el peor pecado del mundo. Ambos hemos hecho cosas peores por menos. Tenía que salvar mi vida. No puedes culparme por eso. Somos chicos riñeros. No puedes…

En un santiamén, la mano de Nyck se cerró sobre la tráquea de Fentyr, cortando las palabras.

—Se suponía que todos éramos hermanos, mosquito. Maldita cucaracha sin alas. Nos has traicionado a todos. A Brysen. A mí. A todo el maldito pueblo. Hasta a los condenados altaris que dejaste muertos del lado equivocado de la barricada para que su gente no pudiera despedirlos. Ya no tienes bandada, ni con nosotros, ni con ellos. Eres un buitre y deberías morir como tal.

Fentyr vio el odio en los ojos de su amigo —también la decepción— y supo lo que había hecho, pese a todas las justificaciones que se había dado a sí mismo. Había ayudado a los espías kartamis con gusto. Ellos le habían dado una bolsa de bronce y lo habían dejado vivir y, en realidad, no le importaba demasiado lo que pasara con

Brysen. El muchacho ni siquiera era un chico riñero, no de verdad, y ese chico pálido simplemente era raro. ¿Quién no habría hecho lo mismo que Fentyr si hubiese estado en su lugar?

La respuesta lo estaba mirando a los ojos.

Nyck.

Nyck no hubiera hecho lo mismo.

Nyck hubiera muerto por sus amigos. Hubiera muerto hasta por Fentyr.

Así eran las cosas. Fentyr era quien era y tenía que vivir con eso… pero no tuvo que hacerlo por mucho tiempo.

Vio que Nyck y su novia se alejaban caminando justo cuando otro relámpago iluminaba las barricadas y las nubes comenzaban a descargar la lluvia.

Qué extraño, pensó. Sintió la espalda empapada antes de que las primeras gotas lo golpearan. Luego vio el charco rojo que se acumulaba alrededor de sus pies. No había sentido que el cuchillo de la chica lo atravesara. Eso, al menos, era un alivio. Nyck había encontrado una ganadora. Wyldr era buena.

Al caer sobre sus rodillas, Fentyr observó los relámpagos y la lluvia. Se desangraba en la calle. Pese a todo, no se arrepentía de nada. Había vivido su vida como un cazador solitario, libre como un halcón que llena su buche. No había salido bien, pero ¿qué importaba? No puedes ganar todas las batallas y nadie vive para siempre.

Aunque sí hubiera querido vivir un poco más.

KYLEE:

EL VIENTO Y LA LLUVIA

27

Lo que nadie le contó a Kylee sobre la guerra era su monotonía. Los interminables días de marcha seguidos de anocheceres de montar campamento, cavar zanjas, cocinar y comer, limpiar, estudiar mapas, luego dormir, después volver a marchar. La temporada de viento de deshielo amenazaba con lluvia y el aire en la marcha se volvía cada día más húmedo, y muchas de las conversaciones a su alrededor trataban de cuándo se desataría la tormenta. En unos pocos días, pensaba la mayoría. Justo cuando llegaran a las líneas de asedio.

Entre los soldados y los oficiales, corrían los asistentes con alcándaras y jaulas y perchas y alcahaces llenos de aves. Los cetreros montaban una mezcla de caballos de montaña y camellos de cruce, mientras que sus mejores asistentes iban en carretas con las aves y los soldados de infantería marchaban a pie.

Por su parte, Kylee, quien no sabía montar ni siquiera una mula de carga y no tenía ni asistente ni aves propias de las que ocuparse, se vio obligada, pese a las objeciones de Grazim, a ir como pasajera detrás de ella.

—Un descuido en tu entrenamiento —se quejó kyrgio Birgund—. Debería haber sabido que las traicioneras Madres Búho no pensarían en las realidades de las necesidades militares. Solo espero que demuestres lo que vales cuando llegue el momento. —Miró con nervios al cielo, como hacían todos los soldados cuando Kylee estaba cerca.

Ninguno de ellos sabía que Kylee no había visto ni escuchado al águila fantasma desde la noche en que había salvado a los kyrgios de su furia. Temía que la aterradora rapaz no regresara y ella terminara en medio del campo de batalla luchando por comandar gavilanes salvajes y halcones tulipán. Solo Grazim sospechaba que algo andaba mal, pero no dijo nada al respecto. Tampoco dijo nada sobre la casi traición de Kylee al Concilio o el intento de golpe de Estado. Solo Grazim, kyrgia Bardu y los guardias de la procuradora sabían lo que había —o casi había— hecho y habían prometido guardar silencio. Ryven y Üku, instalados en las profundidades de las mazmorras del Castillo del Cielo, no tenían oportunidad de contárselo a nadie. Y, en consecuencia, Kylee montaba detrás de Grazim en silencio. Se alegraba de que la otra chica tampoco tuviera ganas de hablar.

El absurdo caos que se generó antes de que el ejército abandonara el castillo había sido pura excitación y expectativa, mientras se discutía acerca de los suministros y se empaquetaban las cosas. El patio donde se reunieron las fuerzas era un barullo de aves que chillaban y camellos que roncaban, choques de armas y soldados que gritaban y maldecían, reían y cantaban. Los amantes se abrazaron al partir, madres y padres despidieron a sus hijos, y los niños se preguntaron si sus padres habían venido a enviarlos lejos. Los soldados más jóvenes tenían la edad de Kylee —todos ellos eran soldados de a pie, ninguno estaba en las brigadas cetreras—, mientras que los más viejos eran cetreros grises y canosos, veteranos que habían luchado con halcones y águilas entrenadas antes de que nadie soñara con que la lengua hueca se convirtiera en una herramienta de su arsenal. Entre la admiración que rodeaba a Kylee y Grazim, también había una porción de resentimiento, y ella lo percibía. Los jóvenes prometedores siempre asustaban a aquellos acostumbrados a volar sobre ellos.

Cada brigada de cetreros estaba comandada por un oficial que respondía a un edecán de kyrgio Birgund. Este comandaba el ejército completo con su águila dorada sobrealimentada en el puño. Kylee se preguntó si el ave podía volar, malcriada como estaba. Quizás no tenía que volar. Quizás Birgund la llevaba para alardear. Quizás ninguno de ellos pensaba luchar, mientras Kylee no fallara con el águila fantasma.

La *talorum. Ligada a la muerte.* Habían pasado días desde la última vez que había escuchado sus terribles gritos o visto sus alas oscureciendo el cielo. ¿Qué pasaba cuando la muerte se salía de su correa? ¿Eso se traduciría en la muerte de Kylee? ¿De todos a quienes ella quería?

Temía fracasar, por Nyall y por su hermano. Si el águila fantasma no regresaba, como cetrera sería tan útil como lo era como jinete. Por suerte, nadie sabía que ella no tenía ni idea de cómo llamarla para que volviera.

Al tercer día de cabalgata a través de las planicies como pasajera de Grazim, la otra chica finalmente rompió el silencio incómodo que había habido entre ambas desde la noche en el estudio de Ryven.

—Todavía crees que te traicioné —anunció Grazim. Kylee soltó un resoplido.

—Sé que traicionaste a Üku.

—Ambas sabemos que no le tienes ningún cariño —respondió Grazim—, así que no te pongas a llorar lágrimas sin sal. Ella hizo su elección y tú, la tuya.

—Cuando le contaste a Bardu que fui a casa de kyrgio Ryven, ¿sabías que no me arrojarían a los calabozos o es una decepción para ti que no esté encaperuzada junto a ellos en las mazmorras?

Grazim hizo una pausa, luego le contestó a Kylee con sorprendente honestidad.

—Sabía que no te motivaban los asuntos románticos, así que tu interés por Ryven tenía que tener otra razón. —Bajó la velocidad del caballo para poner más distancia entre ellas y los otros jinetes—. Y cuando vi que Üku también había ido a su casa, pensé que todos podríais terminar arrestados, lo que me convertiría en la única hablante de la lengua hueca que el ejército podría emplear. Yo me alzaría con tu caída. —La franqueza de Grazim era reconfortante, aunque ella fuera una despiadada víbora de montaña—. Pero eso no me alegró. Sin importar lo que creas, no te odio.

—Pero si sabías lo del complot, ¿por qué no intentaste ser parte de él? —preguntó Kylee—. ¿Por qué apoyas a los mismos kyrgios que aprovechan cada oportunidad que tienen para oprimir al pueblo altari?

—Porque contigo y Üku del lado de Ryven, el plan podría haber funcionado —explicó Grazim—. ¿Y quién hubiera sido yo en vuestro ascenso al poder? Sé que no me tienes ningún cariño. De todos modos, no quiero que derroquen al Concilio. Quiero *ser parte* de él. Bardu me lo prometió. En agradecimiento por mi servicio, intentará ascenderme a kyrgia después de esta campaña contra los kartamis.

—Ningún altari ha estado en el Concilio *jamás* —le recordó Kylee—. Ni siquiera la procuradora podrá hacer que el resto de los kyrgios del Concilio estén de acuerdo con eso.

—Tampoco ha habido altaris que pudieran hablar la lengua hueca antes —indicó Grazim—. No estoy segura de que me importe lo que han hecho los altaris antes de mí. Me importa lo que harán después. *Gracias* a mí. Seré la primera, pero no la última.

Kylee dejó escapar una pequeña risa. Grazim sonaba demasiado parecida a Brysen al pensar que podía hacer algo para ganarse la aprobación de gente que había decidido largo tiempo atrás que la odiaba. Al menos Brysen había intentado probar en vano su valor a una sola persona: su padre muerto. Grazim estaba intentando demostrar su valía frente a toda una cultura que la odiaba. Dos culturas, en realidad. Pero ni uztaris ni altaris querrían reivindicarla jamás, y Grazim era lo bastante inteligente para saberlo.

—¿Crees que si sirves bien a Uztar, les demostrarás que no eres una sirvienta? —se mofó Kylee—. ¿Crees que si desafías la fe altari mejor que nadie, convencerás a los altaris de que no estás condenada? Eso es ingenuo.

—Tal vez lo sea —gruñó Grazim—, pero no es más ingenuo que pensar que Bardu liberará a tu amigo Nyall cuando ganemos esta guerra. Eres demasiado poderosa y quieres demasiado a esos estúpidos chicos que te rodean. Nyall y tu hermano hacen que seas fácil de manipular. Tu necesidad de protegerlos es tu correa, tal como la ambición es la mía. Todos tienen una correa, así que no me juzgues por la mía.

—Mi necesidad de proteger a otros me hace más fuerte —replicó Kylee, pero no estaba segura de que eso fuera verdad. Su amor por Nyall y Brysen la *había* vuelto fácil de manipular. Incluso que le importara si el águila fantasma mataba a Bardu, Üku y Grazim la había hecho fácil de manipular. ¿Era por eso que el águila fantasma se había ido? La había elegido como amansadora solo para encontrarse con que ella ya estaba amansada.

Grazim no siguió la conversación, lo que fue un alivio. Se habían acercado demasiado a sus verdades más crudas como para que ninguna estuviera cómoda. Grazim era inteligente y ambiciosa y podía pensar lo que quisiera sobre lo que le daba poder a Kylee. Kylee no necesitaba las explicaciones de Grazim ni su amistad.

Siguieron cabalgando. Las caderas y el trasero de Kylee estaban doloridos de montar, pero no dejó que se notara su malestar. A Grazim le habría encantado que Kylee bajara del caballo y caminara, así que ella se quedó donde estaba, mirando con fijeza la parte de atrás de la cabeza rubia de Grazim, oliendo su sudor, echando miradas al cielo cada cierto rato y esperando que algo rompiera la monotonía de la larga y miserable marcha hacia la guerra.

Hacia el atardecer, ocurrió.

Tres palomas volaron sobre las cabezas de los exploradores de la columna, cada una con silbatos atados a las plumas de su cola. Giraron y dieron volteretas, creando un coro en el cielo. Kylee conocía la melodía fúnebre de los silbatos que los cuervos de duelo llevaban, pero jamás había escuchado el silbido estridente de las palomas de señal. Todos los ojos miraron hacia el sonido justo antes de que bajaran en picado otra vez para regresar con sus adiestradores.

Se oyeron gritos y el águila dorada de Birgund se lanzó pesadamente desde su puño tras su «¡Uch!». Hizo un círculo perezoso sobre las cabezas de ambos flancos de la brigada y después regresó al comandante. La marcha se detuvo.

—Escuadrón kartami —dijo la oficial más cercana—. Dos docenas en total. Persiguen a una caravana altari. —Solo los oficiales sabían cómo leer el código de las palomas, que cambiaba todos los días para evitar que los espías lo descifraran. El número de palomas lanzadas y el tono de sus silbatos contenía de algún modo la información. Kylee descubrió que estaba celosa de la oficial que podía decodificarla. Odiaba cuando alguien tenía más información que ella y, últimamente, parecía que *todos* tenían más información que ella.

—¿Hacia qué dirección se dirigen? —preguntó Grazim, estirándose hacia el alcahaz en el costado de su caballo para llamar al busardo macho a su puño.

La oficial la miró con el ceño fruncido, sin estar segura de cuánta información podía compartir con las chicas que hablaban con las rapaces en su propio idioma.

—Las caravanas se dirigen hacia el Castillo del Cielo —dijo—. Probablemente vayan en busca de refugio.

—¿Dos docenas de guerreros-cometa? —Grazim frunció el ceño—. Debemos atacar.

La oficial levantó la vista al cielo gris y chasqueó la lengua. El peregrino en su puño seguía encaperuzado.

—Las órdenes son dejarlos pasar y continuar marchando hacia Seis Aldeas.

—Pero los matarán a todos —objetó Grazim.

—Probablemente —comentó la oficial.

Grazim negó con la cabeza, luego espoleó al caballo para que avanzara hacia el frente de la columna, en busca de kyrgio Birgund. Se movió tan súbitamente que Kylee tuvo que sujetarse de su cintura para no caer. El busardo de Grazim la miró por sobre el hombro de la muchacha, su pico ganchudo estaba demasiado cerca de la cara de Kylee como para que ella se sintiera cómoda.

—¡Kyrgio! —llamó Grazim—. ¡Debemos intervenir!

Kyrgio Birgund pareció horrorizado de que la joven altari le hablara. Kylee esperaba que Grazim recibiera una reprimenda frente a los oficiales, pero en vez de eso, Birgund se compuso y les dijo que regresaran a la formación.

—Con todo respeto, mi kyrgio —insistió Grazim, con una resistencia que Kylee no pudo evitar admirar—. Creo que debemos atacar. No solo para salvar a los civiles de una masacre, sino también para pulir nuestras habilidades. Jamás hemos ido a la guerra y esta es una fuerza más pequeña que la que afrontaremos cuando lleguemos a las líneas de asedio. ¿Qué mejor forma de practicar que cuando el enemigo está tan superado en número?

—No has estudiado sobre la guerra —le gruñó el kyrgio—. Quizás no entiendas que esto sea probablemente un intento de desviarnos del camino hacia Seis Aldeas. Una intervención en este momento tal vez nos retrase lo suficiente como para que las defensas de las Aldeas caigan. Imagino que a tu… —echó un vistazo detrás de Grazim, a Kylee—… *compañera* no le gustaría ese desenlace. ¿Es esto lo que prefieres, Kylee? ¿Ayudar a esta gente y poner en riesgo tu hogar? ¿A tu hermano? —El kyrgio sabía muy bien dónde era vulnerable Kylee y ahí fue donde picoteó—. Seguiremos la marcha —le ordenó a Grazim.

Su asistente soltó un pequeño gavilán de las bayas, que circunvoló con rapidez alrededor del ejército para señalar la reanudación de la marcha. Grazim dejó que el caballo se quedara atrás mientras el resto avanzaba.

No pasó demasiado tiempo antes de que la primera columna de humo se alzara en la distancia desde las caravanas. Las cometas volaban delante como pequeños puntos en el cielo, bajando en picado y volviéndose a elevar. El ejército estaba lo bastante cerca como para escuchar los gritos de la gente en el suelo, aunque el polvo que levantaban los carretones de guerra la ocultara de la vista. Cada vez que se precipitaba una cometa, más gritos perforaban el aire. Los altaris no tenían aves con las que defenderse, obviamente, y no eran rivales para los soldados kartamis en tierra.

Era una masacre, y estaba sucediendo al alcance del oído de la fuerza militar más grande que la meseta uztari hubiera visto jamás. Kylee podía sentir que todos los músculos de Grazim se ponían tensos.

—Llama a tu águila —le pidió Grazim a Kylee, casi como una orden.

—Ya has oído al kyrgio —repuso Kylee—. No debemos intervenir.

—¿Desde cuándo te importan las órdenes de un kyrgio? —gruñó Grazim—. No hace falta que el ejército haga nada, el águila puede luchar contra los kartamis sola.

—No quisiera que informes de mi desobediencia a kyrgia Bardu —señaló. Se odió a sí misma por hacerlo, pero de todos modos añadió un comentario cruel—: Además, no has dicho «por favor».

Se formó un nudo en la garganta de Kylee como una bola de pan seco. No era desalmada, y deseó poder llamar al águila fantasma para detener la masacre, pero no podía confesar que el águila se había ido. Si alguien se enteraba, ella no tendría ninguna utilidad en la guerra y probablemente la arrojarían a las mazmorras junto a Ryven y Üku. No podría ayudar a Nyall ni a Brysen ni a nadie. Ese secreto era lo único que la mantenía libre. Se escondió detrás de las órdenes de kyrgio Birgund. Porque tenía miedo de que la verdad saliera a la luz, esos altaris inocentes morirían.

—Muy bien, lo haré yo misma —gruñó Grazim. Susurró al busardo en su puño—: *Praal uz.*

La rapaz se lanzó desde Grazim y aleteó furiosamente sobre las cabezas del ejército, directo hacia las cometas lejanas. Se escuchó un grito.

—¡Halcón suelto! —exclamó alguien.

—¡Halcón suelto! —repitió otra persona.

—*Praal uz* —volvió a decir Grazim, y el peregrino que estaba en el puño de la joven oficial saltó con tanta fuerza lejos de ella que rompió su correa. Voló tras el busardo.

—¡Halcón suelto! —gritó la oficial.

—¡Halcón suelto! —lanzó alguien más.

—*¡Praal uz!* —bramó Grazim, y esta vez media docena de halcones salieron volando estruendosamente desde el marco cuadrado de una alcándara cercana hacia el ataque kartami. La brigada cetrera era un caos, los adiestradores llamaban a sus aves a gritos, con silbidos y los puños en alto, pero la orden que Grazim les había dado era más fuerte que el entrenamiento de cualquier cetrero.

—¿Qué has dicho? —preguntó Kylee mientras kyrgio Birgund volvía a revisar la correa de su propia águila y luego cabalgaba a toda velocidad hacia ellas a través del ejército.

—*¿Praal uz?* —Grazim se encogió de hombros, después se giró para mirarla por encima de su hombro. Kylee pudo escuchar la sonrisa en la voz de la chica antes de verla—. Significa *apoderarse del cielo.*

28

—¿QUÉ HAS HECHO? —Kyrgio Birgund rugió mientras varios de sus oficiales conducían a sus caballos para colocarse alrededor de las chicas.

Grazim bajó la cabeza y habló en voz baja, su rebeldía se marchitó frente a la furia del kyrgio.

—Los he ayudado —respondió, con voz apenas más alta que un susurro.

—Has puesto en riesgo a una docena de nuestros halcones; ¡aves que no estaban bajo tu orden! ¿Y para qué? ¿Para salvar a unos moledores de cristal?

Los hombros de Grazim se pusieron tensos y Kylee sintió la necesidad de defender a la muchacha contra el agravio, pero, todavía inmersa en sus propias preocupaciones, no dijo nada.

No había creído que Grazim fuese a arriesgar todas sus ambiciones para salvar a unos extraños, extraños que probablemente la habrían maldecido y escupido antes de reconocerla como una de los suyos. Que Grazim estuviera orgullosa de ser altari no significaba que estos sintieran orgullo de reconocerla como una de ellos. Aun así, era interesante ver lo que estaba dispuesta a arriesgar por ellos. Quizás odiaba lo que veía como una debilidad de Kylee —que los demás le importaran— porque la suya era la misma.

—Las aves estarán bien —le aseguró Grazim, mientras él y sus oficiales alzaban sus binoculares de caza en dirección al ataque. Grazim hizo lo mismo y Kylee tuvo que hurgar en los varios bolsillos y fundas de su traje de montar antes de recordar dónde había puesto los suyos. Los colocó frente a sus ojos, enfocó las lentes y vio una impresionante demostración de combate aéreo.

Los halcones se habían tomado a pecho la orden de Grazim y circunvolaban sobre las cometas y atravesaban en picado sus sedas, como granizo. A medida que las cometas se fueron estrellando, las rapaces dieron vueltas alrededor de los carretones que estaban debajo y hostigaron a los conductores para luego atacar sus caras y arrancarles carne y piel. En cuanto los guerreros caídos se levantaron de las ruinas de sus propias cometas —los que pudieron ponerse de pie—, fueron embestidos por las aves con picos ensangrentados, que les hirieron la cara y les arrancaron las tripas como gusanos en la tierra.

Los supervivientes altaris se habían dejado caer al suelo, se habían tapado los ojos para no ver el horror y algunos de ellos, en una tradicional expresión de súplica, llenaron sus bocas con lodo mientras rezaban. Se habían salvado, pero solo gracias a lo que consideraban una blasfemia.

Kylee notó que Grazim se contraía, pero no debido a la sangre derramada por las rapaces, sino por el fiel altari que gritaba a los otros supervivientes con dientes ennegrecidos. Si los propios padres devotos de Grazim hubieran estado entre ellos, Kylee estaba segura de que habrían maldecido la salvación que su hija les había proporcionado. Sospechó que su propia madre habría hecho lo mismo. Sintió una especie de afinidad con la muchacha en ese momento. Ninguna de ellas podía enorgullecer a sus progenitores.

Antes de que las aves pudieran terminar de apoderarse del cielo sobre los altaris, una lanza voló desde el suelo y atravesó a un peregrino que bajaba en picado. Su cetrero lanzó un grito, al igual que Grazim. Alentados por esa victoria, los guerreros que aún estaban vivos se reagruparon en el suelo y apuntaron hacia las rapaces. El busardo de Grazim esquivó por poco el ataque de una gran espada curva y un halcón del ocaso perdió la cabeza cuando intentó atacar al conductor de un carretón de guerra.

—La suerte se vuelve contra ellas —gruñó Birgund—. Kylee, intervén. Ahora.

—Yo... eh... —tartamudeó Kylee. Desesperada, levantó la mirada hacia el humo y las nubes que se juntaban arriba—. *Talorum* —susurró, con la esperanza de que nadie escuchara su súplica. La piel de la nuca de Grazim se erizó, pero ninguno de los oficiales que estaban alrededor la escucharon—. *Praal uz.* —Probó.

Ningún águila chilló en el cielo; ningún pensamiento oscuro retorció la mente de nadie, salvo la de Kylee, y esos pensamientos eran completamente suyos. Así era cómo aquello acababa para ella: fallando en una batalla menor, antes de llegar siquiera a la guerra. Tenía que hacer *algo.*

—No pondré en riesgo al águila fantasma —anunció, fingiendo tener la opción—. Pero si sueltas a tu águila, podré ayudar.

Birgund la miró con escepticismo y Kylee sintió que Grazim respiraba hondo y contenía el aire... hasta que el comandante desató la pihuela de la correa en su guante y le hizo un gesto con la cabeza.

Kylee buscó en su interior su más auténtico deseo. Quería evitar el fracaso. Quería mantener su secreto a salvo. Quería salirse con la suya respecto a sus mentiras.

—¡*Tuslaash!* —exclamó y, como respuesta a su ruego, el águila dorada de Birgund se lanzó desde el puño del kyrgio y voló bien alto sobre la pelea, casi fuera de vista. Luego cayó a toda velocidad sobre el guerrero con la lanza, con tanta fuerza que la cabeza del kartami se hundió como una fruta podrida. Después, el águila se lanzó desde él, con las alas bien abiertas, y se agarró a la cara de otro guerrero, chilló y la desgarró. Al recuperar las aves la ventaja en la pelea, las rapaces que Grazim había comandado volvieron a derribar a los kartamis y sus cometas y, con un amplio círculo, el águila dorada regresó a su cetrero.

Solo que no se detuvo cuando llegó al puño de Birgund. Levantó sus garras y se estrelló con fuerza contra su pecho, derribando al comandante del caballo.

—¡Ayyy! —gritó este mientras su propia rapaz intentaba clavar su afilado pico contra sus ojos, su boca, su cuello. El kyrgio rodó y sacudió los brazos intentando escapar de la pesada águila, que tenía un trozo de su pecho en sus garras y no lo soltaba—. ¡AYYY! —Sus gritos se volvieron más agudos.

—¡Haz que se detenga! —exclamó alguien, y a Kylee no se le ocurrió cómo.

—*¡Fliss!* —Fue su intento—. *¡Fliss!* —Pero el águila la ignoró. Le había pedido ayuda para mantener su secreto a salvo del kyrgio y el águila estaba siguiendo su deseo. Muerto, él jamás sabría que Kylee había perdido al águila fantasma—. *¡Fliss! ¡Fliss! ¡Fliss!* —rogó.

—*¡Fliss!* —ladró Grazim una sola vez, y lo dijo de verdad, y el águila detuvo el ataque, saltó al suelo desde su cetrero ensangrentado y se quedó parada allí, observando a la gente que estaba a caballo como un bebé que acaba de expulsar gases y espera que lo elogien por ello.

El asistente de Birgund lo ayudó a ponerse de pie y presionó sus heridas con un trapo limpio. El kyrgio lanzó una mirada de odio a Grazim y Kylee que podría haber hecho arder la arena del desierto hasta convertirla en cristal. Si daba la orden ahora, ambas muchachas podían terminar ejecutadas por traición allí mismo. Sus oficiales tenían las manos en las empuñaduras de sus armas incluso antes de que sus halcones y gavilanes regresaran de la batalla que acababan de ganar.

—Quizás mi orden haya sido demasiado fuerte para tu águila —confesó Kylee—. Las aves inferiores se abruman con facilidad y, por eso, me disculpo.

Remarcó la palabra «inferiores» para recordarle a todo el mundo, especialmente al comandante avergonzado y herido, que ella dirigía al ave que acechaba sus pesadillas y que podía hacer que los atacara con tanta facilidad como podía comandar que los protegiera. Rogó que la amenaza del águila fantasma fuera suficiente para que se calmaran.

Kyrgio Birgund tomó el trapo que le ofrecía su asistente y lo colocó en su cinturón, luego se levantó y montó su caballo. Miró con furia a su águila, después ordenó a un asistente que se la llevara, revisara si estaba herida, la alimentara y luego volviera a traérsela. Solo después de eso habló con Kylee y Grazim, en un intento de recuperar su dignidad.

—Buena rapidez mental para lanzar un ataque efectivo —comentó—. Me alegra que hayamos encontrado los errores en tu pensamiento y espero que jamás volvamos a ver esos errores.

Kylee le ofreció el saludo alado y él hizo señas para que se reanudara la marcha, pero se quedó un momento después de que sus oficiales y asistentes regresaran a sus posiciones para susurrar hacia Kylee y Grazim.

—Si volvéis a desafiar mis órdenes frente a mis soldados o hacéis algo para hacerme daño —siseó—, haré que os encadenen a un poste y os azoten hasta que solo queden huesos. Y luego haré lo mismo con cada persona a quien alguna vez hayáis querido. Los gritos de Brysen harán eco a través de las montañas y todo el pueblo altari se ahogará con sus propias entrañas y mientras maldecirá el nombre *Grazim*. No quedaré como un tonto por culpa de dos crías cetreras que creen ser más poderosas que el cielo, ¿entendido?

Kylee asintió. Grazim asintió. Y el comandante las dejó atrás, sin águila alguna en el puño.

—Supongo que has perdido el control —señaló Grazim—. Pero no fingiré que no ha sido divertido escucharlo gritar.

—Gracias por pararla —le dijo Kylee.

—Me ha parecido que tú no podías —repuso Grazim—. De todas formas, ¿por qué me has ayudado?

—Porque has demostrado que yo tenía razón —contestó Kylee—. Que los demás te importen *sí* te hace más fuerte. Y a ti te importa tu gente tanto como a mí me importa la mía.

Después de una larga pausa en la que rebotaron con el trote del caballo, cuyos cascos iban golpeando la tierra compacta debajo de ellas, Grazim finalmente masculló:

—Supongo que sí.

—De nada —respondió Kylee en voz alta. Ella había sido mejor persona y se sentía bien.

Sin embargo, esa placentera satisfacción petulante no duró demasiado, ya que Grazim tenía su propia gratitud hiriente que mostrar.

—Supongo que yo también puedo guardar tu secreto, entonces.

—¿Qué secreto?

—Que has perdido al águila fantasma —respondió—, y que estás completamente sola aquí.

Kylee sintió que su estómago se retorcía como una cometa en caída libre.

—No es cierto.

—Eres pésima mintiendo, Kylee —comentó Grazim—. Las dos sabemos que has estado buscándola desde que salimos del castillo. Te he visto mirar el cielo todas las noches, probando palabras en voz baja, intentando llamarla. Hasta has querido llamarla para que atacara a esos kartamis y no ha venido. Pero no te preocupes —agregó—, no diré nada.

—¿Igual que cuando dijiste que no revelarías que había ido a la casa de kyrgio Ryven?

—No —contestó Grazim—. Esta vez creo que estamos del mismo lado. Solo intenta no perder el control cuando estemos en una batalla real.

Perder el control significaba que lo tenías, y Kylee temió no tenerlo en absoluto.

No, pensó. *Nunca he perdido el control. Quería hacer daño a Birgund y lo he hecho. Esa es quien soy y ahora lo saben.*

Miró el cielo y tuvo la esperanza de que, dondequiera que estuviese, el águila fantasma también lo supiera.

29

Algunos días más tarde —en la monotonía, Kylee había perdido la cuenta—, las nubes de tormenta se agitaban en el horizonte y el ejército montó el campamento a la vista de Seis Aldeas y las fuerzas kartamis.

Fue como si una gran ciudad hubiera parado a descansar, lanzando resoplidos llenos de humo al cielo. Se levantaron carpas y se cavaron trincheras. Los soldados montaron gallineros, construyeron establos, mudas de lona para rapaces y pozos para hacer fuego. Detrás del ejército, los mercaderes ambulantes transportaban todo lo que un ejército podría querer: agua y comida, ropa y jaulas, curtidurías y panaderías, trabajos en metal y cristal, y cerveza. Tenían rebaños de cabras y bandadas de palomas. Cualquier cosa que se pudiese pensar, todo por un precio.

Kyrgio Birgund pasó en la carpa custodiada donde estaba guardado el bronce del ejército la mayor parte de su tiempo en el campamento. Y el asistente que llevaba los registros contables nunca estaba demasiado lejos de él. Ese asistente, notó Kylee, llevaba el sello de kyrgia Bardu, la paloma con garras, y no el águila que era el emblema de Birgund. Él comandaba a los soldados, pero ella controlaba el dinero. A Kylee le asombraba lo mucho que la guerra giraba en torno a la contabilidad.

Kylee y Grazim apenas habían hablado desde que se habían convertido en guardianas de los secretos de la otra.

—Me gusta este nuevo y silencioso aspecto tuyo —le dijo Grazim cuando se sentaron en el suelo con las piernas cruzadas para comer un plato de estofado y pan sin levadura recién salido de los hornos del batallón. Un oficial cetrero retirado atendía la panadería ambulante, con un águila pescadora ciega posada al lado de la cálida hoguera, mirando las llamas con ojos invidentes. Kylee se preguntó quién se había retirado primero, si el hombre o el ave.

—No hace falta encaperuzar a la vieja Heela y tampoco atarla —dijo riendo—. No tiene a dónde ir... salvo que remonte esa brisa final. La que todos volamos sin necesidad de alas.

—Podría vivir tranquilamente sin el panadero morboso —masculló Grazim, sin mirar al hombre. Este frunció el ceño y volvió a su trabajo, dejando a las dos chicas solas. Grazim llenó el silencio con sus ideas sobre la estrategia del kyrgio contra los kartamis. Birgund pretendía empujar a las fuerzas kartamis contras las barricadas, mientras los seisaldeanos los empujaban contra las fuerzas uztaris, para así estrujarlos desde ambos lados como un halcón aplasta el cráneo de un conejo. Los kartamis no podían huir a las montañas, donde lo cortante del viento y el terreno escabroso pondrían en dificultades a sus cometas y sus carretones de guerra. Y si intentaban retroceder a las planicies, el ejército más grande de Uztar los perseguiría y los abatiría—. Y obviamente, aún cree que puedes llamar al águila fantasma para destrozarlos...

—Quizás todavía pueda —repuso Kylee.

—Si el cielo quiere. —Grazim inclinó la cabeza hacia la tierra, una demostración de piedad que sin dudas no sentía. Su relación estaba en una tensa tregua, pero ahora al menos se entendían—. Entonces, ¿tu hermano está en ese campamento? —Echó una mirada a través de la planicie hacia las siluetas de las cometas que se elevaban a lo largo de las líneas del perímetro kartami.

—Eso decía su carta.

—El rumor es que planea matar a su líder.

—¿Eso has oído?

—Los cotilleos viajan más rápido que los halcones.

—Pero fallan con más frecuencia.

—Entonces, ¿no planea un asesinato?

—Mi hermano hace muchos planes —explicó Kylee—. Y no siempre los piensa detenidamente.

—Entonces, ¿tú eres la inteligente y él tan solo una cara bonita? —Grazim se rio. Eran mellizos, y ella lo sabía—. En realidad me gustan sus ojos azules —añadió, riéndose aún más. Ambos tenían los mismos ojos color azul deshielo (iguales a los de su padre) y ambos lo odiaban, algo que Grazim también sabía.

—Brysen simplemente es impulsivo. —Kylee defendió a su hermano, ignorando la provocación de Grazim—. Piensa en los grandes gestos y no se preocupa por los detalles.

—¿Como no perder la vida en el intento?

—Bueno, sí, por ejemplo.

—Creería que una persona inteligente pensaría en ese detalle con antelación —le dijo Grazim—. A menos que no sea realmente inteligente o que no quiera vivir.

—¿Estás intentando hacerme enfadar? —Kylee partió un trozo de pan sin levadura como si estuviera arrancándole el ala a un polluelo. Miró con furia a Grazim mientras lo hacía.

La otra chica sonrió y metió un trozo de pan en su boca, después habló con la boca llena.

—Sí, así es.

—¿Por qué? —preguntó Kylee, arrojando su pan dentro del plato de estofado—. ¿Por qué *siempre* intentas hacerme enfadar?

—Porque he visto lo que puedes hacer cuando estás asustada, y es peligroso. —Grazim se chupó los dedos para limpiarlos—. No quiero convertirme en un daño colateral a tu lado. También he visto lo que puedes hacer cuando estás enfadada, y si puedes aprovechar *eso*, ganaremos esta guerra…

Kylee se detuvo con el pan a mitad de camino de su boca. *Eso era… ¿una palabra amable de parte de Grazim?*

La muchacha se inclinó hacia delante y bajó la voz a un susurro.

—Incluso sin el águila fantasma.

—No estoy tan segura —repuso Kylee.

Grazim masticó su pan, pensativa.

—No mereces lo que le están haciendo a tu familia —comentó—. Bardu usa tu miedo porque cree que le da poder. Si sueltas ese miedo, ella se queda sin poder.

—Creía que ahora trabajabas para ella —dijo Kylee.

—Soy tan leal a ella como lo era a Üku —respondió Grazim—. La diferencia es que kyrgia Bardu lo sabe, así que nos llevamos bien.

—¿Qué hay de mí?

—¿Crees que nos llevamos bien?

—Me refiero a si eres leal a mí como lo eras con Üku —aclaró Kylee. Grazim sonrió.

—Eso es fácil. No soy leal a ti en absoluto.

Kylee asintió y regresó a su comida, contenta de que ambas sintieran lo mismo por la otra.

—Pero no te odio —añadió la muchacha altari—, aunque tú me odies.

—Yo no te odio —aseguró Kylee. Grazim levantó una ceja, desconfiada. Kylee explicó—: No confío en ti y ni siquiera estoy segura de que me *gustes*… pero no te odio. Cada uno de estos kyrgios me ha mentido y manipulado para obtener lo que quieren de mí, pero tú no quieres nada de mí. Supongo que… lo aprecio.

Una breve risa cruzó el rostro de Grazim.

—Bueno, entonces estoy feliz de seguir sin querer nada de ti. A la mierda, si no tengo que volver a verte después de esta guerra, hasta podríamos ser mejores amigas.

Kylee también se rio y luego volvieron a la comida. Pensó en esa palabra: «odiar». Había gente que ella creía odiar —su difunto padre, los kyrgios, los Tamir, los kartamis, el sicario que había matado a Vyvian—, pero imaginarlos no hacía que el aire en sus pulmones ardiera como cuando necesitaba llamar a la lengua hueca. El odio y la furia, se percató, eran cosas diferentes, y solo una de ellas era útil. No necesitaba el odio si podía encontrar su furia.

Por detrás del ejército, las nubes de tormenta, bajas y pesadas, avanzaron a gran velocidad a través de la meseta, mientras que frente a ellos esperaba la mortífera horda kartami. En las barricadas detrás de los kartamis, ardían antorchas.

Kylee sintió una punzada de nostalgia. Estaba muy cerca de Brysen, de su hogar y del mundo que conocía. Sin embargo, lo que estaba entre ellos era un enorme campo de asesinos sedientos de sangre y un ejército que esperaba que ella luchara con un arma que ya no poseía. No habría bienvenida para ella antes de que los buitres llenaran sus buches.

Excepto que no había buitres en el cielo, ni sobre los kartamis ni sobre Seis Aldeas. Un cielo vacío era más perturbador que los ejércitos concentrados uno contra el otro. No era natural, e hizo que todos los cetreros de Uztar sintieran descargas de preocupación.

—No tenemos que preocuparnos por un ataque esta noche —sostuvo Grazim, arrojando lo que quedaba de su cena en el fuego para luego inclinar la cabeza hacia la tierra. Kylee no supo si esta era una costumbre altari o solo de Grazim.

—¿Por qué lo crees?

—Los halcones no vuelan durante una tormenta —observó—. Y las cometas kartamis, tampoco.

Había un destello travieso en los ojos de Grazim, uno que hizo que Kylee se sentara más erguida.

—Pero podemos comandar a las aves para que vuelen bajo la lluvia —señaló Kylee—. Podríamos sorprenderlos.

—Tendríamos que *quererlo* —repuso Grazim, acercándose de forma conspirativa—. Tendríamos que quererlo más que el deseo de las aves de mantenerse a salvo y secas. No es poca cosa lo que estaríamos pidiendo.

Kylee observó el campamento. Todos estaban atando las estacas y acomodándose para pasar la tormenta. Si Grazim estaba en lo cierto, entonces los cielos estarían en calma y, en tierra, los centinelas se dejarían llevar por la despreocupación. Si Kylee tenía alguna posibilidad de rescatar a su hermano de ese estúpido intento de asesinato en el corazón del campamento kartami, jamás tendría una mejor noche que esa, al amparo de la tormenta, antes de que el verdadero combate comenzara. Si Brysen aún estaba en las garras del enemigo cuando comenzara la batalla, ella nunca podría concentrarse. El miedo la superaría, tal como Grazim había predicho.

Bardu retenía a Nyall por una parte, los kartamis retenían a Brysen por la otra, y ella estaba atascada en el medio, luchando con su corazón partido en dos.

Pero si Brysen estuviera a salvo detrás de ella, quizás Kylee pudiera recuperar la furia que necesitaba, liberarse para desatar toda la furia del cielo sobre sus enemigos, incluso sin el águila fantasma. Había otras aves que comandar y, con Grazim como aliada, no había nada que no pudieran lograr.

Sí, en cuanto la gente que quería estuviera a salvo, no habría límites para lo que ella podía hacer. Podría destrozar a los kyrgios si quería, derribar los cimientos del Catillo del Cielo y proclamarse soberana de todo lo que hubiera bajo el cielo.

La sed de poder se aferró a sus pensamientos como una garrapata. El poder para hacer qué, aún no lo sabía, pero quizás esa era la cuestión con el poder. Aquellos que lo tenían no necesitaban saber para qué era. Un ave no cuestiona la brisa que la lleva. ¿Por qué habrían de cuestionar los poderosos el poder que ejercían?

El primer paso era rescatar a Brysen.

Grazim la observó mientras ella estudiaba el campamento kartami en la distancia. Debía de haber visto en su cara cómo pensaba en el problema.

—Estás pensando en algo temerario —señaló.

—Crees conocer mis pensamientos.

—Soy responsable de ti, ¿recuerdas? —advirtió Grazim—. Mis instrucciones son conocer lo que piensas.

—E informar a Bardu sobre ello —agregó Kylee—. Pero he notado que no has enviado ninguna carta. No has informado de que he perdido al águila fantasma.

Grazim frunció los labios.

—Quiero salvar a mi hermano esta noche —anunció Kylee—. Y si quieres ganar esta guerra con mi ayuda, querrás venir conmigo a salvarlo.

—Me parece que tienes miedo de quién eres cuando no estás salvándolo.

—No tengo miedo de quién soy cuando no estoy protegiéndolo —repuso—. Tengo miedo de lo que haré cuando ya no me quede nadie a quien proteger.

Grazim entornó los ojos.

—¿De verdad me quieres como compañera en esto?

Kylee asintió.

—Demuéstralo —pidió la otra chica.

Tanto el pueblo de Kylee como el de Grazim veneraban a las rapaces; aves que no formaban bandadas, que cazaban por su cuenta y, por lo general, afrontaban sus violentas muertes solas. Pero Kylee sabía que una parvada de cuervos era más poderosa que un halcón solitario y que un par de cernícalos cazaban más del doble de presas.

Eran más fuerte juntas.

—*Khostoon* —dijo Kylee y, frente a la palabra para «compañera», Grazim miró al cielo rojizo del anochecer que alertaba sobre tormentas a los viejos cazadores. Ningún ave se precipitó hacia ella. Después,

Grazim echó una mirada a su propio busardo, que estaba posado en su percha en el suelo junto a ella. La rapaz ahora miraba con fijeza a Kylee, atenta, sin amarres, lista para volar si ella la comandaba—. Tu ave me cree —señaló.

Los labios finos de Grazim se curvaron en una sonrisa tensa y ella repitió la palabra.

—*Khostoon*.

El halcón giró la cabeza, apuntó con los ojos a una y a otra, lista para asaltar el nido del enemigo, lista para volar en la tormenta entre ellas.

30

Cuando la tormenta estalló con fuerza sobre su campamento en la oscuridad de la primera mañana, convirtió la tierra en un lodo denso y el cielo negro lanzó agujas de lluvia. El agua apagó la luz de las antorchas desde las carpas hasta las barricadas. La visibilidad era horrible y era casi imposible escuchar nada por encima del diluvio. Era el momento perfecto para escabullirse.

Grazim había metido al busardo bajo su capa oscura y las chicas se deslizaron por el extremo del campamento tan cerca de los centinelas que podrían haberles hecho cosquillas en la nariz con una pluma de paloma.

Iban agazapadas mientras corrían a través del enorme campo raso entre los ejércitos, pero Kylee creía que no necesitaban ser tan cuidadosas. La tormenta que había mantenido a las aves y las cometas en tierra cubría por completo su acercamiento. El único momento en que hicieron una pausa fue durante los destellos de los relámpagos, cuando los ojos de los soldados posados como halcones empapados en sus carretones quizás fueran atraídos por el movimiento.

Al aproximarse al campamento enemigo, mojadas hasta los huesos por su carrera zigzagueante a través del lodo pantanoso y las trincheras cavadas entre los ejércitos, pudieron oír el chirrido del metal contra el metal, el crujido y el rechinar de huesos que son doblados y moldeados. Los sonidos que hablaban de armas que estaban forjando o reparando y de cometas o planeadores que estaban remendando. Ya estaban lo bastante cerca para ver antorchas parpadeando y chisporroteando de forma irregular entre las carpas kartamis y los carretones. Las antorchas estaban ubicadas para engañar a los seisaldeanos en las barricadas respecto de dónde estaban reunidos los guerreros. Las pastillas de fuego ardían sin llama y echaban humo, mojadas por la lluvia.

Kylee había prometido a Grazim que tenía un plan y que no quería contárselo por si capturaban a alguna de las dos. Cuanto menos supiera Grazim, mejor. En realidad, Kylee no sabía cómo iba a encontrar a su hermano. Había pasado casi medio giro desde que había leído su carta y dejado el Castillo del Cielo, más días aún desde que él la había enviado, y hasta donde ella sabía, podía estar muerto o quizás nunca haber dejado Seis Aldeas.

Solo que no tenía dudas, por razones que no podía explicar, de que sería capaz de encontrarlo. Estaban ligados entre sí, tenían un vínculo que iba de corazón a corazón, y no había distancia lo bastante grande ni tormenta lo bastante intensa para evitar que ella lo encontrara.

Estaba actuando como Brysen al correr hacia el peligro sin un plan. Se preguntó si cuanto más tiempo estuvieran separados, más parecida a él se volvería. ¿Estaba él en el mismo proceso pero inverso? ¿Estaría volviéndose más reflexivo y reservado mientras ella se volvía más imprudente y enfurecida?

—Entonces, ¿tu plan es interrogar a alguien? —sugirió Grazim, ofreciendo una buena idea en forma de pregunta—. ¿Capturar a uno de sus centinelas y preguntarle dónde mantienen a los prisioneros?

—Sí. —Kylee estuvo de acuerdo, agradecida por la mente estratégica de la otra muchacha. Se preguntó si ella y Grazim terminarían siendo amigas después de todo aquello, si ambas sobrevivían.

Un relámpago destelló y las chicas volvieron a quedarse inmóviles. Kylee estaba sorprendida por el tamaño del asedio, al verlo tan de cerca. Se prolongaba mucho más lejos de los límites de Seis

Aldeas, giraba por la ribera y bloqueaba la carretera que llevaba en una dirección hacia el Castillo del Cielo y en la otra, hacia la Fortaleza de la Garra, en el lejano sur. El pueblo de Seis Aldeas estaba realmente aislado y sobre las barricadas se posaban sus propios defensores, como una bandada de cuervos en descanso, empapados tanto por la expectativa como por la lluvia.

Las aves de las Aldeas tampoco volarían en aquel clima, pero parecía que todo luchador apto se había congregado para mantener la resistencia, listo para un ataque sorpresa que los kartamis aún podían lanzar. La tormenta no era garantía contra la violencia repentina. Los kartamis eran conocidos por movilizarse más rápido que un suspiro.

—Primero, tenemos que poder encontrar a alguien a quien interrogar —observó Kylee y Grazim asintió. Entre ella y las filas de carpas había altas bermas de tierra que chorreaban lodo, había trincheras que atravesar y, sin duda, había defensas que no podían ver.

Grazim sacó a su rapaz de debajo de su capa. El ave se puso tensa. Sus ojos miraron a Grazim con resentimiento mientras sacudía sus plumas repentinamente empapadas. El busardo pareció a punto de volverse contra su cetrera por el insulto de la tormenta, pero ella le susurró algo y el ave se calmó, dócil.

Después de unos pocos pasos más hacia el campamento kartami, Grazim soltó a su rapaz con la orden para volar. En cuanto aleteó en el aire, un bulto de hierba de las praderas se movió fuera de una carpa aislada y siguió la dirección del vuelo del halcón.

Habían hecho salir de los matorrales a su presa y ahora tenían que atraparla.

Sin decir palabra, cada una de las muchachas embistió a una de las centinelas, mientras el ruido de la lluvia cubría el sonido de la palabra gritada por Grazim, que hizo volver a su halcón e hizo que la primera flecha errara.

No hubo segunda flecha.

Kylee derribó a la arquera dentro de la trinchera, la cabeza de la kartami se estrelló contra el lodo. Kylee empujó el rostro encapuchado contra el suelo, con todo su peso. Se inclinó hacia delante y susurró a la parte trasera de la capucha:

—Te dejaré respirar si te mantienes callada. Un grito, un silbido o un movimiento repentino, y tu compañera será destripada por ese halcón antes de que pueda llegar ayuda alguna. ¿Entendido?

Esperaba que Grazim realmente hubiera sometido a la otra guerrera. La lealtad de los kartamis para con sus compañeros era lo único que podían aprovechar.

La centinela que estaba con la cara en el lodo hizo lo que pudo para asentir y Kylee levantó la cabeza de la kartami con fuerza, solo lo suficiente como para que pudiera respirar, pero en ángulo hacia atrás para que le costara hacer cualquier otra cosa. A la primera señal de problemas, podría empujar la cabeza de la guerrera de nuevo contra el lodo. Se preguntó si tendría el valor para hacerlo. Había empleado aves para matar, pero jamás había usado sus propias manos.

—Un chico uztari fue tomado prisionero —ladró—. ¿Dónde está?

—Hay muchos chicos uztaris prisioneros —respondió la guerrera, con el acento de quienes provienen del Castillo del Cielo. Esta era una muchacha uztari que luchaba para los kartamis. *¿Cuántos más habían elegido este lado?*, se preguntó Kylee.

—Estoy buscando a uno en particular —señaló—. De pelo gris, pero demasiado joven para eso. Quizás estaba con un chico de piel pálida.

—Todos los muertos son pálidos.

La chica tenía ganas de ser desafiante. Kylee tenía que acabar con esas ganas.

—¿Cómo te llamas? —Tiró la cabeza de la chica hacia atrás con más fuerza.

—Morgyn —gruñó la muchacha.

—De acuerdo, Morgyn, rézale a la tierra o al cielo que adores para que estos chicos no estén muertos —siseó Kylee, sintiendo el familiar ardor de la rabia en ella. Silbó a Grazim. A través de la tormenta y los vientos borrascosos, se oyó un grito agudo.

Fuese lo que fuese lo que Grazim había ordenado a su rapaz para que le hiciera a la otra centinela, dolía.

—Sé que has escuchado eso. Todos vosotros lucháis con compañeros, ¿cierto? Imagina lo que la tuya está sufriendo en este instante. Ahora imagíname a mí enfurecida mientras busco a mi hermano. Imagina lo que soy capaz de hacer, *ten miedo de eso*. Me dirás dónde está o el cielo mismo te llevará hacia mi venganza.

Las palabras que había dicho eran tan claras como cualquiera que hubiese pronunciado antes, y cada una de ellas era verdad. Empujó la cabeza de la guerrera en el lodo y contó hasta veinte, luego la levantó para dejarla respirar otra vez.

—Está vivo —dijo la chica, tratando de recobrar el aliento y escupiendo lodo—. Brysen. Lo conozco. Es… amable conmigo. Él y el otro chico… —La muchacha dudó.

—¿Qué? —Kylee aferró su pelo, tiró de su cabeza con más fuerza—. ¡Habla!

—Están en la carpa de vinculación. —Tembló. Se estaba… riendo—. Para guerreros nuevos.

—Para… espera… ¿qué?

—Ahora es uno de nosotros —reveló Morgyn—. Habló acerca de ti. De cómo lo dejaste. De cómo siempre dejas que sufra, de cómo lo hiciste vivir bajo tu sombra. De cómo quería salir a su propia luz. Parecía contento arriba, en la cometa, ¿sabes? Será un buen guerrero.

—No —espetó Kylee, que imaginó a Brysen diciendo esas cosas acerca de ella y temió que fueran verdad—. Estás mintiendo.

No podía tolerar una mentira.

El ardor en ella ahora estaba en llamas, como cuando había hablado con el águila fantasma, pero el águila fantasma no estaba allí, solo ella y esa muchacha traicionera, y el viento aullaba alrededor de ella y también en su interior, y empujó la cabeza de la guerrera hacia adelante, la presionó contra el lodo, poniendo todo su peso sobre la nuca y la base de su cráneo. El cuerpo se sacudió y después intentó liberarse y luego tembló y se agitó y después cesó todo movimiento, y aun así Kylee siguió presionando y siguió presionando y siguió presionando.

Mientes, pensó. *Mientes, mientes, mientes.*

—Tu hermano y ese chico búho están en la carpa de vinculación —dijo Grazim, que se deslizó hacia abajo en el pozo para quedar junto a ella, cubierta de lodo de pies a cabeza. Echó una mirada al cuerpo sin vida bajo las rodillas de Kylee y la lluvia que lavaba las lágrimas de su rostro.

—Ella ha dicho lo mismo —confirmó Kylee. Su voz sonó ronca—. ¿La tuya ha confesado dónde está? Yo... no tuve la oportunidad de preguntarle.

—Ha dicho que está justo allí, aunque quién sabe si es verdad. Habría dicho lo que fuera con tal de salvar a esta. —Grazim empujó con el pie el cadáver que Kylee había dejado—. Supongo que no todos se salvan.

Kylee la miró, el frío llenaba los espacios donde la furia había ardido.

—Todos los que están de mi lado, sí.

Lo dijo en serio, pero no sabía si era verdad.

—Por aquí —indicó Grazim, luego alzó su puño para que regresara su busardo. Este voló pesadamente, con sangre en el pico y la mirada de saciedad que los depredadores tienen después de comer.

Dejaron los cuerpos donde yacían en el lodo, bajo la lluvia. Los encontrarían, pero Kylee pretendía irse antes de eso. Cuando echó una mirada atrás, Grazim le dio un apretón en la mano para reconfortarla.

—Relájate —dijo—. Estamos en guerra, y eran el enemigo. Son dos guerreras menos que combatir después.

Kylee no podía relajarse. Se arrastraron hasta quedar al lado de la carpa. Se detuvieron a escuchar. No había sonidos. Se estiró hacia las solapas y se metió.

31

La única luz dentro de la carpa venía de las brasas encendidas en un brasero abierto junto a un camastro cubierto por una manta de piel. En el suave resplandor, vio que la piel pálida de Jowyn resplandecía. Los extraños tatuajes parecían casi como elaborados recortes en su costado.

Su pecho subía y bajaba con lentitud. Parecía tan tranquilo acostado ahí, en el camastro, bajo la luz parpadeante, que a Kylee le llevó un momento caer en la cuenta de que estaba solo. Brysen no estaba allí.

—¿Dónde está Brysen? —susurró mientras avanzaba a toda prisa hasta él. El chico inhaló sorprendido, se incorporó de golpe y giró hacia ella con ojos bien abiertos; el sueño y la confusión aleteaban sobre sus rasgos.

—Eh… Yo… ¿Qué?… ¿Quién? —Su confusión de repente pareció terror, y Kylee se dio cuenta de que estaba empapada, cubierta de lodo y probablemente parecía más un monstruo que una persona.

—Soy yo —respondió, asegurándose de que él escuchara su voz—, Kylee. ¿Dónde está Brysen?

Jowyn frunció el ceño y luego miró a su lado en la cama, como si esperara ver a Brysen durmiendo allí, en el espacio vacío.

—Él está... estaba. Él estaba aquí.

El muchacho se puso de pie de un salto, ya sin nada de sueño, y registró rápidamente la carpa. Estaba completamente desnudo frente a ella, pero o bien no era tímido, o bien no recordaba su desnudez.

Resultó ser esto último, porque en cuanto se percató de que estaba absolutamente expuesto, lanzó un chillido, se tapó donde se sintió más vulnerable y corrió por toda la carpa levantando su ropa para luego ponérsela de cualquier forma. Rasgó el cuello de su túnica en el proceso.

—Estaba aquí —repitió—. Cuando nos fuimos a dormir, estaba a mi lado.

—¿A dónde puede haber ido? ¿Hay un retrete?

—No nos dejan ir sin una guardia —contestó Jowyn.

—Había dos guardias cerca —observó Kylee.

—¿«Había»?

—Ya no están haciendo guardia.

—Si estaban las dos, eso significa que no ha ido al retrete —señaló Jowyn. Estaba demasiado preocupado por Brysen como para preguntar qué había pasado con las kartamis. O simplemente no le importaba.

—Entonces, ¿adónde?

Jowyn levantó la vista al techo de la carpa, pero Kylee sospechó que estaba mirando más allá de este, a algún cielo imaginario. Estaba negando con la cabeza.

—Ay, Brysen, no.

—¿Qué? ¿Dónde crees que ha ido?

—Creo que ha ido a buscar a Anon —sostuvo Jowyn. Al ver la confusión de Kylee acerca de quién o qué era un Anon, añadió—: El líder kartami.

—A intentar matarlo —confirmó ella. Él asintió.

—Iban a hacernos atacar las barricadas mañana. Cree que puede detenerlo.

—Tenemos que detenerlo a él —dijo Kylee—. Lo matarán.

—He estado tratando de convencerlo para que no lo haga —reveló Jowyn—, desde antes de irnos.

—Y has hecho un excelente trabajo —espetó ella. Era injusto, pero su rabia necesitaba un lugar en el que posarse y Jowyn era práctico. Sin importar qué hiciera o lo lejos que llegara ella, parecía ser la única que podía mantener a su hermano a salvo. Soltó una tibia disculpa al muchacho preocupado y después le preguntó si sabía dónde estaba la carpa de Anon. Jowyn negó con la cabeza.

—Brysen pudo ver todo el campamento cuando entrenamos con los carretones de guerra, pero no me dijo si había visto algo.

Kylee apretó los dientes, pero asomó la cabeza afuera de las solapas de la carpa para hablar con Grazim.

—Tenemos que encontrar a otra persona para interrogar —indicó—. Necesitamos saber dónde está la carpa del líder kartami.

Grazim asintió y se fue silenciosamente. Unos pocos picotazos y una garra dolorosamente colocada después, tuvieron la respuesta. Tal vez había habido un tiempo en que el solo pensar en hacer sufrir a alguien para conseguir lo que quería habría molestado a Kylee, pero cuando buscó en su interior algo de remordimiento por lo que fuese que Grazim hubiera hecho, no lo encontró.

Un halcón no siente nada por una liebre, ¿por qué debería yo sentir algo por esta gente?, pensó, aunque sabía que esos guerreros no eran liebres y ella no era un halcón. Pero era más fácil pensar en ellos de ese modo. Habría que infligir más dolor antes de que terminara la noche; no podía dejárselo todo a Grazim y su halcón.

Los tres se abrieron paso por la oscuridad de la mañana lluviosa, moviéndose con rapidez entre las carpas, tan agazapados como podían para evitar que los vieran. El sol estaba ascendiendo por detrás de las montañas, pero todavía no se dejaba ver. Si lograban ganarle al amanecer por completo, encontrar a Brysen y huir antes de que se iluminara el día, quizás podrían escapar sin despertar a todo el campamento. Grazim no dejaba de mirar el horizonte lejano, ansiosa por regresar al campamento de su ejército antes de que descubrieran su ausencia.

—Puedes irte —le dijo Kylee—. Te alcanzaremos.

—Mientras estés aquí, aquí estaré —le aseguró Grazim—. Y llegado el caso, no hay ninguna razón por la cual no podamos hacer nosotras mismas lo que estaba tramando Brysen.

—¿Es por *eso* que has venido? —Kylee cayó en la cuenta—. ¿Para asesinar al líder kartami y ser *tú* la heroína?

—La idea ha cruzado por mi mente —confirmó Grazim, encogiéndose de hombros—. No me disculparé por ser ambiciosa.

La idea de hacer ellas mismas el trabajo ni se le había ocurrido a Kylee. Ella quería encontrar a Brysen y salir de allí, pero Grazim ya estaba planeando cómo sacar provecho de esta misión de rescate. Probablemente sería una gran kyrgia, pensó Kylee, si vivía para serlo.

Llegaron a lo que les habían dicho era la carpa de Anon y vieron que estaba bien custodiada. Un par de guerreros caminaban por el perímetro; ambos, musculosos y de piel oscura

—Son Visek y Launa —susurró Jowyn—. Nos han estado entrenando para combatir. No hay forma de que Brysen pudiera escabullirse sin que ellos lo vieran.

—Entonces, si no está dentro, ¿dónde está?

Jowyn miró a su alrededor. Se habían agazapado detrás de un carretón de guerra alto. Había varios más posados alrededor de la carpa, todos con la parte delantera apuntada hacia fuera, listos para rodar apenas dieran la señal. Y Kylee notó que uno de ellos parecía más hundido en el lodo que los demás.

—Está ahí dentro. —Lo señaló. Todos observaron el carretón tratando de ver si había algún movimiento y, en efecto, Kylee vio un destello gris cuando Brysen se movió dentro. Estaba a solo dos palmos de distancia de donde Visek y Launa estaban patrullando, y a una carrera en línea recta de la carpa. Cuál era su plan desde ahí era algo que Kylee no podía imaginar. Quizás él tampoco. Observaron y esperaron y él no hizo ningún otro movimiento—. Debemos distraer a esos dos guardias —indicó Kylee.

Grazim acarició las plumas del pecho de su rapaz y le susurró.

—Está cansada, me parece, pero aún nos queda algo. —Alzó su puño y lanzó el ave al húmedo aire matinal. La rapaz aleteó a través del espacio que los separaba de los guardias y se precipitó frente a Visek y Launa, que comenzaron a perseguirla, y mientras no estaban mirando, Kylee se echó a correr, dejando a los otros atrás mientras avanzaba hacia el carretón de guerra. Entró de un salto en la parte trasera, que estaba abierta, y se zambulló. Casi derribó a Brysen cuando le tapó la boca con la mano para que no gritara.

—Estoy aquí para rescatarte —susurró a sus grandes ojos mojados. Había estado llorando. Kylee le quitó la mano, la pasó por encima de los brazos y el pecho de su hermano, en busca de heridas—. ¿Estás bien? ¿Estás herido?

—No lo he hecho —murmuró él. Sus ojos azules resplandecieron con los breves destellos de los relámpagos, mucho más suaves que los ojos de su padre pero, aun así, era muy perturbador encontrarlos en la oscuridad, mirándola—. Anon ha salido de la carpa para estirarse bajo la lluvia, justo aquí… de espaldas a mí… podría haberlo hecho y no me he movido.

—Estabas asustado —lo consoló—. Está bien tener miedo. Es la forma en que tu mente te dice que algo está mal.

—No estoy *asustado* —repuso Brysen, sonando más joven de lo que era—. *Elegí* no hacerlo. Después de lo que les he hecho pasar a Jowyn y a los chicos riñeros, después de todas las promesas que he hecho sobre terminar esta guerra… he decidido no hacerlo. —Negó con la cabeza, como si no pudiera creer lo que estaba diciendo. Tenía la mirada distante de un augur en trance, un místico que ha observado demasiado el cielo.

—Es una decisión inteligente —aseguró ella—. Esto no es el cuento de un trovador donde el villano es asesinado y todos los monstruos regresan a las nubes. Jamás habrías salido de aquí vivo si lo hacías.

La expresión de Brysen cambió, como si acabara de darse cuenta de que esa conversación no estaba ocurriendo en su cabeza, que Kylee realmente estaba allí, frente a él. La miró y frunció el ceño.

—Espera. ¿Qué... qué estás haciendo aquí?

—Ya te lo he *dicho* —respondió—. Estoy aquí para rescatarte.

—Kylee. —Brysen le apretó la mano—. Kylee —repitió—. Tengo tanto que contarte.

Ella le sonrió, apretó su mano en respuesta y sintió que la furia que había estado hirviendo en su interior se desvanecía. Había algo diferente en él. Siempre parecía una tormenta contenida por cicatrices, pero sentado en la oscuridad del carretón de guerra en medio de una verdadera tempestad, parecía tranquilo, como la bruma que queda cuando se va la tormenta.

—A mí también me alegra verte —dijo Kylee—. Ahora, ¿podemos volar lejos de aquí mientras aún tenemos la cabeza pegada al cuerpo?

Brysen asintió y se levantaron para asomar juntos la cabeza fuera del carretón de guerra.

La lluvia había menguado y la neblina envolvía el campamento con una luz difusa. En la distancia, el sol naciente creaba un arcoíris que se extendía como un puente detrás de Seis Aldeas, sobre ambos campamentos de guerra, todo el camino hasta el extremo lejano de la meseta uztari, sobre los paisajes con los que ambos solían soñar de niños.

Quizás los exploremos algún día no muy lejano, bien lejos del alcance de cualquier ejército o kyrgio o ave de pesadilla, pensó Kylee.

—¡*Shyehnaah!* —La voz de Grazim perforó la mañana y la cabeza de Kylee se levantó de golpe para ver al halcón girando con fuerza, cayendo a toda velocidad con una lanza atravesada en el pecho. Y después, vio que Jowyn corría tras la chica altari, que cargaba contra

Visek, quien ya apuntaba otra lanza hacia ella. Jowyn derribó a Grazim y la lanza le rozó la espalda, abriendo una delgada línea roja entre sus omóplatos.

—¡No! —gritó Brysen, salió del carretón, saltando sobre su hermana, y corrió hacia Jowyn. Lo abrazó y levantó la mirada hacia Visek con ojos rojos de furia.

—*Shyehnaah* —gruñó, y Kylee se sintió mareada. Nunca antes lo había escuchado hablar en lengua hueca, y no sabía a qué ave podía estar dirigiéndose.

En el suelo, la rapaz con la lanza atravesada parecía un pollo en un espetón sobre el fuego... pero se movió. Aleteó e intentó ponerse de pie para luego atacar violentamente a Visek, el asta de madera se arrastraba en el lodo detrás. El guerrero ladeó la cabeza, luego alzó una bota y pisó al ave contra el suelo, aplastando su cráneo mientras arrancaba la lanza de su lomo con un crujido húmedo.

Brysen se desmoronó donde estaba sentado, como si se hubiera roto un lazo entre él y el ave. Presionó la espalda herida de Jowyn contra su pecho, su mandíbula quedó abierta en un grito silencioso. Las solapas de la carpa se abrieron y salió un hombre corpulento sin camisa, llevaba el pelo largo, que caía por debajo de sus hombros, y en una mano sostenía con fuerza una espada gancho. El arma probablemente pesara más que Kylee.

—¡Amordazadlos antes de que hablen otra vez! —ordenó, y cayeron guerreros sobre Kylee, Grazim, Brysen y Jowyn desde todos lados.

Arrastraron a Kylee desde la parte de atrás del carretón al mismo tiempo que le ponían un trapo en la boca, y aunque quería luchar, quería gritar y lanzar la ira de un cielo furioso sobre sus captores, descubrió que solo podía mirar a su hermano, el chico de cabellera gris y ojos llenos de lágrimas que había elegido no acabar con la vida de un hombre y, de algún modo, había traído a un ave de la muerte.

UN CIELO DE PIEDRA

El techo estaba pintado como el cielo, aunque estaba agrietado. Nubes de hollín daban paso a piedras expuestas y lo que hacía las veces de sol estaba manchado con distintos tonos de negro y café, cuya procedencia era algo que Nyall prefería no saber.

No había cielo real. Nada de ventanas. Nada de luz. Nada de aire fresco. Esa era la mazmorra del Castillo del Cielo y Nyall no tenía ni idea de cuánto tiempo hacía que estaba allí abajo. ¿Días? ¿Semanas? Dicen que el tiempo transcurre más lento para los prisioneros, y una parte tonta de él deseaba que fueran solo horas, que la resaca con la que había despertado allí la primera vez hubiese creado la ilusión de perpetuidad. Pero sabía que no. El mundo seguía adelante sin él, y en algún lugar Kylee estaba en peligro. Él había sido su protector o, al menos, se había convencido de que lo había sido. Vaya protección podía brindarle desde aquel calabozo.

Se reconfortó pensando que ella cuidaría de sí misma. Siempre lo había hecho. También había cuidado de Brysen y de su madre. Jamás habían pasado hambre, incluso cuando no tenían ni un solo bronce porque su padre se lo había gastado en apuestas o en alcohol o su madre se lo había donado a los Sacerdotes Rastreros. No pasaron hambre cuando Brysen pasaba sus días soñando despierto sobre su entrenador en vez de entrenar rapaces nuevas para vender. Y no pasaron hambre cuando Kylee se fue, porque ella le había pedido a

Nyall que enviara cartas de crédito, aunque en cada una de sus respuestas, Brysen juraba que no necesitaba su ayuda.

¿Moriría Brysen de hambre sin esas cartas ahora? ¿Les había fallado *a todos*?

La lástima por sí mismo lo circunvoló, batiendo sus implacables alas. Nadie le había dicho *por qué* estaba en esa celda. Esos dos matones que trabajaban para kyrgia Bardu le llevaban comida de tanto en tanto, pero no le decían nada. Se sobresaltó cuando escuchó que la barra de metal se deslizaba hacia atrás, porque cada vez que estaba demasiado cerca cuando abrían la puerta, la corpulenta Chit le daba un puñetazo en las tripas.

«Podría apuntar más bajo si quisiera», le dijo la primera vez.

La segunda, lo demostró.

Después de eso, ni siquiera buscaba razones para golpearlo. Al menos las magulladuras lo ayudaban a percibir el paso del tiempo. Se habían vuelto más amarillas que negras, lo que significaba que habían pasado tres o cuatro días.

Esta es mi vida ahora. Cuento los días con magulladuras.

Cuando la puerta crujió al abrirse, se preparó, pero Chit entró sonriendo. No tenía a su halcón consigo esa vez, algo que a Nyall le pareció extraño. Después de estar tanto tiempo solo, cualquier cambio en la rutina le parecía colosal.

—Tu puño está vacío —comentó, en gran parte, para probar si su voz aún funcionaba. ¿Cuánto tiempo había pasado desde la última vez que había hablado?

Chit cerró su puño con fuerza.

—Podría llenarlo con un mechón de tu pelo, si quieres —gruñó. A Nyall le resultó entretenida la nueva amenaza. Ya le parecía aburrido que lo golpearan y patearan.

Detrás de Chit, su compañero, igual de grandote que ella, bloqueaba casi toda la luz que venía del pasillo. Él tampoco tenía ave. Jamás habían ido a los calabozos sin rapaces. Nyall se preguntó por qué, pero sabía que era mejor no preguntar directamente. En lugar de eso, hizo la misma pregunta que hacía cada vez que ellos venían.

—¿Dónde está Kylee?

—Se ha ido —respondió Chit—. Ha partido hacia la guerra. Deberías desear que luche bien, porque tu vida está ligada a la de ella.

Nyall lanzó una risita.

—Como siempre lo ha estado.

Chit sacó de su túnica un pan sin levadura enrollado. Estaba envuelto en un trapo y, cuando lo desenrolló, salió vapor. Nyall olió el queso, las nueces tostadas y la fruta deshidratada que lo rellenaban. Su boca se hizo agua.

—¿Hambriento? —preguntó Chit.

Nyall se encogió de hombros. No quería parecer desesperado.

—Lo hemos hecho para ti —le contó la mujer—. Y nos encantaría dártelo cuando todavía esté caliente.

—Bueno, no me opondré. —Nyall sonrió y estiró la mano—. ¡Adelante!

Ella se llevó el pan hacia su nariz, inhaló con fuerza y suspiró. Luego le escupió y se lo dio.

Nyall se enfureció y en ese momento se dio cuenta de cuatro cosas.

La primera era que ella no le había hecho ninguna pregunta ni lo había amenazado. Tenía algo que él quería, pero no le pedía nada a cambio. No quería información ni una confesión ni ninguna de esas cosas que creía que los carceleros normalmente intentaban obtener de sus prisioneros. Él era tan solo un rehén y lo único que le importaba a ella era que siguiera vivo.

La segunda cosa era que nunca lo iban a liberar. Lo usaban para influenciar a Kylee, y si ella se había ido a la guerra sin él, era porque no le habían dado otra opción.

Kylee merecía tener opciones. Nyall nunca había querido ser alguien que limitara sus opciones. Esa fue la tercera cosa de la que se percató. Para liberar a su amiga, tenía que liberarse a sí mismo.

La cuarta fue que iba a disfrutar de empujar ese pan adentro de la garganta de Chit.

—Tengo tanta hambre —gimoteó y dio un paso adelante con tanta resignación como pudo, con la cabeza gacha y la mano extendida para aceptar la comida escupida. Chit la dejó caer al suelo sucio, para forzarlo a inclinarse a sus pies para levantarlo.

Perfecto, pensó mientras se agachaba. Con la cabeza baja, sus largos rizos quedaron colgando sobre su cara y ocultaron su sonrisa de los ojos de la mujer.

—Di gracias, excremento de paloma —le ordenó.

—Gracias, excremento de paloma —repitió él, con suficiente sarcasmo como para que ella llevara una pierna hacia atrás para asestarle una patada. Fue entonces cuando hizo su jugada: se levantó de golpe para estrellar el mentón de la mujer con su propia cabeza y luego la empujó hacia atrás contra el otro matón. Mientras ella caía, Nyall arrojó el pan caliente a la cara del hombre, lo que lo obligó a cubrirse instintivamente los ojos.

Si aquella hubiese sido una riña en el patio de Pihuela Rota, habría barrido las piernas de ambos desde abajo con una patada justo en ese momento, pero tenía que disputar esta pelea usando algunos movimientos por adelantado. No estaba tratando de derrotarlos para someterlos; estaba intentado escapar. En contra de todos sus instintos, retrocedió, se quedó parado al lado de la cubeta de desperdicios del rincón, donde había tenido que hacer sus necesidades durante días, y dejó que ambos se recuperaran para que lo atacasen dentro de la celda.

Una sola patada sería lo único que le haría falta para lanzar la cubeta al aire y salpicarlos con su repugnante contenido. Dio una vuelta, no para atacar, sino para fingir que lo haría, de modo que lo último que ambos vieron antes de que sus caras se llenaran de mierda fue el cuerpo de Nyall desequilibrado antes de dar una patada bien alta.

Con los ojos cerrados y fuertes arcadas, ambos se lanzaron hacia donde Nyall había estado, pensando en derribarlo cuando él atacara, pero los rodeó, evitando golpearlos. Ahora estaba de pie en el umbral de la puerta de su celda, y ellos, dentro.

—Gracias por vuestra hospitalidad —les dijo y los saludó con un ostentoso aleteo de sus dedos contra su pecho, antes de percatarse de que no podían ver debido a los excrementos en sus ojos. Cuando corrieron hacia el sonido de su voz, él cerró la puerta y deslizó la barra de metal para trabarla; el chirrido del metal sonaba mucho mejor a ese lado.

El marco tembló cuando los matones estrellaron sus enormes cuerpos contra la puerta, pero Nyall no pudo oír ni los insultos ni las maldiciones que, sin duda, estaban gritando. En la parte superior de la puerta, había una mirilla corrediza; la abrió.

Los ojos mugrientos de Chit echaron chispas hacia él, mucho más brillantes que el sol pintado.

—Jamás saldrás de esta ciudad con vida —gruñó la mujer. Y él se dio cuenta de que ya no había nada que quisiera de ella. Cerró con fuerza la mirilla.

El pasillo llevaba a otra puerta, que estaba cerrada. Supuso que habría guardias al otro lado. Necesitaba un plan para pasar. También notó que las celdas a lo largo del pasillo estaban todas cerradas, pero sin trabar, salvo por las tres que se encontraban después de la suya. Ladeó la cabeza mientras se preguntaba a quién más encontraría apresado por placer de kyrgia Bardu. ¿Y si Chit había mentido y Kylee también estaba presa? Valía la pena comprobarlo.

Cuando abrió la primera mirilla, se sobresaltó.

Allí, sentada en el suelo con las piernas cruzadas y las manos apoyadas en las rodillas, estaba Üku, la Madre Búho, en una especie de estado meditativo. No reaccionó cuando la mirilla se abrió; él la deslizó suavemente para volver a cerrarla. Eso explicaba por qué

Chit y su compañero no tenían a sus rapaces consigo. No querían tener ningún ave cerca de Üku.

Cuando abrió la mirilla de la puerta de la celda siguiente, vio a kyrgio Ryven ligeramente magullado y maltrecho. El joven noble murmuraba para sí y negaba con la cabeza, mientras repetía palabras que Nyall solo reconoció como de la lengua hueca, pero cuyo significado desconocía. Frunció el ceño. El kyrgio hablaba la lengua hueca o, al menos, creía que la hablaba. *Eso* era interesante.

Cuando Ryven vio la franja de luz que entraba desde la ranura abierta, se puso de pie de un salto y corrió hacia allí.

—¡*Shyenaah!* —gritó, pero no había ningún ave que pudiera escuchar la orden.

—Lo lamento, kyrgio —dijo Nyall—. Solo estoy yo. Pero si no le molesta explicar qué está pasando, quizás pueda ayudarlo.

—Déjame salir de aquí y te lo explicaré todo. —El kyrgio hablaba rápido, con frenesí—. Kylee está en peligro y solo yo puedo ayudarte a protegerla.

Nyall se rio por la nariz.

—¿Por qué no me lo explica desde ahí dentro? Me siento más seguro con esta puerta entre nosotros.

—Conozco pasadizos ocultos que llevan fuera de este castillo. Ayúdame a ayudarte.

—*Eso* no ha sido una explicación —señaló Nyall—. Quizás sea mejor que se tome un minuto para pensar en su situación. Ahora vuelvo.

Cerró la mirilla mientras el kyrgio lanzaba objeciones. Era mezquino de su parte, pero Nyall necesitaba darle una pequeña lección de humildad al noble prisionero, recordarle quién tenía el poder en ese momento, especialmente porque era probable que necesitara que el joven kyrgio le mostrara esos pasadizos ocultos.

Abrió la última de las mirillas esperando ver a Grazim, pero en lugar de eso, vio una figura muy delgada vestida con ropa harapienta. Parecía el esqueleto del hombre que solía ser.

—Goryn Tamir —susurró Nyall—. Creía que nunca volvería a verte.

El heredero caído en desgracia de la familia Tamir levantó la cabeza hacia la ranura en la puerta, entornando los ojos hacia la tenue luz, en un intento de protegerse los ojos, como si estuviera mirando un cielo despejado de mediodía. Su boca se movió para hablar y su lengua se movió con lentitud, pero no salió ningún sonido.

Nyall cerró la mirilla. Se apoyó contra la pared de enfrente y echó un vistazo a la puerta cerrada hacia la hilera de celdas.

Una Madre Búho, un kyrgio y un mafioso, todos a mi merced, y los cuatro estamos encerrados aquí juntos, pensó. *Parece que acabo de conseguir poder para negociar.*

Ahora solo tenía que decidir qué era lo que quería y cómo cada uno de ellos lo ayudaría a conseguirlo.

BRYSEN:

HERIDAS QUE SE ABREN

32

Las dos mitades del halcón yacían en un montículo en el suelo frente a Brysen. Él estaba de rodillas, atado a un poste detrás de su espalda. La sangre de la rapaz se había filtrado a la tierra que la rodeaba, formando un lodo repugnante.

Los habían arrastrado dentro de la enorme carpa de Anon. La luz de la primera mañana aún era tenue y había algunas lámparas de estiércol encendidas, que arrojaban sombras distorsionadas sobre la tela. La luz hacía que la sombra de Anon cambiara de tamaño: se cernía enorme frente a ellos y se volvía minúscula cuando caminaba por el lugar.

Jowyn, Kylee y esa chica cuyo nombre no podía recordar estaban atados en fila al lado de él, aunque por la forma en que habían sujetado su cuello, no podía girar la cabeza sin estrangularse. También le habían puesto un trapo en la boca y, por lo que vio con su visión perimetral, parecía que habían hecho lo mismo con los demás. Incluso con Jowyn, cuya voz solo podía hacer que el corazón de Brysen palpitara, pero no mucho más. Jo ni siquiera era un cetrero, en términos normales, y mucho menos alguien que hablara la lengua hueca, como Brysen y Kylee.

Como Kylee y *como yo.*

Había una ironía en el hecho de que Brysen hubiera anhelado toda su vida tener este don, realmente salir de debajo de la sombra de su hermana. Y ahora que por fin lo había conseguido, le había servido de tanto como un barril de excremento de ave.

En cuanto había tenido a Anon al alcance de una hoja, se había encontrado sin armas que blandir o ave que llamar. Había dejado a su rapaz atrás para mantenerla a salvo y Anon todavía tenía su cuchilla de garra negra, que ni siquiera era realmente de Brysen. Había sido el cuchillo de su padre. Él lo había tomado cuando su padre había sido asesinado y había estado intentando empuñarlo desde entonces.

El cuchillo que lo había herido tantas veces cuando era niño había estado con él en incontables altercados en las arenas de riña y peleas en la montaña. La única vez que lo había sentido como propio había sido cuando lo había usado para implantarle plumas nuevas a Shara y, para el caso, cualquier cuchilla hubiese funcionado.

Toda su vida había pedido al cielo los dones que tenía su hermana —el poder de comandar a un ave rapaz para que cazara y matara con absoluta facilidad—, pero nunca había encontrado su propia voz. Sentado en cuclillas en el carretón de guerra, mirando la espalda expuesta de Anon, se había dado cuenta de que era un ave que volaba contra el viento. Toda su vida había estado aleteando como un loco para perseguir a su padre y a su hermana con la idea de que la única grandeza en este mundo era el poder de un depredador y que si podía dominarlo, él también sería grande.

Pero Brysen no era un halcón. No tenía que elegir entre ser depredador o presa. Si quería, podía ser algo completamente distinto. Podía pedirle a un ave que sanara, llamarla de vuelta a la vida; su hermana jamás había hecho eso. No había escuchado nunca historias sobre *nadie* que hiciera eso. Era realmente único en el mundo y solo tenía que abrazar ese don, dar media vuelta y planear sobre el viento contra el cual había estado volando su vida entera. Ser un sanador.

En ese momento se había dejado caer en el carretón, su elección estaba hecha. Jowyn tenía razón; por supuesto, el chico pálido conocía las mejores partes de Brysen más que él mismo. Jowyn las había buscado de una forma en que Brysen nunca había hecho. En ese momento, Brysen había decidido que él y Jowyn debían salir del campamento e ir a un lugar seguro para poder descifrar exactamente cómo usar ese don que finalmente había aceptado.

Fue entonces cuando su hermana apareció, como un halcón que regresa al puño, y volvieron a estar juntos los dos. Hasta le había sonreído entre lágrimas. Por primera vez en mucho tiempo, las cosas parecían ir bien.

Así que, por supuesto, no duró.

Ahora era un prisionero y habían aplastado con una bota al busardo que había sanado, solo momentos después de que él lo trajera de vuelta a la vida.

Buen trabajo, como siempre, se dijo a sí mismo con desprecio. *Otra magnífica victoria en una larga y gloriosa vida.*

—Los primeros cetreros creían que podían adivinar el futuro a través de las vísceras de un halcón —dijo Anon, de pie frente a Brysen, mirando las dos mitades del ave muerta—. Obviamente, su civilización fue aniquilada y no quedaron más que ruinas y pinturas rupestres. —Rio para sí y luego se puso en cuclillas para que su cara quedara frente a la de Brysen. Bajó su espada y ahora sostenía la cuchilla de garra negra de Brysen. La levantó para que la punta le tocara la nariz—. ¿Ves tu propio futuro en las ruinas de esta ave, Brysen? ¿Ves el de ellos?

Anon miró la hilera de prisioneros, después se puso de pie y se giró para darles la espalda a los cuatro. Visek y Launa observaban desde las sombras mientras, fuera, el traqueteo del ejército kartami se volvía cada vez más ruidoso. Estaban inquietos, preparándose para un ataque, o bien desde las barricadas, o de parte del ejército uztari, o de ambos. Estaban encerrados entre los dos y eso hizo que Brysen se preguntara sobre la inteligencia militar de Anon, si había permitido que su ejército quedara acorralado de esa forma. A menos que lo hubiese hecho a propósito. A menos que fuese una trampa que nadie había visto aún.

—¿Así que crees que estás aquí para terminar esta guerra? —comentó Anon, y Brysen se puso tenso. ¿Había sabido sus planes todo ese tiempo? ¿Estaba jugando con él?—. Los jóvenes siempre creen que pueden cambiar el rumbo del viento. No es nada nuevo. Yo también lo creía cuando comencé. Creía que podría derribar a Uztar y reconstruir el mundo, libre de este culto al cielo que corrompe todo lo que toca.

Negó con la cabeza y giró el cuchillo entre sus manos.

—Estaba equivocado, por supuesto. No hay forma de destruir a Uztar. Es demasiado fuerte y las mentiras que lo construyen son demasiado insidiosas. Sin importar cuántos creyentes reclute, siempre habrá cien más de tu lado, preparados para morir protegiendo el mundo que encuentran familiar. Un cielo vacío les resulta más terrible que uno corrupto.

Bajó el cuchillo y dio una patada a las vísceras del halcón muerto, que salpicaron la cara de Brysen.

—¿Sigues sin ver tu fututo? —Brysen usó su lengua contra el trapo que tenía en la boca. Si pudiera emitir una palabra, entonces quizás… ¿quizás qué?

No tenía ni idea de qué hacer.

—*No* hay futuro aquí. —Anon pisó una mitad del cadáver, profanándolo más. La parte de Brysen que todavía recordaba los sermones y rezos de su madre sobre lo sagrada que era toda ave rapaz se estremeció. La parte de Brysen que dedicaba todo su tiempo y energía y cariño a amansar y entrenar rapaces sintió náuseas—. ¡Este es vuestro futuro! Todos vosotros, niños ambiciosos, estáis aquí como *señuelo*. Estoy buscando una lucha, pero no con los ejércitos concentrados a nuestro alrededor. No podría importarme menos conquistar este territorio y, si lo hiciera, no tengo forma de conservarlo demasiado tiempo. Estoy intentando luchar contra el cielo y espero vaciarlo de una vez por todas, aunque eso termine conmigo y con cada uno de mis guerreros.

El águila fantasma, pensó Brysen. Anon quería a Brysen para atraer a su hermana —había sido sincero sobre eso desde el principio— y quería a su hermana porque el águila fantasma la seguía. Pero ¿por qué querría luchar contra el águila fantasma?

—Vuestro pueblo cree que la lengua hueca es un don —sostuvo Anon—. Creéis eso porque os resulta útil que os pertenezca. No es lo mismo usar una cosa que controlarla. Las armas que elegimos nos esgrimen. Una hoja quiere cortar y un águila quiere cazar. ¿Alguna vez os habéis preguntado por qué seres de sangre y aire se permiten ser amansados por pesados bultos de hueso y músculo que caminan y gatean y se pudren en el suelo? ¿Veneráis a estas aves como si fuesen dioses y luego presumís de que las amansáis? ¿Cómo se amansa a un dios? ¿Por qué creéis que sois vosotros quienes amansáis? Creéis que la lengua hueca ha estado controlando aves de presa para vosotros, pero, en realidad, os ha estado amansando *a vosotros* todo este tiempo. Poniéndoos en una posición, enseñándoos cómo servirla, manteniéndoos sedientos de más. El águila fantasma es una inteligencia que vosotros no podéis concebir y no hay forma de controlarla.

Anon entrelazó los dedos, se inclinó hacia atrás contra la mesa de campaña y suavizó su tono, como un bardo para niños al comienzo de la hora del cuento.

—En mi juventud, cuando vagaba por el Desierto de Parsh, encontré un santuario ancestral, un monumento de los Primeros Cetreros, construido en honor a estas grandiosas y terribles aves, y mientras meditaba sobre este, tuve una visión. *Vi* lo que el águila veía y *supe* lo que quería para toda la humanidad. Es la única palabra que jamás he sabido en la lengua hueca: *vayara*.

Brysen supo qué significaba la palabra sin entender cómo o por qué. La había sentido en el momento en que Shara casi había muerto en el fuego y, una vez más, cuando la lanza había atravesado al busardo. Ahora sintió que hacía eco en él: la sensación de que todo estaba perdido.

—Significa —Anon les explicó a sus prisioneros, inclinándose hacia adelante, con las manos en sus rodillas— apocalipsis. El fin de todas las cosas. Y con vuestros gritos y sangre, lo detendré. He necesitado atraerte hasta aquí, Kylee, con toda tu angustia, para que traigas a un águila fantasma furiosa. Y en su furia, aspiro a matarla. Salvaré a la humanidad y nos liberaré de esta águila, sin importar a quién tenga que matar para hacerlo. Los polluelos mueren, pero la bandada sobrevive.

Al terminar su discurso, caminó con determinación hacia Kylee, empuñando la cuchilla de garra negra, y Brysen estaba incapacitado para detenerlo. Por lo visto, ellos eran los polluelos que tenían que morir.

33

Se retorció, intentó girar y soltarse del poste, pero el movimiento solo le estrujó la tráquea.

—¡Arg! —gruñó y Anon le lanzó una mirada.

—Relájate, Brysen. Ya llegará tu turno —dijo, después llamó a Visek y Launa—. La impaciencia de estos jóvenes es agotadora. Lamento haberos hecho pasar tanto tiempo entrenándolos.

—Hacemos con alegría todo lo que este servicio requiera —respondió Launa, con una reverencia desde la cintura. Anon sonrió ante eso y luego dirigió la cuchilla negra hacia Kylee. Cortó la tela que la amordazaba. Ella escupió.

—No sabes nada ¡y sufrirás por ello!

Anon la ignoró y volvió a Brysen, quien se puso tenso al ver que el guerrero se ponía en cuclillas frente a él.

—Bueno, ahí están los gritos. Ahora, en cuanto a la sangre.

Levantó el cuchillo y tocó suavemente la mejilla de Brysen con la punta. Con la otra mano, le sostuvo el mentón para mantenerlo firme. El metal estaba caliente.

—Llama al águila —le indicó a Kylee.

—¡Púdrete en el lodo! —rugió ella en respuesta, lo que hizo que Brysen sonriera pese a los golpes que su corazón daba contra su pecho. Estaba tan cerca de Anon que el aroma a sudor y aceite para soga invadió su nariz, tapando el hedor del cadáver destrozado del busardo. El sudor bajaba a toda velocidad por su propia espalda y su respiración a través del trapo en su boca se volvió agitada. Se aferró a su resistencia, recordó el dolor que había soportado toda su vida. El dolor no era nada para él. Podía tolerarlo. Lanzó su mente al aire como un halcón, dejó volar sus pensamientos a través de la noche lluviosa hacia los momentos en que Jowyn y él se habían abrazado, a la risa incómoda, la alegría desconocida. Podía cubrir cualquier dolor que estuviera por venir con esos recuerdos. Se refugiaría en esos recuerdos de felicidad.

Pero no había forma de refugiarse de *ese* dolor. La punta del cuchillo no hizo un tajo hacia abajo por su mejilla como él había creído. Se retorció hacia arriba y se enterró en su ojo izquierdo, se clavó. El grito que soltó ahuyentó todo recuerdo que pudiera encontrar. No había nada más que una agonía blanca, pura. Pudo oír cómo el cuchillo raspaba el hueso de su cavidad ocular, pudo sentir el chorro caliente de sangre y pus que caía por su mejilla.

Jowyn gritó a través de su mordaza y luchó contra las cuerdas que lo ataban.

Cuando Anon se alejó, Brysen estaba mareado por la presión pulsante del dolor, incapaz de controlar su respiración. Se esforzó por asimilar su nueva vista con un solo ojo; sin profundidad, borrosa y oscura.

—*¡Brysen!* —gritó Kylee y después dijo una palabra en lengua hueca que él no conocía, una palabra que apenas pudo escuchar por encima del rugido de su propio pulso, una palabra que esperaba que significara algo como muerte y venganza. Quería destruir a esa gente, quería hacerlos trizas. Quería que las alas negras del águila fantasma golpearan a los kartamis con tanta fuerza que hiciera volar en el aire el campamento hasta dejar solo arena, que hiciera estallar en cenizas su carne y que hiciera retroceder el tiempo hasta la noche anterior, a esos últimos momentos antes de que él lo arruinara todo yendo hasta allí, por soñar algo demasiado grande para él, a esos momentos anteriores a que todo se volviera dolor.

Pero el tiempo solo avanzaba en una dirección y Brysen no podía deshacer lo que le habían hecho. Volvió a gritar, pero gritar no apaciguaba el dolor.

—No dejes que muera —ladró Anon, y Visek corrió hasta Brysen para meter en la cavidad de su ojo alguna clase de ungüento, que detuvo el sangrado y limpió la herida y hasta calmó un poco el dolor. Topinambo hervido, quizás, o un compuesto de raíz de salvia y otras hierbas, parecido a lo que él usaba para implantar plumas. Sintió presión y dolor mientras Visek trabajaba en él de la forma en que él trabajaba sobre un halcón herido. Hasta vio puntos fantasmas donde los dedos del hombre presionaban la herida, pero lo perdió de vista por completo a ese lado de su cuerpo. No había negro en su vista, sino un vacío, una falta de luz y oscuridad, una *nada* sobre la que Visek ponía vendas. Su otro ojo ahora tenía problemas para enfocar y eso se debía solo en parte a las lágrimas que lo nublaban. Su ojo era un cisne de luto por su compañero. El pensamiento lo hizo reír. *Mi ojo viudo.*

—Este sufrimiento puede parar —le dijo Anon a su hermana—, si haces lo que te pido, Kylee.

—¡No puedo! —gritó Kylee—. El águila fantasma me ha dejado. La decepcioné y se fue.

—No —repuso Anon—. No puede haber terminado contigo. Quizás necesites más motivación. —Se acercó otra vez a Brysen con su cuchillo, pero un alboroto fuera de la carpa lo detuvo.

—¡Cometas al cielo! —gritó alguien en el exterior. Visek y Launa se miraron.

—¡Al aire! —exclamó otra persona, y Anon hizo una pausa.

Otra pareja de guerreros entró en la carpa, jadeando.

—La lluvia ha parado y los uztaris están avanzando hacia nuestra posición a través del prado —reportaron—. Los aldeanos en las barricadas se están preparando para lanzar sus halcones. Estamos atrapados entre ambos.

—Solo como una serpiente de hielo está atrapada por un halcón al que está a punto de morder —les dijo Anon—. Montad cometas defensivas contra Seis Aldeas, pero no invadáis todavía —ordenó—. Lanzad cuatro batallones contra los uztaris. Uno por la izquierda, uno por el medio, dos por la derecha. Quiero empujarlos hacia las montañas, quiero cortar sus líneas de suministro.

Los mensajeros inclinaron la cabeza al suelo, después salieron a ejecutar sus órdenes.

—La guerra ha comenzado. —Anon solo le habló a Kylee—. Por ahora, mis fuerzas están dispuestas a ensangrentar este suelo sobre el que estamos… —Chasqueó la lengua contra los dientes—. Dales algo contra lo que luchar en el cielo y quién sabe cuántas vidas se salvarán.

—¿Por qué crees que puedo *hacer* que luche contra ti? —preguntó Kylee.

—Porque, Kylee —respondió Anon—, *eso* es lo que *ella* quiere hacer. El águila fantasma no es lo que tú crees. La lengua hueca no la controla; ella *es* la lengua hueca. Es la palabra hecha carne y pluma unidas por un poder más antiguo que la historia, y quiere destrozarnos a cada uno de nosotros: uztaris, altaris, kartamis… sin distinción. De entre los que caminamos por este mundo, solo yo estoy luchando contra ella. Yo, niña tonta, estoy intentando salvar a toda la humanidad. La única forma en que puedo hacer eso es si el águila lucha contra mí. Y *solo* luchará contra mí, al parecer, si tú la comandas. Acogí a Brysen y lo dejé entrenar solo para traerte hasta aquí. Fue un gran esfuerzo, como puedes ver, así que quizás ahora tú puedas hacer un esfuerzo…

—¡No vendrá a mí! —exclamó Kylee—. Ha cambiado. Ya no le importa a quién estoy protegiendo.

—Entonces, ¡encuentra una forma mejor de llamarla! —exigió Anon—. Si no viene ante tu miedo, ¡averigua qué la *hará* venir! ¿Qué quiere de ti? ¿Qué es lo que siempre ha querido?

La respiración de Brysen era entrecortada. Nada de risas ahora. No recordó haberse detenido. Se sentía mareado e hizo un esfuerzo por escuchar, por encima del zumbido en su cabeza, lo que Kylee dijo a continuación. Su hermana habló en voz tan baja que hasta Anon tuvo que inclinarse para oírla.

Ella repitió sus palabras.

—Quiere mi furia —reveló.

—¿Y tú no se la quieres dar? —Anon sostuvo el cuchillo ensangrentado en el aire para que ella pudiera verlo antes de que regresara al ojo de Brysen—. ¿No estás enfurecida conmigo, Kylee? ¿No me odias? He hecho de todo para ganarme tu odio ¿y aun así no desatas tu ira?

—Si lo hago —respondió ella—, quizás nunca pueda detenerla.

Una sonrisa surgió en la boca de Anon. Apoyó su pesada mano en el hombro de Brysen, le dio unas palmadas.

—Está bien, Kylee —sostuvo—. Yo la detendré por ti. Pero primero... a trabajar.

Sostuvo el cuchillo frente al otro ojo de Brysen.

Jowyn logró escupir la mordaza y gritó.

—¡Enterraré tus huesos tan hondo que hasta los gusanos tendrán que mirar hacia abajo para verlos! —Luchó y se sacudió contra las sogas que lo ataban. La amenaza era tan vacía como creativa.

Brysen, pese a toda su determinación para mantenerse fuerte, para ser desafiante, simplemente se retorció. Su cuerpo se tensó cuando intentó alejar su cabeza haciendo fuerza contra las cuerdas. La cuchilla se alzó en el campo visual del ojo que le quedaba, tapando todo lo demás. Era difícil saber lo cerca que estaba. No podía calcular, le costaba enfocarla. Esa borrosa cuchilla negra sería lo último que vería, la cuchilla que había sido suya y, antes de que se apoderara de ella, de su padre. Ese era el cuchillo con el que su padre lo habría matado si hubiera estado vivo. Y ahora venía a por él otra vez. Era ese niño pequeño en las jaulas, con la espalda azotada por el látigo de su padre, su brazo lleno de tajos por la cuchilla de garra negra de su padre, su piel quemada por las llamas de su padre.

Se meó encima. Era humillante, pero el dolor no tiene orgullo, y cuando la punta del cuchillo avanzó, Brysen gimoteó. Así era cómo te hacía sentir la pérdida total; ni siquiera su cuerpo estaba bajo su control ya. Estaba a merced de Anon, de Kylee y del águila fantasma. Siempre había estado a merced de los demás. Jowyn tenía su corazón ahora; Anon, su cuerpo; y Kylee, su destino. ¿De qué servía un poder de sanación si ni siquiera podía sanarse a sí mismo?

Lloró y le ardió y quizás fuera la última vez que su ojo se llenara de lágrimas; intentó calmarse, prepararse para el dolor que estaba por venir, recordarse a sí mismo que, de todos modos, jamás le habían gustado sus ojos, ese azul que era tan parecido al de los ojos de su padre. *¡Me los he quitado de encima!*, pensó, pero ese pensamiento era mentira. No quería perder nada más. No quería ningún dolor más. Justo antes de que la punta de su cuchillo rompiera su córnea, lanzó un grito, con terror desesperado, como un ave con alas rotas que tiembla frente a un zorro, y Kylee hermanó su grito con uno propio y sus alaridos fueron respondidos con un chillido agudo.

La tela del techo de la carpa se desgarró en una decena de lugares cuando una lluvia de halcones se precipitó en la oscuridad. Uno se estrelló directo contra el antebrazo de Anon, derribando la cuchilla. Otro le golpeó en la espalda con las garras estiradas, desgarró su piel y lo hizo retroceder y caer hacia atrás. Otros dos atacaron a Visek y Launa, mientras uno golpeaba con fuerza el poste al que estaba atado Brysen. El palo se bamboleó en la tierra, se soltó y con un empujón, cayó. Brysen se deslizó para liberarse, después logró soltar sus manos. Recogió su cuchilla para liberar a los otros.

—*¡Caleen!* —gritó Kylee, y la aturdida ave que había golpeado el poste de repente volvió a centrarse y se lanzó contra la cara de Anon, que intentaba ponerse de pie.

—¡*Kraas!* —rugió Grazim, y la rapaz intentó arrancar la tráquea de Anon, pero el guerrero la esquivó y le asestó un puñetazo que la derribó. Grazim arremetió contra él, pero retrocedió cuando él se dio la vuelta para enfrentarse a ella. Jamás sobreviviría a una pelea cuerpo a cuerpo contra él. Desde el punto de vista de Brysen, parecía que la chica estaba directamente frente a él, pero era un truco de su vista. Anon estaba al fondo de la carpa y dos rapaces más lo atacaban, evitando que fuera a por Grazim.

—Ey, Bry, cuando quieras —lo llamó Jowyn, mostrándole que sus muñecas todavía estaban atadas detrás de su espalda.

Brysen tuvo dificultades para alinear el filo de su cuchillo con las sogas de Jowyn. No estaba acostumbrado a percibir la profundidad con un solo ojo, y descubrió que había un punto ciego que no podía comprender. Cuando estiró la mano en busca de la soga, encontró que sujetaba la muñeca de Jowyn. Probó otra vez y falló por completo.

—No quiero cortarte —señaló.

—Confío en ti —respondió Jowyn, lo que era dulce, pero no lo ayudaba en absoluto a apuntar con la cuchilla. Al tercer intento, sujetó la soga y con cuidado presionó el cuchillo sobre esta y la serró, más que cortarla, para no correr el riesgo de fallar. Sus manos temblaban, pero pronto sintió que la cuerda se partía.

—¿Ha dicho que te han entrenado? —preguntó Kylee con urgencia mientras él desataba a Jowyn y los kartamis luchaban contra las aves que Grazim comandaba contra ellos—. ¿Sabes cómo conducir uno de sus carretones?

Jowyn asintió, pero miró a Brysen de forma inquisitiva.

—¿Puedes…?

—Creo que puedo volar —dijo Brysen—. Siempre y cuando tú conduzcas abajo. No puedo apuntar demasiado. Pero no será necesario. No intentaré matar nada.

Jowyn respondió con el más leve movimiento de cabeza y Kylee llamó a Grazim para que retrocediera.

—¡Pero…! —objetó ella. Aún estaba tratando de matar al líder guerrero, aunque a sus aves no les estaba yendo bien. El hombre sabía cómo esquivar sus ataques. Sus manos y antebrazos sangraban, pero él estaba impávido. Grazim cedió y los cuatro salieron corriendo juntos de la carpa directo hacia la furiosa batalla que había estallado fuera.

En el suelo y en el aire, se enfrentaban aves y soldados. La escena habría sido vertiginosa, aun si Brysen no hubiese perdido un ojo minutos atrás.

Había visto violencia y muerte en el pasado, pero jamás había visto algo así.

34

El cielo estaba tan repleto de cometas y aves y flechas que casi no podía sentir en su rostro el sol, que acababa de salir. Seis Aldeas había lanzado todo lo que tenía contra el asedio kartami, y los guerreros-cometa kartami luchaban con igual empeño.

Arriba, un halcón del ocaso pardo rojizo cruzó la visión periférica de Brysen y luego desapareció. Brysen se dio cuenta de que, para seguir su rumbo, ahora tenía que girar la cabeza; le habían robado la mitad de la luz del cielo. Pero eso no significaba que el ave no estuviera. Solo tenía que aprender a encontrarla. Podía usar el fondo para adivinar la velocidad de la rapaz y la distancia a la que se encontraba. Habría sido difícil en un día despejado, pero el caos en el aire ahora le brindaba muchos puntos focales que usar. Adaptarse a su vista iba a requerir práctica, y la práctica llevaba tiempo, tiempo que no tenía en aquel momento.

Rastreó al halcón cuando este atravesó la seda de una cometa, que comenzó a dar vueltas en espiral, se ladeó y luchó por mantenerse en el aire. El halcón dio media vuelta y aterrizó en la espalda del guerrero, primero destrozó el marco y luego atacó al kartami que estaba atado dentro. Una flecha lanzada desde abajo por el conductor del carretón traspasó al ave. Brysen buscó en su interior las palabras para sanarla mientras esta caía, pero aunque todavía no estaba seguro de cómo funcionaba la lengua hueca, ahora sabía que requería que él sintiera *algo*. No conocía a esa rapaz, estaba demasiado centrado en sus propias dificultades y no pudo encontrar el anhelo desesperado que necesitaba para salvarla. Observó su caída.

«Los polluelos mueren, pero la bandada sobrevive».

Tenía que centrarse en el panorama más amplio. Salvar a sus amigos y a su familia. La conmoción de antes se estaba sosegando y sintió una insensibilidad que agradeció. El dolor, el miedo y la esperanza estaban adormecidos y, con su adormecimiento, se volvió posible la acción.

El carretón de guerra de Anon estaba asentado justo frente a ellos, con las ruedas trabadas, pero listo para volar. Tanto el carretón como la cometa eran más grandes que la mayoría, porque Anon era más corpulento que la mayoría de sus guerreros, pero Brysen también supuso que eso significaba que podría cargar el peso de tres de ellos en el carretón, mientras él remontaba al cielo para impulsarlos.

—¿Estás seguro de que estás bien para volar esta cosa? —volvió a preguntarle Jowyn, de forma cuidadosa, pero no era como la noche anterior, cuando estaban solo ellos dos en la carpa durante la tormenta. Ese no era un momento en el que importara si él estaba listo. En el que pudiera decir que no. Tenía que estar listo. A pesar de estar herido y dolorido, era un superviviente. Volaría.

Desató la cometa y casi se le cayó de la bita en la que estaba colgada. Era más pesada que la cometa con la que había entrenado, e hizo falta que Jowyn, Kylee y Grazim empujaran el carretón hacia adelante para lograr que las ruedas se movieran, mientras él se subía y luchaba por posicionar la cometa para el lanzamiento. Al rodar, comenzó a acumularse tensión en la línea de catapultado para ayudarlo a lanzarla, pero incluso con esa ayuda, los huesos de su espalda casi salieron volando con la cometa y estuvo a punto de caerse del carretón por el esfuerzo.

Con un zumbido, la cometa se elevó y Jowyn saltó dentro del carretón y se deslizó delante de él para conducir, mientras las alas de la cometa se abrían y atrapaban el viento. Brysen se apoyó sobre su hombro un momento, aliviado de sentir la firmeza de sus músculos al luchar por tomar el control de las líneas. Brysen necesitaba saber que, cuando subiera, Jowyn estaría abajo evitando que él cayera.

El carretón ganó velocidad y sorprendió a varios guerreros, que tuvieron que lanzarse fuera de su camino. Un centinela de reflejos rápidos cargó y apuntó una flecha hacia ellos, pero Kylee lanzó una palabra corta que a Brysen le hizo pensar en un tiro de ballesta. Ante la orden, un peregrino voló desde la carpa y se estrelló contra la cabeza del centinela, empujando el cuello del guerrero hacia atrás en un ángulo horrible, lo que hizo que la flecha saliera disparada hacia otro lado.

Entonces, Kylee saltó dentro del carretón, seguida por Grazim. Brysen se apretó contra un lateral para que ellas pudieran entrar delante de él. Él se quedó en la parte trasera para poder trepar por la línea sin darles patadas en la cabeza; y también para que no vieran con cuánta torpeza subía ahora que no podía estar demasiado seguro de que sus manos sujetaran la soga cuando se estirara hacia ella.

Tuvo que intentarlo dos veces antes de lograr asir la línea guía, pero descubrió que si movía la cabeza hacia un lado al estirar las manos, podía calcular la distancia un poco mejor que si miraba la soga de frente. Cuando envolvió la cuerda, sintió que se hinchaba de orgullo. Se estaba adaptando. Estaba ganando. No podrían detenerlo.

Se impulsó, una mano encima de la otra, los pies presionados uno contra otro para sujetar la soga, y avanzó cada vez más y más alto. Se sintió como una oruga en una rama que sabe que hay urracas que la observan trepar con ojos hambrientos. Su nuevo punto ciego lo frustraba mientras subía; donde tendría que haber estado el cielo frenético a su lado, ahora solo veía una blancura vaga. Tuvo que girar la cabeza por completo para mirar a su alrededor y tener verdadera conciencia de dónde estaba en relación con las barricadas y las montañas. Las sombras en el cielo parecían parte de los objetos que las arrojaban, y el efecto era desconcertante. La gente, los carretones, las carpas y las montañas... de repente estaban unidos a la oscuridad que arrojaban. Eran un todo con su propia oscuridad. *Esto siempre ha sido así*, pensó, *solo que ahora puedo verlo.*

Mientras trepaba, se hizo muy patente que aquella *no* era una cometa de entrenamiento. Sabía que estaba más alto de lo que creía por el tamaño de las figuras en tierra. Otra faceta de su nueva vista: si hubiera sido capaz de determinar lo alto que volaba esa cometa, quizás jamás habría tenido el valor de subir hasta ella.

Desde aquella altura, podía ver en las colinas bajo lagos de agua de lluvia que contenían trozos de cielo en sus superficies onduladas por el viento. Parecían lo bastante cerca como para poder tocarlas. El aire húmedo aguijoneó su cara como pequeños fragmentos de gravilla; la velocidad agitó su pelo. Luchó por atarse al arnés —sujetar cosas era mucho más difícil de lo que le habría gustado—, luego lo ajustó a su tamaño, mucho más pequeño que el guerrero que normalmente volaba sobre Anon.

Al acomodarse en su percha aérea, una lluvia de flechas en llamas voló a través de su línea visual, luciérnagas letales que iban desde las barricadas hacia las cometas. El corazón de Brysen le saltó a la garganta y él flexionó los brazos para girar y esquivar, aunque las flechas, en realidad, no estaban para nada cerca de él.

Tenía que mejorar su percepción de las distancias. Tenía suerte de que esa descarga de flechas no estuviera dirigida hacia él, pero los defensores de Seis Aldeas no sabían que era él quien estaba ahí arriba. Derribarían a toda cometa que vieran.

Las flechas cayeron sobre el campamento, donde las llamas se apagaron contra la tela empapada de las carpas o el suelo mojado. Los arqueros kartamis respondieron con una descarga de flechas propia, que provocó que los seisaldeanos en las barricadas corrieran en busca de refugio.

Pero en cuanto las flechas dejaron de caer, los aldeanos lanzaron sus aves: una aglomeración chillona y desigual de busardos, halcones del ocaso y delicadas rapaces de colección. Las aves se elevaron más alto que las cometas. Brysen no podía ver con suficiente claridad para saber si Shara estaba entre ellas, chillando y cantando y abriéndose paso a empujones. Algunas estaban obviamente mejor entrenadas que otras, pero todas estaban templadas para pelear.

Los primeros en remontar el cielo eran los verdaderos halcones: peregrino, gerifaltes y cernícalos. Una vez que estuvieron a la altura para matar, plegaron sus alas y cayeron como granizo mortal, con sus picos apuntados a las cometas de seda que estaban debajo; incluida la de Brysen.

Un colorido halcón papamoscas se precipitó hacia Brysen, pero tuvo que esquivar una flecha lanzada por los kartamis, que lo obligaron a casi fallar por completo. Su ala golpeó suavemente el borde de la cometa de Brysen, haciéndola girar pero no caer. Después vino otra oleada contra él, pero esta estaba compuesta de halcones de ala corta; busardos y azores, colirrojos y halcones del ocaso. Todas las hermosas rapaces a las que Brysen había dedicado su vida a atrapar y entrenar ahora iban disparadas hacia él en el cielo con las garras estiradas, chillando, sedientas de su sangre. Zigzagueó y giró para eludir el violento ataque lo mejor que pudo con su nueva vista. Una garra le desgarró el muslo, pero no logró aferrarse, siguió el vuelo. El esfuerzo de decodificar todo lo que veía hizo que le doliera la cabeza.

Abajo, su zigzagueo con giro había desacelerado el carretón, que estaba teniendo dificultades con el lodo. Grazim y Kylee estaban ocupadas usando su voz para comandar a las aves que los seisaldeanos acababan de lanzar contra los kartamis. Los soldados de a pie perseguían su carretón a través del campamento.

—¡*Toktott!* —gritó Grazim, con tanta fuerza que Brysen pudo escucharla desde el aire, y el halcón que acababa de intentar abatirlo cambió su rumbo de vuelo y derribó una lanza que uno de los conductores de carretones había arrojado hacia Jowyn.

Una lanza voló al lado de Brysen, que giró para ver a Visek atado a una cometa, persiguiéndolos mientras su madre conducía tras ellos en tierra. El único beneficio que tenía el vuelo con un solo ojo y sin entrenamiento de Brysen era que resultaba irregular, tambaleante. Si hubiera estado volando derecho y nivelado, la lanza de Visek le habría atravesado el pecho. Visek apuntó y arrojó la siguiente lanza. Esa no iba a fallar.

—¡*Toktott!* —gritó su hermana, y una gigantesca águila dorada, probablemente una de las preciadas rapaces de Mamá Tamir, voló desde una cometa que iba persiguiendo para extender sus brillantes alas al máximo entre él y Visek. Por un instante, el lomo del águila fue todo lo que Brysen vio, y luego la punta de la lanza atravesó al ave. El águila chilló y cayó, pero la lanza cayó con ella.

Su hermana lo había salvado, aunque no con el águila fantasma. Podía comandar aves rapaces a sus muertes por él, pero no podía llamar al ave que podría salvarlos a todos. Él podía sanar rapaces al borde de la muerte con solo una palabra, pero no podía hacer que lucharan por él.

¿Y si Anon tuviera razón? ¿Y si no es la voluntad de las aves la que está siendo subyugada?

En tierra, Jowyn luchaba en la conducción. El carretón de guerra sobrecargado se movía demasiado lento, medio hundido en el lodo, y los kartamis lo flanqueaban, aunque Jowyn intentaba serpentear entre carpas y trincheras, buscando una salida del campamento, una vía de escape, cualquier camino que los dejara a salvo. Con Seis Aldeas a un lado y el avance del ejército de Uztar al otro, una cierta seguridad estaba imposiblemente cerca, pero estaban acorralados por todos lados y Brysen no podía ver una salida en ninguna dirección. La horda kartami era demasiado grande.

Brysen pudo sentir que la cometa forcejeaba al tirar y supo que no estaban avanzando demasiado. Desde arriba podía ver lo que no veían desde el carretón: estaban superados y rodeados y los guerreros se cerraban alrededor de ellos como un halcón que estruja a una liebre hasta dejarla lentamente sin vida. El ejército uztari aún estaba demasiado lejos para ayudar, ya que acababa de chocar con los enormes batallones kartamis. Lo único que evitaba que la cometa de Visek sobrepasara a Brysen eran las aves que lo hostigaban. Grazim ladró órdenes para que lucharan contra los guerreros en tierra, mientras los ojos de Kylee estaban fijos en él, intentando defenderlo. Pero no sería suficiente. Jamás lo lograrían antes de que los seisaldeanos se agotaran y ellos cuatro acabaran muertos.

Anon estaba de pie frente a su carpa, ensangrentado pero tranquilo; los oficiales corrían hasta él para recibir órdenes y después corrían otra vez a implementarlas. Mientras Brysen observaba, llegó un nuevo carretón de guerra para el líder y este montó en la parte trasera sin esperar a que alguien acudiera a formar pareja con él. Levantó la cometa de un lateral con una sola mano y la lanzó al viento, luego comenzó a rodar en dirección a ellos. Un guerrero sostuvo en alto dos katares envainados en un cinturón y Anon los tomó al pasar a su lado. Sus ojos estaban clavados en la cometa de Brysen y condujo a través del campamento con la elegante facilidad con la que un águila planea.

Brysen tenía que hacer algo para ayudar, más allá de encaminarlos a una fuga que no podían alcanzar. Tenía que luchar. Si la lengua hueca requería su dolor, entonces él tendría que abrirse a ese dolor. Tenía que permitirse ver todo lo que odiaba de sí —todo lo que había perdido o temía perder, todo lo que quería y sabía que no podía tener— y tenía que aceptarlo.

Un cuerpo que no lo repugnara con sus cicatrices.

Una oportunidad para reír y bailar y jugar en paz con Jowyn.

Su hermana libre de todas las cargas que soportaba por él.

Un futuro que podría decidir para sí.

Jamás tendría ninguna de esas cosas si todos morían allí aquel día; él nunca aprendería a intentarlo siquiera.

Mientras las aves se arremolinaban en violentas nubes alrededor de los planeadores y caían cadáveres sangrientos y mutilados, lanzó un deseo desesperado más: ver a Shara una última vez antes de morir.

Susurró su nombre, pero no salió como «Shara». Trastabilló con la palabra, su tristeza entrecortó su voz al decir:

—*Sharaya.*

Supo al pronunciarla que era una palabra de la lengua hueca y que significaba «amistad». Y ella vino.

Gritando desde las barricadas, zigzagueando por entre las flechas, como guiada por el deseo del cielo, voló hasta él y bajó la velocidad para igualar la suya. Estaban lado a lado en el aire. Uno de sus ojos flameantes miró el que quedaba de los de Brysen y él sintió que por primera vez la había llamado por su verdadero nombre.

¿Cómo he sabido esa palabra?, se preguntó. *¿Cuándo he podido haberla aprendido?*

Cuatro cosas ocurrieron en el lapso de cuatro latidos.

Primero, Visek arrojó una lanza que golpeó el ala torcida de Shara.

Después, el azor chilló y dio un giro mientras caía; Brysen gritó con ella, dio una vuelta rápida y bajó en picado, fuera de control, para seguirla, con tanta velocidad que, en tierra, Jowyn apenas pudo frenar su caída.

Tercero, el carretón de guerra, ahora sin el impulso de la cometa, finalmente bajó la velocidad, al mismo tiempo que los kartamis se cerraban a su alrededor. Con un movimiento de su espada, Launa cortó la soga que ligaba a Brysen con el carretón, y la línea, floja ahora, cayó en el lodo. Sin amarres, Brysen y su cometa dieron vueltas, cayendo a toda velocidad.

Y, por último, una sombra atravesó el cielo, las flechas rebotaron contra sus plumas de color negro profundo, como gotas de lluvia contra un peñasco.

El águila fantasma chilló.

HAMBRIENTA Y AL ACECHO

Hay sangre en el viento. En todas las direcciones, un hambre ávida y al acecho.

Los ejércitos se levantan y la intriga ronda entre ellos. Juegan a sus juegos en el lodo, buscan poder, buscan gloria, buscan y buscan y buscan.

Tienen una vida tan diminuta estos no voladores. Tan cortas son sus memorias, atadas en lo profundo de sus cuerpos. Todo lo que conocen en cada vida, la muerte se lo lleva. Se inventan formas de eludirlo: forman palabras, aprenden historias, redactan escritos. Tallan sus creencias en la piedra y legan secretos a sus hijos, pero de poco les sirve. Generación tras generación, olvidan lo que alguna vez supieron, giran cada vez más y más lejos de su verdad. Finalmente, ni siquiera saben lo que alguna vez olvidaron.

Pero las águilas saben. Las águilas oscuras como la noche, cuya memoria se extiende a través de su cuerpo, más allá del tiempo, del espacio y la conciencia. Jamás olvidan; viven, mueren, pero no pierden nada. El águila se posa en su nido y espera y caza y espera, divulga historias y miedos y sueños a lo largo de las generaciones de estas criaturas escurridizas y, cuando encuentra los recipientes que necesita, ataca.

Esta gente las llama «águilas fantasma», aunque ese no es su nombre. No es posible para semejantes criaturas efímeras conocer su nombre. No intentan aprender, no mientras creen que pueden controlarlas.

Ay, estos amansadores de halcones que no saben que no son más que presas.

Sus ejércitos están en posición ahora; todas las pequeñas semillas plantadas en un mundo empapado de sangre dan sus frutos. El águila vuela sobre castillos y pueblos y los ejércitos enfurecidos y chilla y, en su llamada, la sangre que hay debajo se levanta. Los cetreros están preparados pero no saben a qué voluntad sirven.

La llaman muerte. La llaman hambre y la llaman fantasma. Su nombre es todas esas cosas y más. Tiene demasiados nombres como para que sus pequeñas mentes los retengan. Su nombre es miedo y olvido. Su nombre es verdad y venganza. Su nombre es tan cambiante y tan constante como los vientos. Su nombre es el fin de todas las cosas.

Su nombre aquel día es guerra.

KYLEE:

APODERARSE DEL CIELO

35

—¡*RIIIIIII!*

El águila fantasma chilló al precipitarse sobre el campo de batalla, las flechas se desafilaban contra sus plumas duras como piedras. En las barricadas, los defensores de Seis Aldeas cayeron de rodillas, tapándose las orejas. Kylee no podía saber qué pensamientos ponía el águila fantasma en sus mentes, pero en la suya, pensó con tanta claridad como el sonido de una campana de bronce: *Ahora les haré pagar.*

No le importó si el pensamiento era suyo o del águila. No importaba. Pertenecía a las dos y era verdad para ambas, y Kylee no podía esperar a hacerlos trizas a todos. Su verdadera compañera había regresado y también lo había hecho su propia furia.

Excepto que los kartamis no se acobardaban frente a ella. Ni en la tierra ni en el aire.

—¡*RIIIII!* —volvió a chillar, pero ninguno de ellos parecía oírla. Pese a que todas las otras aves en el cielo giraron y huyeron y todos los seisaldeanos se retorcieron y lloraron tras el grito de la gran ave. Kylee vio, mirando a los guerreros kartamis que la rodeaban, que se habían metido cera en los oídos. No podían escuchar los chillidos del águila fantasma, así que esta no podía poner pensamientos en sus mentes.

Hasta el águila fantasma tenía poderes limitados. Los kartamis estaban preparados. Habían estado esperando aquello.

Vio que la cometa de Brysen caía en picado, suelta, hacia el lodo. Mientras caía, Visek lo perseguía y levantaba otra lanza desde la soga para lanzarla al cuerpo bocabajo de su hermano. La madre del joven guerrero conducía el carretón tras él, avanzando a toda velocidad hacia donde Brysen yacía. Aunque él fuese capaz de levantarse y esquivar la lanza que venía de arriba, Launa tenía su espada en la mano. Lo mataría sin ni siquiera bajar la velocidad. Jowyn intentó girar bruscamente con el carretón hacia donde Brysen se había estrellado, pero la rueda se trabó en el borde de una trinchera. El carretón se ladeó, luego se sacudió hasta detenerse, bamboleándose hasta casi volcar. Jowyn maldijo, soltó las líneas y saltó por encima de la parte delantera para caer en el lodo y correr hacia Brysen… pero estaba desarmado y había más de cien guerreros entre él y el hermano de Kylee.

—¿Cuál era la palabra para *ellos*? —Kylee le preguntó a Grazim, quien se había quedado sin aves que llamar para defenderlas en tierra. Kylee tomó una lanza de un armazón que estaba a su lado, que era demasiado pesada para ella, pero se las ingenió para arrojársela de lado a Jowyn, quien la atrapó y la usó como un garrote, lanzando palazos en un intento por abrirse camino. Sus brazos temblaban bajo el peso de la lanza. No podría sostenerla demasiado tiempo. Esas no eran sus armas y serían casi inútiles contra los guerreros experimentados que los rodeaban.

—*Dees* —respondió Grazim.

—*Dees* —repitió Kylee, y el águila lo supo. Plegó sus alas y se precipitó. Se estrelló contra la cometa de Visek sin siquiera bajar la velocidad. Atravesó los escombros con el cuerpo del guerrero en sus garras y siguió en picado. Usó a Visek como un palo para derribar a la madre del propio guerrero hacia atrás. Launa aterrizó con tanta fuerza en el suelo que su cuello se partió.

El águila fantasma soltó el cadáver de Visek al volver a elevarse con unos pocos aleteos poderosos.

Más, pensó Kylee. *Querían que nosotros sufriéramos. Hazlos sufrir.*

—¿Cómo se dice *sufrir*? —preguntó Kylee.

—Ten cuidado —advirtió Grazim—. Si pierdes el control…

—¿CÓMO SE DICE *SUFRIR*? —espetó Kylee.

Grazim ladeó la cabeza ante la furia en la voz de Kylee y le respondió con un susurro.

—*Yeef*.

—*Yeef* —dijo Kylee, y el águila fantasma chilló. Kylee sintió una corriente desde los dedos de las manos a los de los pies, un calor que no era como la rabia impotente que había sentido mientras había estado atada en la carpa de Anon. Era como beber un caldo caliente en los peores días de viento gélido. Era como acostarse en un peñasco elevado un día despejado, cuando el mundo es todo sol y luz y cielo. Ahora lo comprendía. Era placer puro y animal.

El águila fantasma atravesó dos cometas más, golpeando en el camino a sus guerreros, que se soltaron y cayeron, pero no fue tras ellos. No eran su blanco. Voló rápida y directa hacia las barricadas y sobre ellas, hacia dentro de Seis Aldeas, después bajó y quedó fuera de vista. Jowyn aún blandía y sacudía su lanza, aunque la punta iba doblándose un poco más hacia el lodo con cada estocada, y los guerreros lo rodeaban.

—¿A dónde ha ido? —preguntó Grazim.

Kylee no lo sabía. Tenía miedo de haberle dicho algo equivocado, temía que se hubiese ido otra vez… pero no sintió que el calor en su interior estuviera enfriándose. Aún se sentía acalorada, enrojecida y llena. No había cometido un error.

Había hecho un descubrimiento.

El águila fantasma había visto más de lo que Kylee jamás había podido. Sabía quién había conspirado y quién había planeado y quién había hecho sufrir a sus amigos y a su familia. Y sabía a quién tenía que hacer sufrir en contrapartida.

Cuando se elevó sobre las barricadas otra vez, sostenía a una mujer en sus garras, una mujer robusta vestida con cueros hechos a medida y un guante cetrero delicadamente repujado, quien se agitaba y golpeaba la pata negra que la sujetaba.

Mamá Tamir gritaba encima del río.

Mamá Tamir gritaba al ser lanzada al cielo.

Mamá Tamir ya no gritaba cuando su cabeza fue cercenada de un rápido picotazo negro. Su cuerpo cayó al lodo en partes separadas.

—¡RIIIII! —chilló el águila fantasma, y Kylee quiso que hiciera más, muchísimo más.

—A esta la conocía —le comentó a Grazim.

—Kylee, ¡ayúdalo! —gritó Jowyn al mismo tiempo que un guerrero derribaba la pesada lanza en sus manos y él simplemente intentaba pasar embistiendo, aunque lo bloqueaban a cada paso que daba. Era demasiado rápido para que pudieran matarlo, pero no se estaba acercando en absoluto a Brysen.

Kylee giró la cabeza a toda velocidad hacia donde se había estrellado su hermano. No podía ver a través de los guerreros que lo rodeaban. En el cielo, las cometas circunvolaban como rapaces y las sogas que las sujetaban a los carretones crujían. Los guerreros-cometa levantaron sus lanzas. Apuntaron.

—*Praal uz* —bramó Kylee y, con un aleteo silencioso de sus alas, el águila fantasma giró hacia las cometas que se alzaban sobre Brysen. Lanzó su chillido de regocijo y Kylee pensó: *Que no sobreviva ninguno.*

El ave negra se lanzó en picado y cortó las sogas de las cometas a picotazos, sin perder velocidad. Estas se alejaron girando, lucharon por recuperar el control y cayeron lejos de sus carretones. Unos pocos arqueros valientes en las barricadas asomaron la cabeza y lanzaron flechas a los guerreros que caían. Llovió sangre sobre las alas negras del águila cuando esta voló debajo de ellos, yendo tras los conductores.

En tierra, los soldados kartamis le apuntaron con sus lanzas y flechas. La gran rapaz era un objetivo grande y, por más que zigzagueara, los kartamis eran arqueros expertos. Sus plumas eran lo bastante fuertes como para repeler las flechas, pero una lanza finalmente penetró un punto débil en la articulación de una pata, haciendo que la gran rapaz chillara. Una flecha encontró su lengua en su boca abierta. Una segunda flecha se clavó en su ojo izquierdo.

Sangre sangre sangre, pensó Kylee. Por un momento, su propia vista se nubló. Sus piernas se tambalearon, luego recuperaron la firmeza. El vuelo del águila también se tambaleó.

Al otro lado del campo de batalla vio a Anon. Se alzaba sobre sus guerreros, mientras saltaba desde un carretón de guerra en movimiento y corría hacia donde Brysen yacía enredado en los restos de su cometa. Con una mano, Anon levantó por el brazo el cuerpo casi desfallecido de su hermano. Con la otra, arrancó el marco de la cometa destrozada.

Kylee sintió que su corazón saltaba a su boca. Su hermano luchó contra el agarre de Anon. El vendaje se le había salido del ojo y había quedado expuesta una cavidad ocular sangrienta. El otro ojo mostraba pánico, el azul rodeado de un rojo enfurecido. Estaba sujetando algo bajo su brazo, intentando protegerlo con su cuerpo. Un halcón. Un azor… ¡Shara!

Brysen intentó girar lejos de Anon para proteger a la pequeña ave con su propio cuerpo, pero con una mano, el gran guerrero le dio un puñetazo que lo dejó en el suelo y con la otra le arrebató a la rapaz herida, aterrorizada. Brysen intentó levantarse y desenvainar su cuchillo de garra negra al mismo tiempo, pero el líder kartami le dio una patada y lanzó la hoja lejos, luego sostuvo al ave, que aleteaba agitada, frente a él. Brysen se estiró hacia ella, su único ojo miró suplicante.

Lo que dijera, Kylee no lo pudo escuchar, y Anon no le dio importancia, porque partió el cuello de Shara y después arrancó la cabeza de su cuerpo.

Brysen gritó, aunque no pudo terminar de decir ni una sola palabra porque la mano de Anon salió disparada hacia adelante, sujetó su garganta y lo levantó del suelo, estrujándole la tráquea. Sus guerreros se abrieron, así que Kylee pudo ver claramente cómo la cara de Brysen comenzaba a ponerse azul. Toda la escena parecía ensayada, como si Anon y sus guerreros hubiesen planeado todo aquello, como si hubiesen entrenado para aquello. Todo el campo de batalla era un espectáculo diseñado para beneficio de Kylee.

Sabía lo que Anon quería que hiciera.

También ella quería hacerlo.

—¡*Kraas!* —gritó y, herida, el águila fantasma aleteó hacia ellos; al bajar la velocidad y abrir las alas para aterrizar frente a Brysen y Anon, recibió una lluvia de flechas en las plumas. Renqueó donde estaba, pero se lanzó hacia adelante con un feroz picotazo.

Anon lo esquivó y soltó a Brysen. Mientras este caía al lodo, sin fuerzas y tratando de recuperar el aire, Anon sacó dos katares largos y gruesos, uno para cada puño. El águila le lanzó picotazos y él la esquivó poniéndose en cuclillas, para luego lanzar un puñetazo con el filo contra su pata y cortar un trozo grueso como un pulgar del tarso ónice del águila fantasma.

—¡RIIIII! —chilló el águila, y Kylee imaginó que una lluvia de sangre caía del cielo y empapaba la tierra; imaginó que caían cadáveres de aves como una tempestad de pesadilla; imaginó que el suelo se cubría de cráneos humanos. Cerró los ojos para ahuyentar las imágenes, pero estas solo se volvieron más nítidas.

Cuando los volvió a abrir, Anon estaba detrás del águila fantasma, dándole puñaladas dobles en ángulos agudos para llegar debajo de sus plumas, con un cuchillo en cada puño. Golpeaba con la velocidad de un boxeador de arena de riña, y el águila abrió sus alas y dio media vuelta para intentar derribarlo. Anon saltó hacia atrás y se acuclilló frente a ella. Aunque el águila seguía gritando, los oídos del líder kartami estaban tapados y nada rompería su concentración. Arremetió con rapidez para rebanarle la cara al ave. Esta lo esquivó, intentó aletear para atacarlo con sus garras, pero sus alas fallaron, tropezó y cayó al lodo.

Anon salió disparado hacia delante y clavó sus dos cuchillas en el grueso cuello de la gran rapaz. Sangre negra chorreó los enormes brazos del líder guerrero, que apoyó todo el peso de su cuerpo contra el águila fantasma, le rompió las plumas y clavó las hojas bien profundas en la garganta del ave. Los ojos del águila cruzaron el campo hasta Kylee y quedaron fijos en los ojos de ella. Aunque abrió su boca y su lengua quedó colgando fuera, no hizo sonido alguno.

Kylee sintió que una oleada de náuseas la recorría, como si la hubiesen lanzado tan alto como las nubes y luego la hubiesen tirado rápidamente hacia abajo. Se dobló por la mitad y vomitó en el lodo, pero cuando levantó la mirada, vio a Brysen, de pie, con su cuchillo de garra alzado, dando pasos detrás de Anon, que no lo había visto todavía.

—¡Cuidado! —lo alertó alguien de las fuerzas kartamis, pero Anon no pudo escuchar la advertencia por los oídos tapados con cera.

Brysen cambiaba su postura, preparándose para matar al gran guerrero, cuando una lanza voló hacia él.

—¡No! —gritaron Jowyn y Kylee al unísono. Brysen rotó la cabeza justo a tiempo para girar lejos del tiro, pero resbaló en el lodo y cayó al otro lado del cuerpo del águila fantasma, frente a Anon. Cuando la lanza pasó sobre él, Anon levantó la mirada, vio a Brysen con su cuchilla. Arrancó uno de los katares del cuello del águila fantasma. Estaba cubierto de sangre negra, pero Anon se lo ajustó en el puño y luego arremetió hacia la cabeza de Brysen.

Desde donde estaba, Kylee solo pudo ver que el brazo de Anon se lanzaba hacia delante con increíble velocidad. Hubo una sacudida rígida y luego vio que los brazos de Brysen se agitaban a los lados y que su hermano caía de espaldas, detrás del águila fantasma.

Por un horrible momento, lo único que Kylee escuchó fue su propio grito. El mismísimo tiempo se movió tan lento como el lodo. Jowyn se quitó de encima a los dos guerreros kartamis que lo habían derribado y los lanzó como si fueran muñecos rellenos de plumón. Después corrió a toda velocidad por el campo de batalla hacia Brysen. Antes de que pudiera llegar a Anon, otro guerrero lo embistió y presionó su herida con una rodilla. El grito de Jowyn atravesó el del Kylee. Durante el lapso de unos latidos, el mundo mismo no fue más que lodo y sangre y gritos. No fue una palabra en ningún idioma, sino —como Kylee comprendió— el nombre más verdadero del águila fantasma.

Aun en el caos, Brysen se puso de pie. Tenía un corte en la cabeza por haberse estrellado, su cuello estaba magullado por el ahorcamiento de Anon y su túnica estaba rota y dejaba al descubierto su pecho lleno de cicatrices, ensangrentado. Aún sostenía su cuchillo. Miró a Anon con su ojo azul brillante. La hoja del gran guerrero se había detenido antes. No se mantuvo en pie.

Anon tenía una enorme garra negra clavada en el corazón.

El líder guerrero y el águila fantasma habían muerto juntos.

36

—¡Al aire! —La voz de Nyck se oyó a través del campo de batalla anonadado y silencioso, cuando brotaron de las barricadas los defensores escondidos. Sus aves, sin miedo al enorme cadáver de alas negras que yacía en el lodo, volvieron a volar.

Al ejército kartami le llevó más tiempo reagruparse. Los guerreros estaban estupefactos frente a la muerte de su líder, frente a la repentina pérdida de dirección, de plan. Se miraban unos a otros como supervivientes de un incendio que hacen un recuento de lo que han perdido y lo que se ha salvado.

Pero eran guerreros y tenían oficiales, y esos oficiales vieron el ataque que llegaba desde arriba y respondieron con órdenes.

—¡Bloqueo!

—¡Escuadrones arriba!

—¡Avanzad!

La sangrienta batalla se reanudó. Fuesen cuales fuesen los dramas que habían atravesado Kylee y Brysen y las aves que habían perdido no fueron suficientes para detener esa guerra. *Probablemente nunca lo serán*, pensó Kylee. *¿Qué podrían haber hecho dos polluelos de las laderas de Seis Aldeas huérfanos de padre para detener un mundo con el cielo inclinado hacia la guerra?*

Los cetreros silbaron para que sus rapaces se elevaran en el aire y los guerreros kartamis apuntaron sus lanzas y sus flechas hacia ellos, montaron más carretones y volaron más cometas. Sin las órdenes de Anon para contener su sed de conquista, un par de guerreros en planeadores avanzaron a toda velocidad directo hacia las barricadas.

Nyck se plantó bien erguido frente a ellos, blandiendo una espada que era demasiado grande para él y con un guante cetrero sin una rapaz que lanzar. A su lado, Kylee reconoció a Wyldr, quien a veces era su novia. La chica lanzó un busardo ratonero y este voló a hostigar a uno de los conductores de planeador, quien lanzó una cuchillada hacia la rapaz y erró, pero la forzó a cambiar el rumbo y alejarse. El ave circunvoló alto, pero no volvió a bajar. El otro planeador le disparó con una ballesta, pero falló. La distracción que provocó la pequeña rapaz le dio suficiente tiempo a Wyldr para arrojar cuchillos de su cinturón, uno tras otro, hasta que ambos planeadores cayeron, manchados de sangre, al río.

Los chicos riñeros la vitorearon y después uno de ellos, un chico pelirrojo con coloridas plumas tatuadas alrededor de su cuello, comenzó a bajar de las barricadas para enfrentarse a los kartamis en el campo frente a estas. Los hermanos de piel oscura, Brym y Nylim, lo siguieron, y Nyck miró a Wyldr, se encogió de hombros y también comenzó a descender. Algunos de los asistentes de los Tamir, que también habían perdido a su líder, dejaron que los chicos riñeros arremetieran y luego corrieron a unirse al combate.

—Aquí vienen —dijo Kylee cuando, en la distancia, una nube de polvo se acercaba rápidamente al campamento. El ejército de Uztar finalmente hacía su entrada, cuando la peor parte de la lucha ya había terminado.

En tierra, los seisaldeanos eran superados en número, estaban expuestos y la mayoría no tenía entrenamiento en combate cuerpo a cuerpo. La máquina de guerra uztari venía como en avalancha, pero a kyrgio Birgund no le importaba qué ocurriera con los seisaldeanos, y protegerlos no sería su prioridad. Ya no necesitaba a Kylee ni a su hermano ni a su hogar. Quizás fueran reducidos a polvo junto a los kartamis por ninguna otra razón que el rencor del kyrgio.

Antes de que ese día acabara, temía Kylee, los revoltosos chicos riñeros y sus amigos y aliados y hasta la última ave que habían amansado serían destrozados. Los arqueros kartamis ya habían reanudado sus disparos para derribar a las rapaces, sin demasiada preocupación por la amenaza que representaban Nyck y el resto en tierra.

Por su parte, los chicos riñeros no estaban luchando simplemente para recuperar las orillas del río y defender sus hogares. Nyck los lideraba con salvajes estocadas de su espada y los gritos de guerra más terribles que su voz quebrada podía lanzar, derecho hacia donde Brysen estaba parado sobre el cuerpo del águila fantasma.

Pese a todo, estaba tratando de llegar a su amigo.

En medio del caos, Brysen estaba inmóvil, mirando hacia abajo, pero no al cuerpo del águila fantasma. Sostenía el cadáver sin cabeza de Shara en sus manos magulladas y sangrientas, la mecía, susurrando y llorando, pero no tuvo éxito. Lo que fuese de la lengua hueca que le había funcionado antes, ahora no lo hacía.

—¡Me vendría bien tu ayuda! —gruñó Grazim, lo que hizo regresar la atención de Kylee de vuelta al lugar donde estaba de pie en el carretón de guerra detenido, completamente rodeada de soldados kartamis a pie. Cada vez que uno de ellos daba un paso adelante, Grazim llamaba a un busardo, a un halcón o a un gavilán para que los hiciera retroceder. Hacía que un ave bloqueara con su cuerpo cada flecha que les lanzaban. A su alrededor, el suelo era una horripilante bandada de rapaces masacradas y plumas rotas, y arriba el cielo se estaba vaciando con rapidez. No lograrían resistir hasta que el ejército uztari llegara. No durarían lo suficiente como para que Kylee pudiera reconfortar a su hermano una última vez.

Cuatro guerreros kartamis corrían hacia él y ella no pudo ni siquiera encontrar su voz para pronunciar las órdenes más simples para ayudarlo. Jowyn no pudo salir de debajo del guerrero que lo había derribado y lo estaba ahorcando con el aspa de una lanza. Sus ojos sobresalían, sus labios estaban poniéndose azules. Él también perdería.

Kylee lo vio todo con claridad. Esa lucha era inútil. Los cadáveres se acumularían, surgirían nuevos tiranos y también nuevas injusticias, y estallarían nuevas luchas. La historia era como el modelo de aves migratorias de Ryven, seguía los mismos caminos una y otra y otra vez; las bandadas y los descensos, las vueltas y las bajadas en picado, alas diferentes que volaban con los mismos patrones generación tras generación.

Había pensado que el águila fantasma tal vez rompería ese patrón. *Todos* habían pensado que el águila fantasma quizás crearía algo nuevo con sangre y terror. Pero el águila fantasma estaba muerta y, con ella, las esperanzas de Kylee de cambiar algo.

Sintió que se había quedado hueca, vacía como el cielo de un fanático. Había ligado sus sueños de poder y triunfo a esa ave única, pero a fin de cuentas, poderosa y todo, solo era un ave. Desatar su propia furia había sido gratificante, pero en última instancia había causado la muerte de la rapaz. La furia desatada tenía sus límites, tal como los tenía el dolor, tal como los tenía el amor. Ninguno de ellos era suficiente por sí solo.

Brysen ahora estaba rodeado y la visión de Kylee se estrechó a un túnel. Sintió que algo le rozaba la mejilla, una flecha que había fallado por poco; pero no le importó. Había perdido a Vyvian y a Nyall, al águila fantasma y la guerra. Estaba a punto de perder a su hermano. ¿Qué sentido tenía resistirse? ¿Qué sentido tenía luchar cuando no se podía ganar la pelea?

A través del amontonamiento de guerreros, solo pudo ver que Brysen caía de rodillas y, por primera vez en mucho tiempo, ella pensó que estaban sintiendo lo mismo al mismo tiempo, como cuando eran pequeños. Hermanados por completo una vez más, por fin.

Excepto que no se había arrodillado para rendirse. No se estaba dando por vencido, aunque tampoco estaba luchando. Estaba arrodillado sobre el cuerpo del águila fantasma y había apoyado ambas manos sobre su ala enorme, mórbida. Estiró sus dedos igual que cuando sostenía el ala rota de un ave para implantar plumas nuevas. De la forma en que solía trabajar para sanar las heridas de sus pequeños halcones.

Sus labios comenzaron a moverse como si estuviera cantando. O rezando.

Los kartamis que estaban a su alrededor vacilaron, luego alzaron sus armas para atravesarlo; pero él no se movió, ni siquiera pareció verlos. Nyck no llegaría a tiempo para salvarlo; estaba enredado en un combate cuerpo a cuerpo contra un guerrero-cometa que se había estrellado. Jowyn estaba de pie, renqueando ahora, pero vivo —a diferencia del guerrero que había tratado de matarlo—, pero corría demasiado lento. La voz de Kylee todavía estaba atascada en su garganta.

Miró hacia las barricadas y esperó que su madre no estuviera mirando, que no tuviera que ver morir a sus dos hijos en aquella tarde soleada. Las nubes matinales se habían evaporado y una luz dorada brillaba a lo largo de las montañas. Para Kylee era increíble cómo la esperanza podía fallar y la vida acabar en un día tan perfecto.

Excepto que... el cielo, de repente, no era tan perfecto. Una rosa negra brotó y floreció contra el azul que había sobre las montañas detrás de Seis Aldeas. Se estrechó y se arremolinó como un tornado, después se extendió como humo, cubriendo el horizonte, se movió y cambió de forma, haciéndose más grande, como una murmuración de estorninos que regresan de las inhóspitas tierras heladas al otro lado de las montañas; excepto que la bandada era demasiado grande para ser de estorninos. Las propias aves eran demasiado grandes.

Los primeros guerreros en notar esa nube negra se quedaron inmóviles y, entonces, otros miraron y lo vieron. Otra vez, la lucha se detuvo. Hasta Jowyn dejó de correr y se tropezó al mirar la bandada que se acercaba en espirales.

Toda la meseta ensangrentada contuvo la respiración: seisaldeanos, kartamis, todo el ejército de Uztar que venía a la carga. Todos observaron con asombro y terror cómo caía la negrura.

El sol ardiente arrojaba su intensa luz dorada sobre las colinas y las montañas y el lodo y el río y las planicies y los cadáveres de incontables muertos, pero al extenderse el negro, el cielo se volvió rojo de advertencia, el rojo de las tormentas, el rojo de las presas frescas. La luz reflejada contra mil alas negras que se precipitaban. Cada ala resplandecía.

Águilas fantasma. Cientos de águilas fantasma, en bandada.

Sus alas negras rojizas y sus cuerpos negros rojizos y su furia negra rojiza bajaron en picado sobre el campo de batalla, extinguiendo el sol, y después giraron al unísono, como un huracán, elevándose en un torbellino negro rojizo. En el medio, a través del ojo de la tormenta negra rojiza, el sol dorado brilló directo sobre Brysen y el cuerpo negro y sangriento del águila fantasma, donde caían sus lágrimas y plegarias susurradas.

37

Las águilas fantasma giraron y giraron como una piedra de molienda, pulverizando las cometas kartami que aún estaban en el aire. Llovieron minúsculos trozos de tela y hueso como la cascarilla que cae al suelo en una panadería.

La gran bandada chilló al unísono, tan fuerte que ninguna cantidad de cera habría podido detener el sonido. Todos los guerreros cayeron de rodillas, cubriéndose los oídos. Kylee también se arrodilló y vio cosas que jamás había visto.

Brysen luchando contra bandidos para salvar a unos pocos altaris maltrechos en la montaña; kyrgio Ryven enseñando sobre venenos a un sicario; lo que vieron los ojos de Ryven cuando le quitó la copa de las manos y la puso donde Vyvian pudiera recogerla; su propia madre arrodillada rezando en silencio mientras su padre se enfurecía y azotaba a su hermano, que estaba inclinado sobre Shara para protegerla. Vio a kyrgio Ryven escribiendo cartas y a Nyall llevándose a Üku y a Ryven de las mazmorras del Castillo del Cielo. Vio a las Madres Búho masacrando a extraños en el bosque de abedules de sangre y vio otra vez a Brysen, quien sonreía y se quedaba dormido en brazos de Jowyn en el lluvioso campamento kartami.

Vio todo lo que el águila fantasma había visto y supo, de la forma en que un relámpago sabe lo del trueno, que la historia que ella había creído suya todo ese tiempo —su necesidad de proteger, su furia sedienta de sangre, su esperanza y consternación y decepción— nunca había sido suya en absoluto. Era parte de una historia más grande, la historia del águila fantasma, y había hecho exactamente lo que esta la había entrenado para hacer.

La habían adiestrado y usado para cazar, como cada una de las desgraciadas almas en aquel campo de batalla. Ellos eran los halcones, y las águilas fantasma eran los cetreros, que habían estado observando desde alturas desconocidas desde hacía más tiempo del que había registro.

Ahora atacaban.

Una a una, las enormes aves se separaron de su gigantesca bandada giratoria y se precipitaron para aterrizar entre los soldados y sus minúsculas aves rapaces, sus armas insignificantes, su carne frágil. Los soldados aguerridos se cubrían la cabeza, acurrucados como si estuvieran escondiéndose en el útero, y lloraban mientras las grandes patas negras con largas garras negras se plantaban en el lodo junto a ellos. Uztaris, altaris y kartamis estaban unidos en su miedo, todos los términos habían perdido significado en el lodo, la sangre y el terror.

Grazim encontró la mano de Kylee y la sujetó sin decir palabra, encontró sus ojos con una mirada tanto de consternación como de disculpa. Lo que fuese que Grazim había visto la había ablandado y asustado. La había hecho acercarse a la única persona a la que podía llamar amiga, y Kylee, para su propia sorpresa, se alegraba.

—¿Esto es por ti? —susurró Grazim y Kylee negó con la cabeza. No había hecho aquello. No podía encontrar las palabras para aquello. No *había* palabras para aquello.

La multitud de cuerpos negros emplumados convergió, con pasos saltados, en el lugar donde Brysen se arrodillaba sobre el águila fantasma que Kylee había creído de alguna manera suya. Ignoraron a los guerreros acobardados cerca de esta y bajaron sus gigantes cabezas negras, formando un círculo de picos alrededor de Brysen, un círculo de profundos ojos negros que lo observaban, tan inmóvil que ni el viento se atrevió a agitar una sola pluma.

El pelo gris de Brysen en el centro del círculo parecía una nube de humo en una pila de carbón. Mientras él movía los labios, Kylee creyó ver que salía humo de él, densos penachos de humo gris manaban de su nariz, de su boca, de sus ojos. Lo rodeó y envolvió el cuerpo del águila fantasma. Las otras águilas estaban quietas, sus picos inclinados en ese eterno ceño fruncido, mientras que en el cielo cientos más de ellas todavía planeaban en un círculo perfecto, girando y girando sin hacer sonido alguno, batiendo el aire, y, así, el humo que manaba de Brysen también giraba, enroscándose como una cinta hacia el hueco dorado en el corazón del cielo de plumas negras.

—¿Qué es ese humo? —susurró Kylee.

—¿Qué humo? —preguntó Grazim—. No hay nada de humo.

La chica altari no podía verlo, aunque se estaba volviendo cada vez más y más espeso. Ese era otro de los trucos del águila fantasma, una ilusión. Intentó obligarse a ver a través de la alucinación, pero el humo solo se tornaba más denso. Quería correr hacia delante, sujetar a su hermano y sacarlo del humo que no estaba ahí, que de algún modo era más peligroso *porque* no estaba allí, pero sus pies se negaron a moverse. No podía hacer que se movieran.

—*¡RIIIII!* —Un chillido salió desde dentro del humo.

—*¡RIIIII!* —respondieron todas las águilas fantasma en la planicie, lo que hizo que todos los guerreros y chicos riñeros y aldeanos y soldados volvieran a gritar. Jowyn, quien nunca había sido de los que desesperan, lloraba donde yacía. Grazim apretó la mano de Kylee con más fuerza. Las criaturas llenaban la cabeza de todos con sus pensamientos más oscuros, pero Kylee no pensaba en nada en ese momento. No escuchaba más que sus propios latidos.

Cuando el humo que solo ella podía ver se desvaneció, su águila fantasma —su *compañera*, la aterradora *talorum*— volvió a ponerse de pie, viva y negra resplandeciente, y bajó la mirada hacia Brysen, quien ahora yacía con la cara en el lodo. El águila apoyó una gigantesca pata sobre su espalda, sus garras estaban manchadas con sangre del campo de batalla.

Kylee sintió que regresaba ese ardor en sus pulmones. Sabía qué palabra pronunciar. «Bost», que significaba soltar.

—*Bost* —ordenó, llevando cada pensamiento que tenía a ese en que el águila soltaba a su hermano—. *¡Bost!* —repitió, y lo dijo de verdad. Sabía que lo decía de verdad. Sabía que era lo que quería más que nada en el mundo y que tenía que funcionar.

Pero el águila no obedeció.

—*¡Bost, bost, bost!* —gritó Kylee.

Al unísono, las águilas fantasma en tierra giraron sus grandes cabezas negras hacia ella y la observaron con ojos oscuros, impasibles.

—No pueden escucharme —gritó. ¿Había perdido su voz? ¿Había perdido la lengua hueca? ¿Se la habían *quitado* tal como le habían quitado a su hermano?—. ¡No pueden escucharme!

Te escuchamos, pensó y supo que eran ellas.

Te escuchamos, pensó y luego el águila fantasma cubrió a Brysen, envolviéndolo con sus alas. El águila levantó la mirada para encontrar la de ella. Sus ojos eran cristales azules, como un cielo de invierno, como un lago congelado.

Como los de ella.

Como los de Brysen.

Como los de su padre.

El águila abrió sus alas y allí estaba de pie Brysen, contra su pecho.

Te escucho, dijo Brysen, aunque sus labios no se movieron. Era *su voz*. Kylee escuchó la voz *de su hermano* en su cabeza.

Su único ojo se abrió de golpe y estaba negro de pestaña a pestaña, una brillante esfera ónice. Miró directamente hacia ella.

Te escuchamos y te desafiamos y os amansaremos a todos.

Tras eso, el águila fantasma dejó caer a Brysen al lodo y se lanzó al cielo. Como una enorme bandada de mil alas, las otras la siguieron. Mientras todas las personas en el campo de batalla y en las laderas de Seis Aldeas se quedaron quietas y siguieron a las aterradoras aves por el cielo con los ojos, Kylee y Jowyn echaron a correr por el terreno ensangrentado hacia Brysen.

Ella resbaló en el lodo al lado de su hermano y lo abrazó contra su pecho. Él levantó la vista hacia ella, su único ojo era azul otra vez.

—Volverán —alertó él.

—Lo sé. —Kylee lo aferró con fuerza.

—¿Jo está...?

—Aquí estoy. —Jo se agachó y sujetó su mano.

—Shara está muerta. —Brysen lloró y se acurrucó contra Kylee como solía hacer cuando era un niño pequeño, aunque no soltó los dedos de Jowyn—. He visto lo que ellas veían —dijo con la voz entrecortada—. Huesos y sangre. Todo el mundo cubierto de huesos. Anon tenía razón. Nos matarán. A cada uno de nosotros.

—No —le respondió Kylee, mientras Jowyn se inclinaba y sujetaba su mano—. A nosotros no. Ni a nuestra gente. No lo permitiré. Jamás.

Al decirlo, nunca había creído con tanta fuerza ninguna otra palabra, y en el cielo negro, las águilas fantasma chillaron. Ella vio el campo de huesos humanos y tembló, pero levantó la vista hacia ellas y les dijo:

—No.

—*RIIIIII* —respondieron. La habían escuchado, y ella les enseñaría a creer.

AGRADECIMIENTOS

Escribir el segundo libro de una trilogía es difícil, pero lo hubiese sido mucho más sin los consejos, el apoyo y el trabajo brillante de la gente que hace posible esta serie.

Grace Kendall editó este libro con cariño; no es una hipérbole decir que trabajar con ella no solo mejoró el libro, sino también a mí. Junto con Elizabeth Lee, Kayla Overbey y Mandy Veloso, se aseguraron de que el libro volara derecho y equilibrado y a tiempo, pese a los vientos del mundo que soplaban en contra. La publicista Morgan Rath y la especialista en marketing Ashley Woodfolk han sido infatigables a la hora de divulgar esta serie, y el precioso diseño de Elizabeth H. Clark no deja de asombrarme. No hay espacio para nombrar a todo el personal de FSG/Macmillan Children's Books, pero los equipos de editores, de productores, de marketing en escuelas y librerías, de marketing digital, de planificación de conferencias, el personal del almacén y los representantes de ventas, todos, trabajan largas horas sin demasiada fanfarria para ayudar a los lectores a conectar con los libros correctos en el momento preciso, y estoy agradecido por sus esfuerzos en mi nombre. Cada uno de ellos merece una página completa de agradecimiento y más, estoy muy agradecido de publicar con estos increíbles profesionales.

No hubiera sido capaz de mantener esta carrera sin los consejos y el apoyo de mi agente desde hace más de una década de publicaciones,

Robert Guinsler. Ha hecho mucho más que encargarse de mis contratos.

Gracias también, por razones que ellos ya saben, a Adib Khorram, Isaac Fitzgerald, Brendan Reichs, Marie Lu, Holly Black, Cassandra Clare, Veronica Roth, Adam Silvera, Kendare Blake, Dhalia Adler, Mackenzi Lee, Eric Smith, Laura Silverman, Sarah Enni, Sam J. Miller, Fran Wilde, Dhonielle Clayton, Margaret Stohl, Adam Sass, Phil Stamper, Corey Whaley, Ally Condie, Claire Legrand, Roshani Chokshi, Libba Bray, Kami Garcia, Holly Goldberg Sloan, Kiersten White, John Green, Caleb Roehrig, April G. Tucholke, Ngozi Ukazu, Marissa Meyer, Tomi Adeyemi, Neal Shusterman, Phil Bildner, Rose Brock y Katherine Locke. Si esto se lee como el quién es quién de los libros para jóvenes adultos, habla mucho más de la bondad de esta comunidad de escritores que de mí. Además, sus libros son increíbles.

También me siento agradecido por los maestros, bibliotecarios y libreros que me han apoyado más de lo que merezco y más de lo que les puedo agradecer. Son demasiados para nombrarlos aquí, un hecho que no deja de ser un placer y un honor. Sin embargo, Rachel Strolle se merece un reconocimiento especial por los años y años de apoyo y, bueno, ¡por los regalos! Y la librera Emily Hall trajo rapaces para el evento de lanzamiento, lo que definitivamente fue algo único para mí.

Finalmente, gracias a mi esposo y a nuestra hija, los dos amores de mi vida. Él hace que todo sea posible, mientras que ella no ayudó demasiado en el proceso de escritura, pero aun así mejoró todo lo que hay debajo de este cielo salvaje con solo existir. Intentaré ser digno de ella el resto de mi vida.